D. H. Lawrence

The Rainbow

•

무지개 1

창 비 세 계 문 학

102

•

무지개 1

•

데이비드 허버트 로런스

강미숙 옮김

창비

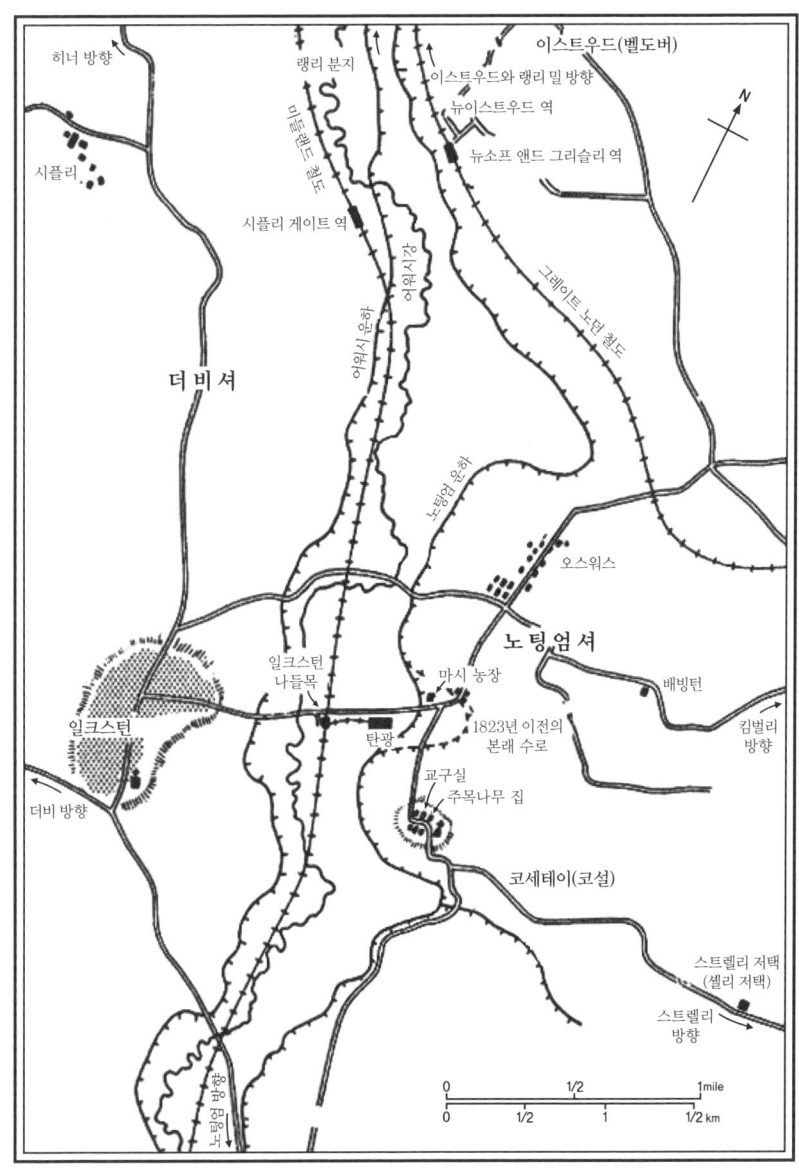

히너 방향

시플리

랭리 분지

이스트우드와 랭리 밀 방향

이스트우드(벨도버)

뉴이스트우드 역

뉴소프 앤드 그리슬리 역

미들랜드 철도

시플리 게이트 역

어웨시 운하

에리워시 강

그레이트 노던 철도

더 비 셔

노팅엄 운하

오스워스

노 팅 엄 셔

일크스턴 나들목

마시 농장

배빙턴

일크스턴

1823년 이전의 본래 수로

탄광

킴벌리 방향

더비 방향

교구실

주목나무 집

코세테이(코셜)

스트렐리 저택 (셸리 저택)

스트렐리 방향

0   1/2   1mile

0   1/2   1   1/2 km

엘제에게*

차례

•

일러두기

1. 이 책은 D. H. Lawrence, *The Rainbow* (Cambridge: Cambridge University Press 1989) 를 번역 저본으로 삼았다.

2. 각주는 옮긴이의 것이다.

3. 원서에서 대문자로 표기한 부분은 ' '로, 이탤릭으로 표기한 부분은 고딕체로 표기하 거나 풀어 썼다.

4. 외국어는 가급적 현지 발음에 준하여 표기하되, 일부 우리말로 굳어진 것은 관용을 따랐다.

5. 이 책에 인용된 성경 구절은 주로 공동번역 성서(대한성서공회 1977; 1999)를 따 랐다.

1장
톰 브랭귄은 어떻게 폴란드 귀부인과
결혼하게 되었나

1

브랭귄 일가는 어워시강이 오리나무 숲 사이를 완만하게 굽이 돌아 더비셔를 노팅엄셔와 갈라놓는 목초지에 있는 마시 농장에서 여러 대에 걸쳐 살았다. 2마일 떨어진 곳에 교회 종탑이 언덕 위에 서 있고, 이 자그마한 시골 마을의 집들은 그쪽을 향해 가지런히 늘어서 있었다. 브랭귄 집안의 누군가가 들에서 일하다 고개를 들면 언제나 텅 빈 하늘에 일크스턴의 교회 종탑이 눈에 들어왔다. 그래서 다시 평평한 대지로 고개를 돌릴 때도 그는 저 멀리 자기 위에, 그리고 자기 너머에 있는 무언가를 의식했다.

브랭귄네 사람들의 눈에는 그들이 열망하는 미지의 무언가를 고대하고 있는 듯한 표정이 서려 있었다. 그들에게는 확신이나 기대같이 자신에게 다가올 것을 기꺼이 받아들이는 그런 분위기가,

상속자의 표정이 있었다.

그들은 금발에 활기차고 말이 느린 이들로서, 꾸밈없지만 느릿하게 속내를 드러낼 때면 사람들은 그들의 눈 속에서 웃음이 분노로, 파랗고 환한 웃음이 엄하고 파르르 노려보는 분노로 바뀌는 변화를 알아볼 정도였다. 날씨가 변할 때 하늘이 온갖 종잡을 수 없는 단계를 다 거치는 식이었다.

자작농으로 비옥한 땅에 살고 인근에 성장하는 소도시[1]가 있다 보니, 그들은 살림살이가 쪼들린다는 게 어떤 것인지 잊고 지냈다. 늘 자식들을 키워야 했고 세습 유산이 때마다 분배되었기 때문에 부유해진 적도 없었다. 그렇지만 마시 농장에는 언제나 넉넉함이 감돌았다.

그렇게 브랭귄 일가는 끼니 걱정 없이 지냈고, 돈이 궁해서가 아니라 자신들 속에 생명력이 넘쳐났기에 열심히 일했다. 알뜰하지 않은 것도 아니었다. 그들은 푼돈을 아낄 줄 알았으며 누가 시키지 않아도 사과 껍질을 모았다가 소여물에 보탰다. 그러나 하늘과 땅이 그들 주위에 그득했으니 이 어찌 멈추겠는가? 그들은 봄이면 물오르는 기운을 느꼈고, 해마다 씨를 내질러 잉태시키고 물러나면서 지상에 어린 새끼를 남기는 멈출 수 없는 큰 물결을 알았다. 그들은 하늘과 땅 사이의 교합을, 젖가슴과 뱃속으로 파고드는 햇살을, 낮 동안 남김없이 흡수되는 비를, 가을이면 숨으려는 새 둥지를 훤히 드러내고야 마는 바람결의 벌거벗김을 알았다. 그들의 삶과 서로 간의 관계는 흙의 맥박과 질감을 느끼는 그런 것이었으니, 흙은 낟알을 심을 밭이랑에 몸을 열어주고 그들이 쟁기질하고 나면

[1] 일크스턴을 가리킴.

매끈하고 나긋해졌으며, 욕망처럼 끌어당기는 추를 매단 듯 그들의 발에 들러붙었다가 곡식을 베어야 할 때면 굳어 무덤덤하게 누워 있었다. 밀 이삭은 한들거리는 비단결이어서 그것을 본 남자들의 팔다리에는 미끄러지듯 광채가 흘러내렸다. 남자들이 암소 젖통을 쥐면 암소는 그들의 손에 우유와 맥박을 내주었고, 암소 젖꼭지에 흐르는 피의 맥박이 남자들 손의 맥박 속으로 고동쳤다. 그들은 말 등에 올라타 꽉 조인 무릎 사이로 생명을 움켜잡았으며, 마차에 말을 맨 후 고삐를 당길 때면 자기들 마음대로 말을 부렸다.

가을이면 자고새들이 하늘 높이 날아다녔고 떼지어 나는 새들은 휴경지를 가로질러 물보라처럼 퍼져나갔으며, 떼까마귀들이 물기 어린 잿빛 하늘에 나타나 까옥까옥 울며 겨울을 향해 날아갔다. 그때가 되면 여자들이 자신감에 넘쳐 활보하는 집 안에서 남자들은 난롯가에 앉아 있었고, 남자들의 사지와 몸에는 낮이, 소들과 땅과 초목과 하늘이 수태된 듯 스며들었다. 남자들은 난롯가에 앉아 있었고, 활동하는 낮에 축적된 것들로 피가 둔중하게 흘러 그들의 머릿속은 께느른했다.

여자들은 달랐다. 여자들의 삶에도 젖을 빠는 송아지들하며 떼지어 몰려다니는 암탉들, 목구멍으로 먹이를 밀어넣을 때 손아귀에서 팔딱거리는 새끼 거위들 같은 피와 피의 친밀한 교감에서 오는 나른함이 있었다. 그러나 그들은 농장 생활의 뜨겁고 맹목적인 교합 저 너머에 있는 발언의 세계를 내다보았다. 그들은 말하고 발언하는 바깥세상의 입과 정신을 의식했고, 저 멀리서 나는 소리를 들으며 열심히 귀를 기울였다.

남자들은 대지가 들썩이며 그들에게 밭고랑을 열어주고, 바람이 불어와 젖은 밀을 말려주며 새로 열린 밀 이삭을 이리저리 시원스레 흔들어주는 것으로 족했다. 진통하는 암소 곁을 지키거나 곳간 아래 쥐를 내몰거나 날쌘 손놀림으로 토끼 등뼈를 쳐서 잡는 것으로 족했다. 그처럼 많은 열기와 고통과 낳고 죽음을 자신의 핏속에서 알고 있었기에, 대지와 하늘과 짐승들과 초목을 알고 이들과 무한히 주고받는 삶이었기에, 그들은 충만하고 넘쳐흐르게 살았고 그들의 감관은 가득 차 있었다. 그들은 항상 피의 열기를 향해 낯을 돌렸고, 태양을 응시하며 생명의 근원을 들여다보는 데 넋을 잃고서 돌아설 줄을 몰랐다.

그러나 여자는 이와는 다른 형태의 삶을, 피와 피의 친밀한 교감이 아닌 어떤 것을 원했다. 그녀의 집은 농장 건물들과 토지를 등지고 바깥쪽을 향해서 큰길과 교회와 지주 저택이 있는 마을과 저 너머의 세계를 내다보고 있었다. 그녀는 일어서서 저 멀리 도시와 정부와 활동적 남자들의 세계를 보고자 했으며, 그녀에게 그것은 곧 온갖 비밀이 풀리고 소원이 이루어지는 마법의 세계였다. 만물의 뜨거운 맥박에 등을 돌린 남자들이 당당하고 창조적으로 활동하는 곳, 뜨거운 맥박을 뒤에 둔 채 그 너머의 것을 발견하고 자기 자신의 활동 범위와 자유를 확장하기 위한 나그넷길에 오른 저 바깥의 세계를 그녀는 내다보았다. 이에 비해 브랭귄네 남자들은 생성하는 만물의 풍성한 삶을 향해, 그들의 핏줄 속으로 그대로 들이부어지는 삶을 향해 얼굴을 안으로 돌리고 있었던 것이다.

남편이 하늘과 곡식과 짐승과 땅 쪽을 돌아보는 동안, 여자는 하릴없이 자기 집 현관에서 저 넓은 세상을 활개 치고 다니는 남자의 활동을 내다보면서 지식을 향해 나가 싸울 때 남자가 무엇을 했는지 눈을 크게 뜨고 살폈고, 그가 정복할 때 어떤 발언을 했는지 귀 기울여 들었다. 그녀의 귀에 들려오는, 저 멀리 미지의 세계의 경계에서 치러지고 있는 그 전투에 자신의 가장 깊은 욕망을 걸어둔 채 그랬다. 그녀 또한 알고 싶었고, 싸우는 무리에 속하고 싶었다.

멀리 갈 필요 없이 지적인 코세테이에도 그녀가 알아듣기는 해도 결코 터득할 수는 없는, 자신들과 다른 마법의 언어를 말하고 자신들과 다른 더 세련된 태도를 지닌 목사가 있었다. 목사는 그녀네 남자들이 생활하는 곳 너머의 세상에서 활동했다. 그녀가 자기네 남자들을 어찌 모르겠는가, 경쾌하고 느긋하며 건강한 사내들, 줏대 있지만 만만한 농투성이로 우물 안 개구리 같은 그들을. 반면에 목사는 그녀의 남편 옆에 서면 가무잡잡하고 냉랭하며 덩치도 작지만, 그 나름 괜찮은 브랭귄네 남자를 둔하고 촌스럽게 보이게 만드는 생기와 너른 존재감이 있었다. 그녀는 남편을 알았다. 그러나 목사의 본성에는 그녀의 지식으로는 닿을 수 없는 무언가가 있었다. 브랭귄네 남자에게 가축을 다룰 힘이 있듯이 목사에게는 그녀의 남편을 압도하는 힘이 있었다. 사람이 짐승보다 우월하듯이 목사가 보통 남자들보다 뛰어난 것은 어떤 점인가? 그녀는 너무나 알고 싶었다. 이런 더 높은 존재를 성취하기를 갈구했다. 그녀 자신이 못 한다면 자식들이라도 그래주기를 갈구했다. 어떤 남자도 황소보다 작고 연약하지만 황소보다 강하듯이, 육체적으로 작고 연약해도 남자를 강하게 만드는 것, 그게 무엇일까? 그것은 돈도 권력도 지위도 아니었다. 목사에게 톰 브랭귄보다 나은 어떤 힘이 있었던가? 전혀 없었다. 그렇지만 그들을 발가벗겨 무인도에 둔다면, 그러면 목사가 주인이었다. 목사의 영혼이 톰 브랭귄 영혼의 주인이었다. 왜, 왜 그런가? 그녀는 그것이 지식의 문제라고 결론지었다.

부목사는 가난한 데다 남자로서 썩 쓸 만하지도 않았지만 브랭귄네와는 다른 부류의 우월한 사람들과 대등하게 지냈다. 브랭귄네 여자는 그의 아이들이 태어나는 것을 지켜보았고, 조무래기 시절 엄마 곁에서 뛰어다니는 모습을 보았다. 그런데 그애들은 이미 그녀의 아이들과 구별되고 달랐다. 왜 그녀의 아이들이 저애들보다 못해야 하는가? 왜 부목사의 아이들이 그녀의 아이들보다 우선권을 가져야 하는가, 왜 시작부터 그애들이 우위를 차지해야 하는가? 문제는 돈이 아니었고 계급도 아니었다. 그것은 교육과 경험이라고 그녀는 결론지었다.

어머니로서 그녀가 자기 자식들도 지상에서 최고의 삶을 누릴 수 있도록 주고 싶었던 것은 바로 이것, 이 교육, 이 더 높은 형태의 존재였다. 적어도 그녀의 자식들은, 그녀가 마음 깊이 아끼는 자식들은 일꾼들 틈에 섞여 보잘것없는 존재로 뒤처져 있지 않고 이 땅의 활기차고 핵심적인 사람들과 동등하게 자라날 충분한 자질을 가졌기 때문이었다. 그들이 왜 한평생 미미한 존재로 숨 막히게 살아야 하는가, 그들이 왜 활동의 자유를 제약받아야 하는가? 어떡하면 그들이 더 고상하고 더 생기 넘치는 삶의 반경으로 들어갈 입구를 알게 될까?

한떨기 겨울 장미처럼 아름답고 우아한 모습으로, 말쑥한 비버털 케이프코트에 깜찍한 모자를 쓴 딸들을 데리고 코세테이의 교회에 출석한 셸리 대저택의 지주 부인으로 인해 그녀의 상상력은 불붙었다. 너무나 아름답고 몸매도 멋지며 환하게 빛나는 하디 부인은 브랭귄의 아내인 그녀가 느끼지 못하는 무엇을 느끼는 걸까? 하디 부인의 천성은 코세테이의 평범한 아낙네들과 어떻게 다르고 어떤 점에서 그들을 넘어설까? 코세테이의 아낙네들은 하나같이 하디 부인에 대해, 그녀의 남편과 아이들과 손님들, 그녀의 옷차림에 대해, 그녀가 부리는 하인들과 살림 솜씨에 대해 수다를 떠느라 여념이 없었다. 대저택의 이 귀부인은 그들 삶의 살아 있는 꿈이요, 그녀의 삶은 그들의 삶에 영감을 불어넣는 서사시였다. 부인을 통해 이 마을 여인네들은 상상 속의 삶을 살았다. 그녀의 술꾼 남편과 망나니 남동생, 이 지역 국회의원인 그녀의 친구 윌리엄 벤틀리 경에 대해 쑥덕거리면서, 그들은 자신들만의 오디세이아[2]를 무대에 올려 페넬로페와 율리시스, 마녀 키르케와 돼지들과 아무리 짜도 끝이 없는 천을 눈앞에 그려보았다.

그런 점에서 이 마을 여인네들은 운이 좋았다. 그들은 저택의 귀부인에게서 스스로를 보았고, 하디 부인의 삶을 통해 저마다 자기 자신의 충족된 삶을 살았다. 그리고 마시 농장의 브랭귄의 아내는 그녀 자신을 넘어 이 고상한 부인의 더 나은 삶을 향해 열망을 키웠다. 마치 여행자가 말하지 않아도 아득히 먼 나라들의 느낌을 풍기듯, 부인에게서 드러나는 확장된 존재를 향한 열망을 키웠던 것이다. 그렇지만 아득히 먼 나라들을 아는 것이 왜 인간 삶을 다른 것으로, 더 세련되고 더 크게 만드는 걸까? 그리고 사람은 왜 자기가 부리는 짐승이나 소 이상의 존재인가? 그 이유는 같은 것이다.

이 서사시의 남자 역은 마르고 행동거지는 어색해도 열의 있는 목사와 윌리엄 경 같은 남자들로, 생활 반경이 넓게 걸쳐 있어서 폭넓은 영역들을 아우르는 남자들로 채워졌다. 아, 사유와 이해의 힘을 가진 멋진 남자들을 이렇게 접하고 안다는 것은 너무도 매력

---

2 호메로스가 트로이 원정에 성공한 영웅 오디세우스(율리시스)의 일대기를 그린 고대 그리스 서사시. 페넬로페는 오디세우스의 아내로, 구혼자들을 물리치려 천을 다 짜면 청혼을 수락하겠다고 말한 뒤 낮에는 천을 짜고 밤에 도로 풀며 남편을 기다렸다. 키르케는 오디세우스가 항해 중 만난 마녀로 그의 부하들을 돼지로 만들었다.

적인 일이었다. 이 마을 여자들이야 톰 브랭귄이 훨씬 더 좋고 대하기도 편했겠지만, 그들의 삶에서 목사와 윌리엄 경을 빼앗겼다면 그들에게서 새순이 잘려나갔을 테고, 여자들은 힘들고 지겨워사는 데 진저리를 쳤을 것이다. 저 너머의 것을 향한 경이가 그들 앞에 있는 한 자기 운명이 어떻건 그들은 잘 지낼 수 있었다. 하디부인, 목사, 윌리엄 경, 이들은 저 너머 경이로운 곳에서 오갔고, 그들의 움직임이 코세테이 마을 사람들의 눈에 뚜렷이 보였다.

2

1840년경 마시 농장이 있는 목초지를 가로질러 운하가 건설되면서 어워시 계곡의 신설 탄광들을 연결했다. 높다란 방죽이 운하가 지나는 들판을 따라 뻗어 있었고, 운하는 농가 근처를 지나 도로에 이르렀다가 육중한 다리를 넘어갔다.

이리하여 마시 농장은 일크스턴으로부터 차단되었고, 집들이 즐비한 언덕과 코세테이 마을의 뾰족탑에서 끝나는 좁다란 골짜기에 둘러싸였다.

브랭귄 일가는 그들의 토지를 가로지르는 이 무단침입의 대가로 상당한 액수의 보상금을 받았다. 그리고 얼마 지나지 않아 운하건너편에 탄광이 개발되었고, 또 얼마 후 미들랜드 철도가 일크스턴 언덕 기슭의 골짜기까지 들어오면서 이 침범은 완료되었다. 일크스턴 읍내가 빠르게 성장하자 브랭귄 일가는 일용품을 생산해대느라 바삐 지냈다. 그들은 더 부유해져서 거의 소매상같이 되었다.

그래도 마시 농장은 양지바른 계곡에 있는 방죽의 오래되고 조용한 쪽에 원래 모습대로 외따로 남아 있었다. 곧게 뻗은 오리나무 숲을 따라 느릿한 계곡물이 흐르고 브랭귄네 마당 입구 옆 물푸레나무들 아래로 도로가 지나는 곳이었다.

그러나 마당 입구에서 오른쪽으로 도로를 내려다보면 운하의 네모난 송수로의 검은 아치형 입구를 지나 약간 떨어진 곳에 나선형으로 퍼져나간 탄광과, 조금 더 멀리로 계곡 위에 다닥다닥 무리지은 조잡한 붉은색 집들, 그리고 이 모든 것 위로 흐릿한 연기가 피어오르는 일크스턴 읍내 언덕이 보였다.

농장은 대문 밖까지 들어온 문명으로부터 가까스로 안전한 쪽에 자리했다. 봄이면 빼곡히 핀 수선화가 초록과 노랑으로 물들이는 곧은 정원 통로와 이어지는 농가는 도로에서 훤히 드러나 보였다. 농가 양쪽으로 라일락과 불두화나무와 쥐똥나무 덤불이 있어서 뒤편의 농장 건물들을 완전히 가려주었다.

뒤편으로는 헛간들이 경계가 흐릿한 두세군데 마당으로부터 농가 안뜰로 들쑥날쑥 뻗어 있었다. 제일 먼 담 너머에는 오리 연못이 있어서 하얀 오리 깃털들이 푹신한 흙 제방에 어지러이 떨어졌고, 지저분하게 흩어진 깃털들이 방죽길 저 아래 풀밭과 가시금작화 덤불 속으로 날려갔다. 방죽길은 바로 지척에 높다란 성벽처럼 솟아 있어서 이따금 지나가는 사람 형상이 실루엣으로 보이거나, 사람과 수레를 끄는 말이 하늘을 가로질러 가는 것 같았다.

처음에 브랭귄네 사람들은 그들 주위에서 벌어지는 이 모든 소동에 깜짝 놀랐다. 자신들의 토지를 가로질러 운하가 건설되자 그들은 자기네 땅에서 이방인이 되었고, 그들을 차단해버리는 이 생경한 흙 제방 때문에 당혹스러웠다. 들에서 일하고 있을 때 이제는 낯익은 방죽 저 너머로부터 탄갱을 오르내리는 기계 소리가 리드

미컬하게 들려오면, 처음에는 깜짝 놀랐으나 나중에는 머릿속까지 최면에 걸린 듯했다. 그런 다음에는 기차의 날카로운 기적 소리가 가슴을 뚫고 두렵고도 짜릿하게 울려퍼지면서 저 먼 세상이 눈앞에 당도했음을 널리 알렸다.

토지를 경작하는 농부인 브랭귄네 사람들이 말을 타고 읍내에서 집으로 돌아올 때면 갱도 입구에서 걸어 나오는 시커메진 광부들과 마주쳤다. 추수 때면 서풍에 탄광 쓰레기 타는 희미한 유황 냄새가 실려왔다. 11월에 순무를 뽑을 때면 땡, 땡, 땡, 땡, 땡, 선로를 바꾸는 빈 화차들의 날카로운 소리가 그들 너머로 다른 활동이 펼쳐지고 있다는 사실을 전하며 가슴을 요동치게 했다.

이 무렵, 알프레드 브랭귄은 히너 읍 출신의 '흑마' 집안의 딸과 결혼해 살고 있었다. 날씬하고 예쁘장하며 가무잡잡한 이 여자는 말투가 특이하고 엉뚱한 면이 있어서 매섭게 쏘아붙여도 상처가 되지 않았다. 그녀는 묘하게도 혼자만의 존재로서, 좀 징징대는 습관이 있었지만 근본적으로는 개별적이고 무심했다. 그래서 그녀가 길게 신세 한탄을 늘어놓을 때, 특히 남편을 닦달하고 이어서 주위의 모두에게 언성을 높일 때에도, 듣는 이들은 짜증스러워하고 성질을 내면서도 결국엔 그녀에게 귀 기울이며 다정하게 대했다. 자기 남편에게 고함을 지르며 끝도 없이 잔소리를 해대도 언제나 안정되고 듣기 편한 목소리에 말투도 특이해서, 남편은 잔소리 내용에는 분해서 오만상을 찌푸리면서도 자존심과 남성적 승리감에 뱃속 깊이 훈훈함을 느꼈다.

이렇다보니 브랭귄은 눈가에 아주 조용하고 얼굴 가득 퍼지는 웃음기 같은 익살스러운 주름이 생겼고, 창조주라도 되는 양 멋대로 굴었다. 그는 태연히 제멋대로 하고 아내의 잔소리를 웃어넘겼으며, 그녀가 좋아하는 농담조로 둘러대며 타고난 성질대로 행동했다. 그러다 가끔 너무 급소 가까이를 찔리면 여러 날 동안 분기탱천해 화를 풀지 않는 바람에 아내는 겁을 먹고 기가 죽어 남편을 누그러트리려 갖은 애를 썼다. 그들은 핵심적으로는 연결된 아주 별개의 두 존재로서 서로에 대해 아무것도 몰랐고, 그럼에도 한 뿌리에서 나와 그들 각자의 방식대로 살았다.

이들은 아들 넷과 딸 둘을 두었다. 장남은 일찌감치 선원이 되겠다며 집을 나가 돌아오지 않았다. 이 일이 있은 후, 어머니는 전보다 더 확실하게 집안의 연결고리이자 중심이 되었다. 어머니가 가장 아끼는 둘째 아들 알프레드는 속내를 제일 안 드러내는 아이였다. 그는 일크스턴의 학교로 진학해 학업에 약간의 진전을 보였다. 하지만 끈덕지게 열심히 노력해도 도안 말고는 어느 과목도 기초 이상으로 나아가지 못했다. 얼마간 재능을 보이는 이 분야가 자신의 희망인 양 그는 여기에 몰두했다. 매사에 불만을 품고 격하게 반항한 끝에, 무척이나 애쓰고 여기저기 옮겨다닌 끝에, 아버지가 불같이 화를 내고 어머니가 낙담할 무렵에야 그는 노팅엄의 레이스 공장에 도안사로 취직했다.

그는 여전히 뚱하고 약간 투박했으며 더비셔 사투리가 심했는데, 자기 일과 읍내에서의 지위를 악착같이 지켜내면서 도안을 잘하고 살림도 꽤 일구었다. 그러나 크고 굵은 선에서는 손이 자연스레 돌아가서 풀릴 정도였으니, 도안지의 자그만 사각형들을 좀스럽게 세고 계산하고 트집 잡으며 레이스 디자인을 쥐어짜내는 일이 그에겐 참 잔인한 노릇이었다. 그는 고집스럽고 고통스럽게, 속이 문드러질 정도로 이 일을 했고, 무슨 일이 있어도 자기가 선택한 운명을 고수했다. 그리고 말수 적고 불퉁한 사내가 되어 정해진 엄격한 일상으로 돌아왔다.

그는 상류층 행세를 하는 약제사의 딸과 결혼했고, 나름 억척스레 속물 비슷한 부류가 되었다. 집의 외관을 세련되게 치장하는 데열을 올려서 조금이라도 투박하거나 거슬리는 게 있으면 미친 듯화를 냈다. 시간이 흘러 자식 셋이 한창 커가고 자신도 고리타분한중년으로 보일 즈음, 그는 노는 여자들에게 꽂혀서 금지된 쾌락을 잠자코, 수상쩍게 추구하면서 분개하는 그의 부르주아 아내를 거리낌 없이 무시해버렸다.

셋째 아들 프랭크는 애초에 공부와는 거리가 멀었다. 처음부터그는 농장 뒤편 세번째 마당에 멀찍이 세워진 도축장 근처를 얼쩡거렸다. 브랭권 집안은 언제나 자기들 먹을 고기를 직접 잡았고이웃에도 공급했다. 여기서 농장과 연계된 정식 도축업이 이루어졌다.

아이 적에 프랭크는 도축장에서 두엄밭으로 이어지는 길을 가로질러 검붉은 피가 뚝뚝 듣는 장면이나, 일꾼이 두툼한 도가니 비계에 묻힌 콩팥을 드러낸 커다란 소 옆구리 살을 고깃간으로 나르는 모습에 항상 끌리곤 했다.

그는 연갈색 머리카락에 로마 후기 청년 같은 반듯한 이목구비를 가진 잘생긴 젊은이였다. 다른 형제들보다 쉽게 흥분하고 자제력을 잃기 일쑤였으며 성격이 더 나약했다. 열여덟살 때 공장에 다니는 자그마한 아가씨와 결혼했는데, 눈매가 교활하고 살살대는목소리에 창백하고 통통하며 말수 적은 이 여자는 그를 꼬여서 해마다 아이를 낳아 그를 멍청이로 만들었다. 도축업을 떠맡을 무렵, 그는 이미 이골이 난 데다 약간 경멸했기 때문에 그 일을 소홀히했다. 그는 술꾼이 되어 선술집에서 매사에 잘난 척 허풍 떠는 모습이 종종 목격되었는데, 실제로는 멍청한 떠버리일 뿐이었다.

딸 중에서 맏이인 앨리스는 광부와 결혼해 한동안 일크스턴에서 시끌벅적 바람 잘 날 없이 살다가, 줄줄이 딸린 애들을 데리고 요크서로 이사했다. 둘째 딸 에피는 집을 떠나지 않았다.

막내 톰은 형들보다 한참 어려서 누나들과 어울려 지냈다. 어머니는 그를 제일 예뻐했다. 어머니는 단단히 작심하고 그가 열두살 때 억지로 더비의 문법학교[3]에 보냈다. 그는 가고 싶지 않았고 아버지라면 포기했을 법도 했건만, 브랭귄 부인의 결심은 철석같았다. 날씬하고 예쁘장한 몸을 풍성하게 주름 잡힌 치맛자락으로 단단히 감싼 그녀는 이제 집안에서 결정의 중심이 되어, 자주는 아니라도 뭐든 한번 마음먹으면 식구들은 그녀 앞에서 손을 들었다.

그래서 톰은 학교에 갔는데, 처음부터 공부에 뜻이 없는 낙제생이었다. 그는 어머니가 자신에게 학교에 가라고 명하는 게 옳다고 믿었지만, 그녀가 옳은 건 아들의 체질을 인정하지 않으려 하기 때문일 뿐이라는 것도 알았다. 그는 자기에게 일어날 일에 대한 아이 특유의 깊고도 본능적인 예지력으로 학교에서 자기가 얼마나 한심한 인물이 될지 알았다. 그러나 그는 자기 본성에 죄책감을 느끼는 듯, 자기 존재가 틀렸고 어머니의 관념이 옳다는 듯 이 시련을 불가피한 것으로 받아들였다. 자신이 원하는 대로 될 수 있었다면 그는 어머니가 허황되게 꿈꾸는 그런 사람이 되었을 것이다. 똑똑해졌을 수도, 그래서 신사가 되었을 수도 있을 것이다. 그것이 그에 대한 어머니의 열망이었고, 그랬기에 그는 그것이 모든 아들에 대

---

3 영국의 공립 중등교육기관. 고전 교육을 지향해 교과과정에 라틴어와 그리스어가 포함되어 있어 '문법학교', 혹은 상급 학교의 의미로 '고등'(High)학교로도 불렸다.

한 진정한 열망임을 알았다. 그렇지만 그에게 학교는 돼지 목에 진주 목걸이[4]였다. 어머니는 듣기에 창피하고 분했겠지만 그가 애초에 자신에 대해 말한 그대로였다.

입학 후 그는 체질상 안 맞는 공부를 해보려고 무진 애를 썼다. 꼿꼿이 앉아서 교과서에 집중하고 익혀야 할 것들을 받아들이려 애쓰느라 창백하고 켕해졌다. 하지만 소용없었다. 처음 받은 거부감을 억누르고 죽을 것 같은 심정으로 공부에 매달려도 거의 진전이 없었다. 애쓴다고 배울 수 있는 게 아니었다. 그냥 머리가 돌아가질 않았다.

그는 감정 면에서는 발달된 편으로, 자신을 둘러싼 분위기에 민감했다. 투박한 면도 있었지만 그와 동시에 섬세하기 그지없었다. 그렇다보니 자존감이 아주 낮았다. 그는 자신의 한계를 알았다. 머리가 둔하고 아무짝에도 쓸모없다는 것을 알았다. 그래서 겸손했다.

그러나 이와 동시에 그는 감정적으로는 다른 소년들보다 훨씬 세심하게 분별할 수 있었고, 그래서 혼란스러웠다. 그는 그들보다 감각적으로 더 발달한, 본능에서는 훨씬 세련된 사람이었다. 소년들이 보이는 기계적인 우둔함 때문에 그는 그들이 싫었고 극도로 혐오스러웠다. 그러나 머리 쓰는 일이라면, 그러면 그가 불리했다. 아이들은 그를 갖고 놀았다. 그는 멍청이였다. 유치하기 짝이 없는 주장에도 반박할 능력이 없어서 조금도 믿지 않는 것들을 억지로 인정했다. 그리고 그렇게 인정하고 나면 자기가 그것을 믿는지 아닌지조차 헷갈렸다. 그는 차라리 믿는다고 생각하기로 했다.

그러나 느낌을 통해 깨달음을 전해줄 수 있는 이라면 누구든 사

---

4 원문은 '돼지 귀로 비단 지갑 못 만든다'(you can't make a silk purse out of a sow's ear)의 뜻이다.

랑했다. 문학 선생이 테니슨의 「율리시스」나 셸리의 「서풍부」$^{Ode\ to}$ $^{the\ West\ Wind}$[5]를 감동적으로 읽어줄 때, 그는 감정이 다 드러난 얼굴로 앉아 있었다. 입술이 벌어졌고 눈은 긴장된, 거의 고통스러운 빛으로 가득했다. 그리고 교사는 소년에게 미치는 자신의 영향력에 고무되어 계속해서 시를 읽어나갔다. 톰 브랭귄은 이 경험에 헤아릴 수 없을 정도로 감동해서 거의 두려울 정도였다. 감동이 그렇게나 깊었다. 하지만 몰래, 약간 부끄러워하면서 직접 책을 가져다가 "오 거친 서풍이여, 너, 가을의 숨결이여," 하고 읽기 시작하면 인쇄 활자라는 사실 자체가 찌르는 듯 거부감을 일으켰고, 얼굴이 벌게지며 분하고 무능한 기분에 가슴이 터질 듯했다. 그래서 책을 집어던지고 타넘어 크리켓 운동장으로 나가버렸다. 그는 원수 대하듯 책을 증오했다. 이때껏 미워한 누구보다 책이 더 싫었다.

그는 자기 뜻대로 집중할 수가 없었다. 머릿속에 생각을 이끌어줄 정해진 방식이 전무했다. 기본 지식도, 실마리로 붙들 것도 없었다. 그에게는 학습에 적용할 수 있는 손에 잡히는 근거가 없었고, 이미 알고 있는 것도 전혀 없었다. 어떻게 시작해야 할지 몰랐다. 그리하여 의식적인 이해나 학습 면에서 무력하기만 했다.

수학에는 감이 있었지만 여기서도 막혀버리면 천치같이 무력해졌다. 그래서 그는 허방을 디딘 듯 갈피를 잡지 못했다. 결정적인 어려움은 아무 힌트 없는 문제가 나오면 전혀 맥을 못 춘다는 것이었다. 군대에 관해 형식을 갖춘 작문을 해야 했을 때, 결국에는 "열여덟살에 입대할 수 있다. 신장이 5피트 8인치[6] 이상이어야 한다"

---

5 테니슨(Alfred Tennyson, 1809~92)과 셸리(Percy Bysshe Shelley, 1792~1822) 모두 영국 낭만주의 시대의 시인. 두 작품은 이들의 대표작 가운데 하나다.
6 약 173센티미터.

라고 그가 아는 몇 안 되는 사실들을 되풀이하기만 했다. 그러나 그러는 내내 이건 꼼수일 뿐 이렇게 진부한 작문은 경멸받아 마땅하다고 확신하고 있었다. 그러자 화가 나서 얼굴을 붉혔고, 수치심으로 속이 상해 자기가 쓴 것을 지워버리고 진짜 작문 스타일로 생각을 쥐어짜보려 애썼지만 또 막혔다. 그는 분하고 창피한 마음에 침울해져서 펜을 내려놓았고, 한 글자라도 더 써보려 애쓰느니 차라리 갈가리 찢기는 편이 낫겠다 싶었다.

오래지 않아 그는 이 문법학교에 익숙해졌고 학교도 그에게 익숙해져서, 공부는 형편없는 멍청이지만 천성은 어질고 정직한 아이라고 높이 사주었다. 다만 속 좁고 고압적인 라틴어 선생 한 사람이 그를 윽박지르고 괴롭혔는데, 그럴 때면 분하고 창피해 그의 파란 눈동자가 파르르 떨리곤 했다. 그러다가 그가 필기용 석판으로 쳐서 선생의 머리가 찢어졌을 때는 한바탕 난리가 났지만, 모든 건 곧 이전으로 돌아갔다. 선생은 별로 동정받지 못했다. 하지만 브랭귄은 그 생각만 해도 움찔하며 자기가 한 행동을 떠올리지도 못했는데, 한참 지나 어른이 되어서도 마찬가지였다.

졸업을 하게 되자 그는 기뻤다. 학교가 그렇게 불쾌하지도 않았고 다른 소년들을 사귄 것이 즐거웠다고, 정말 즐거웠다고 생각했다. 계속 이어지는 활동을 하다보니 시간이 쏜살같이 흘렀던 것이다. 그러나 그는 이 배움의 장에서 자신이 수치스러운 위치에 있다는 걸 늘 알고 있었다. 학교에 다니는 내내 자신의 부족함과 무능을 의식했다. 하지만 비참하게 지내기엔 그는 너무도 건강하고 낙천적이었고 너무도 활기찼다. 그럼에도 그의 영혼은 절망스러울 만큼 비참했다.

그는 다정하고 똑똑하며 결핵환자같이 병약한 어떤 소년을 좋아한 적이 있었다. 두 사람은 다윗과 요나단 같은 고전적인 느낌의 우정을 나누었는데, 여기서 브랭귄은 섬기는 자인 요나단 쪽이었다.[7] 하지만 친구는 머리가 훨씬 좋고 자기는 뒤처졌기 때문에 톰은 한번도 이 친구와 동등하다고 느낀 적이 없었다. 그래서 졸업하자마자 두 소년은 금방 소원해졌다. 그래도 브랭귄은 늘 그 친구를 기억했고 그를 일종의 빛으로, 멋진 경험으로 추억 속에 간직했다.

톰 브랭귄은 마음껏 활개 칠 수 있는 농장으로 돌아오게 되어 기뻤다. 그는 부아가 난 어머니에게 "난 천생 농사꾼이니 땅이나 파먹고 살래요"라고 대꾸했다. 그는 스스로를 너무 낮게 평가했다. 하지만 농장에서 해야 할 일을 기꺼이 해냈으며, 열심히 노동하고 다시 흙냄새를 맡게 되어 즐거웠다. 젊음과 활력과 유머, 남을 웃기는 재치가 있었고 자기 단점을 괘념치 않을 만한 패기와 힘도 있었다. 가끔 격하게 화를 내기도 했지만 대개는 무슨 일이든 주위 사람들과 원만히 지냈다.

그가 열일곱살 때 아버지가 건초 더미에서 떨어져서 목이 부러졌다. 그후 농장에는 어머니와 남매가 살았으며, 가끔 푸줏간 하는 프랭크가 찾아와서 상스러운 말로 시샘하며 한바탕 신세 한탄을 늘어놓곤 했다. 그는 늘 당하고 살았다고 생각해서 세상에 불만이 많았다. 프랭크는 특히 그가 응석받이라 부르는 막내 톰을 걸고넘어졌는데, 그럴 때면 톰은 낯이 벌게져 파란 눈으로 째려보면서 격하게 받아쳤다. 에피는 톰을 편들면서 프랭크에게 대들었다. 그러나 턱살이 늘어지고 침울하며, 말수는 적어도 고향집 식구들을 경멸하듯 대하는 알프레드가 노팅엄에서 왔을 때, 에피와 어머니는

---

7 사울 왕의 아들 요나단은 친구 다윗을 죽이려는 아버지의 계략을 알려 그의 목숨을 구해준다. 사무엘상 18-20장 참조.

그의 편을 들면서 톰을 찬밥 신세로 만들었다. 형이 고향집을 떠나 레이스 도안사로서 거의 신사가 되었다는 바로 그 이유로 집안 여자들이 떠받든다는 사실이 청년의 심기를 건드렸다. 하지만 알프레드로 말하자면 '결박당한 프로메테우스'[8] 같은 인물이었고, 그래서 집안 여자들은 그를 사랑했다. 나중에야 톰은 이런 형을 더 잘 이해하게 되었다.

막내아들로서 톰은 농장 관리를 맡게 되자 상당한 자부심을 느꼈다. 열여덟살밖에 안 되었지만 아버지가 하던 일을 뭐든 해낼 수 있었다. 물론 어머니가 집안의 중심인 것은 여전했다.

그는 무척 경쾌하고 민첩하며 삶의 매 순간 열성을 다하는 젊은 이로 성장했다. 그는 일을 했고, 말을 타고 장에 갔다. 동무들과 어울려 가끔은 거나하게 취했고, 스키틀 놀이[9]를 하거나 작은 유랑극단 구경도 했다. 한번은 선술집에서 술에 취해 그를 유혹하는 창녀를 따라 위층으로 올라갔다. 그때 그의 나이 열아홉이었다.

그 일은 그에게 충격적인 사건이었다. 농장 부엌에서 서로 친밀하게 지내는 이런 생활에서 여자는 최고의 지위를 차지했다. 남자들은 집안의 온갖 대소사와 도덕, 행동거지에 관해 여자들 생각에 따랐다. 여자는 종교와 사랑과 도덕을 구성하는 더 나은 삶의 상징이었다. 남자들은 여자의 손에 자신들의 양심을 맡기고 "내 양심의 수호자이자 문간에서 나의 출입을 지키는 천사가 되어주오"[10]라고 부탁했다. 그러면 여자는 맡겨진 임무를 완수했고 남자는 암묵적으로 여자에게 의지했으니, 때론 유쾌하게 때론 화를 내며 그녀

8 고대 그리스의 비극 시인 아이스킬로스(Aeschylos, B.C.525~B.C.456)의 작품명.
9 볼링의 전신.
10 창세기 18:1-22, 사무엘하 3:25, 시편 121:8 등 참조.

의 칭찬이나 비난을 받았고 호통치며 반발하기도 했지만, 그들 자신의 영혼에서 한순간도 여자의 특권을 진짜로 외면하지는 않았다. 그들은 여자에게서 자신들의 안정을 구했다. 여자가 없다면 바람결에 이리저리 제멋대로 흩날리는 지푸라기 같았으리라. 여자는 닻이자 안식처요 하느님의 통제하는 손이어서, 때론 정말이지 지긋지긋했다.

어머니와 누나에게 뿌리를 둔, 화초처럼 싱싱한 열아홉살 청년 톰 브랭귄은 자신이 천한 선술집에서 창녀와 잤다는 것을 깨달았을 때 소스라치게 놀랐다. 그때까지 그에게는 어머니와 누나라는 단 한 부류의 여자만 있었던 것이다.

그런데 지금은? 그는 자신이 어떤 감정인지 알 수 없었다. 약간의 불안, 분노와 실망 섞인 통증이 있었고, 처음 느껴진 것은 이게 다인가, 여자와의 관계가 이렇게 아무것도 아닌 건가 싶은 씁쓸함과 싸늘한 두려움이었다. 창녀 앞에서는 약간 수치스러웠고 능숙하지 못하다고 얕보일까 두려웠다. 꺼림칙하고 두려웠다. 여자한테서 병이나 옮지 않았을까 섬찟한 공포를 느낀 순간도 있었다. 그리고 이 모든 휘몰아치는 격렬한 감정에 대해, 병만 안 걸리면 별 문제 없다고 상식의 목소리가 안정시키며 달래주었다. 그는 곧 균형을 되찾았고, 이 일은 정말로 그렇게 중요하지는 않았다.

그러나 그에게 그것은 충격이었고 가슴 깊이 불신을 심어 자기 내면에 대한 두려움을 증폭했다. 하지만 며칠 지나자 다시 무사태평한 원래 모습으로 돌아가, 그의 푸른 눈은 언제나 그랬듯 맑고 담백했으며 낯빛은 생기 찼고 밥맛도 좋아졌다.

아니, 겉보기에 그랬다. 사실 그는 쾌활한 당당함을 얼마간 잃어버렸고, 어딘지 마음에 걸려서 외출을 삼갔다.

이 일 이후 한동안 그는 더 조용해지고 술을 마시면 더 조심했으며 친구들과도 덜 어울렸다. 여성과의 최초의 성적인 접촉이 가져다준 환멸은 표현할 수 없지만 강력한 일체의 종교적 충동의 구현을 여성에게서 발견하려는 타고난 욕망 때문에 더욱 강화되어 재갈을 물린 듯 그를 옥죄었다. 그에게는 자기가 소유하고 있는지조차 확신할 수 없지만 잃을까봐 두려운 무언가가 있었다. 이 첫 관계가 그렇게 중요하지는 않았다. 그러나 사랑이라는 과업은 영혼의 밑바닥에서 그에게 가장 진지하고 두려운 것이었다.

그는 이제 성욕에 시달렸고 상상력이 자꾸만 음란한 장면들로 되돌아갔다. 하지만 그가 다시 창녀를 찾지 않게 된 진짜 이유는 생각만 해도 욕지기가 올라와서라기보다, 지난번 경험이 너무도 형편없었다는 결핍의 기억 때문이었다. 그건 정말이지 아무 의미 없이 찔끔 배설이나 하는 기능적인 일이었기 때문에, 그런 걸 되풀이할 위험을 자초한다는 게 수치스러웠다.

그는 타고난 쾌활함을 다치지 않고 간직하고자 끈질기고 본능적으로 분투했다. 원래 그는 생기 넘치고 유머가 풍부했고, 푸근하고 넉넉한 느낌이 있어서 사람을 편하게 해주었다. 그러나 요새는 곧잘 긴장하는 경우가 많았다. 눈에 긴장한 빛이 감돌고 이마에는 살짝 주름이 졌다. 활기찬 유머가 가시고 침울한 침묵에 빠지면 불안한 상태로 며칠이 흘렀다.

그는 대개 화와 분노가 천천히 차올랐기 때문에 자기 내면에 어떤 변화가 생겼는지 정확히 알지 못했다. 그러나 자신이 날이면 날마다 시도 때도 없이 여자들이나 여자 생각에 빠진다는 건 알았고, 그래서 불같이 화가 났다. 거기서 벗어나지 못했고, 그래서 수치스러웠다. 여자 친구도 한두명 있었기에 관계를 빨리 발전시킬 양으로 사귀어보려 했다. 하지만 괜찮은 여자가 생겼을 때, 그는 자기가 원하는 방향으로 발전시킬 수 없다는 것을 깨달았다. 곁에 있는 여자의 존재 자체가 그것을 불가능하게 했다. 그녀를 그런 식으로, 실제로 벗은 모습으로 생각할 수 없었다. 그녀가 여자이고 그녀를 좋아했지만 옷을 벗긴다는 생각만으로도 죽을 만큼 두려웠다. 벌거벗음이라는 이 최종 문제에 있어서 그는 그녀에게 존재하지 않았고 그녀도 그에게 존재하지 않는다는 것을 알았다. 또다시 몸 파는 여자에게 가서 어떻게 해보려 했음에도, 그러는 내내 그는 여자가 너무도 불쾌해서 가능한 한 빨리 그녀에게서 달아나려고 이러는 건지, 타오르는 욕구 때문에 여자와 자려는 건지 도무지 알 수 없었다. 또다시 그는 교훈을 얻었다. 여자를 안는다 해도 이런 관계의 결핍감이야말로 경멸하지 않을 수 없다는 교훈을. 그는 자신을 경멸하지도, 그 여자를 경멸하지도 않았다. 그러나 이 경험이 그의 안에 남긴 최종 결과를 경멸했다. 깊이, 쓰라리게 경멸했다.

그러다 그가 스물세살이 되었을 때 어머니가 돌아가셨다. 집에는 그와 에피 누나가 남았다. 어머니의 죽음은 가늠할 수 없는 또 하나의 충격이었다. 그는 그것을 이해할 수 없었고 이해하려 해봐야 소용없다는 것을 알았다. 부지중에 닥쳐와 상처를 남기고 건드릴 때마다 아파오는 이 예측 불가의 충격들에 순응해야 했다. 그는 자신에게 닥친 이 모든 일이 두려워졌다. 어머니를 사랑했던 것이다.

이런 일이 있은 후, 에피와 그는 심하게 싸웠다. 그들은 서로를 몹시 아꼈지만 두 사람 사이에는 이상하고 부자연스러운 긴장감이 돌았다. 그는 가급적 밖으로 나다녔다. 코세테이의 술집 '붉은 사자'의 단골로 늘 난롯가 구석 자리에 앉아 있곤 했다. 팔다리 튼튼하고 고개를 쳐들고 다니는 활기찬 금발 청년으로서 그는 말은 없어도 민첩하고 주의 깊은 성격이라, 누구든 아는 사람에겐 정겹게 인사했고 낯선 이들은 수줍게 대했다. 여자들과는 모두 허물없이 지냈고 여자들도 그를 엄청 좋아했다. 그리고 남자들의 대화는 공손히, 아주 귀 기울여 들었다.

술을 마시면 대번에 얼굴이 새빨개져서 그의 파란 눈동자에는 민망함과 불안감, 당황한 느낌이 역력했다. 이렇게 엉망으로 취해서 집에 오면 누나는 질색을 하며 욕을 퍼부었고, 그는 미친 황소처럼 화를 냈다.

그는 노는 여자와 만난 적이 한번 더 있었다. 어느 성령강림절에 친구 두명과 말을 타고 매틀록에 갔다가 내처 베이크웰까지 나들이를 갔다. 매틀록은 당시 새로 떠오르던 유명 관광지로 맨체스터와 스태퍼드셔의 여러 도시에서 사람들이 놀러 오곤 했다. 청년들이 점심식사를 한 호텔에 아가씨가 두 사람 있었고, 양쪽은 곧 친해졌다.

당시 스물네살이던 톰 브랭귄에게 알랑거린 쪽은 예쁘장하고 까불거리는 여자로, 어떤 남자가 그녀를 데려와놓고 오후 내내 방치해둔 상태였다. 브랭귄을 보자 그녀는 그의 따뜻하고 너그러운 성품과 내면의 타고난 섬세함에, 여자들이 다 그러듯 그가 마음에 들었다. 하지만 이 남자는 이쪽에서 과감하게 접근해야 하는 유형이란 게 눈에 보였다. 그럼에도 그녀는 흥분되고 불만에 찬 데다 장난기도 발동해서 뭐든 저지르고 싶었다. 자존심도 되찾을 겸 편하게 잠시 즐기자는 속셈이었다.

그녀는 풍만한 가슴에 검은 머리와 파란 눈을 가진 예쁜 여자였다. 햇볕을 받아 불그레한 얼굴 가득 가벼운 미소를 띤 채, 웃음기 띤 자기 얼굴을 아주 자연스럽고 매력적으로 쓸어내리곤 했다.

브랭귄은 어리둥절한 기분이었다. 그는 안절부절못하며 예의 바르게 여자를 대했다. 마음은 들떴지만 자신이 없었고, 너무 앞서가는 게 아닐까 죽을 만큼 겁나면서도 꽁무니 빼는 것으로 비칠까 부끄러웠다. 욕망으로 제정신이 아니었지만 아가씨들을 본능적으로 배려하느라 확실하게 다가가는 것도 자제했다. 그러는 내내 자기 태도가 우스꽝스럽다고 느끼며 혼란스러워 얼굴이 빨개졌다. 그렇지만 그가 당황할수록 여자는 더 단호하고 과감해졌는데, 그의 반응을 보고 기분이 좋았던 것이다.

"언제 돌아가야 하나요?" 여자가 물었다.

"딱히 정해진 건 없습니다." 그가 말했다.

거기서 대화는 다시 끊겼다.

브랭귄의 친구들은 돌아갈 참이었다.

"톰, 갈 거야, 더 있을 거야?" 친구들이 불렀다.

"응, 갈 거야." 마지못해 일어서며 그가 대답했다. 허탈하고 낙심해 화난 빛이 얼굴에 번졌다.

여자가 빤히, 거의 조롱하듯 쳐다보자 그는 이런 표정에 익숙지 않아 가슴이 떨렸다.

"제 말 구경하러 가실래요?" 불안감에 떨면서도 진심 어린 다정한 목소리로 그가 말했다.

"아, 보고 싶네요." 여자가 일어서며 대답했다.

그리고 그녀는 약간 어깨가 처진, 승마용 천 각반을 찬 그를 따라 방을 나섰다. 친구들이 마구간에서 자기들 말을 끌고 나왔다.

"말 탈 줄 아세요?" 브랭귄이 물었다.

"탈 줄 알면 좋겠네요. 타본 적이 없어요." 여자가 말했다.

"그럼 이리 와서 한번 타보시죠." 그가 말했다.

여자를 안장으로 들어올릴 때 그는 얼굴을 붉혔고, 여자는 소리 내어 웃었다.

"아, 미끄러지겠어요. 여성용 안장이 아니네요." 여자가 소리쳤다.

"꽉 잡으세요." 그는 말하고 그녀를 호텔 입구 밖으로 이끌었다.

여자는 아주 불안하게 앉아서 말 등에 꽉 매달렸다. 그가 여자를 받쳐주려고 허리에 손을 갖다댔다. 그러다 그녀를 바싹 붙잡았고, 포옹하듯 안게 되었다. 그녀 곁에서 걸음을 옮기자니 욕망이 끓어올라 온몸이 후들거렸다.

말이 강가를 걸어갔다.

"편하게 앉고 싶으시죠?" 그가 말했다.

"정말 그래요." 그녀가 대답했다.

당시는 폭이 아주 너른 스커트를 입던 때였다. 그녀는 자신의 예쁜 다리가 드러나지 않게 아주 조심하면서 말 위에 다리를 벌린 자세로 얌전하게 고쳐 앉았다.

"이렇게 앉으니 훨씬 좋네요." 그를 내려다보며 여자가 말했다.

"예, 그렇죠." 대답하면서 그는 여자의 눈빛 때문에 뼛속 골수가 녹는 듯했다. "여자들 몸 뒤틀리게 왜 안장에 옆으로 앉히는지 모르겠어요."

"그럼 넌 두고 갈란다. 보아하니 그쪽은 잘돼가네?" 브랭귄의 친구들이 길에서 소리쳤다.

그는 화가 나서 얼굴이 빨개졌다.

"그래, 걱정 마라." 그가 되받아쳤다.

"얼마나 있을 건데?" 그들이 물었다.

"크리스마스는 안 넘긴다." 그가 말했다.

그러자 여자가 까르륵 웃음소리를 냈다.

"알았다. 먼저 간다!" 친구들이 소리쳤다.

친구들이 뚜벅뚜벅 가버리자 빨개진 낯으로 짐짓 아무렇지 않게 여자를 대하려 애쓰는 톰만 남았다. 그러나 그도 곧 호텔로 돌아가 말을 하인에게 넘기고 나서 여자와 함께 나와 숲속으로 들어갔다. 그는 자신이 어디 있는지, 무엇을 하고 있는지 잘 몰랐다. 쿵쾅거리는 가슴을 안고 이건 최고로 멋진 모험이라고 생각했고, 여자에 대한 욕망으로 미칠 것 같았다.

그뒤, 그는 기쁨에 넘쳐 얼굴빛이 환해졌다. 세상에나, 이런 거였어! 그는 여자와 같이 오후를 보냈고 밤에도 같이 있고 싶었다. 그러나 그건 안 된다고 그녀가 말했다. 어스름이면 여자의 애인이 돌아올 것이고 그와 같이 있어야 한다는 것이었다. 그들 사이에 무슨일이 있었다는 것을 브랭귄이 누설해서도 안 되었다.

여자가 은밀하게 미소 짓자, 그는 혼란스럽고도 만족스러운 기분이었다.

톰은 방해하지 않겠다고 약속했지만 여자에게서 떨어져 있을 수가 없었다. 그날 밤 그는 호텔에 머물렀다. 저녁식사 때 그 남자를 보았다. 키가 작은 중년 남자로, 진회색 머리카락에 얼굴은 원숭이처럼 희한했지만 흥미로웠고 잘생겼다 할 만한 외모였다. 브랭귄은 그가 외국인일 거라고 짐작했다. 그는 따분하고 딱딱한 영국인 한 사람과 함께였다. 남자 둘과 여자 둘, 이렇게 네 사람이 식탁에 앉아 있었다. 브랭귄은 신경을 곤두세우고 그들을 지켜보았다.

그 외국인이 여자들을 애완동물처럼 점잖게 무시하는 태도로 대하는 게 보였다. 브랭귄이 만난 여자는 숙녀인 척했지만 목소리 때문에 본색이 드러났다. 여자는 애인의 마음을 되찾고 싶어 했다. 그런데 디저트가 나왔을 때, 그 자그마한 외국인이 식탁에서 몸을 돌리더니 혼자 온 사람처럼 가만히 실내를 둘러보았다. 브랭귄은 그의 얼굴에서 풍기는 차갑고 동물적인 지성미가 경이로웠다. 그의 둥그스름한 갈색 눈은 원숭이 눈처럼 갈색 동공이 다 드러났으며, 상대에 대해 캐묻지 않고 가만히 보기만 하고도 간파했다. 그 눈이 브랭귄에게 머물렀다. 톰은 연장자인 사내가 자기 쪽으로 고개를 돌리고 상대를 알아내려는 생각도 없이 주시하는 게 신기했다. 둥글고 간파하는 듯한, 그러나 무심한 눈동자에서 상당히 위쪽에 눈썹이 붙어 있었고 그 위로는 원숭이처럼 살짝 주름이 져 있었다. 나이 든, 그러나 나이가 가늠되지 않는 얼굴이었다.

그렇게 쳐다보는 내내 그 사내는 너무나 멋진 신사이자 귀족이었다. 브랭귄은 매료되어 그를 지켜보았다. 여자는 화가 나서 얼굴을 붉혔고, 불안하게 식탁보에 묻은 빵 부스러기를 털어내고 있었다.

잠시 후 브랭귄이 너무나 감동하고 당황스러워 어쩔 줄 몰라 로비에 가만히 앉아 있을 때, 그 조그만 낯선 사내가 멋진 미소와 태도로 다가오더니 담배를 권하며 말했다.

"피우겠소?"

브랭귄은 담배를 피워본 적이 없었지만 머리끝까지 빨개진 채 두툼한 손가락으로 더듬거리며 그가 권한 담배를 받아들었다. 그러고는 따스한 푸른 눈으로 이 외국인의 반쯤 감긴 냉소 어린 눈을 바라보았다. 그가 톰 곁에 앉았고, 두 사람은 주로 말에 관해 이야기하기 시작했다.

브랭귄은 그의 정교한 우아함, 그의 재치와 진중함, 그리고 원숭이를 닮아 나이를 가늠할 수 없는 자신감 때문에 이 사내가 마음에 들었다. 그들은 말에 대해서, 더비셔에 대해서, 농장일에 대해서 이야기했다. 이 모르는 남자가 진심으로 따뜻하게 청년을 대했기에 브랭귄은 기분이 들떴다. 그는 이 윤기 없는 얼굴의 특이한 중년 남자를 직접 대하자 딴 세상에 온 것 같았다. 대화는 유쾌했지만 중요한 건 그게 아니었다. 우아한 태도, 세련된 교류, 정말 중요한 건 그것이었다.

그들은 한참 동안 이야기를 나누었는데, 사내가 자기 사투리를 못 알아들으면 브랭귄은 소녀처럼 낯을 붉혔다. 잠시 후 그들은 작별 인사를 나누고 악수했다. 외국인이 다시 고개를 숙이며 잘 자라는 인사를 되풀이했다.

"잘 주무시고, 여행 잘 하시오."

그런 다음 그는 계단으로 향했다.

브랭귄은 객실로 올라가 자리에 누워 여름밤 하늘의 별들을 내다보았다. 그의 온 존재가 소용돌이쳤다. 이건 대체 뭘까? 그가 알던 것과는 너무나 다른 삶이 있었다. 그의 지식 바깥에 무엇이 있으며, 얼마나 많은 것이 있는가? 그가 접한 이것은 무엇인가? 이 새로운 영향을 받은 자신은 누구인가? 이 모든 것은 무엇을 의미하는가? 삶이란 어디 있는가? 그가 알던 곳에, 아니면 완전히 그의 바깥에?

그는 깜빡 잠이 들었다가 아침 녘 다른 방문객들이 깨기 전에 말을 타고 그곳을 떠나버렸다. 아침이 되어 그들 중 누구라도 다시 보는 게 꺼려졌다.

그의 마음은 온통 흥분의 도가니였다. 여자와 외국인, 둘 중 어느 쪽의 이름도 몰랐다. 하지만 그들은 이미 그의 본성의 바탕에 불을 질렀고, 그는 불에 타서 껍데기가 다 벗겨질 참이었다. 두 경험 중 그 외국인과의 만남이 훨씬 더 의미심장한 듯했다. 그러나 여자는, 여자에 관해서는 아직 마음을 정리하지 못했다.

그는 알지 못했다. 그냥 그대로 던져둬야 했다. 자기가 한 경험들을 요약할 수 없었다.

이 우연한 만남들의 결과로 그는 관능적인 여자와 오랜 혈통의 여위고 자그마한 외국인과의 만남을 넋을 놓고 밤낮없이 꿈꾸었다. 좀 한가해지거나 친구들과 놀다 헤어지자마자 매틀록의 그 외국인처럼 섬세한 성품에 몸가짐이 우아한 사람들과의 친교를 상상하곤 했는데, 이 미묘한 친교 한가운데는 언제나 육감적인 여성이 주는 만족이 있었다.

그는 이 꿈이 실제인 양 푹 빠져 지냈다. 눈을 번득이며 고개를 쳐들고 다녔는데, 여자에 대한 욕망으로 괴로우면서도 귀족적 섬세함과 우아함이 주는 절묘한 기쁨으로 충만했다.

그러다 점점 그 빛이 바래기 시작하더니 관습적 일상이라는 냉랭한 바탕이 언뜻언뜻 모습을 드러냈다. 그는 그게 분했다. 자신의 환상이 그를 기만했던가? 그는 현실의 저열한 울타리에 가로막혀 문간의 황소처럼 완강히 버티면서 자기 삶의 진부한 우리 안으로 다시 들어가기를 거부했다.

그 빛을 유지하려고 그는 평소보다 술을 더 많이 마셨다. 아무리 그래봐도 빛은 점점 더 희미해졌다. 진부한 일상에 굴복하지 않겠노라고 이를 악물었다. 아무리 그래봐도 그것은 그의 눈앞에서 삭막하게 변해버렸다.

그는 결혼하고 정착이라도 해서 어쩌다 빠져버린 이 곤경에서 헤어나고 싶었다. 하지만 어떻게? 그는 손가락 하나 까딱하지 못할 지경이었다. 전에 본 끈끈이 덫에 걸린 작은 동물의 모습이 악몽으로 남아 있었다. 아무것도 할 수 없다는 무력감에 화가 나서 미쳐버릴 것 같았다.

여기서 벗어나기 위해 뭔가 부여잡고 싶었다. 하지만 아무것도 없었다. 그는 꾸준히 젊은 여자들을 살피며 결혼 상대를 찾아보았다. 그러나 아무도 마음에 들지 않았다. 그 외국인 같은 그런 이들과 사는 삶을 꿈꾸는 건 터무니없다는 것을 깨달았다.

그럼에도 그는 그런 삶을 꿈꾸었고, 자기 꿈을 고수했으며, 코세테이와 일크스턴의 현실을 받아들이려 하지 않았다. 그는 '붉은 사자' 주점 구석 자리에 버티고 앉아, 자기 말마따나 멍청한 농사꾼처럼 말없이 담배를 피우며 생각에 빠졌다가 가끔 맥주잔이나 들어올리곤 했다.

그러다보면 열병처럼 짜증 섞인 분노가 덮쳐왔다. 당장 떠나버리고 싶었다. 외국 여러 곳을 상상해보았다. 하지만 알 만한 데가 하나도 없었다. 그뿐 아니라 너무도 튼튼한 뿌리가 있어 그를 마시 농장에, 그 자신의 집과 땅에 붙잡고 있었다.

그 무렵 에피가 결혼하자, 집에는 십오년간 같이 산 사팔눈의 하녀 틸리와 톰 두 사람만 남게 되었다. 사태가 막바지로 치닫고 있다는 게 느껴졌다. 이때껏 그는 자신을 삼켜버리려는 진부한 비현실의 짓거리에 완강히 저항하며 견뎌왔던 것이다. 그러나 이젠 무언가 해야 했다.

그는 원래 술을 절제하는 편이었다. 예민하고 감정적인 데다 속이 울렁거려서 과음은 못 했다.

하지만 허망하고 분해서, 마음을 단단히 먹고 명랑한 척 한번 취해보겠노라고 퍼마시기 시작했다. "제기랄." 그가 중얼거렸다. "이거 아니면 저거지, 칼을 뽑았다가 그냥 넣을 순 없잖아.[11] 배알이 있

11 원문은 '말을 문기둥 그림자에 매어둘 순 없다'(you can't hitch your horse to the shadow of a gate-post)의 뜻이다.

으면 언제든 덤벼보긴 해야 할 거 아냐."

그래서 그는 말을 타고 일크스턴으로 갔고, 젊은이 무리 사이에 어색하게 자리를 잡은 뒤 술을 한잔 샀다. 그러다보니 자신이 이런 일도 썩 잘해낼 수 있다는 걸 발견했다. 여기 있는 모든 이가 마음 맞는 사람들이고 모든 게 다 황홀하고 완벽하다는 생각이 들었다. 어떤 사람이 깜짝 놀라 그의 외투 주머니에 불이 붙었다고 했을 때, 그는 행복에 겨운 불그레한 얼굴로 "괜-찮-아-요, 괜-찮-아, 냅둬, 냅둬……"라고 대답했다. 그리고 기분 좋게 웃었다. 사람들이 외투 주머니에 불붙은 걸 가지고 이상하게 생각하는 게 좀 화가 났다. 그런 건 세상에서 제일 신나고 자연스러운 일이지, 안 그래?

집으로 돌아오는 길에 그는 하늘 높이 뜬 조그만 달을 향해 혼잣말을 지껄였다. 발치의 웅덩이에 번득이는 달빛 때문에 비틀거리다 제기랄, 하고 내뱉은 후, 달을 보고 자신만만하게 웃어대며 이건 최고야, 진짜 최고야, 하고 장담했다.

아침에 깨어 생각해보니 태어나서 처음으로 진짜 짜증스럽고 비참한 기분이 어떤 것인지 알 것 같았다. 그는 틸리에게 소리를 지르고 한참 성질을 부린 후, 몹시 창피한 마음에 혼자 있으려고 집을 나섰다. 잿빛 들판과 석회 섞인 도로를 바라보면서 도대체 어떻게 해야 이 넌더리 나는 고통과 육체적 혐오에서 벗어날 수 있을까 고심했다. 그리고 이것이 매틀록에서 보낸 그 황홀한 저녁의 후과라는 것을 절감했다.

그러자 그의 위장이 더이상 브랜디를 원치 않았다. 그는 테리어 종 개를 데리고 고집스레 들판을 가로지르면서 모든 것을 비딱한 시선으로 보았다.

이튿날 저녁, 그는 차분하고 점잖은 모습으로 다시 '붉은 사자'

술집의 자기 자리에 돌아가 있었다. 거기 앉아 장차 어떤 일이 벌어질지 끈덕지게 지켜보았다.

그는 자신이 코세테이와 일크스턴이라는 이 세계에 속한다고 믿는가, 그렇지 않은가? 거기엔 그가 원하는 것이 하나도 없었다. 그렇다고 거기서 벗어날 수 있을까? 거기서 벗어나게 해줄 뭔가가 그에게 있을까? 그런 게 없다면, 그는 그저 투미한 애송이라서 다른 청년들처럼 진탕 퍼마시고 망설임 없이 여자나 끼고 놀며 만족할 만큼 남자답지 못한 걸까?

그는 한동안 완강하게 이런 상태로 지냈다. 그러다가 긴장감이 너무 커져서 못 견딜 지경이 되었다. 가슴속에는 늘 겹겹이 쌓인 뜨거운 의식이 깨어 있었고, 손목은 부은 듯 떨리며, 머릿속은 온갖 음란한 이미지로 가득하고, 눈은 붉게 충혈된 것 같았다. 그는 평상심을 유지하려고 자신과 격렬하게 싸웠다. 어떤 여자도 찾지 않았다. 정상적인 상태인 듯 그냥 그렇게 지냈다. 급기야 무슨 조치를 취하지 않으면 벽에 머리라도 박을 지경이 되었다.

그러자 그는 생각에 골몰하고 지쳐서 아무 말 없이 일부러 일크스턴에 갔다. 취하려고 술을 마셨다. 브랜디를 벌컥벌컥 마시고 또 마셔서 얼굴이 창백해지고 눈이 이글거렸다. 그렇게 해도 자유로워지지 않았다. 술에 취해 정신없이 잠들었다가 새벽 4시에 깨어 또 마셨다. 기어코 자유로워지고야 말리라. 차츰 그의 내부에서 긴장감이 풀리기 시작했다. 행복감이 들기 시작했다. 굳게 잠긴 침묵이 풀리자 그는 입을 열고 떠벌리기 시작했다. 기분이 좋아지며 온 세상과 하나가 되었고, 뜨거운 혈연관계로 모든 생명과 연결되었다. 그렇게 사흘 내리 브랜디를 마신 결과 그는 자기 핏속의 젊음을 모조리 불태웠고, 청춘의 가장 열정적인 욕망의 목표인 온 세상과의 합일이라는 이 흥분 상태에 도달했다. 그러나 그는 사내로서 그가 지키고 키워나가야 할 개체성을 지워버림으로써 만족에 다다랐던 것이다.

그렇게 그는 술꾼이 되어 간혹 사나흘씩 브랜디를 퍼마셨고, 그럴 때는 계속 취해 있었다. 그는 이런 상태에 대해 생각하지 않았다. 속에서 깊은 분노가 이글거렸다. 여자는 누가 됐건 쌀쌀맞고 뜨악하게 대했다.

스물여덟살이던 어느 날, 건장하고 꼿꼿한 데다 상큼한 안색의 이 금발 청년은 푸른 눈동자로 앞을 똑바로 주시한 채 걷고 있었다. 노팅엄산 씨앗 한짐을 싣고 코세테이에서 집으로 돌아오는 길이었다. 또 한차례 술을 들이부을 때가 된 터라 시선을 앞쪽에만 고정하고 있었다. 주의를 기울이긴 하지만 생각에 빠진 그 눈빛은 사방을 다 보면서도 아무것도 의식하지 못했고, 자기 속으로 깊이 들어간 상태였다. 새해 초입이었다.

그는 말 옆에서 천천히 걷고 있었다. 언덕길이 더 가파르게 기울자 뒤에 실은 짐이 덜컹거렸다. 그의 앞길은 내리막으로 구부러지고 방둑과 산울타리 아래에 있어서 몇 미터 앞도 보이지 않았다.

고삐를 죄며 천천히 비탈의 급경사 굽잇길을 돌 때, 한 여자가 다가오는 것이 보였다. 그러나 그 순간 그는 말 생각을 하고 있었다.

그러다 몸을 돌려 그녀를 보았다. 검은 옷을 입은 여자는 길고 검은 망토 아래로 작고 가냘파 보였고 검은 보닛을 쓰고 있었다. 그녀는 마치 아무것도 안 보는 듯 머리를 좀 내밀고 급히 걸었다. 처음에 그를 사로잡은 것은 아무도 안 보는 곳을 지나고 있는 듯한 그녀의 독특하고 몰두한, 휙 스치는 움직임이었다.

마차 소리가 들리자 그녀가 올려다보았다. 창백하고 맑은 얼굴에 눈썹이 짙고 검었으며 큰 입을 다문 모습이 좀 특이했다. 마치 공중에 매단 등불로 비춘 듯 그는 그녀의 얼굴을 똑똑히 보았다. 너무도 또렷이 보았기에 정신이 번쩍 들면서 그 자리에서 굳어버렸다.

"이 여자다." 자기도 모르게 말이 나왔다. 마차가 지나가며 얕은 웅덩이의 물을 튀기자 그녀가 방죽 쪽으로 물러섰다. 그때, 마구를 찬 말 옆을 걸어가던 그의 눈이 그녀의 눈과 마주쳤다. 그는 얼른 고개를 돌려 딴 데를 보았지만 짜릿한 기쁨이 온몸을 뚫고 갔다. 아무 생각도 할 수 없었다.

마지막 순간에 그는 돌아다보았다. 그녀의 보닛과 검은 망토 입은 모습, 걸어가는 뒷모습이 보였다. 곧 모퉁이를 돌아 그녀는 사라졌다.

여자가 그의 곁을 지나갔던 것이다. 그는 다시금 저 먼 세상, 코세테이가 아닌 저 먼 세상에서, 부서질 것 같은 현실에서 걷고 있는 느낌이었다. 그는 고요하고 정지된, 정화된 상태로 걸음을 옮겼다. 생각이나 말을 할 수 없었고, 소리나 기척도 내지 못했으며, 정해진 동작을 바꾸지도 못했다. 그녀의 얼굴을 생각할 엄두조차 나지 않았다. 그는 현실 너머의 세상에서, 그녀를 아는 그 세상에서 걸음을 옮겼다.

서로 알아보는 눈빛을 주고받았다는 느낌이 광기처럼, 고통처럼 그를 사로잡았다. 어떻게 자신할 수 있어, 확인이라도 받은 거야? 이 의심은 무한한 허공이나 무無에 빠진 것처럼 모든 것을 절멸하는 듯했다. 그러나 그는 가슴 깊이 자신감을 지키고자 했다. 그들은 서로를 알아보았던 것이다.

다음 며칠간 그는 이 상태로 다녔다. 그러다가 평범하고 메마른 세상이 안개처럼 다시 비집고 나오기 시작했다. 그는 사람이나 짐승에게 아주 다정한 편이었지만, 이렇게 다시 비죽이 올라오는 황폐한 환멸은 너무 끔찍했다.

며칠 후 저녁을 먹은 다음 난로를 등지고 서 있을 때 그 여자가 지나가는 게 보였다. 그는 그녀가 자기를 알아보는지, 의식하는지 알고 싶었다. 그들 사이에 뭔가 있다는 것을 확인받고 싶었다. 그래서 초조하게 주시하면서 길을 따라 내려가는 그녀를 지켜보았다. 그가 틸리에게 소리쳤다.

"저 사람 알아?" 그가 물었다.

마흔살에 사팔눈으로 그를 떠받드는 하녀 틸리가 신이 나서 창가로 달려와 내다보았다. 그가 뭐라도 물어주면 그녀는 기뻤다. 짤막한 커튼 너머로 고개를 쭉 빼고 이리저리 살피자 조그맣게 쪽 진 틸리의 검은 머리가 애처롭게 도드라져 보였다.

"아, 맞어유." 그녀는 고개를 쳐들고 뻐딱하지만 예리한 갈색 눈동자로 유심히 살폈다. "그려유, 누군지 알겠네. 목사관에 온 여자네유, 아시쥬?"

"내가 어떻게 알아, 이 아줌마야." 그가 소리쳤다.

틸리는 얼굴을 붉히며 고개를 움츠리더니 사팔눈으로 그를 쳐다보았다. 날카롭고 나무라는 듯한 표정이었다.

"왜유, 새 가정부구먼."

"그래, 그래서 뭐?"

"아니, 그래서 뭐냐니유?" 성질난 틸리가 대꾸했다.

"가정부건 아니건 여자잖아, 안 그래? 가정부 같은 거 말고 더 있을 거 아냐! 누구냐고, 이름이 있을 거 아냐?"

"글씨유, 이름이 있어도 전 모르는구먼유." 이제 다 큰 어른이 된 이 청년한테 괴롭힘을 그만 당하려고 틸리가 대꾸했다.

"저 여자 이름이 뭐래?" 조금 더 부드럽게 그가 물었다.

"정말로 잘 모르겠구먼유." 약간 점잔을 빼며 틸리가 대답했다.

"그럼 목사관에서 가정부로 일한다는 것 말고는 모른단 말이야?"

"사람들이 뭐라고 부르는 건 들었는디, 아무래도 생각이 안 나는구먼유."

"돌대가리 같으니라고, 머리는 뭐 하러 달고 다니는 거야?"

"딴 사람들 달고 다니는 이유랑 똑같겠지유, 뭐." 틸리가 대꾸했다. 그녀는 톰이 자신에게 막말을 하고 이렇게 티격태격하는 것 자체가 정말 즐거웠다.

대화가 잠시 가라앉았다.

"누가 알런가 모르겠네유." 하녀가 주저하며 말을 이었다.

"뭘 말야?" 그가 물었다.

"저 여자 이름유."

"뭔데?"

"무슨 외국 어디서 왔다나."

"누가 그래?"

"저 여자에 대해선 그것뿐이 몰라유."

"그럼, 어디서 온 것 같아?"

"모르쥬. 사람들이 그러는디 폴란드에서 왔다나. 전 진짜 몰라유." 또 캐물을 게 뻔해서 틸리는 얼른 덧붙였다.

"폴란드라니, 어째서 폴란드 출신이래? 누가 그런 엉터리 같은 말을 지어냈대?"

"사람들이 그러데유, 뭘. 전 진짜 몰라유."

"누가 그래?"

"벤틀리 부인이유, 폴란드서 왔다구. 아님, 폴란드 사람이라나 뭐라나."

틸리는 이제 너무 깊이 들어가는 것 같아 겁이 났다.

"폴란드 사람이라고 누가 그래?"

"다들 그려유."

"그럼, 여긴 왜 왔대?"

"그거야 모르지유. 딸애가 하나 있구먼유."

"딸이 있다고?"

"서너살쯤 됐을라나. 머리가 꼭 말불버섯 같아유."

"까매?"

"하얘유, 거의 금발같이. 완전 곱슬이구유."

"그럼, 애 아빠도 있어?"

"제가 알기론 없어유. 잘은 몰라유."

"여긴 어떻게 왔대?"

"목사님이 안 물어보시는디 제가 어떻게 알아유."

"애는 자기 애래?"

"그럴걸유. 그렇다고들 하데유."

"그 여자 얘긴 누가 해준 거야?"

"리지가유. 지난 월요일에, 저 여자 지나가는 걸 우리가 봤구먼유."

"뭐가 지나갔어도 입을 놀렸겠지."

브랭귄은 생각에 잠겨 가만히 서 있었다. 그날 저녁, 그는 더 들어볼 양으로 코세테이의 '붉은 사자' 술집에 갔다.

그가 알아낸 바로 그녀는 작고한 폴란드 의사의 아내였다. 망명객이던 남편이 런던에서 죽었다는 것이다. 말은 외국인 티는 나도 알아들을 정도이고, 애나라는 어린 딸이 있다고 했다. 렌스키가 그녀의 성이어서 렌스키 부인으로 불렸다.

브랭귄은 여기 마침내 비현실이 들어섰다고 느꼈다. 또한 그녀가 운명의 짝이라는 희한한 확신도 들었다. 그녀가 외국인이라는 사실이 마음 깊이 만족스러웠다.

새로운 창조가 이룩되어 그가 진정한 존재를 얻은 것처럼, 이 지상에서 그에게 급격한 변화가 일어났던 것이다. 전에는 모든 게 삭막하고 허망하며 메마른 헛수고에 불과했다. 이제 그것들은 그가 좌우할 수 있는 현실이 되었다.

그는 감히 그 여자를 생각할 수 없었다. 두려웠다. 그저 멀지 않은 곳에 있는 그녀의 존재를 늘 의식하면서 그녀 안에서 살 뿐이었다. 그럼에도 감히 그녀에 대해 알아본다거나 알고 지낼 엄두조차 내지 못했다.

어느 날 그는 딸아이를 데리고 길을 걸어오던 그녀와 마주쳤다. 사과꽃 봉오리 같은 얼굴에 곧게 뻗은 불꽃 모양의 엉겅퀴 관모처럼 뻗친 반짝이는 금발과 새카만 눈동자를 가진 아이였다. 그가 자기 엄마를 바라보자 아이는 샘이 나서 엄마 곁에 찰싹 달라붙더니 성난 검은 눈동자로 노려보았다. 그러나 엄마는 그를 다시, 거의 텅 빈 표정으로 쳐다보았다. 바로 그 텅 빈 표정이 그를 불붙였다. 그녀의 눈은 크고 회갈색이었고 눈동자는 짙어 깊이를 알 수 없었다. 그는 온 핏줄에 불이 붙은 것처럼 가느다란 불꽃이 피부 아래서 퍼져가는 느낌이었다. 그래서 아무것도 알지 못한 채 계속 걸었다.

자기 운명이, 바로 그것이 다가오고 있다는 걸 그는 알았다. 세상이 스스로의 변신에 순순히 따르고 있었다. 그는 아무 행동도 취하지 않았다. 생길 일은 생길 테니까.

누나 에피가 일주일간 마시 농장에 들렀을 때, 그는 누나와 같이 교회에 갔다. 신도석이 여남은개 되는 자그마한 교회에서 그는 그 낯선 여자에게서 그리 멀지 않은 곳에 앉았다. 그녀에게는 우아함이 감돌았고 앉은 자태나 고개를 든 모습은 보기에 아릿했다. 먼 데서 온 낯선 사람이지만 너무도 친밀하게 느껴졌다. 먼 데서 온 그녀는, 그 존재는 그의 영혼에 너무도 가까웠다. 코세테이의 교회에서 어린 딸 옆에 앉아 있었지만 그녀는 실제로는 거기 있지 않았다. 그녀는 일상의 표면적인 삶을 살고 있지 않았다. 다른 어딘가에 속해 있었다. 그는 진짜이고 당연한 어떤 것처럼 그것을 아릿하게 느꼈다. 그러나 코세테이뿐인 그 자신의 구체적 삶에 대한 두려움이 통증처럼 그를 아프게 했고, 불안하게 만들었다.

그녀의 두껍고 짙은 양 눈썹은 약간 비뚜름한 코 위쪽에서 맞닿을 듯했고, 입은 크고 두툼한 편이었다. 하지만 그녀의 얼굴은 다른 삶의 세계를 향해 들려 있었다. 천국도 죽음도 아닌, 몸은 떠났어도 아직도 살고 있는 어떤 곳을 향하고 있었다.

아이는 엄마 곁에서 크고 검은 눈으로 이 모든 것을 지켜보았다. 아이의 표정은 특이하고 반항적이었고, 작고 붉은 입술은 앙다물려 있었다. 아이는 애써 뭔가 지키며 늘 방어하느라 경계를 서는 듯했다. 아이가 브랭귄의 가깝고도 텅 빈, 친밀한 시선과 마주치자 그 커다랗고 고집 센 짙은 색 눈동자가 통증같이 타오르는 적의로 일렁였다.

늙은 목사의 설교가 지루하게 이어졌고, 코세테이의 신도들은 늘 그렇듯 감흥 없이 앉아 있었다. 그리고 이국땅의 느낌이 선명한 이 이국 여자는 침해받지 않은 채 거기 있었고, 특이한 이국 아이도 빈틈없이 뭔가를 경계하고 있었다.

예배가 끝나자 그는 교회 밖의 눈부신 다른 세계로 걸어 나왔다. 그가 누나와 함께 모녀 뒤를 따라 교회 앞길을 내려가고 있을 때, 여자애가 갑자기 엄마 손을 놓더니 거의 보이지도 않을 만큼 쏜살같이 달려와 브랭권의 발 바로 아래쪽의 뭔가를 집으려 했다. 아이의 앙증맞은 손가락은 가늘고 재빨랐지만 빨간 단추를 놓치고 말았다.

"찾았니?" 브랭권이 아이에게 말했다.

그리고 그도 몸을 숙여 단추를 찾아보았다. 하지만 아이는 벌써 단추를 집어서 자신의 자그마한 외투에 꼭 감싼 채 뒤로 물러섰다. 아이의 검은 눈이 자기를 아는 체하지 말라고 금지하듯 이글거렸다. 그렇게 그의 입을 막아버리고는 날쌔게 돌아서서 "엄마" 하고 소리치며 길 아래로 달려가버렸다.

아이 엄마는 무표정하게 서서 아이가 아니라 브랭권 쪽을 보고 있었다. 그는 거기 외따로 서서 자신을 바라보는, 그러나 그 이국적 존재로서 자신에게 압도적인 이 여자를 느낄 수 있었다.

그는 어쩔 줄 몰라서 누나 쪽으로 고개를 돌렸다. 그러나 텅 빈 듯 너무도 강렬한 그 커다란 잿빛 눈이 거부할 수 없이 그를 사로잡았다.

"엄마, 이거 가져도 되지, 그치?" 아이의 자신 있고 톡톡 튀는 목소리가 들렸다. "엄마," 아이는 자기를 잊을까봐 계속 엄마를 부르는 것 같았다. "엄마." 그런데 이번엔 엄마가 "그래, 우리 딸" 하고 대답을 해서 아이는 계속 부를 거리가 없었다. 그러나 금방 할 말을 궁리해낸 아이가 약간 더듬거리며 "저 사람들 이름이 뭐야?"라고 내처 물었다.

"모르겠구나, 아가야."

브랭권에게 여자의 멍한 목소리가 들렸다.

길을 따라 걸으면서, 그는 자기 안이 아니라 저 바깥 어딘가에 살고 있는 것 같았다.

"아까 그 사람은 누구야?" 에피 누나가 물었다.

"잘 몰라." 자기도 모르게 그가 대답했다.

"그 여자 정말 특이하더라." 거의 선고하듯 에피가 말했다. "애는 꼭 신들린 것 같고."

"신들렸다니, 뭘 보고 신들렸다는 거야?" 그가 되풀이하며 물었다.

"너도 알잖아. 그애 엄마는 수수해, 확실히. 근데 애는 꼭 업둥이 같잖아. 엄마는 한 서른다섯살쯤 된 것 같더라."

그러나 그는 별로 신경 쓰지 않았다. 누나가 계속 말했다.

"딱 네 여자야." 그녀가 말을 이었다. "진짜 그 여자랑 결혼하는 게 좋겠어." 하지만 여전히 그는 누나의 말에 마음 쓰지 않았다. 모든 건 그대로였다.

그후 어느 날 차 마시는 시간에 그가 혼자 식탁에 앉아 있을 때 현관문 두드리는 소리가 났다. 무슨 불길한 징조 같아서 그는 깜짝 놀랐다. 아무도 현관문을 두드리지는 않기 때문이었다. 그는 일어나 빗장을 풀고 커다란 열쇠를 돌렸다. 문을 열자 외국에서 온 그 여자가 문간에 서 있었다.

"버터 1파운드[12] 좀 주시겠어요?" 외국 말을 할 때 느껴지는 특이하고 동떨어진 어투로 그녀가 물었다.

그는 질문에 집중하려고 애썼다. 그녀는 그렇게 물으며 그를 보

---

12 약 450그램.

고 있었다. 하지만 그 물음 밑바닥에서, 가만히 서 있는 그녀의 존재 자체에서 그를 뒤흔드는 이것은 무엇인가?

그가 비켜서자 그녀는 자기를 위해 문을 연 것처럼 선뜻 집 안으로 들어섰다. 그래서 그는 깜짝 놀랐다. 누가 됐건 들어오라고 청하기 전에는 문간에서 기다리는 게 관습이었다. 그가 부엌으로 들어가자 여자가 따라왔다.

그가 마시던 찻그릇이 잘 닦인 전나무 식탁 위에 펼쳐져 있고 커다란 벽난로가 타고 있었다. 난롯가에 있던 개가 일어나 그녀에게 다가갔다. 그녀는 부엌 바로 안쪽에 가만히 서 있었다.

"틸리," 그가 큰 소리로 불렀다. "우리 집에 버터 있어?"

낯선 여인은 검은 망토를 입은 망부석처럼 가만히 서 있었다.

"뭐유?" 멀리서 날카로운 목소리가 들렸다.

그는 다시 소리쳐 물었다.

"식탁 위에 있는 게 다여유." 낙농실 밖으로 틸리의 새된 목소리가 흘러나왔다.

브랭귄은 식탁 위를 보았다. 접시 위에 1파운드쯤 되는 커다란 버터 덩어리가 있었다. 둥그런 모양에 도토리와 참나무 잎 문양이 찍혀 있었다.

"사람이 부르면 좀 올 수 없어?" 그가 소리쳤다.

"도대체 왜 그려유?" 틸리가 항의하고는 다른 쪽 문틈으로 궁금한 듯 훔쳐보며 다가왔다.

틸리는 이 이국 여자를 보더니 사팔눈으로 빤히 쳐다보면서도 아무 말도 하지 않았다.

"집에 버터 없냐니까?" 명령만 하면 대령시킬 수 있다는 듯 브랭귄이 조급하게 다시 물었다.

"참말로 식탁 위에 있는 게 다라니께유." 그가 요구해도 아무것도 내놓을 수 없어 초조해진 틸리가 대답했다. "그거 말고는 한조각도 없구먼유."

한순간 침묵이 흘렀다.

방문객이 말을 꺼내려면 생각부터 먼저 해야 하는 사람 특유의 또렷하고 동떨어진 어투로 입을 열었다.

"아, 됐습니다, 정말 고맙습니다. 폐 끼쳐서 죄송합니다."

그녀는 자신이 예의범절을 전혀 안 지켰다는 걸 몰랐기에 살짝 당황했다. 약간이라도 예의 발랐더라면 상황이 아주 딱딱하게 돌아갔을 것이다. 그렇지만 이것은 서로의 의지가 혼선을 빚은 경우였다. 여자의 정중한 말에 브랭귄은 얼굴을 붉혔다. 그래도 그는 여자를 보내지 않았다.

"뭘 가져와서 이분께 저거라도 좀 싸드려." 식탁 위의 버터를 보면서 브랭귄이 틸리에게 말했다.

그리고 깨끗한 나이프를 가져와 버터의 손댄 쪽을 잘라냈다.

"이분께"라는 그의 말이 이 이국 여인의 가슴속으로 서서히 파고들었고 틸리를 화나게 했다.

"목사님네 버터는 브라운네가 대는구먼유." 하녀가 화를 못 참고 대꾸했다. "우리는 내일 아침 일착으로다 버터를 만들 거구유."

"예에," 길게 끄는 외국인의 발음으로 "예에" 하고 폴란드 여자가 대답했다. "브라운 부인 댁에 가봤습니다. 버터가 다 떨어졌대요."

틸리는 머리를 빳빳이 쳐들고 잔소리를 퍼부을 뻔했다. 버터를 구입하는 사람들의 예절에 따르자면 당신처럼 아무 데나 멋대로 와서 현관문을 두들기고는 딴 사람들도 버터가 부족한 판에 임시

변통으로 버터 1파운드를 내놓으라고 요구하는 건 전혀 예의가 아니다, 브라운네랑 거래하면 그 집에 가야지, 브라운네에 버터가 떨어졌다고 우리 집 버터가 대기하고 있는 건 아니다라고 말이다.

브랭귄은 틸리가 속으로 하는 이런 말을 다 알아들었다. 폴란드 부인은 알아듣지 못했다. 목사님 드릴 버터가 필요했고 틸리가 아침이면 버터를 만들 것이었기 때문에, 그녀는 기다렸다.

"좀 서둘러봐." 이 침묵이 풀린 후에 브랭귄이 크게 소리쳤고, 틸리는 안쪽 문을 지나 사라졌다.

"괜히 왔나봅니다." 이 이국 여자가 그라면 보통 어떻게 할지 알고 싶다는 듯이 그를 바라보며 말했다.

그는 혼란스러웠다.

"뭐 어때요?" 그가 다정하게, 감싸주고만 싶어서 말했다.

"혹시……" 그녀는 일부러 말을 꺼냈다. 하지만 그녀는 지금 어떤 상황인지 자신이 없었고, 대화는 끊기고 말았다. 영어를 잘하지 못했기 때문에 그녀의 눈은 줄곧 그를 향했다.

그들은 서로 마주 보고 서 있었다. 개가 여자 곁에 있다가 그에게로 왔다. 그는 개를 향해 몸을 숙였다.

"따님은 잘 있나요?" 그가 물었다.

"예, 고맙습니다, 아주 잘 있어요." 예의 바른 외국어 문장에 불과한 대답이었다.

"좀 앉으시죠." 그가 말했다.

여자가 의자에 앉을 때, 트인 망토 사이로 그녀의 날씬한 팔이 나와 무릎 위에 단정히 놓였다.

"이쪽 지방이 익숙지는 않겠네요." 그가 말했다. 그는 여전히 셔츠 바람으로 벽난로를 등진 채 깔개 위에 서서 호기심 어린 시선으로 대놓고 여자를 바라보고 있었다. 그녀의 침착함이 그를 기쁘고 충만하게 했고, 희한하게도 자유롭게 풀어주었다. 그 자신과 이 상황을 이렇게 주도한다는 느낌이 그에게는 거의 가혹할 정도였다.

그의 말뜻을 생각하면서 질문하듯이 그녀의 눈이 잠시 그를 향했다.

"예," 그녀는 그제야 알아듣고서 대답했다. "그래요, 낯설답니다."

"살아보니 좀 거칠죠?" 그가 말했다.

그녀가 계속 쳐다보고 있어서 그는 다시 말해야 했다.

"저희 생활 방식이 부인께는 좀 거칠 겁니다." 그가 되풀이했다.

"예, 예, 알겠어요. 그래요, 다르죠, 낯설고요. 하지만 저는 전에 요크셔에 살았어요."

"아, 그러시군요." 그가 말했다. "그 위쪽은 여기나 별반 다를 게 없죠."

그녀는 잘 이해되지 않았다. 그의 감싸주는 태도, 확신, 그의 친밀함이 당황스러웠다. 무슨 말을 하려는 거지? 설사 그가 그녀와 동등한 계급이라 한들 왜 이렇게 격의 없이 구는 거지?

"그렇죠." 그에게 시선을 둔 채 그녀는 막연하게 대답했다.

그녀가 보기에 그는 생기 있고 순진하며 투박했고, 그녀와는 거의 어떤 관계도 불가능할 것처럼 보였다. 하지만 금발에 잘생긴 얼굴, 힘이 넘치는 파란 눈동자와 그의 건강한 몸은 그녀와 대등할 수 있을 것 같았다. 그녀는 톰을 찬찬히 바라보았다. 그녀로서는 그를 이해하기 어려웠다. 그는 따뜻하고 투박하며 자신만만했고, 불확실한 게 뭔지 아예 모르는 사람처럼 입지가 확실했다. 도대체 무엇이 그에게 이런 특이한 안정감을 주었을까?

알 수 없었다. 궁금했다. 그녀는 그의 거처를 둘러보았다. 거기엔 그녀를 매혹하고 거의 겁먹게 만드는 어떤 친밀한 교감이 있었다. 가구는 늙은이들처럼 오래되고 익숙했고, 방 전체가 마치 그의 존재가 스며든 양 그와 너무도 동질적이어서 그녀는 불편했다.

"이 집에 사신 지 오래됐나봐요, 그죠?" 그녀가 물었다.

"날 때부터 여기서 살았습니다." 그가 말했다.

"그렇군요. 그런데 식구들은, 가족은요?"

"우리는 여기서 이백년도 넘게 살았습니다." 그가 말했다.

크게 뜬 그녀의 눈동자는 줄곧 그를 향했고, 그의 말을 이해하려 애쓰고 있었다. 그는 자신이 그녀를 위해 거기 있다고 느꼈다.

"그럼 이곳 주인이신가요, 집이랑 농장의?"

"예." 그가 대답했다.

그가 여자 쪽을 내려다보자 그녀의 얼굴과 마주쳤다. 그것이 그녀의 마음을 흔들었다. 그녀는 그를 알지 못했다. 그는 외국인이고 그들은 서로 아무 관계도 아니었다. 하지만 그의 표정이 그녀를 흔들어 그를 알아보도록 만들었다. 그는 이상하리만큼 자신만만하고 직접적이었다.

"여기 혼자 사시나요?"

"예, 혼자라고 할 수 있죠."

그녀는 이해되지 않았다. 그녀에게는 생소한 말이었다. 이 말이 무슨 뜻이지?

한동안 그를 지켜본 후, 자기 눈이 어쩔 수 없이 그의 눈과 마주칠 때마다 그녀는 어떤 열기가 자신의 의식 위로 치고 올라오는 것을 알아챘다. 가만히 앉아 있었지만 혼란스러웠다. 단번에 이렇게 훅 다가오는 이 낯선 남자는 누구지? 내게 무슨 일이 일어나고 있는 거야? 그의 젊고 따스하게 반짝이는 눈에 담긴 무언가가 그녀에 대한 권리를 주장하고, 그녀에게 말을 걸고, 보호의 손길을 뻗는 것 같았다. 하지만 어떻게 그럴 수 있지? 그가 왜 그녀에게 말을 걸어! 그의 눈은 왜 저리 확신에 차서 자신만만하게 반짝이며 아무 허락도 신호도 안 기다리는 거야?

틸리가 커다란 양배춧잎 한장을 가지고 돌아왔을 때, 두 사람은 말없이 앉아 있었다. 즉시 그는 이제 하녀가 왔으니 말을 꺼내는 게 자기 의무라고 느꼈다.

"딸아이는 몇살입니까?" 그가 물었다.

"네살이에요." 그녀가 대답했다.

"그럼 아이 아빠가 세상을 뜬 지 오래되진 않았겠군요?" 그가 물었다.

"아이가 한살 때 죽었어요."

"삼년 된 건가요?"

"예, 세상 뜬 지 삼년이에요, 그렇네요."

기이할 만큼 조용하게, 거의 멍하니 그녀는 이런 질문들에 대답했다. 다시 그를 바라보았을 때, 그녀의 눈에는 어떤 처녀다운 느낌이 피어났다. 그는 그녀 쪽으로 다가갈 수도, 그녀로부터 멀어질 수도 없었다. 그녀 존재의 무언가가 그를 아프게 해서 그녀 앞에서 몸이 굳어질 정도였다. 그는 그녀의 눈에서 소녀처럼 궁금해하는 표정을 보았다.

틸리가 버터를 건네주자 그녀는 자리에서 일어섰다.

"정말 고맙습니다." 그녀가 말했다. "얼마지요?"

"목사님께 선물로 드리는 겁니다." 그가 말했다. "교회 가는 값은 해야죠."

"교회도 나가고 버터 값도 받고 허면 더 좋겠구먼유." 틸리가 주장을 굽히지 않고 말했다.

"꼭 그렇게 끼어들어야겠어?" 그가 말했다.

"얼마지요?" 폴란드 여인이 틸리에게 물었다.

브랭귄은 그냥 곁에 서서 간섭하지 않았다.

"그럼, 정말 고마웠습니다." 그녀가 말했다.

"언제 한번 따님 데리고 닭이랑 말 구경하러 오시죠. 애가 좋다고 하면요." 그가 말했다.

"그럴게요, 좋아할 거예요." 낯선 여자가 말했다.

그리고 그녀는 갔다. 여자가 가버리자 그는 망연히 서 있었다. 분위기를 돌리려고 불안하게 쳐다보는 틸리도 눈에 들어오지 않았다. 아무 생각도 할 수 없었다. 그 낯선 여인과 보이지 않는 어떤 인연이 생겼다고 느꼈다.

한동안 머리가 멍하더니 의식에 또다른 중심이 생겼다. 그의 가슴에, 혹은 배에, 그의 몸 어딘가에 또다른 활동이 시작된 것이었다. 마치 강렬한 빛이 타오르는 가운데 그는 그 안에서 눈이 멀어 아무것도 알지 못하는 것 같았다. 오로지 그와 그녀 사이에 이 변모가 불타올라 은밀한 힘처럼 두 사람을 이어주고 있다는 것 말고는.

그녀가 다녀간 이후, 그는 멍하게 지내느라 평소 관리하던 일도 눈에 들어오지 않고 이리저리 겉돌면서도 잠잠히 변모의 상태를 맞았다. 새로운 탄생을 향해 나아가는 생물처럼 내내 황홀경 직전에 가만히 정지한 채, 의지를 놓아버리고 자아상실을 겪으면서도 지금 자신에게 일어나고 있는 일에 순종했다.

여자는 아이를 데리고 두번 농장에 왔다. 하지만 그들 사이에는 무감각처럼 지극히 고요하고 수동적인 이런 소강상태가 있어서 어떤 적극적인 변화는 일어나지 않았다. 그는 아이를 특별히 의식하지는 않았지만 말을 태워주고 닭 모이를 주게 하면서 타고난 좋은 성품으로 아이의 믿음과 애정까지 얻었다.

한번은 일크스턴에서 돌아오는 길에 이 모녀를 태웠다. 아이는 애정을 확인하려는 듯 그에게 바싹 붙었고, 엄마는 아주 가만히 앉아 있었다. 세 사람 위로 부드러운 안개처럼 아련함이 감돌고 그들의 의지가 정지된 듯 침묵이 흘렀다. 그는 장갑을 벗고 무릎 위에 포갠 그녀의 손만 보았는데, 손가락에 낀 결혼반지가 눈에 들어왔다. 그것이 닫힌 원이 되어 그를 막아섰다. 그것, 결혼반지는 그녀의 삶을 묶어두고 있었고 그가 전혀 끼어들 수 없는 그녀의 삶을 상징했다. 그럼에도 불구하고 이 모든 것을 넘어, 만나야만 할 그녀와 그가 있었다.

번쩍 들다시피 여자를 마차에서 내려주면서 그는 이렇게 두 손으로 그녀를 안을 권리 같은 게 자신에게 있다고 느꼈다. 그녀는 아직 지나가버린 저편의 삶에 속해 있었다. 하지만 그는 그녀를 아끼지 않을 수 없었다. 모른 척 내버려두기엔 그녀는 너무도 생기 넘치는 존재였다.

간혹 그녀가 멍하게 그를 잊어버리고 있을 때면 그는 화가 나고 분노가 치밀었다. 그러나 그럴 때도 아직은 자제했다. 그녀는 아무 반응이 없었고 그에게 다가올 존재도 없었다. 그것이 혼란스럽고 화가 났지만 그는 한동안 견뎠다. 그러다보면 그녀의 무심함에 괴로움이 쌓이고 쌓인 끝에 점차 분노가 터져나와 파괴적인 상태가 되었고, 그러면 그녀를 피해 멀리 가버리고 싶었다.

일이 터진 것은 이런 상태에서 그녀가 아이를 데리고 마시 농장에 놀러 왔을 때였다. 그는 지독한 반발심으로 불퉁하게 그녀에게 맞선 채 지켜보았다. 그리고 그가 아무 말도 안 했지만 그녀는 자신을 죄어오는 그의 분노와 엄청난 갈급함을 느꼈다. 무기력 상태에서 벗어나 그녀는 또다시 흔들렸다. 또다시 그녀의 가슴은 생기에 차 흘러넘치는 충동으로 동요했다. 그녀는 그를, 신사 계급은 아니어도 그녀의 삶으로 들어오려고 집요하게 애쓰는 이 낯선 남자를 바라보았다. 그러자 그녀 속에서 새로운 탄생의 진통이 새 형태를 낳기 위해 그녀의 핏줄 전부를 긴장시켰다. 그녀는 새 존재, 새 형태를 찾기 위해, 자신을 지켜보는 이 맹목적이고 집요한 인물에게 응하기 위해 다시 시작해야 할 터였다.

새로운 탄생의 떨림과 메스꺼움이 그녀를 덮치고 지나가자, 불꽃은 그에게로 옮겨붙어 그를 사로잡았다. 그녀는 이것을, 그에게서 솟아나며 그와 함께하는 이 새 삶을 원했지만 그 삶으로부터 자신을 방어해야 했다, 왜냐하면 그것은 파괴를 의미했기에.

그가 들에서 홀로 일하거나 새끼 낳을 때가 된 암양들 곁을 지킬 때면 실제적이고 물질적인 일상적 삶은 다 떨어져나가고 그의 열망의 알맹이만 또렷이 남았다. 그럴 때면 문득 그는 그녀와 결혼할 것이고 그녀가 그의 삶이 되리라는 깨달음이 다가왔다.

차츰 그는 보지 않고도 그녀를 알게 되었다. 그럴 수만 있다면 그녀를 부모 없는 아이처럼 자기에게 맡겨진 존재로 여기고 싶었다. 그러나 그런 생각은 하면 안 되는 것이었다. 상황에 대한 그런 안이한 관점은 내려놓아야 했다. 그녀가 그를 싫다고 할 수도 있었다. 게다가 그는 그녀가 두려웠다.

그러나 암양들이 새끼를 낳는 2월의 긴긴밤, 우리 밖 저 멀리 밝게 빛나는 별들을 바라보며 그는 자신이 자기의 것이 아님을 알았다. 자신이 파편에 불과한, 불완전하고 종속적인 존재임을 인정해야 했다. 어두운 하늘에 별들이 운행하고 있었고 전체 별 무리는 어딘가 영원한 항해길에 올라 흘러가고 있었다. 그리하여 그는 더 큰 질서에 순종하며 자그맣게 앉아 있었다.

만약 그녀가 그에게 오지 않는다면 그는 아무것도 아닌 존재로 남아야 하리라. 그것은 힘든 경험이었다. 그러나 그녀가 그를 잊어 버리는 일이 거듭된 후에, 그녀에게는 그가 존재하지 않는다는 것을 그토록 자주 목격한 후에, 벌컥 화를 내며 벗어나려 애쓰고 혼자서도 충분하다고, 자기는 남자며 홀로 설 수 있다고 다짐한 후에, 별빛 쏟아지는 그 밤에 그는 겸허해져야 했고 그녀 없이 자기는 아무것도 아님을 인정하고 깨달아야만 했다.

그는 아무것도 아니었다. 그러나 그녀와 함께라면 그는 살아 있는 존재가 되리라. 만약 지금 그녀가 어미 양들과 새끼 양들의 찡 얼대는 울음소리를 헤치며 양 우리 옆 서리 내린 풀밭을 가로질러 걸어오고 있다면, 그녀는 그를 완성하고 온전하게 하리라. 그렇게만 된다면, 그녀가 그에게 오기만 한다면! 그렇게 되어야 했다, 그리 될 운명이었다.

그는 그녀에게 청혼하려고 오랫동안 단단히 마음먹고 있었다. 그리고 자신이 청혼하면 그녀가 진심으로 받아들여야 한다고 생각했다. 그래야 하고, 그밖에는 있을 수 없었다.

그는 그녀의 이력을 좀 알아보았다. 가난하고, 완전히 혼자이며, 남편이 죽기 전후로 런던에서 힘든 시기를 보냈다고 했다. 그러나 폴란드에서는 지주의 딸로서 지체 높은 귀부인이었다고 했다.

그녀가 귀족 태생에 남편이 저명한 의사였다는 사실, 브랭귄 자신은 거의 모든 면에서 그녀보다 아래라는 사실, 이 모든 게 그에게는 그저 말에 불과했다. 그녀를 그와 이어주는 내적 진실이, 영혼의 법칙이 존재했다.

창밖에 바람이 거칠게 불어대던 3월 어느 저녁, 청혼의 순간이 왔다. 그는 손을 모으고 난롯가에 몸을 기울인 채 앉아 있었다. 타오르는 불꽃을 보며 그는 머리로 생각지 않고서도 오늘 저녁 청혼하러 갈 것이란 걸 알았다.

"깨끗한 셔츠 있어?" 그가 틸리에게 물었다.

"있는 줄 아시잖어유." 그녀가 말했다.

"그렇지, 흰 셔츠 좀 갖다줘."

틸리는 그가 아버지에게 물려받은 리넨 셔츠 한장을 내려다가 불기운을 쬐도록 그의 앞에 두었다. 무릎에 팔을 괸 채 조용히 몰두해서 그녀가 있는 줄도 모르고 앉아 있는 그를 틸리는 말없이, 쓰라린 심정으로 사모했다. 최근 들어 그의 곁에서 그를 위해 뭐라도 할라치면 떨리면서 울음이 터지려 했다. 지금 셔츠를 펴고 있는 그녀의 손이 떨려왔다. 그는 요새 소리 지르지도, 성질을 부리지도 않았다. 집 안을 감도는 깊은 정적 때문에 그녀는 가볍게 몸을 떨었다.

그는 씻으러 갔다. 기이하고 미세한 의식의 조각들이 그의 고요한 심연에서 올라와 거품처럼 터지는 것 같았다.

"꼭 해야 하는 일이야, 꼭 해야 해. 망설일 게 뭐야?" 몸을 수그려 난로 망에 걸려 있는 셔츠를 집으면서 그가 중얼거렸다. 그리고 벽에 걸린 거울 앞에서 머리를 빗으며 자신의 질문에 대수롭잖게 대꾸했다. "그 여자가 뭐 입이 없나. 젖먹이도 아니고 말이야. 좋으면 좋고, 싫으면 싫다고 할 권리가 있지."

이렇게 상식적으로 생각하다보니 조금 더 용기가 났다.

"뭐 달라고 하셨어유?" 그의 말소리를 들은 틸리가 갑자기 들어와 물었다. 그녀는 서서 그가 금빛 수염을 빗는 모습을 지켜보았다. 그의 눈은 침착하고 흔들림 없었다.

"응, 가위 어디 뒀어?" 그가 물었다.

하녀는 가위를 가져다주고 서서 그가 턱을 내민 채 수염 다듬는 모습을 지켜보았다.

"양털 깎기 대회 나간 것같이 막 깎아붙진 마셔유." 불안한 마음에 그녀가 말했다. 그가 입술에 묻은 가늘고 곱슬거리는 털을 훅 불어냈다.

브랭귄은 깨끗한 옷으로 전부 갈아입고 조심스레 타이를 맨 다음 제일 좋은 겉옷을 걸쳤다. 그렇게 채비를 갖춘 후, 잿빛 석양이 내릴 무렵 과수원을 가로질러 수선화를 꺾으러 갔다. 사과나무에 거세게 바람이 불어댔고 노란 꽃들이 아래위로 격렬하게 일렁여서, 그가 몸을 숙여 고르게 난 연한 수선화 줄기를 꺾을 때는 어린 가지들이 가냘프게 울어대는 소리까지 들렸다.

"뭐 하는 거야?" 정원 입구를 나설 때 만난 친구 한명이 큰 소리로 외쳤다.

"청혼하러 가볼까 하네." 브랭귄이 대답했다.

그리고 몹시 심란하고 들뜬 틸리는 들판을 지나 커다란 대문으로 들이치는 바람을 맞으며 거기서 그가 가는 모습을 지켜보고 있었다.

그는 언덕을 올라 목사관을 향해 계속 걸었다. 산울타리 사이로 부는 거센 바람 때문에 수선화 다발을 옆구리에 가렸다. 그는 아무 생각도 하지 않았다. 바람이 불고 있다는 것만 의식했다.

밤이 내리고 있었다. 앙상한 나무들이 부딪혀 윙윙 소리를 냈다. 목사는 서재에 있을 것이고, 폴란드 여인은 아이를 데리고 아늑한 부엌에 있겠지. 황혼이 가장 짙을 무렵, 그는 대문을 지나 수선화 몇송이가 바람에 휘고 드문드문 핀 크로커스가 옅고 희미하게 엉클어져 있는 샛길로 내려갔다.

부엌 창문에서 뒤쪽 수풀로 빛이 흘러나오고 있었다. 그는 주저하는 마음이 들었다. 이 일을 해낼 수 있을까? 창문 너머로 그녀가 흔들의자에 앉아 벌써 잠옷으로 갈아입은 아이를 무릎 위에 안고 있는 모습이 보였다. 멋대로 뻗친 아이의 금발 머리가 따뜻한 벽난로 쪽으로 늘어져 있었고, 어른처럼 생각에 잠긴 듯한 아이의 환한 뺨과 맑은 피부에 난로 불빛이 비쳤다. 아이 엄마의 얼굴은 어둡고 고요해서, 그는 이미 지나간 삶으로 아득히 돌아간 그녀의 모습을 아프게 지켜보았다. 아이의 머리카락이 유리실처럼 반짝였고 얼굴은 내부에 불을 밝힌 밀랍 인형으로 보일 만큼 밝게 빛났다. 바람이 세차게 휘몰아쳤다. 모녀는 꼼짝 않고 고요히 앉아 있었다. 아이는 텅 빈 검은 눈동자로 난롯불을 응시하고 있었고 엄마는 허공을 바라보고 있었다. 아이는 거의 잠든 상태였다. 눈을 저렇게 커다랗게 뜨고 있는 것은 아이의 의지력 때문이었다.

바람에 집이 흔들리자 겁먹은 아이가 갑자기 주위를 둘러보았고, 브랭귄은 아이의 작은 입술이 움직이는 것을 보았다. 엄마가 아이를 어르기 시작하자 흔들의자 삐걱대는 소리가 들렸다. 그런 다음에는 외국어 가사로 된 낮고 단조로운 가락이 들려왔다. 잠시 후 한차례 더 세찬 바람이 불어닥치자 엄마의 마음은 정처 없이 흘러가버린 것 같았고, 아이의 검은 눈동자는 더욱 커졌다. 브랭귄은 어두운 하늘 가득 무서운 속도로 몰려드는 구름을 올려다보았다.

그때, 높고 불만 섞였지만 명령조인 아이의 목소리가 들려왔다.

"그 노래 부르지 마, 엄마. 듣기 싫어."

노랫소리가 사라졌다.

"자러 가야지." 엄마가 말했다.

매달리며 보채는 아이와 무감하게 아득히 멀어지는 엄마, 다시 매달리고 붙잡아보려 애쓰는 아이의 모습이 그의 눈에 들어왔다. 그때 갑자기 아이답게 또렷이 요구하는 소리가 들렸다.

"이야기 해줘."

바람이 불었고, 이야기가 시작되었다. 아이는 엄마 품에 안겨 있었고, 브랭귄은 밖에서 어쩌지 못한 채 바람결에 거칠게 일렁이는 나무들과 몰려드는 어둠을 지켜보았다. 따라야 할 운명이 있었기에 그는 여기, 이 문간에서 서성이고 있었다.

아이는 동그랗게 몸을 웅크린 채 엄마 품에 꼼짝 않고 안겨 있었고 가는 양털 같은 머리카락 사이로 검은 눈동자도 깜박이지 않았다. 눈만 아니면 몸을 말고 잠든 한마리 짐승 같았다. 엄마가 앉은 곳은 어둑해 보였고 이야기는 저절로 흘러가는 듯했다. 브랭귄은 바깥에 서서 내리는 어둠을 지켜보았다. 시간이 흐르는 것도 몰랐다. 수선화를 쥔 손이 굳고 차가워졌다.

이야기가 끝나자 목을 꼭 껴안은 아이를 안고 마침내 엄마가 자리에서 일어났다. 저렇게 큰 애를 저렇게 쉽게 들다니 힘이 센 게 분명했다. 어린 애나는 엄마의 목을 꼭 안고 있었다. 금발에 특이한 표정의 이 아이는 눈만 빼고 다 잠든 상태로 엄마의 어깨 너머를 보고 있었고, 크고 검은 두 눈동자는 끝까지 버티면서 보이지 않는 무언가와 싸우고 있었다.

모녀가 자리를 뜨자 브랭귄은 서 있던 곳에서 처음으로 몸을 움직여 주위의 밤 풍경을 둘러보았다. 그 자신에게서 놓여나던 이즈음의 몇몇 순간에 그랬던 것처럼 이 밤이 정말로 아름답고 친숙하기를 바랐다. 저 아이와 마찬가지로, 그는 운명처럼 다가오는 야릇한 긴장감과 고통을 느꼈다.

아이 엄마가 다시 내려와서 아이 옷가지를 개기 시작했다. 그가 노크했다. 그녀는 외국인이 보이는 어색한 태도로 약간 당황하고 의아해하며 문을 열었다.

"안녕하세요," 그가 말했다. "잠깐만 있다 가겠습니다."

그녀의 얼굴빛이 금세 확 바뀌었다. 준비가 되어 있지 않았던 것이다. 그녀는 어둠을 등진 채 수선화를 들고서 창에서 비치는 빛 속에 선 그를 내려다보았다. 검은 옷을 입은 그를 보자 그녀는 또다시 그를 알 수 없었고 겁이 날 지경이었다.

그러나 그는 벌써 문간으로 발을 들이더니 문을 닫고 있었다. 한밤중에 벌어진 이런 침범에 그녀는 깜짝 놀라 부엌으로 들어갔다. 그가 모자를 벗고 그녀 쪽으로 다가왔다. 밝은 데 들어서자 검은 옷에 검은 타이를 매고 한 손에는 모자를, 다른 손에는 노란 꽃다발을 든 그의 모습이 드러났다. 여자는 어안이 벙벙해서 속수무책으로 한쪽으로 물러섰다. 그녀는 그를 알지 못했고, 단지 자기 때문에 온 남자라는 것만 알았다. 거기 그녀 앞에 선 검은 옷의 사내의 형상과 꽃을 움켜쥔 주먹만 볼 수 있었다. 얼굴도, 생기 넘치는 눈도 볼 수 없었다.

그는 그녀를 모르는 채, 그녀 존재의 심연만을 의식하며 그녀를 응시하고 있었다.

"말씀드릴 게 있어서 왔습니다." 그가 식탁 쪽으로 성큼성큼 다가와 모자와 꽃을 내려놓으면서 말했다. 꽃들이 옆으로 쓰러지며 흐트러졌다. 그가 다가오자 그녀는 움찔했다. 그녀에게는 의지도, 존재도 없었다. 바람이 굴뚝 속에서 윙윙댔고, 그는 기다렸다. 꽃을 내려놓고 나니 손부끄러울 일도 없었다. 이제 그는 주먹을 꽉 쥐었다.

그는 그녀가 거기 미지의 상태로, 두려워하며, 하지만 그와 연결된 채 서 있다는 것을 깨달았다.

"제가 온 것은," 그는 희한하게도 사무적이고 평이하게 말했다. "저와 결혼해주십사 해섭니다. 매인 데는 없으시지요?"

긴 침묵이 흐르는 사이, 이상하게도 감정이 배제된 그의 푸른 눈은 진실에 이르는 답을 찾기 위해 그녀의 눈을 들여다보았다. 그는 그녀에게서 진실을 찾고 있었다. 그리고 그녀는 최면에 걸린 듯 마침내 대답해야 했다.

"네, 매인 데는 없어요."

그의 눈빛이 바뀌었고, 마치 그녀의 진실을 알아내기 위해 그녀를 바라보고 있는 듯 감정이 조금 드러났다. 그의 눈은 결코 변치 않을 것처럼 침착하고 몰입했으며 영원했다. 그 눈이 그녀에게 고정되어 그녀를 녹일 것 같았다. 그녀는 의지가 사라져 그에게로, 그와 함께하는 하나의 의지로 빠져들며 자신이 새로 태어나는 느낌에 가볍게 몸을 떨었다.

"저를 원하세요?" 그녀가 말했다.

그의 얼굴이 창백해졌다.

"예." 그가 대답했다.

아직도 긴장과 침묵이 감돌았다.

"모르겠어요." 자기도 모르게 여자가 말했다. "전 정말, 모르겠어요."

그는 속에 있던 긴장의 끈이 탁 풀려서 주먹 쥔 손이 느슨해졌고 몸을 움직일 수 없었다. 맥이 빠져 무력한 상태로 여자를 바라보며 서 있었다. 잠시 그에게 그녀는 비현실적인 존재가 되어버렸다. 그때, 그는 그녀가 기이할 만큼 곧바로, 움직임도 없이, 갑작스러운 흐름처럼 자신에게 다가오는 것을 보았다. 그녀가 그의 양복 윗도리에 손을 얹었다.

"예, 결혼하고 싶어요." 그녀는 크고 솔직한, 이제 지고의 진실에 열린, 새로 뜬 눈으로 그를 바라보면서 감정이 배제된 목소리로 말했다. 그는 몹시 창백해져서 가만히 서 있었다. 오직 그의 눈동자만이 그녀의 시선에 사로잡혀 있었고, 그는 고통스러웠다. 그녀는 어린아이 같은 새로 뜬 큰 눈으로 그를 바라보는 듯했다. 그리고 그에게는 고통으로 느껴지는 기이한 움직임으로 은근히 자신의 어두운 얼굴과 가슴을 천천히 내밀며, 그의 머릿속 뭔가를 깨뜨리는 키스를 할 듯이 다가왔다. 그것은 그 순간 잠시 그를 덮친 어둠이었다.

그는 그녀를 품에 안았다. 그리고 자신은 완전히 지워진 채 그녀에게 입 맞추고 있었다. 그것은, 자기 자신을 깨고 벗어난다는 것은 소스라치는 온전한 고통이었다. 품속의 그녀는 어린아이처럼 작고 가벼우며 그를 받아들이고 있었지만, 이렇게 은근히 빠져들어 무한히 이어질 것 같은 포옹을 그는 감당할 수가, 견딜 수가 없었다.

그는 돌아서서 의자를 찾아 여자를 품에 꼭 끌어안은 채 자리에 앉았다. 그런 후 몇초간 그는 완전한 극한의 망각 속에 갇혀 깜깜한 잠에 빠졌다.

이 잠으로부터 그는 차츰 정신이 들었다. 계속해서 그녀를 따스하게 끌어안고 있었고, 그녀도 동일한 망각이자 비옥한 어둠에 감싸여 그와 같이 전적으로 고요했다.

그는 서서히 정신이 들었는데, 어두운 자궁 속에서 수태되어 새로이 탄생한 듯 새롭게 창조되었다. 모든 것이 날아갈 듯 가벼웠고 신새벽처럼 새로웠다. 이른 새벽처럼 새로움과 축복이 가득 밀려들었다. 그녀도 그와 똑같이, 미동도 없이 함께 앉아 있었다.

잠시 후, 그를 올려다보는 그녀의 크고 젊은 눈이 부시도록 반짝였다. 그는 몸을 숙여 그녀의 입술에 키스했다. 그러자 새벽이 그들 안에서 타올라 그들의 새 생명이 열렸다. 그것은 상상을 초월할 만큼 좋았고, 너무 좋았기에 거의 죽음과도, 절멸과도 같았다. 그는 그녀를 와락 끌어당겼다.

얼마 후 그녀 안의 빛이 점점 희미해지기 시작했고, 그녀는 고개를 숙이고 기댄 채 그의 품에 안겨 있었다. 기운이 빠져 고개를 숙인 채 가만히 있었다. 기운이 빠지니 그를 좀 밀어내고픈 마음이 들었다.

"아이가 있어요." 한참 말이 없다가 그녀가 입을 열었다.

그는 무슨 뜻인지 알지 못했다. 목소리를 들은 지 너무 오래되었다. 방금, 이제 막 다시 불기 시작한 것 같은 거센 바람 소리도 들렸다.

"그렇죠." 그는 여자의 말뜻을 알지 못하면서도 대답했다. 심장이 약간 조여들고 이마에 긴장하는 빛이 돌았다. 뭔가 부여잡고 싶었지만 그럴 수 없었다.

"애를 사랑해줄 건가요?" 그녀가 물었다.

다시 통증처럼 온몸이 순식간에 조여왔다.

"지금도 아끼고 있어요." 그가 말했다.

그녀는 그에게 가만히 기대어 편안히 그의 몸의 온기를 받았다. 그에게서 나오는 온기를 흡수하고, 그에게 기댄 몸의 무게와 알 수 없는 자신감을 전해주는 그녀의 존재를 느낀다는 것은 그에게 엄청난 확증이었다. 그러나 이렇게 멍하게 보이는 그녀, 그녀는 어디에 있는가? 궁금한 마음에 생각이 굴러가기 시작했다. 그는 그녀를 알지 못했다.

"그렇지만 난 당신보다 나이가 훨씬 많아요." 그녀가 말했다.

"몇살인데요?" 그가 물었다.

"서른넷이요." 그녀가 대답했다.

"난 스물여덟입니다." 그가 말했다.

"여섯살 차이군요."

여자는 약간 좋아하면서도 이상하게 그 점에 신경을 썼다. 그는 여기 앉아 그녀의 이야기를 듣고 있다는 게 놀라웠다. 그녀가 자기에게 기대고 있어 숨을 쉬면 그녀가 위로 들리고, 그의 몸 위에 그녀의 무게가 느껴지는데도 그녀가 아무 신경도 안 쓴다는 게 정말 멋져서, 그는 어떤 완벽함과 범접할 수 없는 힘을 가진 느낌이었다. 그는 그녀를 그대로 두었다. 그녀를 알지도 못했다. 그녀가 자신에게 몸을 맡긴 채 안겨 있다는 게 너무도 신기했다. 그는 기뻐서 가만히 있었다. 숨 쉴 적마다 그녀의 몸이 들썩이다니, 자신이 육체적으로 굉장히 강하다고 느꼈다. 두 사람이 이룬 기이하고도 범접할 수 없는 이 온전함 때문에 그는 신이라도 된 듯 자신감 넘치고 안정된 기분이었다. 흐뭇한 마음에, 목사가 알면 뭐라고 할지 궁금해졌다.

"여기서 집안일해주면서 오래 있을 필요 없어요." 그가 말했다.

"여기도 좋아요." 그녀가 말했다. "여러 곳에 있어봐서요, 여긴 아주 좋아요."

대답을 듣고 그는 다시 아무 말도 하지 않았다. 그녀는 이렇게나 가까이 기대 있으면서 아득히 멀리서 대답했다. 그러나 그는 괘념치 않았다.

"당신 집은 어땠습니까? 어렸을 적에요." 그가 물었다.

"아버진 지주였어요." 그녀가 답했다. "근처에 강이 있었고요."

이 말을 들어도 그는 머리에 그려지는 게 별로 없었다. 모든 게 전처럼 흐릿했다. 그렇지만 그녀가 이렇게 가까이 있는 한 아무래도 좋았다.

"나도 지주요, 땅은 작지만." 그가 말했다.

"그래요." 그녀가 말했다.

그는 움직여볼 엄두를 내지 못했다. 숨 쉬는 그의 가슴에 가만히 기댄 그녀를 품에 안고 앉아서 그는 한동안 움쩍도 하지 않았다. 그러다 부드럽게, 머뭇거리며 그의 손이 그녀의 둥그레한 팔에, 그 미지의 세계에 닿았다. 그녀가 좀더 가까이 있는 것 같았다. 뜨거운 불길이 그의 배에서 가슴까지 확 타올랐다.

하지만 너무 일렀다. 그녀가 일어나더니 방을 가로질러 찬장으로 가서 조그만 쟁반 깔개를 가져왔다. 그녀에게는 전문가 같은 차분함이 있었다. 예전에 바르샤바에서, 그리고 이후 혁명기에 남편을 도와 간호사 일을 했던 것이다. 그녀가 찻상을 차리기 시작했다. 브랭귄은 안중에 없는 듯 행동했다. 그는 똑바로 앉았다. 그녀가 자신을 물리치는 것 같아 견디기 힘들었다. 그녀는 알 수 없는 표정으로 방 안을 돌아다녔다.

그러다 그가 모든 걸 낯설고 신기해하며 앉아 있을 때, 그녀가 다가와 그를 바라보았다. 커다란 잿빛 눈동자는 희미한 빛을 띠고 웃는 듯했다. 하지만 어찌 보면 예쁘고 어찌 보면 못생긴 그녀의 입은 아무 움직임 없이 슬퍼 보였다. 그는 두려웠다.

그의 눈동자가 낯선 상황에 긴장해 동요했고, 그녀 앞에서 약간 움츠러들었다. 자신이 움츠러드는 걸 느끼면서도 그는 순종하듯이, 그녀에게 순종하듯이 일어나 몸을 굽혀 그녀의 크고 두꺼운, 슬푼 입에 키스했다. 그러나 입맞춤을 받은 후에도 그녀의 입은 변하지 않았다. 그의 내면에 두려움이 너무 강했던 것이다. 또다시 그녀를 얻지 못했다.

여자는 돌아서서 멀어졌다. 목사관 부엌은 어수선했지만 그녀와 아이가 어지른 것이라 그에게는 좋아 보였다. 그녀에게는 그렇게 멋진 아득함이 있음에도 그와 연결된 무언가가 있었고, 그래서 그의 심장이 마구 뛰었다. 그는 거기 서서 그대로 기다렸다.

그녀가 다시 다가왔다. 검은 옷을 입은 그의 무척이나 빛나는 푸른 눈은 그녀 때문에 혼란스러운 빛을 띠었고, 얼굴에는 팽팽한 생기가 넘쳤으며, 머리는 헝클어져 있었다. 그녀가 그에게, 검은 옷을 입은 그의 긴장한 몸에 바싹 다가와 팔에 손을 얹었다. 그는 움직이지 않고 가만히 있었다. 어두운 기억이 열정과 다투고 있는, 저 깊숙이 번득이는 원초적인 빛을 간직한 그녀의 눈이 그를 거부하는 동시에 빨아들였다. 그러나 그는 마음을 가라앉혔다. 가까스로 숨을 쉬었고, 머리에서 땀이 솟아 이마로 흘러내렸다.

"나하고 결혼하고 싶으세요?" 그녀가 천천히, 늘 그렇듯 머뭇거리며 물었다.

그는 말이 안 나올까봐 두려웠다. 숨을 크게 들이마시며 답했다. "그래요."

그러자 그녀는 또다시, 그로서는 너무나 괴롭기도 한 손을 그의 팔에 가볍게 얹었고, 몸을 살짝 숙여 낯설고 원초적인 느낌으로 껴안으며 입을 맞췄다. 그녀의 입은 못생겼으면서 매력적이었고, 그는 견딜 수 없었다. 그가 그녀의 입술에 입을 포개자 천천히, 아주 천천히 반응이 왔다. 그러더니 점점 더 세지고 열정적으로 되어, 마침내 그녀의 키스가 번개 내리치듯 강렬해서 그는 더이상 견딜 수 없었다. 그는 창백하게 숨죽인 채 물러났다. 오직 그의 푸른 눈동자 속에만 그 자신의 어떤 것이 응축되어 있었다. 그녀의 눈 속에 깜깜한 공허 위로 옅은 미소가 번졌다.

그녀가 다시 그에게서 물러나고 있었다. 그리고 그는 가버리고 싶었다. 견딜 수 없었다. 더는 감당할 수 없었다. 가야만 했다. 하지만 그는 머뭇거렸다. 그런데 그녀가 그에게서 돌아섰다.

거부당한 느낌과 고통이 없지 않았지만, 이젠 정해졌다.

"내일 와서 목사님께 말하겠습니다." 모자를 집으며 그가 말했다.

그를 바라보는 그녀의 눈에는 표정이 없었고 어둠이 가득했다. 그는 아무 대답도 읽어낼 수 없었다.

"그럼 되겠죠, 그죠?" 그가 말했다.

"네." 내용도 뜻도 없는 메아리 같은 대답이었다.

"잘 자요." 그가 말했다.

"안녕히 가세요."

브랭귄은 평소처럼 무표정하고 공허한 얼굴로 서 있는 그녀를 두고 돌아갔다. 그런 뒤 그녀는 목사에게 줄 찻상을 마저 차렸다. 탁자가 필요하자 별 신경도 쓰지 않고 수선화를 서랍장 위로 치웠다. 꽃의 차가운 기운만이 그녀의 손에 닿아 오래 울림을 남겼다.

그들은 서로 이토록 낯선 이방인들이었다. 그들은 영원히 이방인일 수밖에 없었기에, 그의 정열은 자신을 후려치는 고통이었다. 이토록 가까이 포옹하고도 이토록 철저하게 이질적인 접촉이라니! 그는 견딜 수가 없었다. 가까이 있으면서도 서로 얼마나 철저히 이방인인지 안다는 게, 서로에게 얼마나 완전히 낯선 존재인지 안다는 게 견딜 수 없었다. 그는 바람 부는 바깥으로 나왔다. 구름이 흘러 하늘 여기저기 커다랗게 구멍을 냈고 달빛이 흩날리고 있었다. 이따금, 하늘 높이 교교히 흐르던 달이 텅 빈 허공을 가로지르다가 번득 갈색으로 일렁이는 구름 속으로 모습을 감추었다. 그러면 구름에 가려 그림자가 생겼다. 그러다 밤 어디에선가 피어오르는 안개처럼 다시 한줄기 광채가 비쳤다. 온 하늘이 어지러이 날아다니는 구름 형상들과 캄캄한 어둠, 빛의 거친 연무, 그리고 커다랗게 선회하는 갈색의 달무리로 가득 차 마구 내달리고 있었다. 어느새 섬뜩한 달이 물 흐르듯 환하게 흘러 허공중에 잠시 나타나 눈부시게 빛을 비추더니, 다시 구름 뒤로 숨었다.

2장
마시 농장에서의 삶

  그녀는 폴란드 지주의 딸이었다. 유대인들에게 큰 빚을 지고 돈 많은 독일 여자와 결혼했던 아버지는 대반란[1]이 일어나기 직전 세상을 떴다. 그녀는 상당히 어린 나이에, 베를린에서 유학한 지식인으로 바르샤바로 귀환한 뒤에는 애국파[2]로 통하던 파울 렌스키와 결혼했다. 어머니는 독일 상인과 재혼해 멀리 떠나버렸다.
  젊은 의사와 결혼한 리디아 렌스키는 남편을 따라 애국파이자 신여성이 되었다. 그들은 가난했지만 자부심이 대단했다. 그녀는 해방된 여성의 징표로 간호학을 공부했다. 폴란드 내에서 그들은 러시아에서 막 시작된 새로운 운동을 대표했다. 그렇지만 그들은

---

1 1863년 1월 러시아의 폴란드 분할 점령을 종식하고자 일어난 봉기. 1864년 러시아군에 의해 잔인하게 진압되었다. 폴란드에서 가장 오래 지속된 반란으로 유럽 현대사와 폴란드 사회에 큰 영향을 미쳤다.
2 폴란드 독립운동의 한 계열.

대단히 민족주의적이었고 동시에 아주 '유럽적'이었다.[3]

그들에게는 아이가 둘 있었다. 그 무렵 대반란이 일어났다. 열성 분자인 데다 말솜씨가 뛰어난 렌스키는 동포들을 선동하는 데 앞장 섰다. 젊은 폴란드인들[4]은 바르샤바 거리를 휩쓸면서 러시아 사람 이라면 보이는 대로 쏘았다. 이렇게 그들은 러시아 남부까지 진입 했고, 반란군 여섯명이 유대인 마을에 쳐들어가서 장검을 휘두르며 러시아인이라면 모조리 쏴버리겠다고 엄포를 놓는 일이 흔했다.[5]

렌스키는 과격한 기질도 있었다. 남편과는 집안이 다른 데다 독 일 혈통을 받아서 온화한 리디아는 그의 과감한 단언과 애국주의 의 소용돌이에 휩쓸려 빛이 바랬다. 그는 정말 용감한 사내였지만, 아무리 용감하다 해도 그의 기막힌 말솜씨는 못 따라갔을 것이다. 그는 지나치게 몰두한 나머지 살아 있는 건 눈밖에 남지 않았다. 리디아는 약에 취한 듯 남편의 시중을 들고 구호를 복창하며 그림 자처럼 그의 뒤를 따라다녔다. 두 아이를 데리고 다니기도, 두고 다 니기도 했다.

어느 날 집에 돌아와 보니 아이 둘 다 디프테리아로 죽어 있었 다. 남편은 인사불성으로 통곡했다. 하지만 전쟁은 계속되었고 그 는 곧 제자리로 돌아갔다. 리디아의 마음에는 어둠이 드리운 후였 다. 그녀는 기이하고 깊은 공포에 사로잡혀 말을 잃은 채 언제나 어둠 속을 걸어다녔다. 그녀는 공포 속에서 만족을 구하거나, 수녀

---

3 러시아-슬라브 쪽이 아닌 서유럽에 동조적이라는 뜻.
4 러시아 통치에 반대한 폴란드 청년 활동가들. 이들을 러시아군에 징병하려 한 정 부 조치에 항거해 봉기가 시작되었다.
5 유대인도 폴란드인 못지않게 러시아의 압제를 당하고 있었으므로 아이러니한 대목이다.

원에 들어가거나, 비밀스러운 종교를 받듦으로써 자기 내면의 공포 본능을 충족하고 싶었다. 그러나 그럴 수 없었다.

그후 그들은 런던으로 도피하게 되었다. 작고 마른 사내인 렌스키는 저항운동 말고는 자기 삶이 없었기에 다시 느긋해질 수 없었다. 그는 미친 듯 짜증을 내고 강팔랐으며, 극도로 거만하고 까다로웠다. 그래서 얼마 안 가 일하던 병원의 보조의사 자리마저 버텨내지 못했다. 그들은 거지나 다름없었다. 그러나 그는 여전히 자기가 대단한 인물이라는 생각을 버리지 않았고, 활기차고 위풍당당하다는 순전한 환상 속에 사는 것 같았다. 그는 아내가 남부끄러운 처지가 될까봐 물샐틈없이 경계하고 화염검처럼 주위를 맴돌아서 영국인들이 놀라 자빠질 정도였고, 최면을 건 것처럼 그녀를 완전히 장악했다. 리디아는 수동적이며 어두웠고 언제나 그늘져 있었다.

렌스키는 점점 소진되어갔다. 아이가 태어날 무렵, 이미 피골이 상접해진 그에게는 교조적 관념만 남아 있었다. 리디아는 그가 죽어가는 것을 지켜보면서 그를 돌보고 아기도 돌보았지만 그 어디에도 정말로 마음 쓰지는 않았다. 어둠이 회한처럼, 어둡고 야만적이고 신비하게 달려드는 공포나 죽음의 기억처럼, 복수의 그림자의 기억처럼 그녀에게 드리워 있었다. 남편이 죽자 그녀는 안도했다. 더는 그녀를 쪼아대지 못할 테니까.

영국은 초연하고 이국적이라서 그녀의 분위기에 잘 맞았다. 영어는 이곳에 오기 전에 조금 알았고, 앵무새처럼 따라 하다보니 제법 쉽게 익혔다. 하지만 영국 사람들이나 영국의 생활에 대해서는 아무것도 몰랐다. 사실 이런 것들은 그녀에게 존재하지도 않았다. 그녀는 그 무리가 또렷이 보이긴 해도 자신과는 아무 상관 없는 유령들이 떼지어 다니는 곳, 지하 세계를 걷는 사람 같았다. 영국인들은 강인하고 냉담하며 약간 적대적인 무리 같았고, 그녀는 외톨이로 그 사이를 걷고 있는 기분이었다.

정작 영국 사람들은 그녀를 아주 존중했고, 영국 교회는 생활이 궁색하지 않도록 배려해주었다. 그녀는 유령처럼 아무 열정 없이 지냈기에 아이의 사랑이 전해오는 순간들이면 고통스러웠다. 고뇌에 찌든 눈과 깡마른 얼굴로 죽어가던 남편은 그녀에게 실재가 아닌 환영이었다. 환영 상태에서 그는 묻혔고, 치워졌다. 그런 뒤 환영이 멈추자, 그녀는 괴롭힘에서 벗어났고 무채색의 잿빛 시간이 흘렀다. 긴 여행길에 무심히 앉아 있으면 풍경이 절로 옆을 스쳐 지나는 것과 마찬가지였다. 저녁에 아기를 어를 때면 자기도 모르게 폴란드 자장가를 부르거나 가끔 폴란드어로 혼잣말을 하기도 했다. 그밖에는 폴란드나 자신이 속했던 그 생활에 대해 생각하지 않았다. 그것은 어둠 속에 텅 빈 채 도사리고 있는 커다란 얼룩이었다. 표면적인 생활에 있어서 그녀는 완전히 영국인이었다. 심지어 생각도 영어로 했다. 그러나 길고 긴 공허와 암울한 미망迷妄의 순간들은 폴란드의 것이었다.

리디아는 한동안 이렇게 살았다. 그러다 가벼운 불안을 안고 의식이 반쯤 깨어나자 런던 거리들이 눈에 들어왔다. 자기 주위에 아주 이국적인 뭔가가 있고, 자신이 낯선 곳에 와 있다는 걸 깨달았다. 그후 그녀는 시골로 보내졌다. 그러자 아이 적 고향의 기억과 농지 한가운데 있던 커다란 저택과 마을의 농부들이 떠올랐다.

그녀는 요크셔로 배치되어 바닷가 목사관에서 늙은 목사를 간호했다. 이곳은 처음 들여다본 만화경처럼 눈을 뗄 수 없는 것들을 눈앞에 펼쳐놓았다. 탁 트인 농촌과 황무지에 그녀는 머리가 아팠다. 그 풍경이 아프고 또 아팠다. 하지만 그것은 살아 있는 어떤 것으로서 막무가내로 다가와 잠들어 있던 어린 시절의 활기를 일깨웠다. 그것은 그녀와 어떤 연관이 있었다.

이제 그녀 주변의 대기에는 초록빛과 은빛과 푸른빛이 감돌았다. 바다로부터 끊임없이 신비한 빛이 비쳐와 거기 집중하지 않을 수 없었다. 앵초가 무리 지어 피어나 반짝였다. 그녀는 발치에 신경 쓰이는 이게 뭔가 싶어 몸을 수그렸다가 앵초 한두송이를 꺾기도 하면서, 이 생명의 새로운 색채 속에서 이미 지나가버린 것들을 아련히 떠올렸다. 온종일 2층 창가에 앉아 있노라면 빛은 바다에서 끊임없이, 끊임없이, 쉼 없이 비쳐와서 그녀를 저 멀리로 실어 나르는 것 같았고 바닷소리는 그녀 속에 졸음을, 잠과 같은 이완을 낳았다. 넋 놓고 흘러가던 의식이 약간 밀려나면, 그녀는 때로 휘청하면서 살아 있는 아이의 애끓는 모습이 순간적으로 떠올라 말할 수 없이 가슴이 아팠다. 그녀는 온 맘을 다해 아이를 돌보고자 했다.

하늘에 펼쳐진 가없이 반짝이는 바닷빛은 참으로 신비했고, 벌을 두 손바닥 안에 넣어 뻣뻣할 때까지 잡고 있듯이 햇빛이 새나가지 않게 안고 있는 언덕 모퉁이 묘지는 따스하고도 아늑했다. 잿빛 풀과 이끼와 작은 교회당, 거친 풀밭 사이 눈물꽃이 피어 있었고, 믿을 수 없이 따사로운 한조각 햇살이 비쳤다.

그녀의 영혼은 괴로웠다. 저 멀리 나무들 아래로 시냇물 흘러가는 힘찬 소리를 들었을 때 그녀는 깜짝 놀라 이게 뭐지, 의아했다. 길을 가다보면 나무들 사이로 초롱꽃들이 요정처럼 반짝이며 주위를 감싸기도 했다.

여름이 왔다. 황야는 마찻길 바큇자국에 물 고이듯 초롱꽃들로 뒤엉켰고, 햇살 받은 히스 꽃은 진홍으로 피어나 온 세상을 깨웠다. 그래서 그녀는 불안했다. 가시금작화 덤불을 지날 때면 몸을 움츠리며 외면했다. 히스 꽃밭에 들어설 때는 아플 만큼 따가운 목욕물에 들어가듯이 했다. 아이의 주먹 쥔 손가락을 가만히 감쌀 때면 엄마한테 말을 시켜보려는 아이의 불안한 목소리가 들려 마음이 어지러웠다.

그러다가는 다시 움츠러들어 자기만의 어둠으로 돌아갔고, 삶으로부터 안전하게 지워진 채 한참을 지냈다. 하지만 연홍빛으로 반짝이는 울새가 지저귀자 가을이 왔고, 겨울은 황야를 어둡게 물들였다. 그러자 그녀는 거의 난폭할 정도로 다시 삶으로 돌아서서 자기 삶을 되찾겠다고, 그 하늘 아래 고향집 마당에서 놀던 아이 때와 똑같은 삶을 되찾겠다고 주장했다. 눈이 저 먼 데까지 쌓이고, 하얀 대지 위로 드문드문 세워진 전신주는 흐린 하늘 아래 멀리까지 이어졌다. 그러면 다시 그녀 속에서 욕망이 사납게 솟구쳐 여기가 폴란드고 자기는 청춘이라고, 모든 게 다시 자기 것이라고 주장했다.

그러나 이곳엔 썰매도 방울 종도 없었다. 온 세상이 눈으로 환해질 때면 양가죽 외투에 싱싱하고 불그레한 밝은 얼굴로 새사람처럼 생기 넘치게 문밖을 나서던 농부들도 보이지 않았다. 젊은 시절의 삶은 그녀에게 오지 않았다. 다시 돌아오지 않았다. 잠시 애쓰며 괴로워하다가 그녀는 곧 수도원의 어둠 속으로 다시 빠져들었다. 거기서는 사탄과 악마들이 외벽 주위에서 어지러이 날뛰고, 그리스도는 승리의 십자가 위에 창백하게 매달려 있었다.

그녀는 병실에서 소용돌이치는 눈발을 지켜보았다. 눈은 황급히 지나가는 한 무리 그림자처럼, 어떤 최후의 임무를 띠고 저 멀리 하얀 만곡과 눈 얼룩으로 시커메진 반쯤 잠긴 바위들을 지나 불변의 납빛 바다로 날리고 있었다. 그렇지만 근처 나무에는 소복이 눈송이가 피어 있었다. 죽어가는 목사의 칙칙한 잔소리만이 저 뒤에서 들려올 뿐이었다.

그런데 눈물풀꽃이 질 무렵 목사가 세상을 떴다. 그는 죽었다. 그러나 묘하게도 평온한 심정으로 돌아가는 길에, 그녀는 저 아래 풀밭 가에서 바람결에 하얗게 휘날리면서도 아직 날려가지 않은 눈풀꽃을 보았다. 그녀는 잎을 오므린 그 하얀 꽃들이 흐린 녹색 풀밭에 실낱같은 뿌리를 내리고서, 바람에 불려 날아가지도 허공을 떠돌지도 않고 그저 흔들리며 나부끼는 모습을 지켜보았다.

아침에 일어나니 새벽이 부옇게 밝아왔다. 동쪽에서 불어오는 옅은 눈보라처럼 쏟아지는 빛이 점점 더 강하고 거세지더니 마침내 장밋빛이 나타나고, 금빛이 보이고, 저 아래 바다가 환히 밝아왔다. 그녀는 무감하고 무심했다. 그러나 그녀는 어둠의 울타리 바깥에 있었다.

다시 그림자 드리운 공간, 두려움의 숭배에 친숙한 시간이 지나갔고, 그사이 그녀는 멍한 상태에서 코세테이로 보내졌다. 처음에 거기는 아무것도 없었다. 잿빛 공허뿐이었다. 그러나 얼마 후 노란 재스민이 뿜는 빛이 눈길을 사로잡았고, 그다음엔 아침저녁으로 관목 숲에서 개똥지빠귀들이 줄기차게 울어대며 가슴을 두드려, 그녀의 속마음도 그에 맞춰 소리 높여 화답하지 않을 수 없었다. 짤막한 가락들이 떠올랐다. 그녀의 마음엔 번뇌에 가까운 괴로움이 가득했다. 뻗대보았지만 자신이 패배했다는 것을 알았으므로, 그녀는 어둠의 공포에서 빛의 공포로 돌아섰다. 할 수만 있다면 방 안에 숨어 있었을 것이다. 그녀는 무엇보다 자신의 옛 상태를 철저히 망각한 그런 평화를 갈망했다. 정신이 들어 현실을 깨닫게 되는 게 견딜 수 없었다. 이 새로운 탄생을 위한 첫 진통이 너무 아파서 견딜 수 없으리란 걸 그녀는 알았다. 살아남을 수 없는 이 새로운 탄생을 향해 찢어발겨지기보다 차라리 삶의 바깥에 남기를 바랐다. 지금 그녀는 이렇게도 낯선 영국 땅에서, 이렇게도 냉담한 하늘 아래 소생할 힘이 없었다. 겨울 끝자락에 가련하게 피어난 무색무취의 철 이른 꽃송이처럼 죽을 것만 같았다. 그래서 그녀는 자신의 깜빡이는 목숨 한자락을 숨겨주고 싶었다.

그러나 서향나무 향기 충만하고 벌들이 노란 크로커스 속으로 곤두박질치던 햇살 좋은 어느 날, 그녀는 모든 걸 잊고 자기가 아닌 새사람이 된 것처럼, 딴 사람인 것처럼 너무나 행복했다. 하지만 이 상태가 금방 사라질 것을 알았기에 그것이 두려웠다. 목사가 벌들이 기어들라고 크로커스 속에 완두콩 가루를 집어넣는 모습을 보고 그녀는 소리 내어 웃었다. 그러다 밤이 내리면 그녀가 예전부터, 소녀 시절부터 알던 찬란한 별들이 떴다. 너무나 찬란했기에 그녀는 별들이야말로 승리자임을 인정했다.

그녀는 깨어날 수도, 잠들 수도 없었다. 땅 위로 나왔지만 큰 돌멩이 아래 깔린 꽃처럼 과거와 미래 사이에서 으스러져 아무 힘이 없었다.

혼란스럽고 무력한 상태가 이어졌고, 그녀는 자신을 부숴버리려 움직이는 커다란 물체들에 둘러싸인 느낌이었다. 아무 데도 피할 곳이 없었다. 예전의 망각 상태에 기대는 것 외에, 그녀는 차가운 어둠만을 간직하려고 애썼다. 그러던 어느 날, 목사가 뒷문 옆 개똥지빠귀 둥지에 있는 새알을 보여주었다. 그녀는 둥지 위의 어미 새를 보러 갔고, 어미 새가 날개를 활짝 펼쳐 애지중지 숨겨둔 보물을 품으려는 모습을 보았다. 정성을 다해 알을 품는 긴장한 날갯짓이 말할 수 없이 감동적이었다. 아침이면 깨어 삐삐 우는 개똥지빠귀 소리에 어미 새의 날개가 생각났다. 그러면 그녀는 '난 왜 그때 거기서 죽어버리지 않았을까, 왜 여기까지 흘러왔을까?' 하고 상념에 빠졌다.

그녀는 주위 사람들을 의식하긴 했지만 개개의 사람이 아닌 막연한 형상들로 받아들였다. 그녀로서는 적응하기가 너무 힘들었다. 폴란드에 살 때는 평민인 소작농들은 가축이나 마찬가지였다. 그녀가 소유하고 부리는 가축 같았다. 그런데 이 사람들은 누구인가? 이제 그녀는 깨어나고 있었고, 혼란스러웠다.

그러나 브랭귄이 곁을 지나쳤을 때, 그는 그녀를 솔로 쓸어내린 것 같았다. 계속해서 길을 걸으며 그녀는 몸이 얼얼했다. 마시 농장 부엌에서 그와 같이 있은 후, 그녀의 몸은 강하고 집요하게 목소리를 높였다. 그녀는 곧 그를 원하게 되었다. 그녀가 깨어나는 데 있어 그는 가장 가까이 다가온 남자였다.

하지만 언제나, 틈만 나면 그녀는 예전의 무의식으로, 무관심으로 빠져버렸다. 그녀 안에는 더이상 살아 있지 않도록 자신을 제쳐놓으려는 의지가 있었다. 그렇지만 또 어느 날 아침에 눈을 뜨면 온몸에 피가 도는 게 느껴졌고, 햇빛 아래 활짝 핀 꽃처럼 열려 집요하고 강렬하게 뭔가를 원하는 자신이 느껴졌다.

그녀는 그를 더 잘 알게 되었고 그녀의 본능은 그에게, 바로 그에게 꽂혔다. 그를 밀어내려는 충동도 강했는데, 그것은 그가 그녀의 계급이 아니기 때문이었다. 그렇지만 하나의 맹목적인 본능이 그녀로 하여금 그를 택하도록, 가지도록, 그래서 그녀 자신을 그에게 내줘버리도록 이끌었다. 그것은 안전함이었을 것이다. 그녀는 그의 뿌리 깊은 안전함과 내면의 생명력을 느꼈다. 그는 젊고 팔팔하기도 했다. 언제나 생기 넘치는 그의 푸른 눈을 그녀는 아침을 맞듯 향유했다. 그는 정말 젊었다.

그러다 그녀는 또다시 무감각하고 무심한 상태에 빠져들었다. 그러나 이 또한 지나가야만 했다. 온기가 그녀의 온몸에 흘렀고, 그녀는 태양 아래 햇살을 받아 활짝 피어난 꽃송이처럼, 먹이를 달라고 쫙쫙 벌리는 작은 새들의 부리처럼 몸이 열리고 펼쳐져 요구하는 것을 느꼈다. 그렇게 펼쳐진 채로 그녀는 그를 향해, 곧장 그에게로 몸을 돌렸다. 그리고 그가 다가왔다. 천천히, 겁먹은 채, 투박한 공포로 물러났다가 그 자신보다 더 큰 그리움에 이끌려 다가왔다.

　　그녀가 열린 마음으로 그를 향했을 그때는 예전의 삶과 현재의 삶 모두가 지나가버렸기에, 그녀는 활짝 핀 꽃처럼 새로웠고 선뜻 받아들일 준비가 되어 기다렸다. 그는 이것을 알아듣지 못했다. 전혀 알아듣지 못했기에, 그는 연애 기간 동안 순결을 지킨 후 정식 결혼으로 승인받는 순서를 따르도록 스스로를 몰아붙였다. 그리하여 그가 목사관에 와서 청혼한 후 며칠간, 그녀는 이런 마력에 빠져 그의 앞에서 활짝 열린 채 받아들일 상태로 있었다. 그는 혼란에 빠졌다. 그는 목사에게 알리고 결혼 공고를 했다. 그러고는 가만히 기다렸다.

　　그녀는 그에게 계속 관심을 쏟으며 그의 앞에서 본능적으로 기대에 부풀었다. 활짝 피어나 그를 받아들일 태세였다. 그는 자신에 대한 두려움과 그녀의 명예를 존중해야 한다는 관념 때문에 행동에 옮길 수 없었다. 그래서 그런 혼돈 상태로 지냈다.

　　며칠이 지나자 그녀는 서서히 다시 닫히더니 그에게서 멀어졌다. 방어막을 덮어써 그는 침투할 수 없었고, 잊혔다. 그러자 바닥 모를 캄캄한 절망이 또렷해지면서 그는 자기가 잃어버린 것이 무엇인지 깨달았다. 이제 영원히 그것을 잃어버린 것 같았고, 그녀와 마음이 통하다가 다시금 버려진다는 것이 어떤 것인지 알게 되었다. 비탄에 빠진 그의 가슴은 돌처럼 무거웠고 사는 것 같지 않았다.

그는 점점 더 절박해지고 분별력을 잃다가 끝 모를 반발심을 품을 지경이 되었다. 표현도 못 하고 그녀와 마시 농장을 거닐다보면 속에서 음울하고 소리 없는 열정이 들끓어 그녀가 미울 정도였다. 그러다 점점 그녀가 그를 의식하게 되고 그와 연관된 그녀 자신을 의식하게 되면 그녀의 피에 생기가 돌았고, 그녀는 그를 향해 피어나 다시 그를 향해 흐르기 시작했다. 그는 자신들이 다시 마법에 걸릴 때까지, 확 달아올라 몰아치는 정열의 불길 속에서 합일할 때까지 기다렸다. 그러다보면 그는 다시 혼란스러웠고, 밧줄로 꽁꽁 묶인 사람처럼 그녀에게 다가갈 수 없었다. 그래서 그녀가 다가가서 조끼와 셔츠를 풀어헤쳐 어루만지며 그를 알아내야만 했다. 마음의 문을 열고 모든 것을 바치면서도 그가 누구인지, 그가 거기 있는지조차 모른다는 것이 그녀에겐 너무나 고통스러웠다. 그녀는 이 순간에 몰입했으나 그는 그럴 수 없었고, 그래서 그녀를 안는 일이 어설프기만 했다.

그렇게 그는 자기 구실을 제대로 못 하는 것 같아 결혼식 날까지 불안한 마음으로 지냈다. 그녀는 이해할 수 없었다. 그러나 또다시 멍한 상태가 그녀를 덮쳤고, 여러 날이 지났다. 그는 딱히 어떻게 다가가야 할지 알지 못했다. 그녀는 당분간 그가 다시 멀어지게 두었다.

실제로 결혼해서 친밀하게 다 드러내고 살 생각을 하면 그는 몹시 괴로웠다. 그녀에 대해 거의 알지 못했던 것이다. 그들은 서로 이방인이나 다름없었고 너무도 낯선 존재들이었다. 대화도 통하지 않았다. 그녀가 폴란드나 예전 생활에 관해 이야기하면 너무 낯설어서 그와 소통되는 게 거의 없었다. 그가 그녀를 바라볼 때면 지나친 존경과 미지에 대한 두려움이 그의 욕망을 일종의 숭배로 바꿔버려서 육체적 욕망에서 멀어지고 좌절하게 만들었다.

그녀는 이런 사실을 알지 못했고 이해하지 못했다. 그들은 서로 보기만 하고 상대를 받아들였던 것이다. 이렇다보니 아무 망설일 것 없었고 그들 사이는 완전했다.

결혼식 날, 브랭귄의 얼굴은 굳고 무표정했다. 술에 흠씬 취해서 막무가내로 이 순간에서 벗어나고 싶었다. 하지만 그럴 수 없었다. 긴장해서 가슴께가 조였을 뿐이다. 흥겹고 유쾌한 분위기에 하객들이 은근히 야한 농담을 건네도 그는 점점 움츠러들기만 했다. 소리도 들리지 않았다. 닥쳐올 일 걱정에 사로잡혀 편안해질 수가 없었다.

리디아는 어색하지만 평온한 미소를 띠고 조용히 앉아 있었다. 그녀는 두렵지 않았다. 그를 받아들였으니 그와 합일하기를 바랐다. 그녀는 전적으로 지금 이 순간에 속해 있었다. 미래도 과거도 아닌 오직 이 순간, 그녀의 순간에. 그녀는 식탁 윗자리 그의 곁에 앉아 있으면서도 그에게 주의도 기울이지 않았다. 그가 바로 곁에 있고 합일의 순간이 다가오고 있었다. 더이상 무얼 바랄까!

하객들이 모두 돌아갈 시간이 되자 리디아의 수수께끼 같은 얼굴이 부드럽게 빛났고, 다소곳이 숙인 고개는 당당했으며, 잿빛 눈동자는 맑고 커져서 남자들은 감히 쳐다보지 못했고, 여자들은 우쭐한 기분이 들어 그녀를 떠받들었다. 작별 인사를 하는 그녀의 모습은 정말 특별했다. 못생긴 큰 입에는 감사와 득의의 미소가 번졌고, 외국 억양이 섞인 목소리는 매끄럽고 풍부했으며, 커진 눈동자는 떠나는 하객들 각각에 대해 무심했다. 그녀의 태도는 우아하고 멋졌지만, 손을 내밀어 인사를 받으면서도 상대방 남자나 여자의 존재에 신경 쓰지 않았다.

브랭귄은 그녀 옆에 서서 친구들과 따뜻하게 악수하고 인사도 감사히 받았으며 그들의 관심에 기뻐했다. 그러나 속마음은 괴로웠고, 그는 미소를 지으려 굳이 애쓰지 않았다. 시련과 입성의 시간이, 겟세마네 동산과 승리의 예루살렘 입성이 하나가 되어 이제 그에게 닥쳐온 것이다.

그가 보기에 그녀의 배후에는 엄청난 미지의 세계가 있었다. 그녀에게 다가갈 때, 그는 엄청나게 고통스러운 미지에 다가갔다. 그가 어찌 그것을 껴안아 그 의미를 헤아릴 수 있겠는가? 그가 어찌 이 어둠 전체를 꼭 껴안아 가슴에 품고 자신을 내줄 수 있겠는가? 그에게 무슨 일이 일어날 수 있을까? 손을 뻗어 영원토록 애쓴다 해도 그는 결코 그것을 잡을 수 없을 것이었다. 혹여 자신을 내려놓고 벌거벗은 그대로 미지의 힘에 내맡긴다면! 일개 사내가 어찌 그녀를 택해서 품에 안고 가질 만큼 강할 것이며, 곁에 있는 이 엄청난 미지의 세계를 자신 있게 정복하겠는가? 그가 자신을 바치면서 껴안고 품어야 하는 이 여자는 도대체 누구인가?

그는 그녀의 남편이 될 운명이었다. 그렇게 확정되었다. 그는 목숨보다, 그 무엇보다 더 그것을 원했다. 실크 드레스를 입은 그녀가 곁에 서서 낯설게 바라보자 어떤 공포가, 두려움이 그를 사로잡았다. 그녀가 낯설었고, 합일의 시간은 임박했으며, 그에겐 다른 선택지가 없었다. 그는 특이하고 굵은 눈썹 아래 그녀의 눈빛을 마주할 수 없었다.

"늦었지요?" 그녀가 말했다.

그는 자기 시계를 보았다.

"아니, 11시 반이네요." 그가 말했다. 그러고는 술잔들이 어질러진 방에 그녀를 세워둔 채 핑계를 대고 부엌으로 갔다.

틸리가 머리를 괴고 부엌 화롯가에 앉아 있었다. 그가 들어서자 하녀는 깜짝 놀랐다.

"왜 아직 자러 안 갔어?" 그가 말했다.

"이따가 문단속도 허고 그럴라구유." 틸리가 대답했다.

하녀가 불안해하는 모습에 그는 진정되었다. 그녀에게 몇가지 소소한 지시를 한 다음, 이제 진정된 브랭귄은 창피하기도 해서 아내에게 돌아왔다. 그가 고개를 돌린 채 들어오자 리디아는 서서 잠시 지켜보았다. 그러고는 말했다.

"나한테 잘해주실 거죠?"

그녀의 모습은 조그맣고 소녀 같았으며 커다란 눈에 묘한 표정이 서려 있어 두려웠다. 사랑의 괴로움과 욕망으로 그의 심장이 거칠게 뛰었다. 그는 아무 생각도 않고 그녀에게 다가가 품에 안았다.

"그럴게요." 그녀를 더욱 꼭 끌어안으며 그가 말했다. 그가 힘 있게 포옹하자 그녀는 푸근해져서 가만히 안겨 있다가, 점점 더 긴장을 풀고 가까이 파고들었다. 그리고 그 역시 과거와 미래의 자신을 놓아버리고 그녀와 함께 이 순간에 몰입했다. 그녀를 취하고 그녀와 함께하는 이 순간, 더이상 아무것도 없었다. 그들은 원초적인 포옹으로 하나 되어 피상적인 이질감을 완전히 넘어섰다. 그러나 아침이 되자 그는 다시 불안했다. 아직도 아내는 이국적인 미지의 존재였다. 하지만 두려움 속에서도 그는 그녀의 남편으로서 자신에 대한 믿음과 자부심이 있었다. 그리고 소생의 새 아침에 그녀는 모든 것을 잊고 생기와 환희로 빛났기에, 그는 떨리는 손길로 그녀를 만졌다.

결혼은 그에게 엄청난 변화를 가져왔다. 그의 삶의 강력한 원천을 알았기에, 새로운 우주에 눈떴기에, 모든 게 너무도 아득해졌고 크게 중요하지도 않게 되었다. 이전의 하찮은 삶을 생각하면 의아하기도 했다. 눈에 들어오는 사물들과 그가 부리는 소떼, 바람결에 나부끼는 어린 밀 이삭에서도 새롭고 평온한 관계가 보였다.

집으로 돌아올 때마다 그는 미지의 깊은 만족의 세계로 향하는 사람처럼 침착하고 기대에 부풀어 발걸음을 옮겼다. 저녁때면 문간까지 와서는 한걸음 물러서서 아내가 있는지 확인했다. 하얗게 칠한 식탁에 상 차리는 아내가 보였다. 팔은 날씬했고, 폭 넓은 치마를 입은 그녀의 몸은 가냘팠고, 말끔히 틀어올린 검은 머리는 단아했다. 왠지 그에게 그녀가 자기 여자란 걸 드러내는 건 바로 저 단아하고 날렵한 머리인 것 같았다. 그녀가 풍성한 치마와 딱 붙는 윗옷에 작은 비단 앞치마를 두르고 집 안을 돌아다닐 때면 곱게 가르마 탄 검은 머리카락과 두상이 지극히 섬세하고 본질적인 아름다움을 드러냈다. 그는 그녀가 자기 여자임을, 그녀의 본모습을 알았으며 그것이 그가 차지할 그의 것임을 알았다. 그렇게 그는 그녀와 접촉해 살면서 미지의 세계와, 설명할 수도 헤아릴 수도 없는 세계와 접촉하며 사는 것 같았다.

그들은 의식적으로는 서로에게 크게 신경 쓰지 않았다.

그가 "나 왔소" 하면,

그녀는 "네" 하고 대답했다.

그는 개들에게 관심을 돌리거나, 딸애가 있으면 아이에게 주의를 기울였다. 어린 애나는 농장에서 놀다가도 틈틈이 쪼르르 달려와 제 엄마한테 뭐라고 얘기하거나 엄마 치마폭을 껴안고 보채거나 안겼고, 그러고는 금세 잊고 다시 나가 놀았다.

그럴 때 브랭귄은 아이에게 말을 걸거나 품 안에 달려든 개를 어르다가도, 딱 붙는 검은 상의에 레이스 숄을 걸친 채 구석 찬장 위로 손을 뻗는 아내를 의식하곤 했다. 그는 찌르는 듯한 통증을 느끼며 그녀가 그에게, 그리고 그는 그녀에게 속한다는 것을 깨달았다. 자신이 아내에게 의지해서 산다는 것을 깨달았다. 그녀는 진짜 내 사람일까? 영원히 여기 살까? 혹시 가버리지 않을까? 그녀는 진짜 내 사람은 아니야. 이건, 그들 사이의 이 결혼은 진짜 결혼이 아니야. 그녀는 가버릴지도 몰라. 그는 자신이 가장이나 남편, 혹은 그녀 아이들의 아버지로 느껴지지 않았다. 그녀는 다른 곳에 속해 있었다. 언제라도 가버릴 수 있어. 그럴 때면 그는 언제나 격렬하고 언제나 갈급한 욕망을 품고 그녀에게 이끌렸고, 그녀 뒤를 따라다녔다. 발길이 어디를 향하든 언제나 아내에게로, 집으로 가고 있었으나 그는 결코 그녀에게 온전히 다다르지도, 온전히 만족하며 안심할 수도 없었다, 그녀가 가버릴지도 몰랐으므로.

저녁이 되면 그는 기뻤다. 저녁에 들에서 일을 마치고 돌아와 몸을 씻고 아이를 재우고 나면 그는 벽난로 이편에 앉아서 희고 긴 파이프를 손가락에 끼고 난로 선반에는 맥주를 얹어둔 채, 수를 놓거나 그에게 말을 건네는 아내가 건너편에 있다는 걸 의식했다. 그러면 지금은, 아침까지는 아내가 있을 테니 안심되었다. 그녀는 희한할 정도로 자족적이었고 말이 별로 없었다. 어쩌다 고개를 들고 잿빛 눈동자에 그나 이곳과는 아무 상관 없는 이상한 빛을 발하면서 자기 이야기를 하곤 했다. 그녀는 다시 과거로, 아버지와 지내던 어린 시절이나 소녀 시절로 돌아간 것 같았다. 첫 남편 이야기는 거의 하지 않았다. 그러나 가끔 눈빛을 번뜩이며 어린 시절 고향집으로 돌아가 폭동이 일어난 시절과 아버지와 빠리 여행을 갔던 일, 그리고 자해에 가까운 종교적 열정이 터져나와 온 나라를 휩쓸던 때 농민들의 과격한 행동에 대해 이야기해주었다.

그녀는 고개를 쳐들고 말하곤 했다.

"온 나라에 철도를 놓을 때였어요. 나중엔 우리 마을에까지 소형 협궤철도를 만들었어요. 한 100마일쯤 되려나. 소녀 적에 기슬라라는 독일인 가정교사가 있었는데, 뭔 일로 엄청 놀랐는데도 나한테 말을 안 하는 거예요. 하지만 하인들이 수군거리는 걸 들었어요. 기억나네요, 마부 피에르였어요. 우리 아버지하고 지주인 친구 몇분이 마차를 가져왔다는 거예요, 철도마차 한대를 통째로요. 타고 다니는 거 있잖아요."

"화차겠지요." 브랭귄이 말했다.

그녀는 혼자서 킥킥 웃었다.

"지금 생각하니 진짜 망측하네. 맞아요, 화차 하나에 가득했어요. 여자들요, 있잖아요, 창녀들을 데려온 거예요. 화차 가득 홀딱 벗은 여자들이 있었어요. 그런 채로 우리 마을까지 내려온 거죠. 유대인 마을들을 지나왔대요. 그러니 진짜 망측했죠. 상상이 돼요? 마을마다 다 지나서요! 우리 어머니는, 어머닌 아주 질색을 했죠. 기슬라가 나한테 그러더라고요. '아가씨, 아가씨가 이런 말 들었다는 걸 마님이 아시면 큰일 나요.'

우리 어머닌 자주 울었어요. 그리고 아버지를 때려주고 싶어 했죠. 말 그대로 때리는 거요. 아버지가 돈푼이나 싸들고 바르샤바나 빠리나 끼이우로 가려고 임야나 목재 같은 걸 팔면 엄마가 막 울면서 대드는 거예요, 임야 판다는 말 취소하라고, 팔면 안 된다고. 그러면 아버지는 그냥 서서 대꾸하죠. '알았어, 알았다니까. 다 들었어, 전에 다 들었던 말이잖아. 뭐 새로운 말 좀 해봐. 알았어, 알았어, 알았다고.' 아, 당신은 이해가 돼요? 거기 문 아래쪽에 서서 줄

곧 '알았어, 알았어, 다 알았다니까'라고 대꾸하던 아버지가 난 정말 좋았어요. 어머닌 아버질 절대 바꾸지 못했죠, 그럼요, 설사 어머니가 자살을 한대도 못 바꿨을 거예요. 어머니가 이 세상 사람 다 바꾼대도 아버지는 안 돼요, 아버진 못 바꿔요……"

브랭귄은 아내의 말이 이해되지 않았다. 그는 벌거벗은 여자들을 가득 싣고 정처 없이 달리는 무개열차와 큰 빚을 진 아버지가 "알았어, 알았다니까"라고 대꾸했다고 깔깔 웃는 리디아, 유대인들이 이디시어로 "그러지 마, 그러지 마"라고 외치며 거리로 도망가다가 ― 그녀가 "가축"이라고 부르던 ― 광분한 농민들 손에 쓰러질 때면 신기한 듯 즐거워하기까지 했던 그녀, 그리고 가정교사들과 보모들, 빠리와 수녀원, 이런 것들을 머릿속으로 상상할 수는 있었다. 하지만 그가 받아들이기엔 너무 과했다. 그녀가 거기 앉아서 그가 아니라 텅 빈 허공에 대고 이야기할 때면, 남편에 대해 야릇한 우월감을 내세우는 듯해서 그들 사이에 거리감이 생겼다. 그녀는 기이하고 낯설며 그의 삶을 벗어난 것들을 맥락도 조리도 없이 재잘거리듯 이야기했고, 그가 충격을 받거나 놀라면 깔깔 웃었다. 아무것도 비난하진 않았지만 그는 정신이 혼미해졌고, 세상은 온통 질서도 안정감도 없는 혼돈 상태가 되어버렸다. 그러고 나서 잠자리에 들면 그는 자신이 아내와 아무 상관이 없다는 것을 알았다. 어린 시절로 돌아간 그녀에게 그는 일개 농군, 농노, 하인, 애인, 정부, 그림자거나 아무것도 아니었다. 그는 기가 차서 가만히 누운 채 자기가 그렇게도 잘 아는 이 방 안을 뚫어지게 바라보면서 창문과 서랍장이 정말 거기 있는지, 그냥 공중에 뜬 신기루는 아닌지 의심해보았다. 그러면 점점 아내에 대해 분노가 끓어올랐다. 그렇지만 그는 너무 놀랐고, 그들 사이가 아직 서먹서먹했으며, 그녀는 숨겨져 있던 온갖 신기한 일들을 펼쳐내는 너무도 경이로운 존재였기에 아내에게 앙갚음을 하진 않았다. 그저 커다랗게 뜬 눈에 분노를 담고 가만히 누워 있기만 했다. 말로 표현할 수 없고 이해도되지 않았으나 반감인 것은 분명했다.

그렇게 분노에 차서 그는 아내에게 가까이 가지 않았다. 겉으로는 변함없이 대했지만 밑바닥에는 그녀에 대한 굳은 적대감이 흐르고 있었다. 그 점을 그녀는 차츰 깨닫게 되었다. 그리고 그를 굳이 별개의 힘으로 의식해야 한다는 게 짜증스러웠다. 그녀는 외부를 배제하는 암울한 상태, 불가사의한 힘들과 소통하는 비현실적이고 침울한 그런 상태로 빠져버려서 그와 아이를 미칠 지경으로만들었다. 그는 여러 날 동안 아내에 대한 반감으로 뻣뻣해져 지금이 상태의 그녀를 부숴버리고픈 의지가 완강한 채 지냈다. 그러다갑자기, 뜬금없이, 두 사람 사이가 다시 이어졌다. 그가 들에서 일하던 중에 갑자기 그 느낌이 왔다. 긴장과 굴레가 터지면서 열정의홍수가 엄청나게, 거대하게 용솟음쳐서, 그는 길가의 나무들을 다뽑아버리고 세상을 온통 새것으로 만들 것 같았다.

그렇게 집에 당도해도 그들 사이엔 아무 기척이 없었다. 아내가다가올 때까지 그는 기다리고 또 기다렸다. 그가 보기에 그녀를 기다리는 자신의 사지는 튼튼하고 너무나 멋졌으며, 그의 두 손은 잘생기고 열정적인 일꾼 같았다. 그는 자기 안에서 뜨거운 피로 들끓는 생명의 엄청난 힘을 느꼈다.

그녀는 결국은 반드시 다가와 그를 만졌다. 그러면 그는 그녀를향해 불꽃을 터트렸고, 넋을 잃었다. 마주 보는 서로의 두 눈 저 아래로 깊이 모를 희열이 넘쳐흘렀다. 그는 다시 그녀를 샅샅이 안고마르지 않는 아내의 풍부함을 만끽하며, 지칠 줄 모르고 탐사하며 아내의 깊은 곳곳에 자신을 묻었다. 그러는 동안 그녀 역시 자신을 즐기는 그를 한껏 즐겼고, 자신의 비밀 모두를 내던지며 그녀 자신에게도 비밀이었던 것 속으로 뛰어들어 두려움과 최후의 고통스러운 열락에 몸을 떨었다.

그들이 누구건, 서로를 알건 말건 무슨 상관이겠는가?

시간이 또 흘러 그들 사이가 단절되면 그녀는 분노와 비참함과 상실감에 빠졌고, 그는 지위를 잃고 노예들과 맷돌을 돌리던 삼손이 되었다. 하지만 무슨 상관이랴. 그들은 이미 자신들의 시간을 만끽했고, 다시 신호가 울리면 저 바깥 어둠의 끝에서 그것을 즐길 태세가, 지난번 멈춘 지점에서 다시 게임을 시작할 태세가 되어 있었다. 그때 여자 안의 비밀은 남자가 끈덕지게 쫓아야 할 사냥감이 되고 여자의 비밀은 남자의 모험이 되어서, 그들은 둘 다 이 모험에 몸 바치게 되리라.

리디아는 임신했고, 그들 사이에는 다시 침묵과 거리감이 생겼다. 그녀는 남편도 그의 비밀도 게임도 원치 않았기에, 그는 지위를 박탈당하고 쫓겨난 심정이었다. 그는 자신과 아무 상관도 없는 이 조그맣고 입이 못생긴 여자에게 화가 나서 부글부글 끓었다. 때로 그가 분통을 터트려도 그녀는 울지 않았다. 남편에게 범처럼 대들었고, 그러면 한바탕 싸움이 벌어졌다.

그는 자제하는 법을 다시 배워야 했지만 그것이 너무 싫었다. 자신을 위해 거기 있어주지 않아서 아내가 미웠다. 그래서 어디로든 나가버렸다.

그러나 그녀가 그를 다시 받아줄 것이고 나중에 다시 그를 위해 있어줄 것을 알았으며 그 사실에 본능적으로 감사했기에, 그렇게 멀리 떠돌지는 않았다. 그는 너무 멀리 가지 않으려 조심했다. 그녀가 무심한 상태로 되어 그에게서 멀리, 멀리, 점점 더 멀리 떨어져 나가다보면 그녀를 잃을 수도 있다는 걸 알았다. 그의 마음속엔 예감 같은 게 있어서 이런 것을 의식했고 그에 따라 처신할 줄 알았다. 그는 그녀를 잃고 싶지 않았고, 그녀가 사라져버리기를 원치 않았던 것이다.

냉담한 상태가 되면 그는 그녀가 이기적이라고, 자기 생각만 하는 성질 나쁜 외국인이라고, 진짜 아무 데도 신경을 안 쓰고 마음속 깊이 배려도 친절도 없다고 욕을 해댔다. 그는 불같이 화를 내고 불만을 쌓아갔는데, 거기엔 모두 일말의 진실이 있었다. 하지만 그에게는 아량 같은 게 있어서 너무 심하게 나가지는 않았다. 그녀가 이 모든 못된 성질을 지녔고 못되고 얄밉게 군다는 걸 알았기에 그는 밉고 화가 나서 떨릴 지경이었다. 그러나 그의 밑바탕에는 아량이 있어서, 그 무엇보다 아내를 잃고 싶지 않고 잃지 않을 것임을 그에게 일러주었다.

그리하여 그는 아내에 대해 조금씩 배려하면서 관계를 유지해나갔다. 다시 '붉은 사자' 주점에 더 자주 갔는데, 그러면 아내가 옆에 있어도 남 같을 때나 아무 상관 없는 생판 남의 여편네처럼 굴 때 그가 욱하는 사태를 피할 수 있었다. 그는 집에 있을 수가 없었다. 그래서 '붉은 사자'에 갔다. 그리고 가끔 취했다. 그렇지만 도를 넘지는 않았으며, 그들 사이에 중요한 것들을 결코 저버리지 않았다.

뭔가가 늘 따라다니며 괴롭히는 듯 그의 눈에 고통스러운 빛이 깃들었다. 그는 날카로운 눈빛으로 힐끗거렸고, 아무것도 안 하면서 느긋이 앉아 있질 못했다. 밖에 나가서 누군가를 만나 속을 털어놓아야 했다. 그밖에 다른 출구가 없고 자신을 표현할 방도도 지식도 없었기에 어쩔 수 없었다.

임신한 지 몇달이 지나 리디아가 그를 점점 더 혼자 두고 의식하지 않게 되자 그의 존재는 의미를 잃었다. 그는 꼼짝할 수 없이 속박된 듯해서 화가 났고 미친 듯이 악을 쓸 지경이었다. 하인에게 조용하고 고상하게 대하듯이, 그녀는 그가 별 존재가 아닌 것처럼 조용하고 고상했던 것이다.

그럼에도 불구하고 아내가 그의 아이를 가져 배가 불렀으므로 지금은 그가 복종할 차례였다. 그녀는 속 모를 무심하고 낯선 얼굴로 바느질감을 들고 맞은편에 앉아 있었다. 그는 아내를 굴복시켜 자신을 인정하도록, 알아보도록 만들고 싶었다. 자신을 이렇게도 깡그리 지워버렸다는 게 견딜 수 없었다. 그녀를 내리쳐서라도 자기를 쳐다보게 하고 싶었다. 정말 그러고픈 욕망이 불같이 끓어올랐다.

그러나 그의 내면의 어떤 더 큰 힘이 그로 하여금 물러서 가만히 있도록 만들었다. 그래서 그는 마음을 가라앉히려고 집 밖으로 나갔다. 아니면 어린 딸에게 가서 공감과 사랑을 구했다. 그는 어린 애나에게 정성을 다했다. 그리하여 이들 부녀는 곧 애인 사이처럼 되었다.

그는 아내가 무서웠던 것이다. 그녀가 고개를 숙이고 앉아서 조용히 일하거나 책을 읽을 때, 그렇지만 형언할 수 없이 조용할 때 그는 심장이 맷돌에 깔린 것 같았다. 때로 무거운 하늘이 지상에 내려앉듯, 그녀 자신이 그에게 내려앉은 윗돌이 되어 그를 으스러트리는 것 같았다.

하지만 그는 아내가 침잠해 있는 그 두꺼운 어둠으로부터 그녀를 떼어낼 수 없다는 걸 알았다. 그녀를 억지로 떼어내서 그를 알아보라고, 같은 마음이 되어달라고 강요해서는 안 되었다. 그렇게 한다면 재앙이자 불경不敬이 될 터였다. 그래서 불같이 화가 났지만 물러서야만 했다. 그렇지만 그의 팔목은 미친 듯 떨렸고 터져버릴 것 같았다.

11월의 어느 날, 나뭇잎들이 덧창을 후려치는 소리에 그는 깜짝 놀랐다. 그의 눈에 번득 불꽃이 스쳤다. 개가 그를 올려다보았고, 그는 난로 쪽으로 고개를 숙였다. 그러나 놀란 아내는 진정하지 못했다. 그녀가 귀 기울이고 있다는 게 느껴졌다.

"바람에 날려 부딪히는 소리요." 그가 말했다.

"뭐가요?" 그녀가 물었다.

"나뭇잎이지."

아내는 다시 자기 속으로 가라앉았다. 숲속 바람에 부딪히는 생소한 나뭇잎 소리가 그녀보다 더 가까이 다가와 있었다. 방 안을 감도는 긴장감이 너무도 압도적이어서 그는 고개를 돌리기도 힘들었다. 신경과 핏줄, 몸속 근육 한가닥까지 팽팽히 긴장한 채 자리에 앉아 있었다. 무너진 아치처럼 지지대에서 흉물스럽게 삐져나온 느낌이었다. 아내의 반응이 없으니 어디로도 돌진할 수 없었다. 그래서 그는 철저히 긴장하고 철저히 물러나 저항함으로써, 자신이 아무것도 아닌 존재로 무너지거나 파편들로 흩어져버리지 않도록 자중자애했다.

그녀의 출산을 몇달 앞두고 그는 해소할 길 없는 일촉즉발의 긴장 상태로 지냈다. 그녀 역시 우울했고 가끔 울었다. 그토록 엄청난 상실을 겪은 후라서 처음부터 새로 시작하는 데 너무나 많은 기력이 필요했다. 그녀는 가끔 울었다. 그러면 그는 가슴이 터질 듯해서 뻣뻣하게 서 있었다. 아내가 그를 원치 않았고 그를 이해하는 것조차 원치 않았기 때문이다. 그녀가 얼굴을 조금만 찡그려도 그는 물러나서 그녀를 온전히 혼자 두어야 한다는 것을 알았다. 그녀에게 예전의 슬픔이, 예전의 상실과 예전 삶의 고통이, 죽은 남편과 죽은 아이들이 다시 떠올랐던 것이다. 그녀에게 이것은 신성한 것이어서 그의 위로로 침해해서는 안 되었다. 그녀가 원하는 게 있다면 그에게 오겠지. 터질 듯한 심정으로 그는 물러나 있었다.

그는 이따금 찡그릴 뿐 거의 변화가 없는 그녀의 얼굴 위로 눈물이 떨어져 고요하고 미동도 없는 가슴께까지 흘러내리는 모습을 보아야만 했다. 이따금 몽유병 환자처럼 부자연스레 손수건을 꺼내 얼굴을 훔치거나 코를 풀고 계속 소리 없이 울 뿐, 그녀는 아무 소리도 내지 않았다. 그는 자신이 위로랍시고 해봐도 쓸데없이 상황을 악화시킬 뿐 밉살스럽고 거슬릴 걸 알았다. 그녀는 울어야 했다. 그러나 그 때문에 그는 미칠 것 같았다. 심장이 데이고 머릿속이 지끈거려서 집 밖으로 나가버렸다.

그에게 가장 큰 위안은 바로 아이였다. 애나는 처음엔 시큰둥하고 곁을 주지 않았다. 다정하게 굴다가도 다음 날이면 원래대로 돌아가 못 본 척 냉랭하고 뜨악하게 거리를 두었다.

결혼 후 첫날 아침에 벌써 그는 아이와 잘 지내는 게 쉽지 않으리라는 것을 알았다. 동틀 무렵 방문 밖에서 "엄마!" 하고 조그맣게 부르는 애처로운 소리에 그는 깜짝 놀라 깼다.

일어나 문을 열었다. 아이가 침대에서 기어 나와 잠옷 바람으로 문간에 서 있었다. 금발 머리는 야생 양털처럼 뻗쳤고 적의 가득한 검은 눈이 이리저리 째려보고 있었다. 어른과 아이가 대치했다.

"우리 엄마는요?" 아이가 샘을 내며 '우리'에 힘주어 말했다.

"들어오렴." 브랭귄이 부드럽게 대답했다.

"우리 엄마 어딨어요?"

"여기 있어. 들어와."

헝클어진 머리에 수염 난 남자를 째려보는 아이의 눈빛은 변하지 않았다. 아이 엄마가 부드러운 목소리로 불렀다. 아이의 조그만 맨발이 약간 떨면서 방으로 들어섰다.

"엄마!"

"이리 와, 아가."

조그만 맨발이 재빨리 다가갔다.

"엄마가 어디 있나 했잖아." 애처로운 목소리가 터져나왔다.

엄마가 두 팔을 뻗었다. 아이는 높다란 침상 옆에 서 있었다. 브랭귄이 "영차" 하며 작은 여자애를 가볍게 들어 올려주고는 침대의 자기 자리로 돌아갔다.

"엄마!" 아이가 괴로운 듯 소리쳤다.

"우리 강아지, 왜 그래?"

애나는 남자가 있다는 사실을 피하고 싶은 듯 꼬물거리며 엄마 품으로 기어들어 바싹 안겼다. 브랭귄은 가만히 누워서 기다렸다. 한참 동안 정적이 흘렀다.

그러다 갑자기 애나가 돌아보았다. 그가 가버렸을 거라고 생각한 모양이었다. 아이는 천장을 보고 누워 있는 남자의 얼굴을 보았다. 예쁘장한 얼굴에서 빛나는 아이의 검은 눈이 적의를 품은 채 째려보고 있었고 겁먹은 팔은 엄마를 꼭 껴안고 있었다. 브랭귄은 뭐라고 해야 할지 몰라서 한동안 움직이지 않았다. 사랑이 깃든 그의 얼굴은 부드럽고 매끈했으며 눈에는 온화한 빛이 가득했다. 그는 머리는 거의 움직이지 않은 채 눈에 웃음기를 담고서 아이를 쳐다보았다.

"이제 막 깬 거야?" 그가 말했다.

"저리 가." 무슨 뱀처럼 머리를 앞으로 쑥 내밀며 아이가 쏘아붙였다.

"싫어, 난 안 갈 거야. 네가 가." 그가 대답했다.

"가버리라고." 아이가 작지만 날카롭게 명령했다.

"네 자리도 있잖아." 그가 말했다.

"우리 이쁜이, 아빠를 자기 침대에서 내쫓으면 안 돼." 아이 엄마가 유쾌한 목소리로 말했다.

아이는 무력감에 속이 상해서 그를 노려보았다.

"네 자리도 있잖아, 침대가 아주 큰걸." 그가 말했다.

아이는 대답도 않고 그를 노려보다가 엄마 쪽으로 돌아누워 품속을 파고들었다. 엄마는 들어주지 않았다.

그날 종일 아이는 엄마에게 여러차례 물었다.

"엄마, 우리 언제 집에 가?"

"여기가 우리 집이야, 아가야. 이제 여기 사는 거야. 이게 우리 집이고, 여기서 아빠랑 같이 사는 거야."

아이는 이 사실을 받아들일 수밖에 없었다. 하지만 브랭귄에 대해서는 여전히 꽁한 채였다. 밤이 다가오자 아이는 또 물었다.

"엄마는 어디서 잘 거야?"

"이젠 아빠랑 자는 거야."

그리고 브랭귄이 들어오자 아이는 격하게 쏘아붙였다.

"왜 우리 엄마랑 자는 거예요? 우리 엄마는 나랑 잔단 말이야." 아이의 목소리가 떨렸다.

"너도 와서 우리랑 같이 자자." 그가 달래보았다.

"엄마!" 그에 대해 항의를 표하며 아이가 돌아서서 울음을 터트렸다.

"아가야, 엄마는 남편이 있어야 해. 어른이 되면 다 남편이 있어야 하는 거야."

"엄마도 있고 아빠도 있으면 너도 좋잖아?" 브랭귄이 말했다.

애나가 그를 노려보았다. 곰곰이 생각해보는 모양이었다.

"싫어," 마침내 아이가 격하게 소리 질렀다. "싫어, 난 싫단 말이야."

아이 얼굴이 천천히 일그러지더니 서럽게 흐느끼기 시작했다. 그는 마음이 짠해서 곁에 서서 아이를 지켜보았다. 그렇지만 달리 해볼 도리는 없었다.

어쩔 수 없다는 걸 알게 되자 아이는 잠잠해졌다. 브랭귄도 아이를 대하기가 편해져서 말을 걸고, 가축들을 보러 데려가고, 첫 병아리가 태어나자 모자에 담아 가져다주거나 계란 거둘 때 데려가고, 말에게 과일 껍질을 던져주게도 했다. 아이는 곧잘 따라다니며 그가 주는 걸 다 받았지만 여전히 데면데면했다.

아이는 희한할 만큼, 이해가 안 될 정도로 누가 엄마한테 접근할까 경계했고 엄마 걱정에 늘 애태웠다. 브랭귄이 아내와 같이 노팅엄으로 일 보러 가면 애나는 한참 아주 즐겁고 걱정 없이 뛰어놀았다. 그러다 오후가 되면 "엄마 데려와, 엄마 데려와" 이 말만 하면서 애처롭고 서럽게 울어대서 물러터진 틸리까지 금세 훌쩍이게 만들었다. 엄마가 가버렸을까봐, 아주 가버렸을까봐, 그것이 아이의 걱정이었다.

그렇지만 대체로 애나는 쌀쌀맞은 데다 엄마에게 골을 내고 흠을 잡았다.

"엄마, 그렇게 하는 거 싫어"라거나 "그런 말 하는 거 싫어" 하고 말했다. 애나는 브랭귄과 마시 농장의 모든 사람들에게 골칫거리였다. 하지만 대체로는 활발해서 농장 여기저기 팔랑거리고 뛰어다니며 놀았고, 다만 가끔씩 불쑥 나타나 엄마가 있는지 확인하고 돌아갔다. 아주 즐거운 것 같지는 않았지만, 생기 있고 날카로우며 깊이 몰입하고 상상력이 풍부하고 변덕스러웠다. 틸리는 애가 귀신에 홀렸다고 했다. 그렇지만 울지만 않으면 그런 건 아무 상관 없었다. 애나의 울음에는 가슴이 미어지는 느낌이 있어서 이 아이의 고통이 마치 모든 세대가 겪는 처절한, 시간을 넘어선 고통 같았다.

아이는 농장의 가축들을 놀이 동무로 삼아서 말을 걸고 엄마한테 들은 이야기를 들려주었으며, 가축들에게 충고를 하거나 타이르기도 했다.

어느 날 브랭귄은 방목장과 오리 연못으로 통하는 울타리 문에 있는 아이를 보았다. 아이는 빗장 사이로 들여다보며 곡선을 이루어 도도하게 늘어선 흰 거위들을 향해 소리치고 있었다.

"사람이 들어가려고 하는데 꽥꽥거리면 안 되는 거야. 그럼 안 돼."

몸집이 크고 균형 잡힌 그 새들은 빗장 사이로 들이민 사납고 조그만 얼굴과 선명하고 고슬고슬한 머리카락을 보더니 고개를 쳐들고 뒤뚱대며 걸어갔다. 거위들은 항의하듯 길게 꽥꽥거렸고, 배 모양의 아름답고 흰 몸체를 흔들어대며 한줄로 울타리 문을 지나갔다.

"못됐어, 진짜 못됐어." 놀라고 속이 상해서 애나는 눈물을 떨구며 울었다. 그러더니 가죽 슬리퍼 신은 발을 굴러댔다.

"왜, 저것들이 어쨌는데?" 브랭귄이 물었다.

"날 못 들어가게 해요." 아이가 상기된 작은 얼굴을 그에게 돌리며 말했다.

"아니야, 들어가게 해줄 거야. 네가 들어가고 싶으면 들어갈 수 있어." 그러고서 그는 아이가 들어가도록 울타리 문을 밀어젖혔다.

아이는 차가운 잿빛 하늘 아래 당당하게 서 있는 한 무리의 희푸르스름한 거위들을 보고 우물쭈물 망설였다.

"들어가렴." 그가 말했다.

아이가 용감하게 몇걸음 걸어 들어갔다. 거위들이 깔보듯이 갑자기 꽥꽥 소리를 내지르는 바람에 작은 몸집의 애나는 경기하듯 깜짝 놀랐다. 그러더니 완전히 멍해져버렸다. 낮게 드리운 회색 하늘 아래로 빳빳이 고개를 쳐든 거위들이 줄지어 멀어져갔다.

"쟤들은 널 모르잖아." 브랭귄이 말했다. "네 이름이 뭔지 쟤들한테 말해주렴."

"나한테 꽥꽥거리면서 덤비고, 진짜 못된 놈들이에요." 아이가 발끈했다.

"쟤들은 네가 여기 안 사는 줄 알아." 그가 말했다.

나중에 그는 아이가 울타리 문에서 거위들에게 날카롭고 거만하게 소리 지르는 모습을 보았다.

"내 이름은 애나야, 애나 렌스키. 그리고 난 여기 살아, 왜냐하면 브랭귄 씨가 이제 우리 아빠기 때문이야. 그래, 맞아, 진짜 우리 아빠야. 그래서 내가 여기 사는 거야."

이 모습을 보고 브랭귄은 엄청 기뻤다. 그리고 애나는 서서히, 자기도 모르게, 자신의 외롭고 쓸쓸한 어린 날들에 그에게 의지했다. 크고 따뜻한 누군가에게 살금살금 다가가 자기의 조그만 자아가 그의 크고 가없는 존재의 품에 안기는 것은 정말 좋았다. 본능적으로 그는 아이를 소중히 여겼고 세심히 보살폈으며, 하자는 대로 해주었다.

애나는 애정을 주는 데는 까다로웠다. 틸리에 대해서는 아이 특유의 태도로 기본적으로 얕잡아보며 싫어하다시피 했는데, 타고난 하녀인 이 가련한 여자가 항상 굽신거렸던 것이다. 아이는 틸리가 오랫동안 시중을 들거나 친밀하고 개인적인 뒷바라지를 하지 못하게 했다. 그녀를 열등한 부류의 하나로 대했다. 브랭귄은 이 점이 마음에 들지 않았다.

"틸리를 왜 안 좋아하니?" 그가 물었다.

"그건요, 그건, 그건 말이에요, 틸리가 눈을 흘기고 날 보니까요."

그러다 점차 틸리를 집안 식구로 받아들였지만, 한 개인으로 대하지는 않았다.

첫 몇주 동안 아이의 검은 눈은 한시도 경계를 풀지 않았다. 브랭귄은 상냥하지만 성질이 급했고, 틸리가 버릇을 망쳐놓기도 해서 쉽게 버럭 하는 편이었다. 그가 고함을 지르고 성질을 부려 잠깐 사이에 집안을 뒤집어놓으면 결국에는 아이가 새까만 눈동자로 그를 빤히 노려보았고, 어김없이 조그만 머리를 뱀처럼 곧추세워 물어뜯듯 쏘아붙였다.

"나가버려요."

"난 안 나가." 마침내 그도 약이 올라 소리쳤다. "네가 나가. 빨리, 어서, 냉큼 꺼져." 그러곤 문을 가리켰다.

아이는 겁을 먹고 얼굴이 하얘지며 뒤로 물러섰다. 그러다 그가 참는 기색을 보고는 다시 용기를 내어 말했다.

"우린 아빠랑 안 살아." 그를 향해 작은 머리를 들이밀며 아이가 말했다. "아빤, 응, 응, 돼지발싸개야."

"뭐라고?" 그가 소리쳤다.

아이의 목소리가 떨렸다. 그렇지만 멈추진 않았다.

"돼지발싸개."

"그래, 그럼 넌 거지발싸개지."

아이가 생각에 잠겼다. 그러더니 고개를 빼면서 씩씩거렸다.

"아니야."

"뭐가 아니야?"

"거지발싸개 아니라고."

"그럼 나도 돼지발싸개 아니거든."

그는 정말로 삐졌다.

또 어떨 때 아이는 이렇게 말하기도 했다.

"우리 엄만 여기 안 살아."

"아, 그래?"

"엄마가 멀리 가버리면 좋겠어."

"그거야 니 맘이지." 그는 짤막하게 대꾸했다.

그렇게 그들은 점점 가까워졌다. 그는 마차를 타고 외출할 때면 아이를 데리고 다니곤 했다. 말을 문간에 대놓고 시끌벅적하게 집 안으로 들어갔다. 그가 나타나 모두 다 깨워놓을 때까지 집안은 늘 조용하고 평화로워 보였다.

"자, 꼬맹이, 얼른 보닛 써."

아이는 꼿꼿이 몸을 일으키면서 자기를 점잖게 부르지 않았다고 성질을 냈다.

"난 보닛 맬 줄 몰라요." 아이가 거만하게 말했다.

"아직 덜 컸구나." 브랭귄이 서투른 솜씨로 아이의 턱 아래 리본을 묶어주며 말했다.

아이는 그를 향해 고개를 쳐들고 있었다. 그가 아이 턱 아래에서 어설프게 리본을 맬 때, 아이는 반짝이는 작고 붉은 입술을 오물거리며 말했다.

"아빠, 엉떠리 같은 말을 해." 그가 잘 쓰는 말투를 흉내 내며 아이가 말했다.

"요 얼굴에 고양이가 오르락내리락했나." 그는 말하고서 담배 냄새 찌든 커다란 빨간 손수건을 꺼내서 아이의 입 주위를 닦기 시작했다.

"야옹이가 날 기다리고 있을까요?" 아이가 물었다.

"그럼." 그가 대답했다. "얼굴 마저 닦자. 고양이 낯짝 씻듯 해야겠네."

아이는 앙증맞게 얼굴을 들이댔다. 다 닦은 후 놓아주자, 애나는 한 다리를 끌면서 희한하게 폴짝거리기 시작했다.

"우리 망아지, 빨리 와!" 그가 말했다.

다가온 아이에게 외투를 입힌 후, 두 사람은 출발했다. 마차에서 아이는 그의 곁에 바싹 붙어 앉아서 커다란 몸집이 자기 쪽으로 출렁거리는 게 느껴지면 아주 기분 좋아했다. 마차가 흔들려서 그의 크고 활기 넘치는 몸이 오락가락 자기에게 닿는 게 좋았다. 아이는 검은 눈동자를 반짝이며 깔깔 숨넘어갈 듯 웃어졌다.

아이는 이상할 정도로 매정했고 또 격하게 다정했다. 엄마가 병이 났을 때, 아이는 안방에 조심스레 들어가 몇시간이나 간호를 하며 사려 깊고 바지런하게 엄마를 보살폈다. 어느 날 엄마가 기분이 안 좋을 때면 인상을 찡그린 채 슬리퍼 바람으로 개다리춤을 추기도 했다. 틸리가 새끼 거위를 손바닥에 얹고 둥글게 뭉친 먹이를 꼬챙이로 입안에 밀어넣자 거위가 버둥대는 것을 보고서는 자지러지게 웃었다. 아이는 동물을 대할 때 엄하고 거만했고, 못된 안주인처럼 가축들 사이를 뛰어다니면서도 애정을 베푸는 법이 없었다.

여름이 되어 건초 수확철이 되자 애나는 갈색 꼬마 요정처럼 폴짝거리며 돌아다녔다. 틸리는 아이를 아끼기도 했지만 늘 희한한 애라고 여겼다.

그러나 아이의 마음에는 엄마와 계속 붙어 있으려는 갈급증 같은 게 있었다. 브랭권 부인이 아무 문제 없어야만 이 여자아이는 엄마한테 별로 신경 쓰지 않고 뛰어놀았다. 하지만 밀 추수가 지나고 가을이 다가와 임신 후반기에 접어든 엄마는 낯설고 곁을 주지 않았으며 브랭권도 인상을 쓰고 다니자, 이전의 병적인 불안과 날것 그대로의 예민함이 다시 아이를 덮쳤다. 아빠와 같이 들에 나가서도 천진난만하게 뛰노는 대신 이렇게 말했다.

"집에 갈래요."

"집에? 방금 왔잖아."

"집에 갈래요."

"왜? 어디 아파?"

"우리 엄마한테 갈래요."

"니네 엄마! 니네 엄만 너 안 보고 싶어 해."

"집에 갈래요."

금방이라도 울음보가 터질 것 같았다.

"길 알잖아, 가려면 가!"

그는 팩 토라져 말도 없이 꽁하게 불안한 걸음으로 산울타리를 따라 타박타박 걸어가는 아이를 지켜보았다. 모퉁이를 돌고 울타리 입구를 지나 안 보일 때까지 보았다. 조금 있다 밭 두군데를 지난 곳에서 여전히 몸을 앞쪽으로 숙인 채 재빠르게 걸어가는 아이가 보였다. 돌아서서 그루터기를 캐는 그의 얼굴에 먹구름이 드리웠다.

한해가 끝나가고 있었다. 산울타리의 앙상한 가지 위로 겨울딸기가 빨갛게 반짝였다. 울새들이 눈에 띄고, 커다랗게 무리 지은 새

떼가 휴경지에서 물보라처럼 날아오르며, 날개를 펄럭이며 땅으로 내려앉는 시커먼 떼까마귀들도 나타났다. 순무를 뽑을 때면 대지는 식고 길은 진흙탕으로 깊이 패어 있었다. 그러고 나서 순무 저장이 끝나면 일이 좀 한가해졌다.

집 안은 어둡고 고요했다. 아이가 불안하게 돌아다니다가 이따금 놀라 "엄마!" 하고 애처롭게 외치는 소리가 들렸다.

브랭귄 부인은 몸이 무겁고 피곤하여 무덤덤했고, 옛 기억으로 빠져들었다. 브랭귄은 집 밖에서 계속 일을 했다.

저녁이 되어 소젖을 짜러 가면 아이가 줄레줄레 뒤를 따르곤 했다. 그러면 문이 다 닫혀 있고 암소들의 갈라진 뿔 위쪽에 걸어둔 등불 빛이 따스한 공기를 자아내는 아늑한 외양간에서, 아이는 이 온순한 짐승의 젖꼭지를 리듬감 있게 쥐어짜는 그의 손과 거품 섞인 우유가 분출하는 모습, 그리고 이따금 덜렁대는 젖통을 달래듯 천천히 문질러주는 그 손길을 지켜보며 곁에 서 있었다. 그렇게 두 사람은 서로의 곁을 지켰으나, 거리가 있었고 말은 거의 하지 않았다.

밤이 가장 긴 동지 무렵이 다가왔다. 아이는 뭔가가 짓누르듯 초조하게 한숨을 쉬고 불안하게 이리저리 쫓아다녔다. 브랭귄도 젖은 흙처럼 축 처져서 일하러 다녔다.

겨울밤이 일찍 찾아와 차 마시는 시간 전에 등불을 밝히고 덧창문을 닫으면 그들은 모두 팽팽한 긴장이 감도는 방 안에 갇히게 되었다. 브랭귄 부인은 일찌감치 잠자리에 들었고, 애나는 엄마 옆의 마룻바닥에서 놀았다. 브랭귄은 아래층 텅 빈 방에 담배를 피우며 앉아서, 자신의 처량한 신세는 거의 의식하지도 않았다. 그리고 거기서 도피하려고 자주 바깥출입을 했다.

성탄절이 지나고 궂은비 내리는 1월의 추운 날들이 단조로이 반복되다가, 이따금 눈부신 푸른빛이 쨍하고 비쳤다. 브랭귄이 밖으로 나가보면 수정같이 맑은 아침이 펼쳐졌고, 온갖 소리들이 다시 울려퍼졌으며, 산울타리 속으로 별별 새들이 어디선가 불쑥 떼지어 몰려들었다. 그런 날이면 만사 제치고 하늘을 날 듯 기분이 좋았다. 아내가 낯설건 우울하건, 그녀가 같이 있어주지 않아서 애가 타건 말건 아무 상관이 없었다. 대기가 청명하게 울리고 하늘이 수정처럼, 종소리처럼 청아하며 땅이 이렇게나 단단한데 그런 게 무슨 상관이랴. 그러면 그는 기분 좋게 일했고, 눈은 빛났으며 뺨은 붉게 상기되었다. 그의 내면의 생명력은 그렇게 강했다.

새들이 그의 주위를 분주히 쪼아댔고, 말들은 힘차게 달릴 태세였으며, 앙상한 나뭇가지들은 기운이 넘쳐 하품하는 사내처럼 쭉쭉 뻗어나갔고, 잔가지들은 청명한 햇살을 향해 빛을 발했다. 그는 살아 있었고 삶에 대한 의욕으로 가득 차 있었다. 아내가 무겁고 생기 없이 동떨어져 있으면 그냥 그렇게 두면 되는 것이고, 그 자신도 그냥 놔두면 되었다. 모든 건 그대로일 터이니. 그러다보면 먼데서 꼬끼오 하고 수탉 우는 소리가 들리고, 푸르러진 하늘에 희끄무레한 달무리가 사라지는 모습도 보였다.

그렇게 그는 말에게 호령했고, 진실로 기꺼웠다. 마차로 일크스턴을 향해 달리다가 장에 가는 젊은 아낙이라도 만나면 아는 체하고 고삐를 당겨 태워주었다. 그러면 여자가 곁에 있으니 기분이 좋았다. 눈빛을 반짝이며 웃음기 넘치게 다정한 농담을 하다보면 여자의 반듯한 두상은 더 아름다워 보였고, 그녀의 피는 더 빨리 돌았다. 그들 둘 다 들뜬 기분이 되어 아침이 흥겨웠다.

그의 마음 깊은 곳의 걱정과 고통이 뭐가 문제랴. 마음 깊은 곳에 걱정과 고통이 있으면 그냥 거기 두라지. 아내와 그녀의 시련과 다가오는 진통은, 글쎄, 그것도 어쩔 수 없지 않은가. 아내가 힘든 건 사실이지만, 그는 지금 집을 나와 원기왕성하니 얼굴 찌푸리고 괴로워만 하는 것도 우습고 가당찮은 노릇이었다. 이 아침, 단단한 대지에 말발굽을 울려 읍내로 가면서 그는 즐거웠다. 세상의 반쪽이 다른 반쪽을 묻으며 구슬피 울고 있다 해도, 그래, 그는 즐거웠다. 그리고 그의 옆에는 쾌활한 아낙이 앉아 있었다. 무슨 일이 일어나건, 어느 누가 죽음으로 향하건 여성은 불멸의 존재였다. 피할 수 없다면 고통도 그저 견디리라.

석양 너머에 머물던 장밋빛 홍조가 저 하늘 남쪽과 북쪽에서 진보랏빛으로 변해 사라지자 너무나 아름다운 저녁이 느지막이 찾아들었고, 동녘에는 커다랗고 누런 달이 광채를 띠고 무겁게 걸려 있었다. 작은 호랑가시나무의 검은 가지들이 장밋빛, 연보랏빛으로 바뀌고 찌르레기들이 빛을 가로질러 무리 지어 날아다니는 길에서, 석양과 달빛 사이를 걸어가자니 너무도 황홀했다. 하지만 이 여행의 끝은 무엇인가?

고통은 이후에 반드시 찾아와서, 그의 심장과 발이 무거워지고 두뇌는 마비되어 생명이 멈춘 듯했다.

어느 날 오후 진통이 시작되자 브랭귄 부인은 침실로 옮겨졌고 산파가 왔다. 밤이 되어 덧문이 닫혔다. 귀가한 브랭귄은 빵과 백랍 주전자를 앞에 두고 차를 마셨고, 아이는 불안에 싸여 말없이 구슬을 가지고 놀았다. 집은 텅 빈 것 같고 벽 하나 없이 겨울밤에 고스란히 드러난 것도 같았다.

이따금씩 집 안 전체를 울리는 길고도 아득한 소리가, 진통하는 여자의 신음 소리가 들려왔다. 아래층에 앉아 있는 브랭귄의 존재가 갈라졌다. 그의 더 낮고 깊은 자아는 그녀와 함께하며, 그녀에게

묶여 고통받았다. 그러나 그의 커다란 몸뚱이는 소년 시절 농장 주위를 날아다니던 올빼미 소리를 기억해냈다. 그는 올빼미 소리에 홀려 이야기해달라고 형을 깨우던 어린 시절의 소년으로 돌아갔다. 그의 마음은 그 새에게로, 엄숙하고 위엄 있던 얼굴과 넓은 날개를 펼치며 그렇게도 매끄럽게 날아가던 모습으로 흘러갔다. 그러다가 형이 쏜 총에 맞아 죽어 희뿌연 솜털 덮인 물컹한 더미가 된, 멍청히 잠든 얼굴의 그 새에게로. 죽은 올빼미란 정말이지 이상했다.

그는 찻잔을 들어 입으로 가져가며 구슬을 가지고 노는 아이를 바라보았다. 하지만 그의 마음은 올빼미와 소년 시절의 분위기에, 형과 누나들 생각에 잠겨 있었다. 그러나 이와 다른 곳, 근본적인 곳에서 그는 진통 중인 아내와 함께 있었고, 그 자신들의 한 몸으로부터[6] 아이가 태어나고 있었다. 한 몸인 그와 그녀, 거기서부터 생명이 태어나야 했다. 그 찢김은 그의 몸에서 일어나지는 않으나 그의 몸에 속한 것이었다. 고통의 타격이 아내를 내리쳤으나 그 진동은 그에게 미쳐 말초신경까지 뚫고 지나갔다. 생명이 태어나려면 그녀가 갈기갈기 찢겨야 하지만, 여전히 그들은 한 몸이었고, 더 이전부터 생명은 그에게서 그녀에게로 갔고, 그럼에도 그는 그 품 안에 깨진 반석을[7] 안은 깨지지 않은 자였다. 그들의 몸은 으깨지고 찢긴 그녀에게서, 그리고 떨며 자신을 내준 그로부터 나온, 생명이 솟구치는 하나의 반석이었다.

그는 위층의 아내에게 갔다. 침대 가로 다가가자 그녀가 폴란드말로 뭐라고 했다.

---

6 성서에서 부부를 '한 몸'으로 지칭한다. 마르코의 복음서 10:8, 창세기 2:24 참조.
7 광야에서 물이 없어 이스라엘 백성이 항의하자 모세가 바위를 깨뜨려 생명수를 솟게 한다. 민수기 20:11 참조.

"많이 아파요?" 그가 물었다.

그녀가 그를 쳐다보았다. 아, 딴 나라 말을 알아들으려 애쓴다는 건 얼마나 피곤한가. 그의 말을 들으며 신경을 곤두세우고, 거기 서서 자기를 바라보는 금빛 수염의 이방인인 그가 누군지 알아보는 건 또 얼마나 지치는 일인가. 그녀는 그의 어떤 것을, 그의 눈빛을 알기는 했다. 그러나 그를 완전히 이해하지는 못했다. 그녀가 눈을 감았다.

그는 몹시 창백해진 얼굴로 물러섰다.

"상태가 아주 나쁘진 않아요." 산파가 말했다.

그는 자신이 아내에게 긴장감을 준다는 것을 알았다. 그는 아래층으로 내려갔다.

애나가 겁에 질려 그를 올려다보았다.

"엄마한테 갈래요." 떨리는 목소리로 아이가 말했다.

"그래, 근데 엄만 지금 아파." 그는 별생각 없이 가볍게 대답했다.

아이가 겁먹고 낭패한 눈빛으로 쳐다보았다.

"머리 아픈 거예요?"

"아니, 아기가 곧 태어날 거야."

아이는 주위를 둘러보았다. 브랭귄은 아이를 의식하지 않았다. 아이는 다시 두려움 속에 홀로 남겨졌다.

"엄마한테 갈래요." 두려움에서 터져나오는 울음이었다.

"틸리한테 옷 벗겨달래자." 그가 말했다. "너도 피곤하지."

또 한번 정적이 흘렀다. 다시 진통의 비명이 들려왔다.

"엄마한테 갈래." 움찔 놀라 두려움에 전 아이가 자기도 모르게 내뱉었다. 엄마에게서 단절된 듯 외롭고 무서웠던 것이다.

틸리가 나섰다. 그녀는 가슴이 미어졌다.

"일루 와, 내가 옷 벗겨줄게, 우리 애기." 틸리가 아이를 달랬다. "아침 되면 엄마 볼 수 있어. 안달하지 말어, 우리 강아지, 괜찮여, 이쁜이."

하지만 애나는 소파 위에서 벽에 등을 붙이고 서 있었다.

"엄마한테 갈 거야." 아이가 울었다. 작은 얼굴이 떨리더니, 어린 아이에게 닥친 극한의 고통으로 가득한 커다란 눈물방울이 흘러내렸다.

"엄마는 아퍼, 우리 강아지, 오늘 밤엔 아야 해여. 아침 되면 나을 겨. 어유, 울지 마, 울지 마, 애기야. 울면 엄마가 싫어허지, 우리 이쁜 애기, 그려, 엄마가 싫어혀."

틸리가 가만히 아이의 치맛자락을 잡았다. 애나는 자기 옷을 홱 잡아채더니 발작하듯 울기 시작했다.

"싫어, 내 옷 벗기지 마. 엄마한테 갈래." 아이는 몸을 마구 떨었고 슬픔의 눈물이 아이의 얼굴 위로 흘러내렸다.

"아, 틸리 아줌마한테 옷 벗겨달라고 해. 벗겨달라고 하라고, 널 얼마나 예뻐하는데. 오늘은 제발 고집 좀 부리지 마. 엄마가 아프잖아. 네가 울면 엄마가 싫어해."

아이는 갈피를 못 잡고 훌쩍거리며 울었다. 아무것도 귀에 들어오지 않았다.

"엄마 보고, 싶어." 애나가 눈물을 흘렸다.

"옷 다 벗으면 엄마한테 데려다줄게. 옷 벗으면, 아가, 틸리 아줌마한테 옷 벗겨달라고 하고, 꼬까 잠옷 입으면 데려다줄게, 이쁘지. 아, 제발 울지 마, 울지 좀 말아."

브랭귄은 자기 의자에 뻣뻣하게 앉아 있었다. 머리가 점점 조여드는 것 같았다. 그는 미칠 듯 훌쩍이는 울음소리만 의식하며 자리에서 일어나 방 안을 서성였다.

"우는 소리 좀 내지 마." 그가 말했다.

그의 목소리에 아이는 더 겁을 먹었다. 저절로 울음이 났지만, 눈동자는 겁에 질렸어도 눈물 너머로 무슨 일이 일어날지 경계하며 주시했다.

"우리, 엄마한테, 갈래." 흐느끼는 아이의 맹목적인 목소리가 떨렸다.

브랭귄은 짜증이 나서 부르르 떨었다. 막무가내로 울고 조르는 소리가 정말 대책 없이 끈질기게 이어졌다.

"너, 이리 와서 옷 벗어." 화가 나서 가늘어진 목소리로 조용히 그가 말했다.

그리고 손을 뻗어 아이를 그러잡았다. 아이가 깔딱깔딱 숨이 넘어가도록 우는 게 몸으로 느껴졌다. 하지만 그도 제정신이 아닌 데다 화가 나서 기계적으로 손을 움직였다. 그는 아이의 조그만 덧치마를 풀기 시작했다. 아이는 그의 손을 벗어나고 싶었겠지만 그럴 수 없었다. 그래서 아이의 조그만 몸은 그의 손아귀에 잡혀 있었고, 그사이 그는 열중해서, 아이의 짜증 말고는 아무것도 의식하지 않은 채 자잘한 단추들과 끈들을 더듬더듬 끌렀다. 아이의 몸이 팽팽히 긴장해 저항했지만, 그가 작은 원피스와 속치마를 벗기자 아이의 하얀 팔이 드러났다. 애나는 힘에 눌리고 무시당해서 뻣뻣하게 있었지만 브랭귄은 하던 일을 계속했다. 그러는 내내 아이는 목이 메어 훌쩍거렸다.

"엄마한테 갈래."

그는 신경 쓰지 않았고 말없이 굳은 표정이었다. 아이는 이제 상황이 이해되지 않아서 그저 고집으로 똘똘 뭉친 작고 기계적인 상태가 되어버렸다. 흐느끼고 몸을 떨면서 같은 말을 되풀이하며 울어댔다.

"어이구, 시상에!" 틸리가 심란해져서 소리쳤다.

브랭귄은 천천히, 서투르게, 막무가내로 집중해서 자그마한 옷가지를 모두 벗기고는 아이를 소파 위에 그대로 세워두었다.

"애 잠옷 어딨어?" 그가 물었다.

틸리가 잠옷을 가져오자 그는 아이에게 입혔다. 애나는 그가 원하는 대로 팔다리를 움직여주지 않았다. 아이의 팔다리를 당겨 제자리에 집어넣어야만 했다. 아이는 막무가내로 고집을 부리며 버텼다. 조그만 몸을 격렬히 떨며 누그러질 것 같지 않았고, 했던 말을 하고 또 하며 울어댔다. 그는 아이의 두 발을 차례로 들어올려 슬리퍼와 양말을 벗겼다. 이제 자러 갈 준비가 되었다.

"뭐 한잔 마실래?" 그가 물었다.

아이는 꿈적하지 않았다. 아무것도, 아무 데도 신경 쓰지 않고 벽을 등지고 소파 위에 홀로 서 있었다. 막무가내로 꼭 쥔 주먹을 반쯤 치켜든 채 눈물범벅이 된 얼굴을 쳐들고 있었다. 그렇게 훌쩍이다가 목멘 소리로 한마디씩 내뱉었다.

"우리, 엄마, 한테, 갈래."

"마실 거 줄까?" 그가 다시 물었다.

아무 대답이 없었다. 그는 뻣뻣하게 거부하는 아이의 몸뚱이를 손아귀에 잡고 들어올렸다. 아이의 뻣뻣하고 고집스러운 몸이 느껴지자 불같이 화가 치밀어 그를 사로잡았다. 아이의 몸을 부숴버리고 싶었다.

그는 아이를 무릎에 안은 채 난롯가 자기 의자에 다시 앉았다. 눈물에 젖어 훌쩍이는 알아듣기 힘든 소리가 귓가에 계속 울렸다.

아이는 뻣뻣이 앉아 그에게도, 그 어느 것에도 굴복하지 않았고 의식하지도 않았다.

아까와는 다른 새로운 분노가 그를 덮쳤다. 이게 다 무슨 상관인가? 엄마가 폴란드 말을 하고 진통으로 비명을 지르건, 이 아이가 울며 뻗대고 고집을 피우건 무슨 상관이야? 마음 쓸 이유가 뭐냐고? 진통으로 비명을 지르려면 지르라지, 뻗대며 울고 싶으면 울라지, 그가 왜 맞서서 꺾어보려 애쓴단 말이야? 그렇게 될 거라면 그냥 둬야지. 정 그러겠다면 하고픈 대로 둬야지.

그는 그렇게 멍하니, 싸울 뜻을 거둔 채 앉아 있었다. 아이는 계속 울고, 시간은 째깍째깍 흘렀으며, 어떤 무감각한 느낌이 그를 덮쳤다.

잠시 시간이 흐른 뒤, 그는 정신이 들어 아이를 돌보려고 고개를 돌렸다. 아무것도 보지 않는 작고 눈물 젖은 아이 얼굴을 보자 그는 충격을 받았다. 약간 멍해져서 아이의 젖은 머리카락을 쓸어넘겼다. 슬픔에 찌든 살아 있는 조각상처럼 아이는 계속 울기만 했다.

"괜찮아," 그가 말했다. "그렇게 안 좋은 건 아니야. 애나야, 우리 아가야, 그렇게 나쁜 건 아니라고. 자, 이렇게 많이 울 이유가 뭐가 있어? 자, 이제 그쳐, 자꾸 울면 병난다. 얼굴 닦아줄게, 더는 울지 마. 자꾸 눈물 흘리지 마, 뚝, 그치는 게 좋아. 울지 마, 정말로 그렇게 나쁜 건 아니야. 이제 그쳐, 뚝, 그만 뚝."

그의 목소리는 기이할 정도로 아득하고 차분했다. 그는 아이를 가만히 들여다보았다. 아이는 이제 제정신이 아니었다. 그는 아이가 울음을 그치고 이 모든 것이 멈추기를, 평소처럼 되기를 바랐다.

"자," 일어나 돌아서며 그가 말했다. "저녁 여물 주러 가자."

그는 커다란 숄을 가져다가 아이를 폭 감싼 후 등불을 가지러 부억으로 갔다.

"이 밤중에 애를 델꼬 나가면 절대 안 돼유." 틸리가 말했다.

"괜찮아, 울음을 그칠 거야." 그가 대답했다.

비가 오고 있었다. 아이는 갑자기 잠잠해졌다. 얼굴에 듣는 빗방울과 깜깜한 어둠에 놀란 것이다.

"소들이 자기 전에 여물 좀 주러 가자." 브랭귄은 아이를 든든히 그러안으며 말을 걸었다.

홈통 안으로 똑똑 낙숫물이 떨어지고 있었고 빗방울이 후드득 아이의 숄 위에 튀었다. 등불에서 나오는 빛이 일렁이며 비에 젖은 통로와 담벼락 아래를 비춰주었다. 불빛만 아니면 완전히 칠흑 같은 밤이었다. 숨을 쉬면 어둠을 들이마실 것 같았다.

브랭귄이 헛간의 아래쪽 문과 위쪽 문을 열었고, 그들은 높다랗고 건조한 헛간으로 들어섰다. 따뜻하지 않은데도 훈훈한 냄새가 풍겼다. 그가 못에다 등불을 걸고 헛간 문을 닫았다. 그들은 이제 딴 세상에 들어왔다. 불빛이 나무로 지어진 헛간과 흰 칠을 한 벽, 커다란 건초 더미 위로 부드럽게 비쳤다. 농기구 그림자들이 커다랗게 드리우고 사다리가 다락 위층의 어둑한 아치 지붕 쪽으로 솟아 있었다. 밖에는 비가 휘몰아치고, 안에는 은은하게 불 밝힌 헛간의 정적과 고요가 흐르고 있었다.

그는 아이를 한 팔에 안고서 죽통에다 잘게 썬 건초와 맥주 찌끼와 거친 옥수숫가루를 넣어 소여물을 만들었다. 아이는 너무 신기해서 그가 하는 양을 유심히 보았다. 새로운 상황이 펼쳐지자, 아이 속에서 새로운 존재가 생겨났다. 한바탕 울고 난 뒤끝이라 이따금 울음이 복받쳐서 아이는 작은 몸을 떨었다. 애처롭게 빛나는 커다란 두 눈에 모든 게 신기했다. 아이는 조용하고 아주 잠잠해졌다.

꿈같은 상태에서 그의 겉모습을 고요히, 아주 고요히 남겨둔 채 그의 마음은 저 밑바닥으로 가라앉았다. 그는 한 손에 아이를 안고 다른 손에는 여물통을 든 채 조심스레 균형을 잡으며 일어섰다. 비단 숄 자락이 부드럽게 흔들렸고 낟알과 건초가 조금 바닥에 떨어졌다. 그는 컴컴한 데 삐죽이 튀어나온 암소의 뿔이 보이는 구유 뒤편 희미한 통로를 따라갔다. 아이가 몸을 움츠렸고, 그는 빳빳이 균형을 잡아 여물통을 구유 벽에 얹은 후 여물을 퍼서 반은 이 소에게, 또 반은 옆의 소에게 주었다. 소들이 머리를 홱 들거나 숙일 때마다 사슬 흔들리는 소리가 났다. 잠시 후, 짐승들이 조용히 여물을 먹으며 만족스러워하는 푸근한 소리와 길게 콧김 내뿜는 소리가 들렸다.

그는 이렇게 여러번 왕복해야만 했다. 헛간에서 규칙적으로 삽질하는 소리가 울리고 나면 브랭귄은 양손에 짐을 들고 빳빳이 되돌아갔다. 아이가 숄 바깥으로 빼꼼히 얼굴을 내놓았다. 그러고는 다음번 여물을 줄 때 그가 몸을 수그리자 팔을 빼서 그의 목을 감싸안아 부드럽고 따스하게 매달렸다. 일이 훨씬 수월해졌다.

소들을 다 먹인 후, 그는 여물통을 내려놓고 상자 위에 앉아서 아이의 매무새를 챙겼다.

"소들이 이제 잘까요?" 목멘 소리로 아이가 물었다.

"그럼."

"여물 먼저 다 먹을까요?"

"그럼. 자, 잘 들어보자."

그렇게 두 사람은 가만히 앉아 이 작은 헛간과 통하는 우리에서 푸푸거리며 여물을 먹는 소들의 숨소리에 귀 기울였다. 등불이 한쪽 벽에서 부드럽고 은근한 빛을 비춰주었다. 바깥은 아직 온통 빗속이었다. 그는 페이즐리 무늬 숄의 매끄러운 주름을 내려다보았다. 그것을 보니 엄마 생각이 났다. 엄마는 이 숄을 두르고 교회에 가시곤 했지. 그는 예전 아무 책임질 일 없이 안온하던 시절, 고향집에 살던 소년으로 되돌아갔다.

두 사람은 아주 조용히 앉아 있었다. 꿈결인 듯 그는 정신이 점점 아련해졌다. 아이를 품에 꼭 안았다. 흐느껴 울던 끝이라 아이의 팔다리가 가볍게 한번 바르르 떨렸다. 그는 더 꼭 안았다. 점점 아이의 몸에서 긴장이 풀렸고, 경계를 풀지 않던 새카만 눈동자 위로 눈꺼풀이 내려앉기 시작했다. 아이가 잠에 빠지자 그의 마음은 멍해졌다.

자다가 깬 것처럼 정신이 들었을 때, 그는 시간을 넘어선 정적 속에 앉아 있는 것 같았다. 무슨 소리를 들으려고 귀 기울이고 있었지? 아득히 먼 곳에서, 이승에서 한참 떨어진 데서 들리는 어떤 소리에 귀 기울이고 있었던 듯했다. 아내 생각이 났다. 그녀에게 돌아가야만 했다. 아이는 잠들었지만 눈꺼풀이 다 닫히지 않아 그 사이로 검은 동공이 살짝 보였다. 왜 눈을 다 감지 않았지? 아이의 입도 조금 벌어져 있었다.

그는 가만히 일어나서 집으로 돌아갔다.

"잠들었나유?" 틸리가 조용히 물었다.

그가 고개를 끄덕였다. 하녀가 와서 숄에 감싸인 채 잠든 아이를 보았다. 뺨이 붉게 상기되고 눈 주위는 하얗게 창백한 빛이 감돌았다.

"시상에나!" 낮게 속삭이며 틸리는 고개를 내저었다.

브랭귄은 장화를 벗어던지고 아이를 안은 채 위층으로 올라갔다. 그는 가슴께를 옥죄는 불안감의 정체를 깨달았다. 아내 때문이었다. 그렇지만 그는 평정을 유지했다. 바깥에서 들리는 바람 소리와 홈통에 낙숫물 떨어지는 소리만 빼면 온 집 안이 고요했다. 아내의 방문 아래로 가늘게 불빛이 새어나왔다.

그는 숄에 싼 그대로 아이를 침대 속에 눕혔다. 이불이 차가울 것 같았다. 그러다가 아이가 팔을 움직이지 못할까 염려스러워 조금 느슨하게 풀어주었다. 아이가 검은 눈을 뜨고 잠시 멍하니 그를 보더니 다시 감았다. 그는 아이를 폭 덮어주었다. 마지막으로 살짝 흐느끼느라 숨결이 흔들리더니, 아이는 곤히 잠에 빠졌다.

이 방은 그의 방이었다. 결혼 전에 쓰던 방이었다. 낯익은 곳이었다. 때 묻지 않은 소년일 적에 어땠는지 기억났다.

그는 오도 가도 못하고 있었다. 아이는 조그만 주먹을 숄 밖으로 내민 채 잠들었다. 아내에게 그녀의 아이가 잠들었다고 말해줄 수도 있었다. 하지만 그러려면 반대편 층계참으로 가야만 했다. 그는 깜짝 놀랐다. 올빼미 소리가 났던 것이다. 여자의 신음 소리였다. 얼마나 기이한 소리인가! 적어도 사내에게, 그것은 인간의 소리가 아니었다.

그는 아내의 방으로 내려가 가만히 들어갔다. 그녀는 창백한 얼굴로 지쳐서 눈을 감고 가만히 누워 있었다. 아내가 죽었을까 겁이 나서 가슴이 두근거렸다. 하지만 그렇지 않다는 걸 너무 잘 알고 있었다. 그는 아내의 머리칼이 관자놀이 위로 흐트러진 모양새와 고통으로 앙다물어 웃는 듯한 입을 보았다. 그가 보기에 그녀는 아름다웠다. 하지만 그것은 인간적인 것이 아니었다. 그는 거기 누워 있는 아내가 두렵기도 했다. 그녀가 그와 무슨 상관이 있으랴?[8] 그

8 요한의 복음서 2:4 예수가 어머니 마리아에게 "여자여 나와 무슨 상관이 있나이까"라고 말한 구절의 인유.

녀는 그와 다른 존재였다.

그는 자기도 모르게 다가가서 아직 시트를 꽉 잡고 있는 그녀의 손가락을 만졌다. 그녀의 회갈색 눈이 뜨이더니 그를 쳐다보았다. 그녀는 그를 그 자신으로 알지 않았다. 하지만 남자로서 알았다. 그녀는 산고를 겪고 있는 여자가 자신에게 아이를 배게 한 남자를 볼 때처럼 그를 쳐다보았다. 극한의 시간에, 여성이 남성을 보는 비개인적인 시선이었다. 그녀의 눈이 다시 감겼다. 살을 태우는 듯 거대한 평화가 엄습해 그의 심장과 내장을 불사르고는 무한 속으로 사라져갔다.

진통이 다시 시작되어 그녀를 찢을 때, 그는 고개를 돌렸다. 차마 볼 수가 없었다. 그러나 그의 심장은 고통 속에서도 평화로웠고 마음 깊이 기꺼웠다. 그는 아래층으로 내려가 현관문을 지나 밖으로 나가서, 얼굴을 치켜들어 비를 맞으며 꾸준히 자신을 내리치는 보이지 않는 어둠을 느꼈다.

날쌔게, 보이지 않게 그를 도리깨질하는 밤이 그를 침묵시켰고 그는 압도되었다. 그는 겸허히 돌아서서 집 안으로 들어갔다. 삶의 세계뿐 아니라, 영원불변하는 무한의 세계가 있었다.

3장
애나 렌스키의 어린 시절

톰 브랭귄은 자기 친아들을 의붓딸 애나만큼 사랑하지는 않았다. 태어난 애가 아들이라는 말을 들었을 때 짜릿하게 기분은 좋았다. 아버지가 되었다는 확인에 기뻤다. 아들이 있다는 느낌도 만족감을 주었다. 그러나 정작 아기한테 그렇게 정을 쏟지는 않았다. 그가 아이 아버지이고, 그것으로 충분했다.

브랭귄은 아내가 자기 아이의 엄마라는 사실이 기뻤다. 아내는 옮겨 심은 나무처럼 잔잔하고 약간 그늘져 있었다. 아기가 태어나자 그녀는 예전 자아와의 연관을 잃은 듯 보였다. 이제 진짜 영국 사람에다 진짜 브랭귄 부인이 되었다. 그러나 생기는 더 없어 보였다.

브랭귄에게 그녀는 여전히 말할 수 없이 아름다웠다. 그녀는 불꽃 같은 존재여서 아직도 열정적이었다. 그러나 그 불꽃이 항상 활활 타오르지는 않았다. 그를 향한 그녀의 눈은 빛났고 얼굴은 광채를 띄었지만, 그늘에 핀 꽃송이처럼 양지의 빛은 견디지 못했다. 그녀는 아기를 사랑했다. 그렇지만 거기, 그녀의 모성에도 구름 낀 것 같은 희미한 결핍과 그늘이 드리워 있었다. 그녀가 그의 아이를 돌보며 아이에게 몰두해 행복해하는 모습을 볼 때면 가는 불꽃 같은 통증이 그를 덮쳐왔다. 아내에게 다가갈 때, 그는 자신을 어떻게 억눌러야 할지 알고 있었다. 그리고 그들이 최고로 강렬하게 일치되었던 그때처럼 그녀와 처음으로, 그리고 이따금씩 함께했던 사랑과 열정을 거칠게, 죽도록 강렬하게 다시 주고받고 싶었다. 지금 그에게는 이것이 유일한 경험이었다. 그는 그칠 줄 모르는 갈망을 품고 한결같이 그것을 원했다.

그녀가 다시 그에게 다가왔다. 맨 처음, 억눌린 열정으로 그를 미치게 만들었던 그때처럼 입을 쳐든 모습이었다. 그녀가 다시 다가오자 그는 환희와 기꺼움에 터질 듯한 가슴으로 그녀를 안았다. 그리고 거의 이전과 마찬가지였다.

어쩌면 이전과 다를 바 없었다. 어쨌건 이 경험은 그에게 극치를 알려주었고, 그의 내면에 항구적이고 영원한 지식을 확립해주었다.

그러나 그것은 그의 바람보다 먼저 사그라져버렸다. 그녀는 끝나버렸고 더이상 받아들일 수 없었다. 그는 아직 소진되지 않아서 계속하고 싶었다. 하지만 그럴 수 없었다.

그래서 그는 쓸쓸하지만 자신을 누그러뜨리고 원하는 것보다 덜 가지는 법을 배우기 시작해야 했다. 그에게는 아내가 곧 여자요, 다른 여자들은 모두 그녀의 그림자였기 때문이다. 그녀가 그를 충족시켰기 때문이다. 그는 그것이 계속되기를 바랐다. 그런데 그럴 수 없었다. 아내가 그를 원하지 않는다고 아무리 분통을 터트려도, 달아오른 욕망을 쓰라릴 만큼 억누르다가 마음 깊이 그녀를 미워

해봐도, 불같이 화내고 술 마시고 난장판을 만들어도, 그래도 그는 계란으로 바위 치기라는 것을 알았다. 아내가 그가 바라는 만큼 그를 원하는 마음이 없어서가 아님을 알아야 했다. 그녀로서는 그럴 수가 없었던 것이다. 그녀는 자기 방식으로, 자기 기준으로 그를 원할 수 있을 뿐이었다. 그가 그녀를 만나기 전에, 그를 받아들여 충족감을 줄 수 있는 여자로 알기 전에 그녀는 이미 삶의 많은 부분을 소진해버렸던 것이다. 그녀는 그를 받아들여 그에게 충족감을 주었다. 여전히 그러고자 했다, 자신의 때와 방식으로. 그러니 그는 자신을 통제하고 그녀에게 자신을 맞춰야 했다.

그는 아내에게 자신의 모든 사랑과 열정을, 정력 전부를 주고 싶었다. 하지만 그럴 수 없었다. 그녀 아닌 다른 것들, 삶의 다른 중심들을 찾아야 했다. 아내가 아기를 안고 앉아 있으면 그는 낄 데가 없었다. 그래서 애한테 질투가 났다.

그러나 그는 아내를 사랑했고 시간이 흘러 곡절 많은 삶의 고비를 잘 넘기는 법을 배웠기에, 공연히 긁어 부스럼을 만들지는 않았다. 그는 아내의 아이인 애나와의 관계에서 사랑의 또다른 중심을 만들었다. 그의 삶의 흐름의 일부가 점차 이 아이에게로 갈라지면서 아내를 향한 큰 물줄기를 조금 덜어주었다. 또한 남자들 모임에도 나가고 이따금 진탕 마시기도 했다.

아기가 태어난 후 애나는 자기 엄마에 대해 전처럼 불안해하지 않았다. 엄마가 남동생을 안고 기뻐하는 평화롭고 안정된 모습을 보고 처음에는 당황하고 점점 화도 났지만, 이럭저럭 아이의 소소한 일상도 나름대로 잘 돌아가서 더이상 엄마를 떠받치느라 긴장하거나 비뚤어지지 않았다. 애나는 훨씬 아이다워져서 그렇게 이상하게 굴지 않았고, 이해 못 할 걱정거리를 떠안지도 않았다. 엄마라는 짐이, 엄마를 행복하게 해줘야 한다는 부담이 아이가 아닌 다른 데로 떠넘겨진 것이다. 아이는 점차 자유롭게 풀려나서, 독립적이고 무심한 어린 영혼으로서 자기 자신의 중심에서부터 사랑하게 되었다.

애나 스스로 선택한 사람 중에는 브랭귄을 제일, 혹은 제일 드러나게 사랑했다. 두 사람은 소소한 일상을 함께 꾸리며 활동도 같이 했다. 저녁때, 그는 아이에게 셈법이나 글자 읽기를 가르치는 게 즐거웠다. 애나를 위해 그는 까맣게 잊고 있던 자질구레한 전래 민요와 동요 따위를 죄다 기억해냈다.

처음에 애나는 이런 노래들을 시시하게 여겼다. 그렇지만 부르다 보면 그가 웃음을 터트렸고 아이도 웃음을 터트렸다. 아이에게 이 노래들은 정말 재미난 놀이가 되었다. 아이가 생각하기에 올드 킹 콜은 브랭귄이고, 마더 허바드는 틸리,[1] 자기 엄마는 구두 속에 사는 노파였다. 이런 우스꽝스러운 장난은 아이에게 엄청나게 큰 즐거움이었다. 엄마와 여러 해를 지냈고, 엄마가 이야기해주던 심란하고 이해하기 어려운 가슴 아픈 전래동화들을 들은 후라 더욱 그랬다.

아이는 아빠와 함께 야단법석을 떨고 농담 섞인 웃음과 더할 나위 없이 흥겨운 태평함을 나누었다. 아빠는 아이가 목소리 높여 고함치고 반항적으로 웃게 만드는 게 즐거웠다. 갓난아기는 엄마를 닮아 피부가 검은 편이고 머리도 검었고 눈은 적갈색이었다. 브랭귄은 아들을 찌르레기라고 불렀다.

"어이쿠," 브랭귄은 아기가 요람에서 꺼내달라고 삐 하고 우는

1 올드 킹 콜과 마더 허바드는 스코틀랜드와 잉글랜드 지역에서 전승된 동요의 주인공들.

소리를 들으면 깜짝 놀라며 소리치곤 했다. "찌르레기가 목청을 다 듣는구나."

"찌르레기가 노래 불러." 애나도 신이 나서 소리쳤다. "찌르레기가 노래 불러."

"파이를 꺼낼 때," 브랭귄이 요람으로 걸어가면서 낮고 쩌렁쩌렁한 목소리로 외쳤다. "찌르레기는 노래하네."

"그게 임금님께 대령할 맛난 음식이었느냐?" 애나가 큰 소리로 말했다. 알쏭달쏭한 노랫말을 내뱉으며 아이의 눈은 즐거워서 반짝반짝 빛났고, 화답해달라고 아빠를 쳐다보았다. 브랭귄은 아기를 안고 자리에 앉으며 크게 소리쳤다.

"노래 불러, 우리 총각, 노래 불러봐."

그러면 아기가 울어젖혔고, 애나는 마음이 들뜨고 행복해서 춤을 추며 우렁차게 노래했다.

> 서푼짜리 노래 불러
> 주머니 가득 꽃송이들
> 에취! 에취!

그러다가 갑자기 딱 멈추더니 다시 브랭귄 쪽을 보았다. 아이가 두 눈을 반짝이며 신이 나서 큰 소리로 외쳤다.

"나 틀렸어요, 틀렸다고요."

"맙소사!" 마침 들어오던 틸리가 소리쳤다. "뭔 일이래유?"

브랭귄은 아기를 달래고, 애나는 폴짝거리며 계속 춤을 추었다. 애나는 아빠랑 이렇게 요란스럽게 노는 게 좋았다. 틸리는 싫어했고, 브랭귄 부인은 신경 쓰지 않았다.

애나는 다른 아이들을 별로 좋아하지 않았다. 아이들한테 군림하면서 엄청 어리고 쓸모없는 것처럼 대했다. 그애에게 다른 아이들은 단지 애들일 뿐 자기와 동등한 사람이 아니었다. 그래서 대부분 혼자 지냈다. 농장 주위를 뛰어다니거나 일꾼들과 틸리와 도우미 소녀와 유쾌하게 놀며 쏘다녔고 가만히 있는 법이 없었다.

애나는 아빠랑 같이 마차를 타고 달리는 걸 좋아했다. 그럴 때 높다란 데 앉아 거침없이 내달리면 우월감과 지배하고픈 아이의 열정이 충족되었다. 애나는 도도하기가 마치 조그만 야만인 같았다. 자기 아버지를 거물이라고 생각하면서 그 곁에 높다랗게 자리잡고 앉았다. 그리고 그들은 무성하게 웃자란 산울타리 꼭대기와 나란히 질주하면서 시골 마을의 분주한 움직임을 내려다보았다. 사람들이 저 아래 길에서 소리쳐 인사하면 브랭귄도 유쾌하게 화답했고, 곧 애나의 작은 목소리가 아빠의 목소리와 더불어 날카롭게 울리고는 깔깔대는 웃음이 이어졌다. 아이가 눈을 반짝이며 아빠를 쳐다보면 두 사람은 서로를 보고 웃었다. 그래서 머지않아 지나가는 사람들이 으레 소리치게 되었다, "잘 지내나, 톰? 꼬마 아가씨도!"라거나 "안녕, 톰, 안녕, 아가씨!" 아니면 "둘이 같이 가는구면?" 혹은 "거기 두 사람, 정말 멋지군요"라고.

아빠와 함께 애나는 대답하곤 했다. "존 아저씨, 안녕! 윌리엄 아저씨, 안녕하세요! 예, 더비 가는 길이에요"라고 최대한 크게 소리쳤다. 가끔 "둘이 데이트 나오셨구면" 하고 건네면 "예, 맞아요"라고 대답해서 사람들이 모두 배를 싸쥐기도 했다. 아이는 아빠한테는 모자를 벗어 인사하면서 자기한테는 그렇게 하지 않는 사람들을 좋아하지 않았다.

애나는 아빠가 꼭 갈 일이 있으면 선술집에 같이 가서 술집 휴

게실에서 그가 맥주나 브랜디를 마실 동안 곁에 앉아 있기도 했다. 술집 여주인들은 특유의 알랑대는 투로 아이의 비위를 맞추려 들었다.

"그래, 꼬마 아가씨, 이름이 뭐예요?"

"애나 브랭귄이요." 즉각 거만한 대답이 튀어나왔다.

"그렇구나! 그런데 아빠랑 마차 타는 거 좋아요?"

"예." 수줍긴 했지만 이런 뻔한 질문을 지겨워하며 애나가 대답했다.

애나는 건드리기 힘든 면이 있어서 어른들은 실없는 질문을 하다가도 말문이 막혔다.

"세상에나, 아주 똑 부러지는 애로군요." 여주인이 브랭귄에게 말하곤 했다.

"그래요." 아이에 대해 더이상 말하지 말라는 투로 그가 답했다.

그러고 나면 비스킷이나 케이크 같은 것이 나왔는데, 애나는 그것들이 당연히 자기 몫인 양 받았다.

"아줌마가 나더러 똑 부러지는 애라는데, 그게 무슨 말이에요?" 나중에 이 어린 소녀는 아빠에게 물었다.

"네가 아주 옹골지다는 뜻이야."

애나는 주춤했다. 무슨 뜻인지 알아듣지 못했던 것이다. 그러곤 자기가 좀 바보 같다는 느낌에 까르르 웃었다.

곧 브랭귄은 매주 아이를 장에 데리고 가게 되었다.

"나도 가도 되죠, 그죠?" 매주 토요일이나 목요일 아침에 그가 부유한 자작농 차림으로 멋지게 차려입을 때면 아이가 졸랐다. 그는 안 된다고 할 수밖에 없어서 표정이 어두워졌다.

그래서 마침내 그는 쑥스러움을 무릅쓰고 아이를 자기 옆에 끼위 앉혔다. 그들은 마차로 노팅엄까지 가서 '검은 백조' 여관에 묵었다. 거기까지는 괜찮았다. 그런데 그는 아이를 여관에 두고 일을 보러 가야 했다. 하지만 아이 표정을 보니 그럴 수가 없었다. 그래서 용기를 내어 아이 손을 꼭 잡고 함께 우시장으로 나섰다.

애나는 그의 곁에서 어리둥절해 말을 잃은 채 주변을 살폈다. 그렇지만 우시장에 가니 사방천지 남자들뿐, 무겁고 지저분한 장화에 가죽 각반을 찬 사내들이 밀어닥치자 아이는 움츠러들었다. 발밑의 길바닥은 소똥 천지였다. 네모난 우리에 갇힌 소들을 보니 덜컥 겁이 났다. 뿔 달린 소가 저렇게 많은데 울타리는 별로 없고, 격한 사내들과 소몰이꾼들 고함까지 들으니 무서웠다. 게다가 아빠가 자기 때문에 당황하고 불편해하는 기색도 느껴졌다.

아빠가 간식 가판대에서 아이에게 케이크를 사주고 자리에 앉혔다. 사내 한명이 인사를 건넸다.

"잘 있었나, 톰. 근데 자네 딸인가?" 수염 난 농부가 턱으로 애나를 가리켰다.

"그렇다네." 브랭귄이 이맛살을 찌푸리며 대답했다.

"이렇게 큰 애가 있었나?"

"아니, 우리 마누라 앨세."

"아, 그럼 그렇지!" 그러더니 사내는 무슨 못난 송아지 보듯 애나를 쳐다보았다. 애나는 검은 눈동자로 사내를 노려보았다.

브랭귄은 암송아지 몇마리를 팔아볼 셈으로 아이를 술집 주인에게 맡기고 그곳을 나섰다. 농부, 백정, 소몰이꾼 등 아이가 본능적으로 몸을 움츠리게 되는 지저분하고 거친 사내들이 자리에 앉은 아이를 빤히 내려다보고는 목소리도 낮추지 않고 지껄여대며 술을 시켰다. 모두 거구인 데다 아이를 대하는 게 상스러웠다.

"뉘 집 애야?" 그들이 술집 주인에게 물었다.

"톰 브랭귄 딸이야."

아이는 방치된 채 거기 앉아서 문을 주시하며 아빠를 기다렸다. 아빠는 오지 않았다. 많고 많은 남자들이 왔지만 아빠는 오지 않았고, 아이는 그림자처럼 앉아 있었다. 그런 곳에서 울면 안 된다는 걸 애나는 알았다. 사내들마다 뭔가 캐내려는 듯 쳐다보았지만 아이는 못 본 체 시선을 피했다. 홀로 남겨졌다는 깊고 싸늘한 느낌이 점점 더 아이를 사로잡았다. 아빠는 정말로 안 올 모양이었다. 아이는 그 자리에 얼어붙어 꼼짝 않고 앉아 있었다.

아이가 멍해지고 시간 가는 것도 잊을 무렵, 브랭귄이 왔다. 아이는 죽었다 살아난 사람 보듯 자리에서 미끄러져 나와 그에게로 갔다. 그로서는 최대한 빨리 소를 팔고 왔던 것이다. 그렇지만 아직 처리할 일들이 남아 있었다. 그는 다시 아이를 데리고 정신없이 북적대는 우시장통으로 들어갔다.

얼마 후, 그들은 마침내 일을 마치고 시장 입구를 나섰다. 브랭귄은 계속 이 사람 저 사람에게 인사했고 연방 걸음을 멈추고 땅이나 소, 말, 혹은 애나가 모르는 여러가지 이야기를 이러쿵저러쿵 나누었다. 아이는 사내들 다리와 커다란 장화들 사이에서 더럽고 냄새나는 바닥에 서 있어야 했다. 그리고 내내 묻는 소리를 들었다.

"근데 웬 애야? 이렇게 큰 딸이 있었나?"

"우리 집사람 애라네."

애나는 결국 자신이 엄마가 데려온, 여기 속하지 않는 애라는 사실을 또렷이 의식하게 되었다.

그러나 마침내 그들은 이곳을 벗어났고, 브랭귄은 아이를 데리고 브라이들스미스 게이트 시장통의 작고 어두컴컴한 오래된 식당에 갔다. 두 사람은 꼬리곰탕과, 양배추와 감자를 곁들인 고기를 먹었다. 다른 남자들, 다른 사람들도 밥을 먹으러 어둡고 천장이 둥근 이곳으로 들어왔다. 애나는 신기해서 눈을 동그랗게 뜨고 조용히 있었다.

그후 그들은 곡물 거래소가 있는 큰 시장에 갔다가 상점에 들렀다. 그는 아이에게 진열대에 놓인 조그만 책 한권을 사주었다. 그는 쓸 만하다 싶은 물건들, 특히 특이한 물건들을 사는 걸 좋아했다. 그러고 나서 그들은 '검은 백조' 여관으로 돌아와 아이는 우유를 마시고 아빠는 브랜디를 마셨고, 마구를 채운 후 더비 로드를 향해 출발했다.

애나는 놀랍고 신기해서 기운이 다 빠져버렸다. 하지만 다음 날이 되어 어제 생각이 나자 늘 추는 희한한 춤을 추며 폴짝폴짝 뛰어다니면서 자기한테 일어났던 일이며 본 것에 대해 종일토록 조잘댔다. 한주일 내내 그랬다. 그러다 다음 토요일이 오자 또 가고 싶어 안달을 했다.

조그만 좌석에 앉아서 아빠를 기다리는 애나는 이제 우시장에서 낯익은 인물이 되었다. 그래도 애나는 더비에 가는 걸 제일 좋아했다. 거기 가면 아빠 친구들이 더 많았다. 아이는 이 작은 읍내가 친숙하고 강도 가까우며, 별스럽긴 해도 무섭지 않아서 좋았다. 거기는 훨씬 작은 곳이었다. 지붕 있는 시장과 할머니들이 마음에 들었다. 아빠가 묵는 '조지 여관'도 좋았다. 여관 주인은 브랭귄의 오랜 친구였고 애나를 애지중지했다. 애나는 허구한 날 아늑한 여관 응접실에 앉아서 붉은 머리에 뚱뚱한 여관 주인 위긴턴 아저씨와 얘기를 나누었다. 그러다가 12시쯤 농부들이 밥 먹으러 모여들 때면 애나는 이 무리의 어린 여주인공이었다.

처음에 애나는 말투가 상스러운 이 낯선 남자들을 노려보거나 곁에 못 오게 했다. 그렇지만 그들은 수더분했다. 애나는 사과꽃 같은 얼굴과 검은 눈 주위로 유리실같이 맹렬히 반짝이는 금발이 불타는 후광처럼 뻗친 좀 기묘한 애였고, 사내들은 이 기묘한 아이를 좋아했다. 애나가 그들의 호기심에 불을 붙였다.

　앰버게이트에서 온 매리엇이라는 부유한 자작농이 애나를 조그만 족제비라고 불러서 아이는 매우 화가 났다.

　"봐, 너 족제비지." 그가 아이에게 말을 걸었다.

　"아니에요." 아이가 발끈했다.

　"족제비 맞네. 족제비가 꼭 그러거든."

　아이는 이 말을 잠시 생각해보았다.

　"그럼 아저씨는, 아저씨는," 아이가 입을 열었다.

　"내가 뭐?"

　아이가 그를 아래위로 훑어보았다.

　"아저씬 안짱다리예요."

　그는 진짜 그랬다. 한바탕 웃음이 터졌다. 애나는 절대 물러나는 법이 없어서 그들은 아이를 예뻐했다.

　"그래," 매리엇이 말했다. "족제비나 그렇게 말하지."

　"그래요, 나 족제비 맞거든요." 열받은 아이가 대꾸했다.

　사내들에게서 또 한차례 요란한 웃음이 터져나왔다.

　그들은 애나를 놀리기를 좋아했다.

　"어이, 우리 쪼매한 아가씨," 브레이스웨이트는 이렇게 말을 걸곤 했다. "이 양털은 우예 된 기고?"

　그가 아이의 반짝거리는 연한색 머리카락 한자락을 쑥 잡아당겼다.

"양털 아니거든요." 애나는 팩 받아치고 그가 건드린 머리 자락을 도로 넘겼다.

"그래? 그라문 그걸 뭐라 부르노?"

"머리카락이죠."

"머리카락이라꼬! 그런 거는 어데서 키았노?"

"어데서 키았노?" 아이가 사투리로 물었다. 호기심 때문에 따라 해버린 것이다.

그는 대답 대신 기뻐서 소리를 질렀다. 아이가 사투리를 쓰게 만들었으니 이긴 거였다.

애나가 싫어하는 딱 한명이 있었는데, 넛냇 혹은 냇넛이라 불리는 좀 모자라는 작자였다. 그는 발이 안으로 굽어서 걸음을 뗄 때마다 어깨가 으쓱 올라가고 다리를 옆으로 흔들면서 걸었다. 이 불쌍한 친구는 늘 다니는 선술집들을 돌며 땅콩을 팔았다. 입술이 선천적으로 갈라진 기형이어서 사람들이 그의 말투를 흉내 내곤 했다.

애나가 있을 때 처음으로 그가 '조지' 술집에 들어온 날, 아이는 그가 가고 나자 눈을 동그랗게 뜨고 물었다.

"저 사람 왜 저렇게 걸어요?"

"갸도 우짤 수 없는 기라, 아가야, 그리 생기묵은 걸 우짜겠노."

아이는 그 말에 대해 생각해보더니 불안하게 웃었다. 그리고 곰곰이 생각하고는 뺨이 빨개지며 소리쳤다.

"정말 흉측한 사람이에요."

"아이다, 흉측한 기 아이라꼬. 그리 태어난 걸 지도 우짤 도리가 없는 기라."

하지만 불쌍한 냇이 비척거리면서 다시 술집에 들어왔을 때 애나는 슬쩍 피해버렸다. 그리고 사람들이 그가 파는 땅콩을 사줘도 안 먹으려 했다. 농군들이 땅콩 내기 도미노게임을 하자 아이는 발칵 화를 냈다.

"그건 더러운 사람이 파는 땅콩이란 말예요." 아이가 소리쳤다.

그렇게 냇에 대한 반감이 있었는데, 그는 머지않아 구빈원救貧院으로 갔다.

이제 브랭귄의 마음속에는 애나를 숙녀로 만들고픈 은밀한 욕망이 자라났다. 노팅엄에 사는 형 알프레드가 작고한 의사의 아내이자 귀부인인 학식 있는 여자와 사귀는 통에 엄청난 스캔들을 일으켰다. 알프레드 브랭귄은 친구 사이라면서 더비셔에 있는 그 여자 집에 뻔질나게 드나들었고, 처자식을 내팽개치고 하루이틀씩 거기서 지내다가 돌아오곤 했다. 그래도 아무도 대들지 못했다. 그는 고집 세고 직선적인 사람인 데다 이 과부와는 친구라고 말했던 것이다.

어느 날 브랭귄이 역에서 형과 마주쳤다.

"어디 가요?" 동생이 물었다.

"웍스워스에 가려고."

"거기 형 친구들이 있다면서요."

"그래."

"저도 그쪽으로 가면 한번 들러봐야겠어요."

"좋을 대로 하렴."

톰 브랭귄은 그 여자가 너무 궁금해서 나중에 웍스워스에 들렀을 때 그녀의 집이 어디 있는지 알아보았다.

언덕 가파른 쪽에 있는 아름다운 시골집이었다. 읍내가 시원스레 내려다보이고, 분지 아래편에 자리 잡아 반대편의 오래된 채석장에서 멀리 떨어진 곳이었다. 포브스 부인은 정원에 있었다. 머리가 희고 키가 훤칠한 여자였다. 그녀가 정원용 가위를 내려놓고 두꺼운 장갑을 벗으며 통로로 다가왔다. 가을이었다. 여자는 챙 넓은 모자를 쓰고 있었다.

브랭귄은 귀밑까지 빨개져서 무슨 말을 해야 할지 몰랐다.

"저희 형님 친구분이시라고 들어서 잠시 들러볼까 싶었습니다. 윅스워스에 볼일이 있었거든요."

여자는 한눈에 그가 브랭귄 집안사람인 걸 알아보았다.

"좀 들어오시죠." 그녀가 말했다. "저희 아버지는 병석에 계시답니다."

여자가 그를 응접실로 안내했다. 거기에는 책이 가득하고 피아노와 바이올린 받침대가 있었다. 그들은 대화를 나누었고, 여자는 꾸밈없고 편하게 말했다. 품위 넘치는 여자였다. 이 방에는 브랭귄이 전혀 알지 못했던 그런 분위기가 풍겼다. 산꼭대기에 온 것처럼 탁 트이고 널따란 느낌이 들었다.

"형님이 책 읽는 걸 좋아하나요?" 그가 물었다.

"좋아하는 책들이 있지요. 최근엔 허버트 스펜서를 읽었어요. 그리고 우린 가끔 브라우닝[2]을 같이 읽는답니다."

브랭귄은 감탄해 마지않았다. 깊고 짜릿하며 거의 숭배에 가까운 감탄이 우러났다. 그녀가 "우린 같이 읽는답니다"라고 말했을 때, 그는 빛나는 눈으로 그녀를 바라보았다. 그제야 말문이 터진 듯 그가 방을 둘러보며 큰 소리로 말했다.

"우리 알프레드 형한테 이런 취향이 있는 줄 몰랐네요."

---

2 스펜서(Herbert Spencer, 1820~1903)는 영국의 실증주의 사회학자, 사회적 진화론의 옹호자, 브라우닝(Robert Browning, 1812~89)은 영국 빅토리아 시대의 대표적 시인.

"아주 독특한 분이죠."

그는 깜짝 놀라 그녀를 보았다. 여자는 형의 새로운 모습을 알고 있는 게 분명했다. 형을 인정하는 게 분명했다. 브랭귄은 그 여자를 다시 보았다. 마흔살쯤 된, 꼿꼿한 자세에 다소 딱딱하며, 특이하고 외따로 떨어진 여자였다. 브랭귄 자신은 그녀에게 반하지 않았다. 그녀에겐 뭔가 냉랭한 면이 있었다. 그렇지만 끝없이 감탄하는 마음이 솟았다.

차 마시는 시간이 되자 여자는 브랭귄을 자기 아버지한테 인사시켰다. 그는 병자라서 부축을 받아야 했지만 불그스레한 낯빛에 호감이 가는 사람이었다. 머리카락이 새하얗고 물기 어린 푸른 눈동자에 상대를 대하는 태도는 우아하고도 천진했는데, 이 또한 브랭귄은 새롭고 낯설었다. 너무나 점잖고 유쾌하며 순수했다.

형이 이런 여자의 애인이라니! 정말 놀랍지 않은가. 집으로 돌아오면서 브랭귄은 자기가 사는 방식이 초라하기 그지없다고 자조했다. 자신은 흙이나 파먹는 투박하고 둔한 시골뜨기였다. 그 어느 때보다 그는 이런 이상적이고 고상한 세계를 향해 올라가고 싶었다.

그는 잘사는 편이었다. 다 하면 연간 600파운드 정도 버는 알프레드 형만큼 벌었다. 브랭귄 본인이 400파운드 정도 벌었고 더 벌 수도 있었다. 자산도 날로 늘어갔다. 그런데 왜 아무것도 해보지 않았던가? 아내도 귀족 출신인데 말이다.

그러나 마시 농장에 당도하자 그는 모든 것이 옴짝달싹 못 하게 고정되어 있고, 그에게 다른 형태의 삶이란 조금도 가능하지 않다는 것을 깨달았다. 생전 처음으로 그는 농장을 물려받은 것이 후회스러웠다. 아무 모험도 하지 않고 안전하게 퍼질러 앉은 꼴이 마치 감옥에 갇힌 죄수 같았다. 위험을 무릅썼더라면 뭔가 되었을지도 몰랐다. 하지만 그는 브라우닝도, 허버트 스펜서도 읽을 줄 몰랐고 포브스 부인의 방 같은 그런 곳에 출입할 수도 없었다. 그런 형태의 삶은 요원했다.

그러나 그 순간, 그는 그것을 원치 않는다고 말했다. 워스워스 방문이 준 흥분이 사그라들기 시작했다. 이튿날 그는 원래대로 돌아왔다. 그 여자 생각을 했을 때, 그녀와 그 집에는 마음에 들지 않는 뭔가가 있었다. 여자가 아닌 것처럼, 차갑고 생기 없는 목표들을 위해 인간적 삶을 소진해버린 비인간적 존재인 것처럼 그녀에겐 차갑고 이질적인 뭔가가 있었다.

저녁이 되어 애나와 놀아주고 나서 그는 아내와 단둘이 앉아 있었다. 아내는 바느질을 하고 있었다. 그는 심란해서 담배를 피우며 가만히 앉아 있었다. 아내의 고요한 모습과 바느질감 위로 수그린 고요한 검은 머리가 느껴졌다. 그가 견디기에는 너무 고요한 모습이었다. 너무 평온했다. 사방 벽을 박살 내어 밤이 들어오도록 해서, 아내가 저렇게 확고하고 고요하게 거기 앉아 있지 못하게 하고 싶었다. 방 안 공기가 이렇게 후텁지근하고 갑갑하지 않았으면 했다. 아내는 그에게서 사라져 조용히, 확고하게, 아무도 모르게, 아무것도 의식하지 않은 채 자기만의 세계에 들어가 있었다. 그는 그녀에 의해 차단되었다.

그는 밖에 나가려고 일어섰다. 더이상 가만히 앉아 있을 수가 없었다. 이 숨 막힐 듯 갑갑한 골칫거리 여자로부터 벗어나야 했다.

아내가 고개를 들더니 그를 바라보았다.

"외출하려고요?" 그녀가 물었다.

그는 내려다보다가 아내와 눈이 마주쳤다. 어둠보다 검고 어둠보다 깊은 눈빛이었다. 그는 그녀 앞에서 방어적으로 물러나는 듯했으나, 아내의 눈이 계속 따라와서 그를 찾아내고야 말았다.

"그냥 코세테이나 가볼까 해서." 그가 말했다.

아내가 그를 가만히 지켜보았다.

"뭐 하려요?" 그녀가 물었다.

심장이 빠르게 고동쳐서, 그는 천천히 자리에 앉았다.

"딱히 볼일은 없어요." 기계적으로 파이프를 다시 채우며 그가 대답했다.

"왜 이렇게 자주 나가는 거예요?" 그녀가 말했다.

"당신이 날 싫어하잖소." 그가 대꾸했다.

그녀는 한참 말이 없었다.

"당신이 이제 나랑 있기 싫어하잖아요." 그녀가 말했다.

그 말에 그는 깜짝 놀랐다. 아내가 어떻게 그 사실을 알았을까? 그는 그것이 자기만의 비밀이라고 생각했다.

"그렇지 않소." 그가 대답했다.

"당신, 뭔가 다른 걸 찾고 싶은 거예요." 그녀가 말했다.

그는 대답하지 않았다. 과연 그런가, 자문해보았다.

"관심 쏟아달라고 그렇게 보채면 안 돼요." 그녀가 말했다. "당신은 아기가 아니잖아요."

"불평하는 게 아니오." 그가 말했다. 하지만 불평하고 있다는 걸 자신도 알았다.

"당신은 충분히 못 받고 있다고 생각하죠." 그녀가 말했다.

"충분히라니 뭘?"

"나를 충분히 갖지 못한다고 생각하죠. 하지만 당신이 날 어떻게 알아요? 내가 당신을 사랑하도록 도대체 뭘 하나요?"

그는 소스라치게 놀랐다.

"당신을 충분히 갖지 못한다고 말한 적 없어요." 그가 대답했다. "당신이 날 사랑하게 만들고 싶어 하는지도 몰랐소. 뭘 원하는 거요?"

"당신은 더이상 우리 사이가 좋아지게 하질 않아요, 관심도 없고. 당신을 원하는 마음이 안 생기게 한다고요."

"당신도 마찬가지요. 지금도 그렇잖소?"

침묵이 흘렀다. 그들은 이렇게도 낯선 사람들이었다.

"딴 여자랑 사귀고 싶은가요?" 그녀가 물었다.

그는 눈이 동그래지며 어안이 벙벙했다. 그녀가, 남도 아닌 내 아내가 어떻게 이런 말을 할 수 있지? 그러나 그녀는 조그맣고 이국적이며 동떨어진 채 거기 앉아 있었다. 그는 문득 그녀가 그들이 동의한 경우를 제외하고는 자신을 그의 아내로 여기지 않는다는 생각이 들었다. 그와 결혼했다고 실감하지 못했던 것이다. 어쨌거나, 그녀는 그가 딴 여자를 원할 수도 있다는 걸 기꺼이 용인할 태세였다. 어떤 간극이, 허공이 그의 눈앞에 펼쳐졌다.

"아니," 그가 느리게 말했다. "내가 무슨 딴 여자를 원하겠소?"

"당신 형처럼 말이에요." 그녀가 말했다.

그는 수치스럽기도 해서 잠시 가만있었다.

"그 여자가 어떻다는 거요?" 그가 말문을 열었다. "난 그 여자 안 좋아했어요."

"아뇨, 좋아했어요." 그녀가 고집스럽게 대답했다.

아내가 그의 속마음을 이렇게 냉담하게 말하는 데 놀라서 그는 아내를 빤히 쳐다보았다. 그리고 분개했다. 도대체 무슨 권리로 이런 말을 하고 앉아 있는 거지? 그녀는 그의 아내인데, 무슨 권리로 남처럼 이렇게 말하는 건가?

"아니, 좋아하지 않았소." 그가 말했다. "아무 여자도 원하지 않아요."

"원하잖아요. 당신은 알프레드 형처럼 되고 싶어 해요."

화나고 마음이 상해서 그는 입을 다물었다. 깜짝 놀랐다. 아내에게 웍스워스에 방문한 일을 말하기는 했지만 간략하게, 별 관심도 없이 말했다고 생각했다.

아내는 가무잡잡한 낯선 얼굴을 그에게 향한 채 앉아 있었고, 속모를 그녀의 눈은 그를 올려다보며 주시했다. 그는 그녀에게 맞서기 시작했다. 그녀는 또다시 그가 대면한 살아 있는 미지의 세계였다. 그녀를 받아들여야 할까? 그는 자기도 모르게 저항했다.

"당신한테 나보다 더 소중한 여자를 찾으려는 이유가 뭐죠?" 그녀가 말했다.

요동치는 분노가 그의 가슴속에서 들끓었다.

"그런 게 아니오." 그가 말했다.

"왜 그래요?" 아내가 되풀이했다. "왜 나를 거부하려는 거예요?"

갑자기, 섬광처럼, 그는 아내가 외로이 고립된 불안한 상태일 수 있다고 느꼈다. 여태 그녀는 빈틈없이 확고하고 만족스러우며 단호해서 그를 배제하는 것으로 보였다. 그녀가 뭐가 부족하겠어?

"당신은 왜 나한테 만족하지 못하죠? 나도 당신한테 불만이에요. 파울은 남자답게 와서 나를 안았어요. 그런데 당신은 날 그냥 내버려두거나, 아니면 내가 당신 소나 되는 것처럼 다가와요. 빨리 왔다가죠. 날 다시 잊어버리려고, 날 다시 잊어버릴 수 있도록 말예요."

"당신에 대해 뭘 잊지 말아야 하는 거요?" 브랭귄이 말했다.

"당신 옆에 있다는 걸 알아주세요."

"그럼, 내가 그걸 모른다는 거요?"

"당신은 내게 올 때 아무 가치 없는 일이라는 듯, 나란 존재가 아무것도 아니라는 듯 다가와요. 파울이 내게 왔을 땐 그에게 난 정말 의미 있는 존재였지요. 여자였어요, 정말로 그랬죠. 당신한테 난 아무것도 아니에요. 소와 매한가지거나, 아무것도 아니에요."

"아무것도 아니라고 느끼는 건 바로 나요." 그가 말했다.

두 사람은 말이 없었다. 그녀는 가만히 앉아서 그를 바라보았다. 영혼이 혼란스레 들끓어서 그는 움직일 수 없었다. 그녀는 다시 바느질감으로 눈길을 돌렸다. 그러나 고개 숙인 그녀의 모습이 그를 사로잡아 뒤흔들었다. 그녀는 낯설고 적대적이며 우세한 존재였다. 그렇다고 꼭 적대적인 건 아니었다. 자리에 앉은 그는 팔다리에 힘이 솟고 단단해지는 느낌이었다. 온몸에 힘이 넘쳤다.

그녀는 한동안 말없이 바느질을 했다. 그는 너무도 친밀하고 마음을 휘어잡는 아내의 둥그스름한 머리 모양이 사무치게 느껴졌다. 그녀가 고개를 들더니 한숨을 쉬었다. 그의 몸속의 피가 불타올랐고, 번지는 불꽃처럼 아내의 목소리가 들려왔다.

"이리 와요." 머뭇거리며 그녀가 말했다.

잠시 그는 움직이지 않았다. 그러다 천천히 일어나 난롯가를 가로질렀다. 그렇게 하는 데 죽을 정도의 결의가, 혹은 묵종이 필요했다. 아내 앞에 서서 그녀를 내려다보았다. 아내의 얼굴이 다시 빛나고 있었고 그녀의 눈이 터져나오는 웃음소리처럼 다시 반짝였다. 이렇게도 변모할 수 있다니, 그에게는 너무도 엄청났다. 그는 아내를 바라볼 수 없었다. 그 모습이 그의 심장을 태워버렸다.

"내 사랑!" 그녀가 말했다.

그녀는 두 팔로 자기 앞에 서 있는 그를, 그의 다리를 자기 가슴에 꼭 껴안았다. 그러자 그에게 닿은 그녀의 손길이 그 자신의 벌거벗은 원형을 드러내는 듯했고, 그는 스스로에게도 열정적이고 매력적이었다. 그는 차마 아내를 바라볼 수 없었다.

"여보!" 그녀가 불렀다. 그녀가 외국 말로 불렀다는 걸 그는 알았다. 두려움이 더없는 기쁨처럼 다가왔다. 그는 내려다보았다. 빛나는 얼굴에 눈은 광채로 가득한 그녀가 두려웠다. 그녀를 향한 강한 충동에 고통스러웠다. 그녀는 두려운 미지의 세계였다. 그는 아내 쪽으로 몸을 굽히며 놔버리지 못해, 자신을 놔버리지 못해 고통스러우면서도 그녀에게 끌리고 추동되었다. 이제 변모한 그녀는 그로서는 닿을 수 없이 황홀했다. 그는 가고 싶었다. 그러나 아직 입맞춤조차 할 수 없었다. 그저 그 자신으로 동떨어져 있었다. 그녀의 발에 입 맞추는 것은 얼마나 쉬운가. 그러나 실제로 그렇게 하는 건 모욕적인 행위처럼 너무도 수치스러웠다. 그녀는 그가 자기 앞에 절을 올리고 떠받드는 게 아니라 그녀와 만나기를 기다렸다. 복종이 아닌 적극적인 참여를 원했다.

그녀가 그의 몸에 손가락을 얹었다. 그녀에게 적극적으로 자신을 주고 하나가 되어야 한다는 것, 자신이 아닌 타자인 그녀를 만나 포옹하고 알아야 한다는 것, 그것은 그에게 지극한 고통이었다. 그의 마음에는 그녀에게 내놓기 싫어 움츠리고, 그녀에게 느긋이 다가가지 못하며, 지극히 갈망하면서도 그녀와 섞이기를 반대하는 뭔가가 있었다. 그는 두려웠고, 자신을 지키고 싶었다.

잠시 정적이 흘렀다. 그러더니 점점 그의 속에 흐르던 긴장이, 물러나려던 긴장감이 풀리고 그는 그녀를 향해 흐르기 시작했다. 그녀는 그를 넘어선, 도달할 수 없는 존재였다. 하지만 그는 자신에 대한 통제를 놔버리고, 그 자신을 포기하고, 그녀에게 다가가 그녀와 함께하며, 그녀와 뒤섞여 자신을 잃음으로써 그녀를 발견하고,

그녀 안에서 자기 자신을 발견하고픈, 지층 저 아래를 흐르는 그의 욕망의 힘을 깨달았다. 그는 그녀에게 점점 더 가까이 다가갔다.

그의 피가 넘실대는 욕망으로 고동쳤다. 그녀에게 다가가 그녀를 만나고 싶었다. 그의 손이 닿을 수 있다면, 그녀는 거기 있으리라. 그라는 존재 바로 너머에 있는 그녀라는 현실이 그를 빨아들였다. 맹목적이고 파괴된 채 그는 자신의 절정을 얻기 위해, 그를 삼켜 그 자신에게 바칠 어둠 속에 받아들여지기 위해 가까이, 더 가까이 나아갔다. 이 작열하는 어둠의 핵심으로 정녕 들어갈 수 있다면, 그가 파괴되고 다 타버려 그녀와 더불어 하나의 절정으로 빛날 수 있다면 그것은 지고의, 지고의 순간일 터였다.

결혼한 지 이년이 지난 지금, 그들이 함께 도달한 절정은 이전보다 훨씬 더 경이로웠다. 그것은 존재의 또다른 영역으로의 진입이자 또다른 생명을 얻는 세례, 완전한 견신례堅信禮였다. 그들의 발은 낯선 앎의 땅을 밟았고 그들의 발자국은 발견의 기쁨으로 빛났다. 어디를 걷든 좋았고, 그들 주위의 세상은 발견의 기쁨에 거듭 탄성을 울렸다. 그들은 기꺼이, 다 잊은 채 다녔다. 모든 것을 잃었고 모든 것을 찾았다. 신세계를 발견했으니 탐험할 일만 남아 있었다.

그들은 더 광활한 곳으로 들어가는 출입문을 통과했던 것이다. 그곳에서 움직임은 큼직큼직해서, 구속과 제약과 수고가 따랐어도 완벽한 자유를 누릴 수 있었다. 그에게는 그녀가, 그녀에게는 그가 출입문이었다. 마침내 두 사람은 서로에게 자신의 문을 활짝 열어젖히고 서로를 마주 보며 문간에 선 것이다. 그러는 동안 뒤편에서 빛이 흘러넘쳐 서로의 얼굴을 계속 비추니, 그것은 변모이자 영광이요 천국 입성을 허락받음이었다.[3]

이 변모의 빛은 그들 가슴속에서 한결같이 타올랐다. 사람들이 보기에 그와 그녀는 이전과 마찬가지로 각자의 길을 갔기에 아무 변화도 없어 보였다. 그러나 그들 둘에게는 이 변모의 영속적인 신비가 존재했다.

이제 그가 아내를 온전히 안다고 해서 그녀를 더 잘, 더 정확히 아는 것은 아니었다. 폴란드, 전남편, 전쟁, 그녀의 이런 과거사는 전혀 이해되지 않았다. 반은 독일계이고 반은 폴란드계인 그녀의 외국 태생도, 외국 말씨도 이해되지 않았다. 하지만 그는 그녀를 알았다. 이해하지 않고도 무슨 말인지 알았다. 그녀가 말하는 것, 표현하는 것, 이것은 그녀 쪽에서 보내는 맹목적인 몸짓이었다. 본성적으로 그녀는 강하고 분명했다. 그는 그녀를 알았고, 그녀에게 경의를 표했으며, 그녀와 같이 있었다. 기억이란 결국 결코 실현되지 못한 무수한 가능성의 기록일 뿐이지 않은가? 그녀에게 파울 렌스키란 실현되지 않은 하나의 가능성일 뿐이라면 그는, 브랭귄은 현실이자 실현이었다. 애나 렌스키가 리디아와 파울 사이에서 태어난 게 뭐가 중요한가? 하느님이 아이의 아버지이자 어머니요, 그분이 이들 모르게 살짝 이 부부를 통과하셨던 것인데.

이제 그들이 하나 되었을 때 주님이 함께하심이 톰 브랭귄과 리디아 브랭귄에게 선포되었다. 그들이 마침내 손을 맞잡았을 때, 이 가정은 완성되었고 주께서 자신의 처소에 거하셨다.[4] 그래서 그들은 기뻤다.

나날은 전처럼 흘러갔다. 브랭귄은 자기 일을 하러 갔으며 그의 아내는 아이를 돌보고 농장일을 거들었다. 그들은 서로에 대해 생

---

3 예수가 세 제자와 함께 산속에서 기도하던 중 모습이 변하고 옷이 눈부시게 빛났다. 루가의 복음서 9:28-36 참조.
4 사도행진 17:24, 고린토인들에게 보낸 첫째 편지 6:19 참조.

각하지 않았다. 왜 그래야 하겠는가? 다만 그녀가 그를 만질 때면 그는 즉시 그녀를 알았고, 그녀가 자신과 함께 자신의 곁에 있다는 것을 알았으며, 그녀가 문이자 바깥을 향한 길이라는 것을, 그리고 그녀는 저 너머에 있으며, 그는 그녀 안에서 저 너머 세상을 지나 여행하고 있다는 것을 알았다. 어디로 가느냐고? 무슨 상관인가? 그는 항상 반응했다. 그녀가 부르면 그는 응답했고, 그가 청하면 그녀는 즉각, 혹은 결국에는 응답했다.

애나의 영혼은 그들 사이에서 평안을 얻었다. 엄마 아빠를 번갈아 쳐다보면서, 그들이 든든하여 자신이 안전함을 알았기에 아이는 자유로웠다. 아이는 오른손과 왼손에 확증이 있었기에, 불기둥과 구름기둥[5] 사이에서 자신 있게 놀았다. 아이의 약한 힘으로 무지개의 부러진 끝을 떠받치라는 요구도 더이상 받지 않았다. 아버지와 어머니가 이제 저 넓은 하늘에서 만났으니, 아이인 애나는 그 아래, 그 사이 공간에서 자유로이 놀았다.

---

5 출애굽기 13:21-22 "야훼께서는 (…) 낮에는 구름기둥으로 앞서가시며 인도하시고 밤에는 불기둥으로 앞길을 비추어주셨다"의 인유.

4장
애나 브랭귄의 소녀 시절

애나가 아홉살이 되자 브랭귄은 아이를 코세테이의 사립 초등학교에 보냈다. 아이는 폴짝폴짝 우스꽝스레 춤추며 등교해서 멋대로 행동했고, 예의범절에 무관심하고 공손하지도 않아서 할머니 선생 코츠를 당황하게 만들었다. 애나는 몹시 변덕스러워 코츠 선생을 골렸다가 좋아하기도 했으며, 거들먹거리며 대하기도 했다.

소녀는 수줍으면서도 다루기 힘들었다. 보통 사람들에 대해 묘한 경멸감이나 호의 어린 우월의식이 있었다. 아이는 심하게 수줍음을 탔고, 사람들이 자기를 좋아하지 않으면 엄청 괴로워했다. 반면에 아직도 자기 외엔 얼씬도 못 하게 떠받드는 엄마와, 사랑하면서 막 대하고 그러면서도 그 품에 의지하는 아빠 말고는 좋아하는 사람이 거의 없었다. 엄마와 아빠, 이 두 사람이 아직 아이를 떠맡고 있었다. 아이는 자신이 대체로 호의적으로 대하는 다른 사람들의 영향도 거의 받지 않았다. 그렇지만 사람들이 불쾌하게 굴거나 간섭하고 건방지게 나오면 질색을 했다. 아이인 애나는 당당하고 신비하기가 범 같았고 남들과 거리를 두는 점 역시 그랬다. 호의를 베풀 줄은 알았지만 자기 부모 말고는 그 누구의 호의도 받아들이지 않았다. 아이는 너무 가까이 다가오는 사람은 싫어했다. 야생의 짐승처럼 거리를 두고 싶어 했다. 친밀함을 불신했다.

코세테이와 일크스턴에서 애나는 늘 이방인이었다. 아는 사람은 많아도 친구는 없었다. 만난 사람들 중에 의미 깊은 이는 극히 드물었다. 그들이 뚜렷이 구별되지 않는 무리의 일부로 보였다. 아이는 사람들을 진지하게 받아들이지 않았다.

애나에게는 남동생이 둘 있었다. 검은 머리에 덩치가 작고 성질이 불같은 톰과는 친밀한 관계였어도 섞여 노는 법이 없었고, 금발에 싹싹한 프레드는 귀여워했지만 실재하는 개별적 존재로 여기지 않았다. 애나는 지나치게 자기만의 우주의 중심이었고, 외부 사물에 대해 지나치게 의식하지 않았다.

진짜 살아 있는 사람으로서 존재감이 뚜렷하여 애나에게 영향을 미친 최초의 사람은 엄마의 친지인 스크리벤스키 남작이었다. 그는 엄마처럼 폴란드 망명객이었고, 글래드스턴 수상으로부터 성직을 임명받아 요크셔의 작은 시골 마을에서 살고 있었다.

열살쯤 되었을 때, 애나는 엄마와 함께 스크리벤스키 남작을 방문해서 며칠을 지냈다. 그는 붉은 벽돌로 된 목사관에 살면서 불만이 많았다. 시골 교회 목사인 그는 200파운드 남짓한 연봉을 받았는데, 맡은 대교구에는 거칠고 신앙심 없는 주민들이 이주한 광산촌이 몇개 포함되어 있었다. 영국 북부 지방으로 부임하면서 그는 자신이 귀족 신분이니 일반 평민들이 존경하리라고 기대했다. 그는 박대에 가까운 푸대접을 받았다. 그는 그것이 결코 이해되지 않

144

았다. 그는 한결같이 불같은 귀족이었다. 단지 자기 교구민들을 피하는 법은 배워야 했다.

애나는 그에게서 무척이나 강렬한 인상을 받았다. 그는 주름져 약간 쪼글쪼글한 얼굴에 파란 눈이 아주 깊고 번뜩이는 자그마한 남자였다. 키가 크고 야윈 그의 아내는 폴란드 귀족 가문 출신으로 자부심이 대단했다. 그는 아직 영어가 서툴렀는데, 이 낯설고 냉담한 시골 마을에서 의지할 데 없이 아내와 늘 붙어 지내는 데다 둘 다 폴란드 말로만 대화했기 때문이었다. 그는 브랭귄 부인의 매끄럽고 자연스러운 영어를 듣고 실망했고, 그녀의 딸이 폴란드 말을 한마디도 못 하자 더욱 실망했다.

애나는 그를 지켜보는 게 좋았다. 언덕 위에 황량하고 삭막하게 세워진, 산만하게 뻗은 커다란 신축 목사관도 마음에 들었다. 마시 농장에 비해 이곳은 너무 휑하고 을씨년스러웠으며 도드라졌다. 남작은 브랭귄 부인에게 폴란드 말로 끝없이 이야기를 늘어놓았다. 격렬하게 손을 놀렸고 파란 눈동자에 불꽃이 튀었다. 애나에게는 그의 이런 날카롭고 단호한 동작들이 의미심장했다. 아이 내부의 무언가가 그의 과장되고 열광적인 태도에 반응을 보였다. 아이는 그가 대단히 멋진 사람이라고 생각했다. 그의 앞에서는 수줍었지만 그가 말을 걸어오면 좋았다. 곁에 있으면 자유로운 느낌이 들었다.

이유는 몰라도 애나는 그가 몰타의 기사[1]가 분명하다고 생각했다. 별 모양이나 십자 모양의 훈장을 보았는지는 기억나지 않았지만 아이의 마음속에서 그것은 상징처럼 반짝였다. 어쨌거나 그는 왕과 귀족과 왕자가 자신들의 빛나는 삶을 구현하고 왕비와 귀부

---

1 11세기 유럽 십자군 시대의 성 요한 기사단. 19세기부터는 자선사업에 전념했고 회원에게 귀족 칭호를 주었다.

인과 공주가 귀족사회를 보위하는 진짜 세상을 상징했다.

애나는 스크리벤스키 남작을 진짜 대단한 사람으로 인정했고 그도 아이를 어느 정도 존중했다. 그러나 더이상 못 만나게 되자 그는 점점 흐릿해져서 기억 속에 묻혔다. 하지만 기억 속에서는 언제나 살아 있었다.

애나는 키가 훤칠하고 다루기가 만만찮은 소녀로 자랐다. 눈동자는 여전히 새카맣고 생기 넘쳤지만, 주의 깊고 적대적이던 표정이 사라지면서 좀 무심해졌다. 맹렬히 뻗쳐오르던 가느다란 머리카락은 갈색으로 변했고 숱이 많아 뒤로 묶고 다녔다. 소녀는 노팅엄의 여학교로 진학했다.

이 시기에 애나는 예비 숙녀가 되는 데 몰두했다. 소녀는 똑똑하긴 했지만 공부에 관심이 없었다. 처음에는 학교의 학생들 모두가 매우 숙녀답고 훌륭할 것이라 생각해서 그들처럼 되고 싶어 했다. 그렇지만 금방 실망하게 되었다. 그애들은 치사하고 비열해서 애나를 분통 터지게 했다. 사소한 것들을 대수롭게 여기지 않는 느슨하고 관대한 집안 분위기에 익숙한 터라 하찮은 일에 사사건건 시비를 걸고 물어뜯으려는 세상에서 소녀는 늘 불편했다.

그녀는 급속히 변했다. 자신을 불신하고 바깥세상을 불신했다. 이대로 계속하고 싶지 않았다. 세상 속으로 나가고 싶지 않았고, 더 멀리까지 가고 싶지 않았다.

"내가 왜 저 여자애들한테 일일이 신경 써야 해요?" 소녀는 아버지에게 경멸 섞인 목소리로 말하곤 했다. "걔들 별 볼 일 없어요."

그애들이 애나를 그녀의 잣대로 받아들이지 못한다는 것이 문제였다. 그애들은 자기네 잣대에 따라 애나와 친해지거나 아니면 그만이었다. 그래서 소녀는 혼란스러웠고, 친해져볼까 싶은 마음이 생기면 한동안 그애들처럼 행동해보다가 역겨워지면 그들을 격하게 미워했다.

"친구들 몇명 집에 놀러 오라고 해보지 그러냐?" 아버지가 타이르곤 했다.

"안 올 거예요." 소녀는 큰 소리로 대답했다.

"왜 안 와?"

"걔들은 어중이떠중이예요." 엄마가 가끔 쓰는 표현을 동원해서 소녀가 대답했다.

"어중이든 떠중이든 그게 뭔 상관이냐, 다들 멋진 숙녀들인데."

그래도 애나는 설득되지 않았다. 소녀는 희한하게도 평범한 사람들, 특히 또래의 젊은 아가씨들을 피하려 했다. 다른 사람들이 주는 불편한 느낌 때문에 사람들과 친해지려 하지 않았다. 그리고 그게 자기 잘못인지, 아니면 그들 잘못인지 확실히 알 수 없었다. 소녀는 어느 정도는 사람들을 존중하며 대했으나, 환멸이 계속되자 단단히 화가 났다. 그들을 존중하고 싶었다. 그래도 그녀는 자신이 알지 못하는 사람들은 멋질 거라고 생각했다. 아는 사람들은 참을 수 없이 짜증스러운 자잘한 거짓들로 늘 자신을 옥죄고 가두는 것 같았다. 그러느니 차라리 집에 처박혀서 세상은 환상일 뿐이라 치부하며 바깥세상을 피하고 싶었다.

마시 농장의 삶은 참으로 자유롭고 넉넉한 면이 있었던 것이다. 안달복달 돈에 졸리거나 남보다 한치라도 앞서려고 치사하게 굴지 않았으며, 남들이 뭐라고 생각하건 신경 쓰지 않았다. 브랭귄 부인과 톰 브랭귄 둘 다 바깥세상이 자기들에게 내리는 어떠한 판단도 의식하지 않았기 때문이다. 그들의 생활은 너무나 동떨어져 있었다.

그래서 애나는 집에서만 편안했다. 집에서는 상식이 통하고 부모 사이의 더할 나위 없는 관계가 있어서, 그녀가 집 바깥에서 발견할 수 있는 것보다 훨씬 자유로운 존재의 기준을 만들어주었다. 마시 농장 바깥 어디에서 자신이 자라난 이런 너그러운 품위를 발견할 수 있을까? 소녀의 부모는 누가 뭐라고 비난해도 주눅 들지 않았고 의식하지도 않았다. 밖에서 접하는 사람들은 소녀의 존재 자체를 시샘하는 것 같았다. 소녀도 쩨쩨해지기를 바라는 것 같았다. 소녀는 그들 사이에 들어가는 걸 극도로 꺼렸다. 자기 어머니와 아버지에게 의지했다. 그럼에도 불구하고 소녀는 나가고 싶었다.

학교에서나 바깥세상에서나 애나는 잘못이 대개 자기에게 있어서 남들 눈치를 봐야 할 것 같았다. 근본적으로 자기가 틀렸는지, 아니면 남들이 틀렸는지 딱히 자신하지 못했다. 한번은 숙제를 안 한 적이 있었다. 그러게, 하기 싫은데 꼭 숙제를 해야 하는 이유를 도무지 알 수 없었다. 숙제를 해야 할 무슨 심오한 이유가 있나? 이 사람들이, 선생들이 무슨 신비한 정의나 고상한 선善의 대표자라도 되는 거야? 그들 스스로는 그렇게 생각하는 것 같았다. 그러나 애나는 『뜻대로 하세요』[2]의 대사 서른줄을 못 외운다고 윽박지르고 모욕을 주는 이유를 정말이지 알 수 없었다. 어쨌거나, 대사를 외우거나 못 외우는 게 도대체 뭐가 문제야? 그런 게 조금이라도 중요하다고 소녀를 설득할 방도는 전혀 없었다. 그녀는 천박하게 작동하는 선생의 본성을 내심 경멸했던 것이다. 그리하여 학교 측과 늘 사이가 나빴다. 계속 지적을 받다보니 자기가 나쁘고 본래 열등하다고 믿을 지경이었다. 할 일을 완수하고서도 늘 떳떳지 못하게 눈

2 1623년 간행된 셰익스피어의 희극.

치를 보며 지내야 할 것 같았다. 그렇지만 소녀는 반발했다. 자신이 나쁘다고 전혀 생각하지 않았다. 사소한 것들에 잔소리를 퍼붓고 언성 높이는 자들을 마음 깊이 경멸했다. 소녀는 그들을 경멸했고 보복하고 싶었다. 그들이 소녀를 통제할 힘이 있는 한 그들을 미워했다.

애나는 아직 쩨쩨한 관계들에서 면제되어 사소한 걱정거리들 너머 존재하는 자유롭고 당당한 숙녀라는 이상을 품고 있었다. 회화 작품에서 그런 귀부인들을 발견하기도 했다. 왕세자비 알렉산드라가 이상형 중 한명이었다. 소녀는 이 귀부인이 당당하고 고귀하며, 온갖 자잘하고 비열한 욕망들을 태연히 넘어섰다고 생각했다. 그래서 그녀는 살짝 비껴 쓴 모자 아래 높다랗게 올림머리를 하고, 멋지게 주름 잡힌 치마에 우아하고 잘 맞는 상의를 입고 다녔다.

소녀의 아버지는 흐뭇했다. 행동거지가 당당한 애나는 할 수만 있으면 자신을 깔아뭉개려는 일크스턴 사람들에게 걸맞은 사소한 유대 관계들에 태생적으로 무관심했다. 브랭귄에게 그런 것들은 아무 의미도 없었다. 애나가 고귀해지고자 한다면 그렇게 되어야지. 브랭귄은 딸과 세상 사이에 바위처럼 든든히 서 있었다.

집안 내력대로 그는 건장한 호남이 되었다. 반짝이는 예민한 푸른 눈은 빛으로 가득했고, 태도는 신중하면서도 다정하고 따스했다. 이웃의 관심에 연연하지 않고 자기식대로 여유롭게 살았기에 사람들은 그를 존경했다. 그들은 그의 일이라면 만사 제치고 달려왔다. 그가 나서서 이웃을 챙기지는 않았지만 인심이 후했기에, 그들이 기꺼이 도와주면 돌아오는 것도 짭짤했다. 나대지 않는 한 그는 사람들을 좋아했다.

브랭귄 부인은 자기만의 뜻을 따르며 자기 방식대로 지냈다. 그녀에게는 남편과 두 아들, 그리고 애나가 있었다. 이들이 울타리를 굳건히 지켜주고 그녀의 지평을 표시해주었다. 다른 사람들은 그저 외부인이었다. 그녀만의 세상 안에서, 그녀의 삶은 꿈처럼 흐르고 지나갔다. 흘러가는 삶 속에서 그녀는 활달했고 늘 만족하며 열중해서 살았다. 외부의 일은 거의 신경 쓰지 않았다. 바깥일은 바깥일일 뿐 실감으로 다가오지 않았다. 그녀는 자기가 없는 데서라면 두 아들이 싸워도 신경 쓰지 않았다. 그렇지만 그녀가 옆에 있을 때 싸우면 엄청 화를 냈기 때문에 애들은 엄마를 무서워했다. 그녀는 애들이 객차 창문을 깨거나 거위 축제 때 실컷 놀아보려고 손목시계를 팔아먹어도 개의치 않았다. 브랭귄이라면 이런 일에 야단을 쳤을 것이다. 엄마한테는 그런 것들이 하찮을 뿐이었다.

그녀를 거슬리게 하는 것은 특이하고 사소한 것들이었다. 아들들이 도축장 근처를 어슬렁거리면 몹시 화를 냈고, 성적표 점수가 나쁘면 언짢아했다. 두 아들이 멍청하거나 뒤처지지 않는 한 아무리 잘못을 저질러도 상관하지 않았다. 그렇지만 모욕을 당하고도 지나치면 질색했다. 애나한테서 거슬리는 점은 그애의 어떤 눈치 없거나 어쭙잖은 태도뿐이었다. 특정한 종류의 서투르거나 상스러운 태도가 보이면 엄마는 눈에서 불이 나게 화를 냈다. 그렇지만 않으면 그녀는 기분 좋고 무심하게 지냈다.

멋진 숙녀라는 이상을 추구하는 열여섯살의 도도한 아가씨로 자란 애나는 식구들의 결점 때문에 괴로웠다. 소녀는 아버지에게 아주 예민했다. 브랭귄이 술을 마신 날이면 거의 표가 나지 않아도 알아차렸고 참지 못했다. 그는 술을 마시면 얼굴이 불그레해지면서 관자놀이에 핏줄이 섰다. 눈은 번득이고 시끌벅적한 활기가 넘쳤으며 장난스럽게 윽박지르거나 놀려댔다. 그런 모습이 애나를 화나게 했다. 아빠가 떠들썩하게 고함치고 왁자하게 놀리는 소리가 들리면 애나는 화가 나서 어쩔 줄 몰랐다. 브랭귄이 집 안에 들어서자마자 재빨리 달려들었다.

"가관이네요, 진짜, 얼굴이 빨개가지고." 소녀가 소리쳤다.

"얼굴이 파래지면 더 이상하지." 그가 대답했다.

"일크스턴에서 퍼마셨군요."

"일슨이 뭐 어쨌다고?"

소녀는 팩하고 가버렸다. 브랭귄은 반짝이는 눈빛으로 즐겁게 지켜보았지만, 딸에게 무안을 당하니 왠지 서운했다.

그들은 특이한 가족이었다. 자기들만의 법이 있고 세상과 떨어져 고립된, 보이지 않는 경계 안에 세워진 작은 공화국이었다. 이 집안의 어머니는 일크스턴과 코세테이 사회나 외부에서 주어지는 어떠한 요구에도 무관심했다. 그녀는 외부인이라면 누구라도 심하게 낯을 가렸고, 극도로 정중하게 대해서 호감을 사기도 했다. 그러나 방문객이 자리를 뜨자마자 웃으며 그를 일축해서 그의 존재는 사라져버렸다. 이 모두가 그녀에겐 하나의 놀이였던 것이다. 그녀는 여전히 외국인인 까닭에 자신의 토대가 불안했다. 그러나 마시 농장에서 자기 아이들과 남편과 같이 있기만 하면 그녀는 부족할 데 없는 자그마한 고향 땅의 안주인이었다.

그녀에게는 결코 정의할 수 없는 뭔가에 대한 믿음이 있었다. 그녀는 로마가톨릭 신자로 성장했다. 영국국교회는 몸을 의탁하기 위해 나갔다. 겉으로 드러나는 형식이야 아무래도 좋았다. 그렇지만 그녀에게는 어떤 근본적인 종교가 있었다. 마치 하느님이 누구인지 절대 정의하려 들지 않고 '신비'로서 섬기는 것 같았다.

그녀 마음속에는 자신이 존재를 부여받은 '위대한 절대'를 향한 섬세한 감각이 아주 강했다. 영어 교리는 언어가 너무 낯설어서 전혀 실감이 나지 않았다. 언어를 완전히 관통해서, 그녀는 생명을 주재하시는 저 위대한 분리자[3]의 빛나는, 임박하여 두려운 존재를, 모든 말을 초월하여 즉각적으로 다가오는 위대한 신비를 느꼈다.

그녀는 자신이 모든 감각을 통해 지각하는 신비를 향해 빛을 발했다. 영어로는 결코 표현할 방도가 없고 영어로는 결코 생각으로 이어지지 않는, 기이하고 신비한 미신 같은 신앙을 향해 반짝였다. 그러나 그녀가 그렇게 하는 것은 자기 가족을 포함하고 자기 운명을 포괄하는 강력하고 감각적인 믿음 속에서였다.

그녀는 자기 남편을 이런 상태로 만들었다. 그는 세상의 일반적인 가치에 완전히 무관심한 채 아내와 함께 살아갔다. 그녀의 방식 자체가, 눈썹의 선 자체가 그에게는 상징이자 암시였다. 거기, 그녀와 함께 사는 농장에서 그는 삶과 죽음과 창조의 신비를 누리며, 세상 그 누구도 알지 못할 기이하고 깊은 황홀과 형언할 수 없는 충족감을 맛보며 살았다. 그래서 부부는 이 영국 마을에서 동떨어져 지내면서 존경을 받았다. 살림살이가 넉넉한 까닭도 있었다.

하지만 애나는 어머니가 믿는, 생각을 배제하는 지식 안에서 완전히 편안하지는 못했다. 애나는 친아버지가 물려준 자개 묵주를 가지고 있었다. 소녀는 그 묵주가 자신에게 뜻하는 바를 결코 말로 표현할 수 없었다. 그러나 은색 달빛 묵주를 손가락 사이에 쥐고 있으면 알지 못할 열정으로 가득 찼다. 그녀는 학교에서 라틴어를 조금 배웠다. 성모송 Ave Maria과 주기도문 Pater Noster을 배웠으며 묵주 기도법도 배웠다. 하지만 그런 건 아무 소용 없었다. "은총이 가득하

---

3 예수 그리스도를 가리키는 표현. 요한의 복음서 9:39 참조.

신 마리아님, 기뻐하소서. 주님께서 함께 계시니 여인 중에 복되시며, 태중의 아들 예수님 또한 복되시나이다. 천주의 성모마리아님, 이제와 저희 죽을 때에 저희 죄인을 위해 빌어주소서, 아멘."4

이것은 어딘가 맞지 않았다. 이 단어들을 번역했을 때 뜻하는 것은 은은한 묵주가 의미하는 바와 같지 않았다. 어떤 불일치나 허위가 있었다. "주님께서 함께 계시니"(Dominus tecum)나 "여인 중에 복되시며"(benedicta tu in mulieribus)를 읊을 때는 짜증스러웠다. 애나는 "천주의 성모마리아님"(Ave Maria, Sancta Maria)이라는 신비한 단어들이 마음에 들었고, "태중의 아들 예수님 또한 복되시나이다"(benedictus fructus ventris tui Jesus)와 "이제와 저희 죽을 때에 저희 죄인을 위해 빌어주소서"(nunc et in hora mortis nostrae)라는 구절에 감동했다. 그러나 그 어느 것도 아주 실감 나지는 않았다. 왠지 만족스럽지 않았다.

소녀는 묵주를 피했다. 알 수 없는 열정으로 자기를 감동시켜놓고 고작 이렇게 별로 중요하지 않은 것들을 의미했기 때문이었다. 소녀는 묵주를 치워버렸다. 이 모든 것을 치워버리는 것이 그녀의 본능이었다. 생각하기를 피하는 것, 그녀 자신을 구하기 위해 생각하기를 피해버리는 것, 그것이 소녀의 본능이었다.

열일곱살이 된 애나는 과민하고 기운 넘치고 감정 기복이 심했다. 얼굴이 금세 붉어지고 늘 불안하며 자신이 없었다. 이런저런 이유로 소녀는 아버지에게 더 의지했고, 엄마한테는 불쑥불쑥 성질을 냈다. 엄마의 가무잡잡한 하관과 은근히 파고드는 태도, 엄마의 완전한 자신감과 확신, 승리감이랄 수도 있는 알 수 없는 만족감,

----
4 원문은 라틴어.

뭐든 웃어넘기고 성가신 문제들을 말없이 무시해버리는 태도, 무엇보다 엄마의 의기양양한 힘이 소녀를 미치도록 화나게 했다.

애나는 느닷없고 종잡을 수 없는 상태가 되었다. 종종 창가에 서서 나가버리고 싶은 것처럼 밖을 내다보았다. 가끔 나가서 사람들과 어울리기도 했다. 하지만 자신이 초라하고 왜소해지고 보잘것없이 되는 것 같아서 늘 화를 내며 집으로 돌아왔다.

집에는 어두운 침묵과 치열함 같은 것이 드리워 있었고, 그 속에서 열정이 그 필연적인 귀결을 향해 나아가고 있었다. 이 집에는 어떤 풍요가, 말로 분명하게 표현되지 않는 깊은 교류가 있어 다른 곳들이 시시해 보이고 성에 차지 않았다. 브랭귄은 의자에 앉아 말없이 담배를 피웠고, 엄마는 조용하고 은밀하게 움직였으며, 두 사람의 존재감은 강력하고 지속적이었다. 이 온전한 교류는 무언의 것이었고 강렬하며 밀접했다.

그러나 애나는 불편했다. 나가버리고 싶었다. 하지만 어디를 가든지 왜소해지고 위축되는 것 같은, 시시하다는 느낌이 몰려들었다. 그녀는 서둘러 집으로 돌아왔다.

집에 와서는 화가 나서 이 강렬하고 안정된 교류에 훼방을 놓았다. 때로 엄마는 인정사정없이 부숴버릴 듯 화를 내며 애나에게 달려들었다. 그러면 그녀는 겁이 나서 움츠러들었다. 아버지에게로 갔다.

입 밖으로 내는 말에 신경 쓰지 않는 엄마에게 언어는 별 소용이 없었지만 브랭귄은 여전히 거기에 귀 기울이고자 했다. 애나는 가끔 아버지와 대화를 나누었다. 소녀는 사람들에 대해 이야기하고 싶고, 어떤 일들이 의미하는 바를 알고 싶었다. 그러나 아버지는 불편해했다. 그는 세상일을 의식의 차원으로 끌어내고 싶지 않았다.

그저 딸의 마음을 헤아려서 들어줄 뿐이었다. 그럴 때면 방 안 가득 바늘처럼 곤두선 긴장감이 감돌았다. 고양이가 자리에서 일어나 몸을 쭉 뻗었다가 불안하게 문 쪽을 향했다. 브랭귄 부인은 말이 없었고 심상찮아 보였다. 애나는 계속 흠을 잡거나 비판하고 불만을 표출할 수 없었다. 아버지까지 자신에게 등을 돌리는 것 같았다. 브랭귄은 그녀의 엄마와 강렬하고도 어두운 유대를 형성하고 있었다. 그것은 말로 표현할 수 없고 걷잡을 수 없게 존재하는, 제 궤도를 따르다가 혹여 뭔가가 훼방을 놓으면 가차 없이 모습을 드러내는 막강한 친밀함이었다.

그럼에도 불구하고 브랭귄은 딸이 불편했고, 온 집안이 계속 뒤숭숭했다. 애나가 징징대봐도 별 소용이 없었다. 부모 밑에서, 전적으로 그 영향 안에서 살아왔으면서도 그녀는 자기 부모에게 적대적이었다.

여러 방식으로 애나는 도피를 시도했다. 착실하게 교회에 출석해보았다. 그러나 그녀에게 언어는 정말 아무것도 의미하지 않았다. 허위로만 보였다. 그녀는 표현된 것, 말로 옮겨진 것들을 듣는 게 싫었다. 종교적 감흥이 마음속에 있는 동안은 그것이 격한 감동을 주었다. 그러나 목사의 입에서 나오는 즉시 그것은 허위가 되고 천박해졌다. 애나는 책을 읽으려 해보았다. 그렇지만 표현된 언어가 주는 지루함과 거짓된 느낌 때문에 열의가 싸늘히 식어버렸다. 친구들과 가까이 지내보려고도 했다. 처음에는 아주 멋질 것 같았다. 그러나 얼마 안 가서 마음 깊이 지루함이 몰려들었고 완전히 무의미하게 여겨졌다. 그녀는 절대로, 결코, 몸을 쭉 펴고 당당히 발걸음을 옮기지 못할 것처럼 늘 하찮아진 기분이었다.

프랑스 어느 주교의 고문실이 자꾸 떠올랐다. 고문당하는 사람은 다리 펴고 서지도, 눕지도 못하는 곳이었다. 자신이 그곳과 무슨 상관이 있다고 생각한 것은 아니었다. 하지만 그 고문실이 어떻게 생겼을까 자꾸 궁금했고, 몸이 죄어드는 공포가 생생하게 느껴졌다.

그러던 중 애나가 막 열여덟살이 되었을 때, 노팅엄의 알프레드 브랭귄 부인에게서 편지가 왔다. 자기 아들 윌리엄이 레이스 공장에 견습생이나 다름없는 보조 도안사로 취직해 일크스턴으로 가게 되었는데 나이는 스무살이고, 마시 농장의 브랭귄 집안이 다정하게 맞아달라는 내용이었다.

톰 브랭귄은 즉시 조카를 마시 농장에 데리고 있겠다고 답장을 썼다. 이 제안은 받아들여지지 않았지만 노팅엄의 형 가족은 감사를 표했다.

그간 노팅엄의 큰집과 마시 농장 간의 우애가 그리 두텁지는 않았다. 사실, 알프레드의 아내는 상속받은 3천 파운드가 있고 자기 남편에게 불만을 품을 사연도 있었기에 시집 식구라면 누구건 뜨악하게 지냈다. 그렇지만 그녀가 폴란드 새댁이라고 부르는 톰의 아내에 대해서는 어쨌거나 귀부인이라고 하면서 존중하는 체했다.

사촌 윌이 일크스턴에 온다는 소식에 애나 브랭귄은 살짝 설렜다. 그녀는 아는 청년들이 많았지만 그들이 생생하게 느껴진 적은 없었다. 이 청년은 코가 마음에 들고, 저 청년은 멋진 수염이, 또다른 청년은 옷을 잘 입어서, 이 친구는 앞머리가 희한해서, 저 친구는 말투가 우스워서 흥미를 가졌을 뿐이었다. 그 청년들은 그녀에게 진짜 살아 있는 존재라기보다 재미있고 신기한 대상들이었다.

애나가 아는 유일한 남자는 아버지였으며, 그는 커다랗고 엄청난 어떤 존재, 전능한 존재 같은 이로서 그녀에게 남성성 전부를 포괄했기에 다른 남자들은 그저 부수적이었다.

그녀는 사촌 윌을 기억하고 있었다. 그는 마른 편으로, 읍내 사람들이 입는 옷차림을 하고 있었다. 흑옥같이 검은 머리가 아주 신기했으며 머리카락은 매끈하고 가는 털 같았다. 그는 두상이 묘하게 생겨서 그녀로서는 알지 못하는 어떤 것, 가령 나뭇잎 더미 속 캄캄한 곳에 살면서 밖에는 한번도 나오지 않지만 생기 있고 재빠르며 치열하게 살아가는 어떤 신비한 동물을 연상시켰다. 그를 생각하면 언제나 검고 예리하며 맹목적인 그 머리가 떠올랐다. 그녀는 그가 참 특이하다고 생각했다.

어느 일요일 아침, 그가 마시 농장에 나타났다. 키가 큰 편에 마른 젊은이였다. 낯빛이 환했고 수줍은 가운데서도 특이한 침착함이 있었으며, 그가 그 자신이므로 다른 사람들이 어떨지 의식하지 않는 타고난 무감함을 풍겼다.

애나가 교회에 갈 채비를 하고 일요일 복장으로 아래층으로 내려오자, 윌이 일어나더니 악수하며 격식에 따라 인사했다. 예의를 차리는 품이 애나보다 나았다. 그녀는 얼굴을 붉혔다. 지금 보니 그의 윗입술 위에 빽빽하게 솜털이 나서 큰 입이 두드러지게 검고 멋진 모양의 선이 생긴 것이 눈에 띄었다. 그것이 약간 역겨웠다. 가늘고 섬세한 그의 머리카락이 연상되기도 했다. 그녀는 그의 내부의 낯선 어떤 것을 알아차렸다.

그의 목소리는 상당히 높은 고음과 울림이 큰 중간 톤이 섞여 있었다. 소리가 기묘했다. 어떻게 그런 소리가 나는지 신기했다. 그렇지만 그는 마시 농장의 거실에 아주 자연스럽게 앉아 있었다. 브랭귄 집안 특유의 투박함이나 타고난 침착함 같은 게 있어서 이곳이 편안하게 다가왔던 것이다.

애나는 자기 아빠가 이 청년을 허물없이 살갑게 대하는 게 좀 거슬렸다. 아빠는 조카에게 다정해 보였고, 이 청년을 대우해주느라 그 자신은 제쳐두었다. 그래서 애나는 짜증이 났다.

"아빠, 헌금 좀 주세요." 그녀가 불쑥 말했다.

"무슨 헌금?" 브랭귄이 물었다.

"아, 정말 왜 그래요?" 얼굴을 붉히며 그녀가 소리쳤다.

"아니, 웬 헌금 말이냐?" 그가 말했다.

"오늘이 이번 달 첫 주일인 거 아시잖아요."

애나는 혼란스러웠다. 아빠는 정말 왜 이러는 거야, 낯선 청년 앞에서 왜 튀어 보이게 하냐고!

"헌금 좀 주세요." 그녀가 다시 졸랐다.

"그렇다면야." 그는 무심히 대답하며 딸을 보더니 다시 조카 쪽으로 고개를 돌렸다.

그녀는 앞으로 다가가서 아버지의 바지 주머니에 손을 쑥 집어넣었다. 그는 별 싫은 표정 없이 계속해서 담배를 피우며 조카와 대화를 나누었다. 그녀가 손으로 그의 주머니 속을 더듬어 가죽 지갑을 꺼냈다. 그녀의 말간 뺨에 홍조가 돌고 눈이 빛났다. 브랭귄의 눈도 반짝거렸다. 조카는 멋쩍게 앉아 있었다. 외출복을 차려입은 애나는 자리에 앉아 지갑 속의 돈을 전부 무릎 위에 쏟아놓았다. 은화도 있고 금화도 있었다. 청년이 그녀를 보지 않을 도리가 없었다. 그녀는 돈더미 쪽으로 몸을 숙여 손가락으로 여러가지 동전들을 뒤적였다.

"반 파운드 동전 가져갈래요." 그녀가 말하고 빛나는 검은 눈으로 올려다보았다. 그러자 가까이에서 집중해 보고 있던 사촌의 연갈색 눈과 딱 마주쳤다. 그녀는 깜짝 놀랐다. 얼른 웃어 보이고서 아버지 쪽을 보았다.

"반 파운드 동전 가져갈래요, 아빠." 그녀가 말했다.

"그래라, 손이 아주 잽싸구나." 아버지가 말했다. "제 몫은 잘 챙기네."

"안 갈 거야, 누나?" 문간에서 남동생이 물었다.

그녀는 문득 흥분이 가시고 보통 때로 돌아와 아버지와 사촌 둘 다 잊어버렸다.

"응, 준비됐어." 그녀는 말하면서 돈더미에서 6펜스짜리 동전[5]을 집어들고 나머지는 식탁 위에 얹어둔 지갑 속에 도로 쓸어담았다.

"이리 다오." 그녀의 아버지가 말했다.

그녀는 지갑을 아버지의 주머니 속에 급히 찔러넣고 밖으로 나갔다.

"너도 같이 가지 그러냐?" 아버지가 그의 조카에게 말했다.

윌 브랭귄이 엉거주춤 일어섰다. 금빛 도는 그의 갈색 눈은 생기 있고 흔들리지 않아서 겁먹지 않는 새나 매의 눈 같았다.

"사촌 윌도 너네랑 같이 갈 거다." 아버지가 말했다.

애나는 이 낯선 청년을 다시 흘깃 보았다. 그녀는 그가 자기를 알아봐주기를 기다리고 있다는 느낌을 받았다. 그는 그녀의 의식 가장자리를 어슬렁거리면서 안으로 들어올 태세였다. 그녀는 그를 쳐다보고 싶지 않았다. 그에게 맞섰다.

그녀는 말없이 기다렸다. 사촌이 모자를 집더니 따라나섰다. 바깥은 여름이었다. 동생 프레드가 옷깃에 꽂으려고 집 모퉁이 관목 숲에서 꽃 달린 까치밥나무 잔가지 하나를 꺾고 있었다. 그녀는 모

---

5 당시 화폐 기준으로 1파운드 금화 소버린(sovereign)은 12펜스에 해당했다.

르는 체했다. 사촌이 바로 뒤에서 따라왔다.

그들은 큰길까지 왔다. 애나는 자기 상태가 뭔가 이상하다는 느낌이 들었다. 그래서 마음이 흔들렸다. 그녀의 시선이 동생의 단춧구멍에 꽂힌 까치밥나무 꽃가지에 닿았다.

"아, 프레드," 그녀가 소리쳐 불렀다. "교회 가는데 그런 거 꽂지 마."

프레드는 가슴에 꽂은 분홍 꽃을 지키려는 듯 내려다보았다.

"왜, 난 좋은데." 그애가 말했다.

"그런 거 꽂은 사람은 너밖에 없을걸. 틀림없어." 그녀가 말했다. 그러고는 사촌 쪽을 돌아보았다.

"오빠는 저 꽃 냄새 좋아?" 그녀가 물었다.

그는 훤칠하고 무뚝뚝하게, 하지만 태연하게 그녀 옆에 있었다. 그 모습에 그녀는 마음이 들떴다.

"좋은지 안 좋은지 모르겠어." 그가 대답했다.

"이리 내놔, 프레드, 교회에 꽃 냄새 피우지 말고." 그녀가 자기 들러리인 동생에게 말했다.

금발의 조그만 남동생이 순순히 꽃을 내밀었다. 그녀는 냄새를 한번 맡더니 어떤지 보라고 아무 말 없이 그것을 사촌에게 건넸다. 그는 궁금한 듯이 가지에 매달린 꽃 향기를 맡았다.

"희한한 냄새가 나네." 그가 말했다.

그러자 그녀가 갑자기 웃음을 터트렸고, 모두의 얼굴에 생기가 감돌았다. 어린 소년의 발걸음에도 흥겨움이 묻어났다.

종소리가 울려퍼졌고, 그들은 주일 예복 차림으로 여름날 언덕을 올라가고 있었다. 팔과 몸통이 꼭 붙고 치마 뒤에 아주 우아하게 주름이 잡힌 갈색과 흰색 줄무늬 비단 원피스가 애나에게 썩 잘 어울렸다. 윌 브랭귄은 기사 같은 분위기가 풍겼고, 그 역시 옷차림이 멋졌다.

그는 손가락 사이에 대롱거리는 까치밥나무 꽃가지를 쥔 채 발걸음을 옮겼다. 아무도 입을 열지 않았다. 햇살이 둑 아래 흐드러진 미나리아재비를 환히 비추었다. 들판 저 아래 아련한 초록 잔디에 핀 갖가지 꽃들 위로 몽글몽글한 개미나리가 당당하게 오뚝 솟아 있었다.

그들은 교회에 도착했다. 프레드가 신도석으로 앞장섰고, 그 뒤로 사촌과 애나가 따라갔다. 그녀는 우쭐하니 뭐나 된 기분이었다. 왠지 모르지만 이 청년이 그녀를 다른 사람들에게 인도한 것 같았다. 그는 옆으로 비켜서서 그녀를 안으로 들어가게 하고 그 옆에 앉았다. 그의 옆에 앉으니 느낌이 야릇했다.

그녀 저 위 채색 유리창에서 화려한 빛깔이 흘러나왔다. 그 빛이 짙은 색 목재로 된 신도석, 낡은 석재 통로, 사촌 뒤편의 기둥과 무릎 위에 가지런히 모은 사촌의 손을 비췄다. 주위를 가득 채운 색색의 빛과 그 빛이 만든 그림자 사이에 앉아 있노라니 애나의 영혼이 아주 환해졌다. 그녀는 자기도 모르게 사촌의 손과 미동도 없는 그의 무릎을 의식했다. 뭔가 낯선 것이, 완전히 낯설고 이전에 알던 것과는 다른 무엇이 그녀의 세계 속으로 성큼 들어섰던 것이다.

그녀는 이상할 만큼 들떴다. 빛나는 비현실의 세상에 앉아서 너무나 유쾌했다. 웃음처럼 퍼지는 빛 한줄기가 그녀의 눈동자에 깃들었다. 그녀는 자신에게 스며드는 낯선 영향력을 의식했고 그것을 즐겼다. 전에는 알지 못한 어둡고 풍요로운 영향력이었다. 그녀는 사촌에 대해 생각하지 않았다. 그러나 그의 손이 움직이자 깜짝 놀랐다.

그녀는 진심으로 그가 그렇게 꾸밈없이 반응하지 않으면 좋겠다고 생각했다. 그렇게 하면 그녀의 몽롱한 즐거움이 흐트러졌다. 왜 불쑥 나서서 자기한테 관심을 끄는 거야? 그런 취향은 좋지 않아. 그래도 찬송가 부를 때까지는 괜찮았다. 옆에 앉은 그가 노래를 부르려고 일어서자 그녀는 기분이 좋았다. 그런데 갑자기 첫 소절부터 그의 목소리가 우렁차게 두드러지더니 교회당을 가득 채웠다. 그는 테너 파트를 부르고 있었다. 그녀의 영혼이 놀라 깨어났다. 그의 목소리가 교회당을 채워버렸다! 목소리가 트럼펫처럼 울려퍼지고 또 울려퍼졌다. 그녀는 찬송가책 위로 고개를 수그리고 낄낄 웃기 시작했다. 그렇지만 그는 조금도 흔들리지 않고 노래를 이어갔다. 목소리가 위아래로 울려퍼지며 찬송이 계속되었다. 그녀는 웃음이 터져 어쩔 줄 몰랐다. 잠시 죽은 듯 가만있다가도 갑자기 웃음이 터져나왔다. 한번 시작되자 웃음은 계속 나와 온몸이 흔들릴 정도였고 눈물까지 났다. 그녀는 당황스러웠지만 이 상황을 즐기기도 했다. 찬송이 이어졌고, 그녀는 계속 킥킥거렸다. 당황해서 새빨개진 얼굴을 찬송가책 위로 수그렸지만 웃음을 참느라 옆구리가 흔들릴 지경이었다. 기침하는 척도 하고 목에 뭐가 걸린 척도 했다. 프레드가 맑고 파란 눈으로 누나 쪽을 올려다보고 있었다. 진정이 되려 했다. 그런데 그때 그녀 옆에서 다시 우렁차게 내지르는 목소리가 들리자 걷잡을 수 없이 웃음이 터져나왔다.

그녀는 퍼뜩 자신을 책망하면서 기도를 하려고 몸을 굽혔다. 그렇지만 무릎을 꿇자 잔물결 퍼지듯 또다시 웃음이 터졌다. 기도방석 위에 꿇은 그의 무릎을 보기만 해도 격한 웃음을 참을 수 없었다.

그녀는 마음을 진정하고 자리에 앉았다. 단아하고 순수한 그녀의 얼굴은 희고 발그레한 차가운 겨울 장미 같았다. 그녀는 비단 장갑 낀 손을 무릎 위에 포갰고, 검은 눈동자는 모든 걸 다 잊고 꿈꾸듯 아련하고 멍했다.

평화롭고 충만한 가운데 느릿느릿 설교가 이어졌다. 사촌이 주머니에서 손수건을 꺼냈다. 설교에 푹 빠진 것 같았다. 그가 손수건을 얼굴에 갖다댔다. 그러자 무릎 위로 뭔가 툭 떨어졌다. 까치밥나무 꽃잎이 거기 있었다! 그는 정말 깜짝 놀라서 그것을 내려다보고 있었다. 애나에게서 숨죽인 격한 웃음이 터져나왔다. 교회당의 모두가 들었다. 정말 괴로운 노릇이었다. 그는 찌부러진 꽃을 꼭 그러쥔 채 여전히 설교에 빨려들 듯 집중하며 다시 위쪽을 바라보고 있었다. 또다시 애나의 숨죽인 웃음이 터졌다. 프레드가 주의를 주려고 누나의 옆구리를 쿡 찔렀다. 사촌은 꼼짝 않고 앉아 있었다. 어쩐지 그의 얼굴이 빨개진 게 느껴졌다. 그녀는 그를 느낄 수 있었다. 꽃을 꼭 그러쥔 그의 손이 아무렇지 않은 척 가만히 놓여 있었다. 애나는 가슴에서 또다시 터져오르는 격한 웃음을 참으려다가 컥컥대고 말았다. 웃느라 몸이 흔들려 앞으로 수그러졌다. 이젠 정말 장난이 아니었다. 프레드가 누나의 옆구리를 찌르고 또 찔렀다. 그녀도 되받아서 동생의 옆구리를 세게 찔렀다. 그러자 격렬한 발작 같은 웃음이 또다시 그녀를 사로잡았다. 그녀는 잔기침을 해서 터지는 웃음을 참아보려 했다. 기침 끝에 결국 숨죽인 웃음이 터져버렸다. 교회 안의 모두가 그 소리를 들었다. 그녀는 죽고 싶었다. 그러자 꼭 그러쥔 손이 주머니 쪽으로 슬그머니 미끄러져 들어갔다. 그녀는 팽팽히 긴장해서 앉아 있었지만 웃음이 물밀듯 다시 밀어닥쳤다. 그가 주머니 속에서 더듬거리며 꽃을 밀어넣으려 하고 있다는 것을 알았던 것이다.

마침내 애나는 기운이 빠지고 지쳐서 완전히 풀이 죽었다. 멍하니 기진맥진 움츠러든 상태가 되었다. 그녀는 다른 사람들이 있다는 게 싫었다. 그녀의 낯빛이 아주 도도해졌다. 이제 사촌도 의식하지 않았다.

마지막 찬송과 함께 헌금 순서가 되자 사촌은 울리는 목소리로 또 노래를 불렀다. 그 목소리를 들으니 여전히 즐거웠다. 사람들 앞에서 창피한 꼴을 보였음에도 그녀는 여전히 그 목소리가 즐거웠다. 그래서 뭐에 씐 듯 즐겁게 그 목소리를 경청했다. 헌금함이 그녀 앞에 불쑥 다가왔을 때, 6펜스 동전이 장갑 소맷단에 끼고 말았다. 급히 꺼내려다 동전이 튕겨 옆 신도석으로 또르르 굴러가버렸다. 그녀는 킥킥 웃으며 일어섰다. 대놓고 웃을 수밖에 다른 도리가 없었다. 정말 창피스러운 꼴이었다.

"왜 그렇게 웃어댄 거야, 애나 누나?" 그들이 교회 밖으로 나오자마자 프레드가 물었다.

"아, 참을 수가 없었어." 조심성 없이, 약간 놀리는 투로 그녀가 말했다. "윌 오빠 노랫소리가 왜 그렇게 우스운지 진짜 모르겠어."

"내 노래가 뭐가 그렇게 우스워?"

"소리가 너무 컸어." 그녀가 말했다.

그들은 서로 쳐다보지 않았지만 둘 다 또 웃음을 터트렸고, 둘 다 얼굴이 빨개졌다.

"애나 누나, 왜 그렇게 크게 웃었어?" 저녁 식탁에서 큰동생 톰이 담갈색 눈동자를 유쾌하게 반짝이며 물었다. "사람들이 다 누나를 쳐다봤단 말이야." 톰은 성가대석에 있었다.

애나는 윌이 눈을 반짝이며 계속 자신을 쳐다보면서 말하기를 기다린다는 것을 의식했다.

"윌 오빠 노래 때문이야." 그녀가 말했다.

그 말에 사촌은 갑자기 작고 가지런한, 약간 뾰족한 이를 다 드러내며 참았던 웃음을 터트리더니 금방 다시 입을 다물었다.

"월 목소리가 그렇게 대단했어?" 브랭귄이 물었다.

"아뇨, 그래서 그런 건 아니고요." 애나가 말했다. "그냥 우스워 죽겠더라고요. 왜 그랬는지 모르겠어요."

또다시 식탁 위로 웃음소리가 퍼져나갔다. 월 브랭귄이 그의 거무스름한 얼굴을 내밀고 이리저리 눈을 돌리며 말했다.

"전 성 니콜라스 교회의 성가대원이에요."

"아, 식구들이 교회 다니는구나?" 브랭귄이 말했다.

"어머니는 다니시고요, 아버지는 안 가세요." 청년이 대답했다.

애나에게 크게 눈에 띈 것은 바로 이런 자잘한 것들, 그의 동작과 우스운 어조였다. 이와 대조적으로 그가 하는 일상적인 말들은 유치했다. 아버지가 하는 말은 별 의미도 없고 따분하게 들렸다.

오후에 그들은 제라늄 향이 나는 거실에 앉아서 체리를 먹으며 이야기를 나누었다. 식구들이 월 브랭귄에게 자기 이야기를 해달라고 청했다. 그러자 그는 곧 이야기를 시작했다.

그는 교회와 교회 건축에 관심이 많았다. 러스킨[6]의 영향으로 중세 양식들에 흥미를 갖게 되었다고 했다. 그의 말은 단편적이었고 자신을 온전히 표현하지 못했다. 하지만 그가 이 교회 저 교회에 대해, 신도석과 성상 안치대와 교회당 좌우 날개부에 대해, 강단과 본당 사이 칸막이벽과 성수반에 대해, 자귀 조각과 장식 쇠시리와 문양 장식 창에 대해, 특정 물건들과 특정 장소에 대해 한결같이 내밀한 열정을 품고 이야기하는 소리에 귀 기울이면서 애나의 가

---

6 John Ruskin(1819~1900). 영국의 미술평론가이자 사상가. 고딕 양식을 옹호하는 건축 평론으로 이름을 알렸다.

슴속에는 교회당의 풍요로운 침묵이, 그 신비가, 활처럼 굽은 석재의 둔중한 의미가, 뭔가 아련히 생겨나서 어둠 속으로 뚫고 들어가는 흐릿한 채광이 스며들었다. 그 빛은 신비로운 본당 칸막이벽의 높고 경쾌한 형태와 그 너머, 저 위의 제단에까지 스며들었다. 그것은 정말 생생한 경험이었다. 그녀는 넋이 나가버렸다. 그러자 대지는 어둑한 곳에 숨어서 미지의 '존재'에 전율하는, 거대하고 신비한 교회로 뒤덮인 것 같았다.

창밖으로 선명한 햇살 속에 피어오른 라일락을 보고 그녀는 아픔을 느낄 정도였다. 혹 저건 스테인드글라스일까?

그는 고딕 건축양식과 르네상스와 고딕 말기의 수직 양식에 대해, 그리고 초기 영국 및 노르만 양식에 대해 이야기했다. 그녀는 이런 단어들을 들으니 짜릿했다.

"싸우스웰 성당에 가보셨나요?" 그가 말했다. "제가 갔을 땐 낮 12시였어요. 교회 마당에서 점심을 먹고 있는데 교회 종에서 찬송가가 울려퍼졌어요.

아, 싸우스웰은 정말 멋진 대교회당이에요. 육중하고. 굵은 기둥 위로 육중하고 둥근 아치가 나지막이 세워져 있어요. 정말 장대해요, 그 아치들이 죽 뻗어나간 모습이.

사제석도 있지요, 아름다워요. 하지만 전 교회 본당이 마음에 들어요. 그리고 북쪽 입구도 좋고요."

그날 오후, 그는 굉장히 흥분하고 자신감으로 충만했다. 그의 주위로 불꽃이 타올라 그의 경험을 열정적이고 빛나게, 활활 타는 듯이 생생하게 만들었다.

숙부가 약간 감동해서 눈을 반짝이며 귀 기울였다. 숙모도 좀 감동해서 가무스름한 얼굴을 수그렸지만, 이와는 다른 앎이 있었기에 빠져들지는 않았다. 애나는 제 사촌과 같은 상태였다.

밤이 되어 그는 잰걸음으로 자기 숙소로 돌아갔다. 무슨 열정적이고 활력 넘치는 비밀 집회에 다녀온 것처럼 눈동자가 반짝이고 얼굴은 거무스름하게 빛났다.

그 빛은 그의 마음속에 남아 불꽃을 내며 타올랐고, 심장은 태양처럼 격렬했다. 그는 자신의 미지의 삶과 그 자신만의 자아를 즐겼다. 그리고 마시 농장에 돌아갈 준비가 되어 있었다.

애나는 자기도 모르게 그가 오기를 바라고 있었다. 그에게서 도피처를 찾았던 것이다. 그 안에서 그녀는 자기 경험의 경계를 넘어섰다. 그는 벽에 난 구멍이었고, 그 너머에는 햇빛이 바깥세상을 쨍하니 비추고 있었다.

그가 왔다. 자주는 아니지만 가끔, 아주 가끔 이야기를 다시 시작하면 그 앞에 모든 것을 펼쳐 보이는 낯설고 아득한 현실이 되살아났다. 가끔 그는 불타는 사랑에 가까운 증오심으로 미워하는 아버지에 대해, 그리고 애타는 증오나 반발에 가까운 애정으로 사랑하는 어머니에 대해 이야기했다. 그의 문장들은 어딘지 어색했고 그는 자신을 제대로 표현하지 못했다. 그러나 목소리는 황홀해서, 그 떨림이 애나의 영혼을 뚫고 들어가 그녀를 그의 감정 속으로 흠뻑 빠지게 했다. 그의 목소리는 열띤 웅변조일 때도 있었고 특이한 콧소리가 나서 고양이 소리 같을 때도 있었으며, 가끔 당황해서 머뭇거리기도 했고 웃느라고 끊길 때도 있었다. 애나는 그에게 마음을 빼앗겼다. 그에게 귀 기울일 때 그녀를 관통해 흘러드는 불길을 사랑했다. 그러자 그의 아버지와 어머니는 그녀의 삶에서 별개의 두 존재가 되었다.

몇주 동안 이 청년은 자주 방문했고 모두의 환대를 받았다. 식구들 사이에 앉아 있을 때 그의 거무스름한 얼굴은 빛났고, 그의 커다란 입에는 열의와 더불어 조롱하는 기색이, 씩 웃으면서도 뒤틀린 면이 있었으며, 눈은 언제나 새의 눈처럼 빛났지만 깊이가 전혀 없었다. 이 녀석은 도대체 속을 알 수가 없군, 브랭귄은 짜증이 나서 생각했다. 웃음 띤 어린 수고양이같이 제가 내키면 오고 상대방은 아는 체도 하지 않아.

처음에 청년은 톰 브랭귄 쪽을 보면서 말을 했고, 그다음엔 숙부보다 숙모가 알아주는 걸 더 귀하게 여겨 숙모 쪽을 보았다. 그다음에는 애나를 향했는데, 그가 원하지만 어른들에게는 없는 것을 그녀에게서 얻을 수 있었기 때문이다.

그래서 어른들과 늘 같이 있던 두 젊은이는 떨어져나와 별도의 왕국을 세우기 시작했다. 가끔 톰 브랭귄은 거슬렸다. 조카가 그의 신경을 긁어놓았다. 그가 보기에 이 녀석은 너무 특수하고 자족적이었다. 천성은 충분히 활기찼지만 별개의 사물이나 고양이의 천성처럼 지나치게 몽롱했다. 주인이 바로 코앞에서 괴로움에 몸부림쳐도 고양이라면 난롯가 깔개 위에 완전히 태평스레 누워 있을 수 있을 테니까. 그놈은 사람들 일에 전혀 상관하지 않으니까. 그러니 이 청년이 자신의 본능적 관심사 외에 진정 어디에다 신경을 쓰랴.

브랭귄은 거슬렸다. 그럼에도 조카를 아끼고 존중해주었다. 브랭귄 부인은 갑자기 변해서 이 청년의 영향 아래 들어가버린 애나 때문에 화가 났다. 애나의 엄마는 이 청년이 아주 외부 사람이 아니어서 좋았다. 그래도 딸이 이렇게 푹 빠져버리는 건 마음에 들지 않았다.

그래서 두 젊은이는 점점 어른들을 피해 떨어져나와 자기들끼리 새로운 뭔가를 만들었다. 윌은 숙부의 비위를 맞추려고 마당에서 일했다. 숙모의 마음에 들기 위해 교회 이야기를 했다. 그는 그림자처럼 애나를 쫓아다녔다. 길고 끈덕지며 한결같은 검은 그림자처럼 소녀 뒤를 따라갔다. 그 점이 브랭귄을 극도로 화나게 만들었다. 그가 고양이 웃음이라 부르는 얼굴 가득한 환한 미소를 조카의 얼굴에서 보게 될 때면 브랭귄은 참을 수 없어 폭발했다.

애나는 전에 없이 말이 없고 독립적으로 굴었다. 갑자기 부모에게서 독립한 듯, 부모와 무슨 상관이냐는 듯 행동하기 시작했다. 그녀의 엄마는 불같이 화를 냈다.

그러나 연애는 계속되었다. 애나는 저녁에 일크스턴에 물건 사러 갈 궁리를 하곤 했다. 돌아올 때는 늘 사촌과 함께였는데, 그는 애나 조금 뒤에서 걸어서 그녀의 어깨 너머로 그의 머리가 보였고, 브랭귄은 링컨 성당을 내려다보는 악마 같다고 말했다. 화가 나서 한 소리지만 표현은 마음에 들었다.

자기가 생각해도 신기할 만큼 윌 브랭귄은 짜릿한 열정에 빠진 것을 느꼈다. 스스로도 신기하게, 어느 날 밤 일크스턴에서 집으로 돌아오는 길에 대문 근처에서 애나를 멈춰 세우고 앞을 가로막고는 그녀에게 키스했다. 어둠 속에서 뭔가가 그를 강타하는 느낌이었다. 집 안에 들어서자 애나의 부모가 캐내듯 그와 그녀를 뜯어보아서 윌은 몹시 화가 났다. 도대체 저들이 무슨 권리가 있어, 왜 뜯어보는 거야! 어디로 꺼져버리든지 딴 데를 볼 것이지.

청년이 집으로 돌아갈 때, 하늘의 별들이 거무스름한 그의 머리 위로 맹렬히 소용돌이쳤다. 그의 가슴은 격렬하고 집요했는데, 자신을 방해하는 뭔가를 느낀 것처럼 격렬했다. 그는 그것을 산산이 박살 내버리고 싶었다.

애나는 마술에 걸린 것 같았다. 그녀가 부모를 무시하고 아는 체도 하지 않고 집 안을 오갈 때, 부모 눈에 안 보이는 것처럼 콩깍지가 씌어 돌아다닐 때 톰과 리디아는 너무도 언짢았다. 그녀는 그들 눈에 정말로 안 보인다는 듯 굴었다. 그래서 그들은 화가 났다. 하지만 부모는 받아들여야 했다. 그녀는 한동안 홀린 듯 몽롱하게 지냈다.

윌에게도 어둑한 몽롱함이 자리 잡았다. 그는 팽팽하고 짜릿한 어둠 속에 숨은 듯했고 그 속에서 그의 영혼, 곧 그의 삶은 강렬할 정도로 활발했다. 그러나 그가 거들거나 관심 두는 법 없이 그랬다. 그의 정신은 흐릿했다. 그는 재바르고 기계적으로 일했고, 보기 좋은 물건들도 만들어냈다.

그가 제일 좋아하는 작업은 목각이었다. 애나를 위해 처음 만든 것은 버터용 도장이었다. 그는 이 도장에 신화에 나오는 불사조라는 새를 새겼다. 잔 모양의 테두리에서 위로 치솟는, 너무나 아름답게 일렁이는 불꽃의 원으로부터 균형 잡힌 양 날개로 날아오르는 독수리 비슷한 새였다.

애나는 이 선물을 받은 날 저녁에는 그것을 대수롭지 않게 여겼다. 하지만 이튿날 아침에 버터가 다 만들어졌을 때, 원래 쓰던 참나무 잎과 도토리가 그려진 나무 도장 대신 윌의 도장을 써보았다. 어떤 무늬가 나올까 궁금해서 가슴이 두근거렸다. 잔 모양의 우묵한 부분에 찍힌 이상하게 생긴 그 새는 기이했고, 매끈한 테두리에서 안쪽으로 굵게 일렁이는 특이한 불꽃 모양이 이어졌다. 그녀는 한번 더 찍어보았다. 도장을 떼는 순간 독수리 부리를 가진 새가 그녀를 향해 가슴을 치켜드는 모습을 보니 너무 신기했다. 그녀는 기분이 좋아서 찍고 또 찍었다. 볼 때마다 새로운 것이 탄생하는 것 같았다. 찍어내는 버터 조각마다 이 특이하고 활기찬 상징이 나왔다.

그녀는 그것을 엄마 아빠에게 보여주었다.

"참 예쁘구나." 표정이 약간 밝아지며 엄마가 말했다.

"이쁘네!" 아버지가 당황한 기색으로 짜증스레 내뱉었다. "근데 이런 새는 뭐라고 부르냐?"

그리고 이후 몇주 동안 버터를 사러 온 손님들도 같은 질문을 했다.

"버터에 찍힌 새는 도대체 이름이 뭐야?"

저녁에 윌이 오자 애나는 그를 낙농실로 데려가서 보여주었다.

"마음에 들어?" 크고 우렁우렁한 목소리로 그가 물었다. 그 소리는 그녀 존재의 어두운 곳에 메아리치며 늘 기이하게 들렸다.

그들이 서로의 몸을 만지는 일은 거의 없었다. 자기들끼리 가까이 있고 싶긴 했지만 아직 거리감이 있었다.

서늘한 낙농실에는 커다란 크림용 팬의 흰 표면에 촛불이 비치고 있었다. 윌은 재빠르게 고개를 돌려보았다. 여기는 너무 서늘하고 외진, 너무도 외진 곳이었다. 그의 입이 설핏 벌어지더니 긴장한 웃음이 흘러나왔다. 애나는 한쪽으로 돌아서서 머리를 숙이고 있었다. 그는 그녀 가까이 가고 싶었다. 한번 그녀에게 입 맞춘 적이 있긴 했다. 그의 시선이 다시 둥근 버터 덩어리들을 향했다. 거기 문장으로 찍힌 새가 촛불이 드리운 그림자 위로 가슴을 치켜들고 있었다. 무엇 때문에 그가 망설이겠는가? 그녀의 가슴이 그의 곁에 있고, 그는 독수리 머리처럼 고개를 치켜들고 있었다. 애나는 움직이지 않았다. 갑자기, 믿기지 않을 만큼 빠르고 섬세하게 움직여서 그는 그녀를 안아 끌어당겼다. 급강하해 가까이, 더 가까이 다가가는 새처럼 빠르고 말끔한 동작이었다.

그는 애나의 목에 입 맞추고 있었다. 그녀가 몸을 돌려 그를 바라보았다. 그녀의 눈빛이 어둡고 뜨겁게 흐르고 있었다. 그의 눈은 격렬한 목적과 기쁨으로 매처럼 선명하고 밝게 빛났다. 그녀는 그가 낙인처럼, 번쩍이는 매처럼 활활 타오르는 그녀의 어두운 영역 안으로 날아드는 것을 느꼈다.

그들은 서로를 보았다. 그리고 서로가 낯설다는 것과, 그렇지만 몸을 숙여 급습하여 불꽃 같은 암흑 속으로 내리꽂히는 매처럼 가까이, 아주 가까이 있다는 것을 알았다. 잠시 후 애나가 촛불을 집어들었고 두 사람은 부엌으로 돌아왔다.

그들은 한동안 이렇게 지냈다. 늘 같이 다녔지만 만지거나 키스하는 일은 거의 없었다. 그러다 종종, 일종의 신호로 가볍게 입술을 대는 정도였다. 하지만 애나의 눈에 꺼지지 않는 불길이 깨어나기 시작했고 그녀는 뭔가 되새기듯, 뭔가 발견하듯 길을 가다 멈춰 서는 일이 잦았다.

윌의 표정도 침울하고 골똘했으며, 누가 뭐라고 해도 대번에 알아듣지 못했다.

8월의 어느 비 내리는 저녁, 그가 왔다. 재킷의 깃을 세우고 단추를 다 잠근 채 젖은 얼굴로 들어섰다. 서늘한 빗속에서 나온 모습이 아주 날씬하고 또렷해 보여서 애나는 갑자기 그를 향한 사랑으로 어쩔 줄 몰랐다. 하지만 그가 자리에 앉아 그녀의 부모와 별 의미 없는 이야기를 나누자, 애나는 피가 끓어 괴로울 정도였다. 그녀는 당장 그를 만지기를, 그를 만지기만을 원했다.

은빛으로 빛나는 그녀의 얼굴에 아버지를 미쳐버리게 만드는 야릇하고 멍한 표정이 떠올랐지만 그녀의 검은 눈동자는 가려져 있었다. 그런데 그녀가 눈을 들어 청년을 바라보았다. 어두운 그 눈에 불길이 확 타올라 한순간 그는 움찔했다.

애나가 간이 부엌으로 가서 등불을 가져왔다. 그녀가 돌아오는 모습을 아버지가 유심히 지켜보았다.

"월, 나랑 같이 가." 그녀가 사촌에게 말했다. "쥐구멍이 벽돌로 잘 막혀 있는지 확인해야겠어."

"그럴 필요 없다." 아버지가 대꾸했다.

딸은 들은 체하지 않았다. 청년은 두 의지 사이에 끼여 있었다. 얼굴이 벌겋게 달아오른 아버지가 파란 눈으로 노려보았다. 딸은 문간에 서서 고개를 살짝 젖혔는데, 청년이 꼭 가야만 한다는 표시 같았다. 그는 골똘한 표정으로 말없이 일어나서 그녀와 같이 나갔다. 브랭귄의 이마에 핏줄이 섰다.

비가 내리고 있었다. 등불이 자갈길과 담장 발치를 비췄다. 애나는 자그마한 사다리로 다가가서 올라갔다. 월이 손을 뻗어 등불을 비춰주며 자기도 따라갔다. 그 위편, 헛간의 닭장에는 닭들이 횃대 위에 잔뜩 몰려 있어서 붉은 닭볏들이 불꽃처럼 빛났다. 닭들이 반짝, 매섭게 눈을 떴다. 암탉 한마리가 저편으로 푸드덕 날면서 뭔일이냐는 듯 날카롭게 울었다. 앉아서 지켜보던 수탉의 노란 목덜미 깃털이 유리처럼 환했다. 애나가 지저분한 다락 바닥을 가로질렀다. 월은 다락에 쭈그리고 앉아 이 모습을 지켜보았다. 드러난 붉은 기와 아래로 빛이 부드럽게 비췄다. 소녀는 구석에 쪼그리고 앉았다. 암탉 한마리가 횃대에서 날아오르며 또 한번 푸드덕 소란을 피웠다.

애나가 다시 돌아와 횃대 아래로 몸을 구부렸다. 그는 그녀가 문 가까이 오기를 기다리고 있었다. 갑자기 그녀가 그를 안고 매달리며 자기 몸을 밀착시키더니 속삭이듯 흐느끼는 소리로 외쳤다.

"윌, 사랑해, 사랑해, 윌, 사랑해."

스스로를 찢어버리는 듯한 목소리였다.

그는 크게 놀라지도 않았다. 그녀를 품에 안자 뼈가 녹아내렸다. 그는 벽에 기댔다. 다락 문이 열려 있었다. 밖에는 가늘고 차가운, 신비스러운 빗줄기가 어둠의 심연에서 모습을 드러내며 서두르듯 비스듬히 내리고 있었다. 그가 그녀를 품에 안아서 어둠 속에 딱 달라붙은 그와 그녀, 두 사람은 엎어질 듯 커다랗게 일렁이는 것처럼 보였다. 그들이 서 있는 다락의 열린 문 바깥은 그들 위쪽이건 아래쪽이건 할 것 없이 지나가는 비의 장막일 뿐 암흑천지였다.

"사랑해, 윌, 사랑해." 그녀가 신음하듯 속삭였다. "사랑해, 윌."

그는 한 몸인 듯 그녀를 안았고, 말이 없었다.

집 안에서 톰 브랭귄은 한참을 기다렸다. 그러다 일어나서 밖으로 나갔다. 마당 아래로 내려갔다. 헛간 다락 문에서 나오는 이상하고 부연 빛줄기가 보였다. 그것이 내리는 비에 비친 빛인 줄도 몰랐다. 그는 그 빛이 희미하게 자신을 비추는 지점까지 나아갔다. 그러고서 올려다보니, 희미한 불빛 사이로 청년과 딸이 함께 있는 것이 보였다. 벽에 기댄 청년의 머리가 소녀의 머리 위로 파묻혀 있었다. 이 손위 남자는 빗속이라 부옇긴 해도 환히 비치는 그들의 모습을 보았다. 그들은 자기들이 어둠 속에 완전히 묻혀 있다고 생각했다. 하지만 톰은 심지어 그들 뒤로 불 밝힌 다락이 보송보송한 것, 한밤중에 홰에 모여 앉은 닭들과 그 그림자들, 바닥에 놓인 등불에서 퍼져나간 이상한 그림자들까지 보았다.

그러자 그의 마음속에서 새까맣게 타오르는 분노와 선선히 마음을 비워야 한다는 생각이 서로 다투었다. 저애는 자기가 뭘 하고 있는지 모르는 거야. 자기를 저버린 거야. 애나는 아직 어린애야, 어린애일 뿐이야. 얼마나 함부로 굴고 있는지 알지 못해. 그러면서 그는 까맣게 타들어가 미치도록 비참했다. 이제 딸아이를 시집보내야 하는 늙은이가 돼버린 거야? 그렇게 늙어버렸어? 그는 늙지 않았다. 저기 그의 딸이 안겨 있는 저 철없는 젊은 놈보다 그가 더 젊었다. 누가 저애를 안단 말이야, 그야, 저 멍청한 젊은 놈이야? 톰 자신이 아니면 딸아이가 누구에게 속한다는 거야?

그는 아내가 아들 톰을 낳느라 진통할 때, 한밤중에 헛간으로 데려갔던 그 아이를 다시 떠올렸다. 자기 품에서 목을 감싸안던 어린 딸의 보드랍고 따스한 무게가 기억났다. 그런 딸이 이제 그는 끝났다고 하겠지. 이제 그애는 그를 떠나 그를 부인하고, 그의 내면에 참을 수 없는 공허와 견딜 수 없는 허전함을 남기겠지. 그는 딸이 미울 지경이었다. 감히 자기더러 늙었다고 하다니. 그는 빗속을 계속 걸었다. 고통스러워서, 자신이 늙었다는 두려움과 그에게 목숨이나 다름없는 것을 포기해야 하는 괴로움으로 식은땀이 흘렀다.

윌 브랭귄은 숙부를 보지도 않고 집으로 돌아갔다. 그는 뜨겁게 달아오른 얼굴을 쳐들고 비를 맞으며 황홀하게 걸음을 옮겼다. "사랑해, 윌, 사랑해." 그 말이 끝없이 맴돌았다. 휘장이 찢어져[7] 그를 벌거벗겨 끝없는 허공으로 내던졌고, 그는 몸을 떨었다. 벽들이 그를 밖으로 내몰아서 하염없이 걸어야 할 광대한 허공을 부여했다. 이 어둡고 무한한 허공을 헤치고 그는 어디로 맹목적으로 걷고 있는가? 캄캄한 이 어둠의 끝 어디에 전능하신 하느님이 은밀하게 자리 잡고 그를 계속 내몰고 있는가? "사랑해, 윌, 사랑해." 이 말이

_____

7 마태오의 복음서 27:51 예수가 숨을 거두자 "성전 휘장이 위에서 아래까지 두 폭으로 찢어지"는 장면의 인유.

또다시 심장을 울리자 그는 두려움에 몸을 떨었다. 그는 그녀의 얼굴을, 빛나던 눈을, 낯설게 변해버린 그녀의 얼굴을 감히 떠올릴 수 없었다. 밝게 불타는 숨은 전능자의 손이 어둠에서 불쑥 튀어나와 그를 부여잡았다. 그 손길에 그의 심장은 조이고 불타올랐고, 그는 두렵고 복종하는 마음으로 계속 걸었다.

여러 날이 지났고, 그들은 숨죽인 채 가만가만 지냈다. 윌이 애나를 만나러 왔지만 그들 사이는 다시 신중해졌다. 톰 브랭귄은 우울했고 그의 파란 눈동자는 침울했다. 애나는 낯설게 변했고 이미 넘어간 상태였다. 그녀의 낯빛은 섬세하면서도 무표정하고 멍하면서도 예민했다. 그녀의 어머니는 고개를 숙인 채 충일한, 자기만의 어두운 세계로 다시 들어갔다.

윌 브랭귄은 목각을 했다. 손에 끌을 쥐는 일에 정말로 엄청난 열정을 느꼈다. 마음에서 우러나는 진심 어린 열정을 다해 그는 이 가느다란 쇳조각을 집어들었다. 늘 염원하던 '이브의 탄생'을 조각하고 있었다. 교회에 걸 얇은 돋을새김 목판이었다. 아담은 고통스러운 듯 잠들어 있고, 흐릿하고 커다란 형상의 하느님이 그를 향해 몸을 숙여 소매 걷힌 손을 뻗치고 있었다. 벌거벗은, 조그맣고 생생한 여성 형상의 이브가 아담의 찢어진 옆구리에서 하느님의 손을 향해 불꽃처럼 모습을 드러내는 중이었다.

지금, 윌 브랭귄은 이브를 조각하고 있었다. 이브상은 마르고 예민하며 아직 성숙하지 않은 모습이었다. 그는 숨결처럼 섬세하고 떨리는 열정을 모아 그녀의 배 위로, 딱딱하고 미성숙한, 자그마한 그녀의 배 위로 끌질을 시작했다. 예리한 선으로 표현된 작고 딱딱한 그녀는 탄생의 격통과 환희를 겪고 있었다. 하지만 이브상을 만지면서 그는 몸을 떨었다. 아직 조각상의 인물 중 어느 것도 완성하지 않았다. 머리 위 나뭇가지에는 날개 펼친 새와 그 새를 향해 꿈틀대며 올라가는 뱀이 있었다. 그것도 아직 완성되지 않았다. 그는 열정에 겨워 전율하며, 마침내 그의 이브의 새롭고 날렵한 몸통을 창조할 수 있었다.

양옆에, 가장자리의 제일 끝 양쪽에 천사 둘이 날개로 얼굴을 가리고 있었다. 그 모습이 마치 나무 같았다. 황혼 녘에 마시 농장으로 가는 길이면 윌은 얼굴을 가린 천사들이 지나가는 그를 호위해주는 기분이 들었다. 어둠은 천사들의 그림자요 그들의 얼굴을 가리는 베일이었다. 운하 다리를 건널 때, 저녁은 마지막 짙은 석양빛으로 물들고 하늘은 검푸르렀으며, 별들은 저 멀리 아득한 데서 반짝이다가 어둑하니 모여 있는 농장 저 위로, 하늘 가장자리의 수정 같은 구름 저 위로 서서히 다가오고 있었다.

애나는 반짝이는 빛처럼 그를 기다렸지만 그의 얼굴은 마치 베일로 가려진 듯했다. 그는 감히 얼굴을 들어 그녀를 바라볼 수 없었다.

추수철이 다가왔다. 어느 저녁 해 질 무렵, 그들은 농장 건물들을 지나 밖으로 걸어 나갔다. 커다란 황금빛 달이 잿빛 지평선 쪽에 무겁게 걸려 있고, 황혼 속에 물러선 나무들은 그들을 기다리며 높다랗게 서 있었다. 애나와 청년은 소리 없이 산울타리 옆으로 걸어갔다. 농장 수레들이 풀 위로 바퀴자국을 진하게 내놓았다. 울타리 문을 지나 너른 들판으로 나오니 거기는 아직 빛이 환해서 그들의 얼굴로 확 퍼지는 것 같았다. 컴컴한 쪽으로 추수꾼들이 두고 간 곡식단들이 땅바닥에 놓여 있었다. 대부분은 어두컴컴한 곳에 시체처럼 무더기로 널브러져 있었고, 또 어떤 것들은 층층이 노적가리로 쌓아올려서 흐릿한 달빛이나 어스름에 멀리서 보면 꼭 바다에 띄운 배 같았다.

　그들은 돌아가고 싶지 않았다. 하지만 어디로 가겠는가, 달을 향해? 그들은 그렇게 갈 데 없는 외톨이었다.

　"우리 단 쌓자." 애나가 말했다.

　그렇게 그들은 드넓은 들판에 머물 수 있었다.

　그들은 그루터기를 가로질러, 세워 쌓은 노적가리들이 길게 줄지어 있는 끝으로 갔다. 노적가리들이 똑바로 세워진 쪽의 들판은 특히 빽빽해 보였지만 다른 데는 널널하고 평평했다.

　대기는 온통 은회색이었다. 애나는 주위를 둘러보았다. 가까이 다가오라는 신호를 기다리는 전령처럼 나무들이 멀찍이 희미하게 서 있었다. 흐릿한 수정 같은 이 공간에서 그녀의 가슴은 울리는 종처럼 두근거렸다. 종소리가 들리지나 않을까 두려웠다.

　"오빠가 이 줄을 맡아." 애나는 말하고 그곳을 지나 옆 줄에 놓인 단으로 수그리더니 양손에 귀리 다발을 움켜잡고 무거운 단을 들어올렸다. 그리고 묵직하게 매달린 단들을 공터 쪽으로 날라서 툭 내려놓자, 예리하게 부딪는 희미한 소리를 내며 두 단이 한데 모였다. 그녀가 나른 단들이 서로 기대고 서 있었다. 윌이 자기가 맡은 단 두개를 들고 고운 황혼빛을 받아 그림자처럼 걸어오고 있었다. 그녀는 가까이에서 기다렸다. 그가 그녀의 단 곁에 예리하게 부딪는 희미한 소리를 내며 자기 단을 세웠다. 세워둔 단들이 휘청였다. 그가 곡식 줄기를 서로 얽어 세웠다. 마치 분수처럼 쉭쉭 소리가 났다. 그가 고개를 들고 웃었다.

　그러고 나서 애나는 돌아서서 달을 향해 걸었다. 그녀가 올려다볼 때마다 달은 환하게 빛나며 그녀의 가슴을 풀어헤치는 것 같았다. 그는 희미하게 펼쳐진 맞은편 들판으로 묵묵히 걸어갔다.

그들은 몸을 수그려 촉촉이 젖어 부드러운 줄기를 잡고 무거운 단을 들어올려 제자리로 돌아왔다. 항상 그녀가 앞장섰다. 그녀는 자기 단을 내려놓고 다른 곡식단들을 이용해서 옥탑처럼 만들었다. 윌이 자기 곡식단들을 들고 그루터기를 가로질러 그림자인 듯 다가오고 있었다. 돌아서며 그녀는 그의 알곡들이 섞이는 예리한 소리만 들었다. 그녀는 달과 그의 그림자 같은 모습 사이를 걸어갔다.

그녀가 새 곡식단 두개를 들고 그가 있는 쪽으로 걸어올 때, 그는 들판 위로 구부렸다 일어서고 있었다. 그가 가까이에서 다가오고 있었다. 애나는 새 노적가리를 만들려고 자기 곡식단들을 내려놓았다. 단들이 불안정했다. 손이 떨렸다. 그래도 그녀는 물러나와 달 쪽으로 돌아섰다. 달이 그녀의 가슴을 벌거벗겨서, 그녀는 자기 가슴이 달빛에 부풀어올라 헐떡이고 있는 것 같았다. 그는 쓰러져 있던 그녀의 단 두개를 세워야 했다. 그는 말없이 일했다. 일의 리듬에 따르다보니 그녀가 다가오고 있을 때 그는 다시 멀어졌다.

그들은 함께 일했다. 리듬에 맞춰 들판을 오가며 발걸음과 몸가락에 맞게 움직였다. 그녀는 몸을 수그려 곡식단을 들어올린 다음 그가 있는 어둑한 쪽으로 얼굴을 돌린 채 그루터기를 지나 곡식단들을 날랐다. 그녀가 주춤하며 단을 내려놓으면 귀리 이삭들이 차르르 섞이는 소리가 났고, 그가 가까이 다가오고 있었으며, 그녀는 다시 돌아서야 했다. 그러면 일렁이는 달빛이 또다시 그녀의 가슴을 벌거벗겨 그녀는 파도처럼 이리저리 밀려다녔다.

그는 몰두해서 꾸준하게 일했다. 그루터기만 남은 길쭉한 밭을 베틀에 북 나들듯 오가며 자기 단과 애나의 단을 엮어 길게 늘어선 노적가리로 잇고, 어두컴컴한 나무들 쪽으로 가까이, 더 가까이 이어나갔다.

　그가 오면 그녀는 항상 가고 없었다. 그가 오면 그녀는 멀어졌고, 그가 멀어지면 그녀가 왔다. 그들은 결코 만나지 못할 운명인가? 그의 내면의 낮고 깊이 울리는 의지가 그녀에게 점점 더 울려 퍼져서 그녀가 보조를 맞추기를, 마침내 그에게 점점 다가와 만나기를, 묶어놓은 곡식단들처럼 만나 함께하기를 고대했다.

　일은 계속되었다. 달이 더 밝고 청명해졌고, 알곡들은 반짝거렸다. 윌이 널브러진 더미들 위로 몸을 굽혔다. 곡식단들을 땅에서 들어올릴 때면 차르르 소리가 나면서 그의 몸에 묵직이 무게가 전해졌고, 달빛이 반짝 눈동자에 비쳤다. 그런 후 그는 노적가리에 단을 쌓아올리고 있었다. 애나가 점점 더 가까이 다가왔다.

　그는 노적가리를 매만지면서 그녀를 기다렸다. 그녀가 왔다. 하지만 그가 물러날 때까지 그녀는 그냥 서 있었다. 컴컴한 기둥같이 그늘에 선 그녀를 보고 말을 걸자 그녀가 대답했다. 그녀는 달빛에 언뜻 비친 그의 얼굴에 드러난 의문을 보았다. 그러나 그들 사이엔 간격이 있었다. 그는 멀어졌고, 그들은 율동적으로 일에 몰입했다.

　그들 사이엔 왜 늘 간격이 있는가, 왜 떨어져 있어야 하는가? 달빛 아래 모습을 드러낸 그녀는 왜 걸음을 멈추고 그에게서 떨어져 있으려 하는가? 그는 왜 그녀에게 다가가지 못할까? 그의 의지가 집요하고 은밀하게 고동치며 그밖의 모든 것을 삼켜버렸다.

　그가 일하는 리듬 속으로 맥박과 더불어 견고한 목적이 스며들었다. 그는 몸을 구부려 단을 들어올렸고, 달빛 비치는 허공 아래 있는 애나에게 얹듯이 그녀 쪽으로 들어올렸다. 그리고 더 옮기려고 되돌아갔다. 가까워지면 가까워질수록 그는 단을 번쩍 들어올려 들판 중앙으로 힘차게 걸어갔고, 두 사람이 스치는 지점까지 그녀를 몰아갔다. 그는 제 몫의 일을 하면서 점점 더 그녀에게 다가가다가 결국 그녀를 따라잡았다. 달빛 아래에는 일에 몰두해서 오가는 움직임만 있었다. 고요 속에 가만히 걸어가서 철퍼덕 단 내려놓는 소리만 들렸고, 고요하다가 또 철퍼덕 소리가 들렸다. 그렇게 그가 단 내려놓는 소리가 점점 더 빨라져 그녀의 속도를 앞질렀고, 그녀가 단 내려놓는 소리가 단조롭게 반복되었으며, 그가 단 내려놓는 소리는 점점 더 가까이 울렸다.

그러다 마침내 그들은 곡식단을 손에 든 채 노적가리에서 딱 마주쳤다. 달빛을 받아 밀은 은빛으로 빛났고, 달빛에 그림자 진 그의 얼굴에 그녀는 겁이 났다. 그녀는 그를 기다렸다.

"오빠 단 내려놔." 그녀가 말했다.

"싫어, 네 차례야."

그의 목소리는 울림 있고 집요했다.

그녀가 자기 단들을 낟가리에 기대 세웠다. 그는 낟알 달린 줄기 사이로 그녀의 손이 반짝이는 것을 보았다. 그가 자기 단을 떨군 후 파르르 떨며 그녀를 품에 안았다. 그녀를 따라잡았으니 그녀에게 입 맞추는 것은 그가 누릴 특권이었다. 밤공기 속에서 그녀는 달콤하고 싱그러웠고, 알곡 냄새가 배어 달콤했다. 그의 리듬 전부가 그의 키스 속으로 타고 들어갔다. 그는 키스하며 그녀를 뒤쫓았지만 그래도 그녀는 완전히 따라잡히지 않았다. 그녀 코에 비친 달빛이 너무 아름다웠다! 그녀에게 비친 달빛, 그녀 안의 그 모든 어둠! 그의 품에 안긴 밤, 어둠과 빛, 그는 이 모두를 소유했다! 이제 그가 펼쳐서 그 속을 탐사할 밤이자 진입할 신비, 그가 이룩할 발견, 이 모두가 여기 있었다.

짜릿한 승리감에 몸을 떨며, 점점 더 파고들며 키스할 때 그의 가슴은 별처럼 하얘졌다.

"사랑해!" 아득히 애나의 낮은 목소리가 들려왔다.

그 낮은 소리는 저 먼 달빛 아래서 아무것도 모르는 그를 부르는 듯했다. 그는 흠칫 멈추고 귀를 기울였다.

"사랑해." 한밤중 보이지 않는 새 울음처럼 낮고 구슬픈 소리가 다시 들려왔다.

그는 겁이 났다. 가슴이 떨리며 터질 듯했다. 동작을 멈췄다.

"애나." 자신감 없이, 멀리서 대답하듯이 그가 불렀다.

"사랑해."

그들은 서로 더 가까이 끌어당겼다.

"애나." 그는 경이감과 갓 태어나는 사랑의 진통에 싸여 그녀를 불렀다.

"사랑해." 황홀경에 젖어드는 목소리로 그녀가 말했다.

그리고 그들은 입맞춤했다. 황홀하고 놀라운, 길게 이어지는 진짜 키스였다. 달빛 사이에서 입맞춤은 계속 이어졌다. 그가 다시 그녀에게 키스하고, 그녀가 그에게 키스했다. 그리고 또다시 서로에게 키스했다. 그러다 마침내 그의 내부에 어떤 일이 일어났고 그가 달라졌다. 그녀를 원했던 것이다. 너무나 간절히 원했다. 그녀는 새로운 존재였다. 한밤중에, 그들은 몸을 포갠 채 거기 서서 가만있었다. 그의 전 존재가 엄청난 타격에 놀라 몸을 떨었다. 그는 그녀를 원했고, 그렇게 말하고 싶었다. 하지만 그가 받은 충격이 너무 컸다. 전에는 전혀 알지 못하던 느낌이었다. 새로운 세계로 들어서는 자극과 낯섦에 몸을 떨며 그는 어쩔 줄 몰랐다. 그녀를 부드럽게, 더 부드럽게, 더욱더 부드럽게 안았다. 마음속 갈등은 사라졌다. 그는 숨도 쉬지 못할 만큼 기뻐서 눈물이 날 지경이었다. 그러나 그는 자신이 애나를 원한다는 것을 알았다. 그의 마음에 한결같은 뭔가가 자리 잡았다. 그는 그녀의 것이었다. 그래서 기쁘면서도 두려웠다. 거기, 달빛 비치는 텅 빈 들판에 둘이 서 있을 때, 그는 어찌할 바를 몰랐다. 그는 애나의 머리카락 사이로 달을 올려다보았다. 빛나는 달이 출렁이며 밤하늘을 유영하는 듯했다.

그녀가 숨을 내쉬더니 깨어나는 것 같았다. 그리고 다시 한번 그에게 키스했다. 그런 다음 품에서 빠져나가 그의 손을 잡았다. 그녀가 품에서 벗어나자 그는 가슴이 아팠다. 서운해서 가슴이 아려왔다. 왜 품에서 벗어난 거지? 그러나 그녀는 그의 손을 잡고 있었다.

"집에 가고 싶어." 뜻 모를 표정으로 그를 바라보면서 애나가 말했다.

윌은 그녀의 손을 꼭 잡았다. 정신이 아찔해서 움직일 수 없었고 어떻게 움직이는지도 몰랐다. 그녀가 그에게서 떨어졌다.

그는 그녀의 손을 잡고 무력하게 그녀 곁에서 발걸음을 옮겼다. 그녀는 고개를 숙이고 걸었다. 무슨 간단한 해결책이 떠오른 듯 그가 불쑥 말했다.

"애나, 우리 결혼하자."

그녀는 아무 대답이 없었다.

"애나, 우리 결혼하자, 응?"

그녀가 들판에 다시 멈춰 서더니 그로서는 이해할 수 없을 만큼 열정적으로 매달리며 키스를 퍼부었다. 그는 이해할 수 없었다. 그러나 그는 이제 이 모든 일을 결혼에 맡겼다. 그것이 지금 눈앞의 확고한 해결책이었다. 그는 그녀를 원했다. 그녀와 결혼하고 싶었고 그녀를 영원히, 전적으로 자기 것으로 갖고 싶었다. 그래서 그것이 이루어지기를 온 마음으로 고대했다. 하지만 그런 내내 약간 짜증 섞인 긴장감도 있었다.

그날 밤, 윌은 숙부와 숙모에게 말을 꺼냈다.

"삼촌, 애나와 결혼할까봐요." 그가 말했다.

"뭐라고!" 브랭귄이 외쳤다.

"하지만 어떻게, 돈이 없잖아." 애나의 엄마가 말했다.

청년은 창백해졌다. 그는 이런 말들이 싫었다. 그러나 그는 반짝이는 조약돌처럼 밝고 바꿀 수 없는 그런 존재였다. 그는 생각하지 않았다. 환히 빛나는 표정과 딱딱한 자세로 자리에 앉은 채 아무 말도 하지 않았다.

"네 어머니께 말씀드렸니?" 브랭귄이 물었다.

"아니요, 토요일에 말씀드리려고요."

"가서 뵙겠다고?"

"예."

긴 침묵이 흘렀다.

"그런데 결혼하면 어떻게 먹고살려고, 네 주급 1파운드로 살 수 있어?"

청년은 다시 창백해졌다. 마음이 할퀴어지는 듯했다.

"몰라요." 그가 매의 눈처럼 밝고 인간미 없는 눈빛으로 숙부를 바라보며 대답했다.

브랭귄은 미운 마음이 치솟았다.

"알 건 알아야지." 그가 말했다.

"돈은 나중에 생길 거예요." 조카가 말했다. "지금 좀 빌리고, 그때 가서 갚으면 돼요."

"뭐라고! 아니, 이렇게 급하게 서두는 이유가 뭐야? 애나는 열여덟살 철부지고 너도 스무살 난 애야. 너희 둘 다 하고 싶은 대로 행동할 나이가 아니라고."

월 브랭귄이 머리를 홱 들어 새장에 갇힌 매처럼 날쌔게, 밝고도 의심하는 눈빛으로 숙부를 쳐다보았다.

"애나가 몇살이고 제가 몇살인 게 뭐가 중요해요?" 그가 말했다. "지금의 저하고 서른살 때 저하고 뭐가 다른가요?"

"엄청 다르지, 달라야 마땅하고."

"하지만 자넨 경험이 없잖아, 경험이 전혀 없고 돈도 없어. 경험도 돈도 없는데 대체 왜 결혼을 하려는 거야?" 숙모가 물었다.

"숙모님, 무슨 경험이 필요한데요?" 청년이 물었다.

만일 브랭귄의 심장이 단단한 보석처럼 분노로 가득 차고 딱딱하지만 않았다면 그는 조카의 물음에 동의할 뻔했다.

월 브랭귄은 낯설고 무감한 상태로 집으로 돌아왔다. 그는 정해진 것을 바꿀 수 없었고 그의 의지는 확고했다. 그걸 바꾸려면 자신을 파괴해야만 했다. 그리고 그는 파괴되지 않을 것이었다. 돈은 없었다. 그러나 좀 구할 데는 있을 테고 그런 건 중요하지 않았다. 그는 여러 시간 동안 아무 생각도 하지 않은 채 단단하고 맑은 상태로 깨어 있었고, 그의 영혼은 전보다 더 바뀔 수 없이 단단히 굳어졌다. 그러다가 그는 곤히 잠들었다.

그의 영혼은 마치 단단한 수정으로 변해버린 것 같았다. 그가 몸을 떨며 고통스러워할지라도 영혼은 한치의 변함도 없었다.

이튿날 아침, 톰 브랭귄은 미칠 듯 화가 나서 애나에게 말했다.

"결혼하고 싶다니, 도대체 이게 무슨 소리냐?" 그가 말했다.

그녀는 약간 창백해진 얼굴로 서 있었다. 그녀의 검은 눈동자가 예민하게 떨리더니 자신을 지키려는 야생 생물처럼 팩하니 적대적이고 경계하는 표정으로 바뀌었다.

"결혼하고 싶어요." 애나는 자기도 모르게 대답했다.

그는 분노가 치밀어 딸을 부숴버리고 싶을 지경이었다.

"결혼하고 싶어, 그러고 싶으셔, 도대체 뭣 때문에?" 그가 경멸하는 말투로 비웃었다.

예전 아이 적의 고통이, 아무도 알아볼 수 없던 그 맹목적이던 마음이, 기댈 곳도 숨을 곳도 없이 날것 그대로 펄떡이던 적대감이 그녀에게 되살아났다.

"내가 하고 싶으니까요." 아이 적의 새되고 신경질적인 목소리가 터져나왔다. "아빠는 내 아빠도 아니잖아요, 내 아빠 죽었다고요. 진짜 아빠도 아니면서."

그녀는 여태 남이었다. 그를 인정하지 않았다. 싸늘한 칼날이 브랭귄의 영혼 깊은 곳을 베어냈다. 그녀에게서 그를 잘라내버렸다.

"진짜 아빠가 아니면 어쩔 건데?" 그가 말했다.

그러나 그는 견딜 수 없었다. 애나가 "아버지, 아빠" 하고 부르는 것이 그에게는 너무도 소중했던 것이다.

그는 며칠을 넋 나간 사람처럼 지냈다. 그의 아내는 어안이 벙벙했다. 이해가 가지 않았던 것이다. 그녀에게 이 결혼의 장애물은 돈과 지위가 없다는 점뿐이었다.

집안에는 끔찍한 침묵이 흘렀다. 애나는 가능한 한 부모의 눈을 피했다. 몇 시간이고 혼자 있었다.

윌 브랭귄은 노팅엄 본가에서 한바탕 난리를 치고 돌아왔다. 그 역시 창백하고 멍했지만 변한 건 없었다. 그의 숙부는 그가 미웠다. 너무 비인간적이고 외고집인 이 녀석이 싫었다. 그럼에도 불구하고, 어느 저녁 톰은 애나 렌스키에게 물려주려고 생각해둔 몫을 다름 아닌 조카 윌 브랭귄에게 건네주었다. 2500파운드쯤 되었다.

윌 브랭귄이 숙부를 쳐다보았다. 마시 농장 자산의 상당 부분을 떼어준 것이었다. 그렇지만 청년은 더 냉랭하고 더 굳어질 뿐이었다. 그는 추상적인, 순전히 굳은 의지였다. 그는 그 돈을 애나에게 주었다.

이 일이 있은 후 애나는 눈이 퉁퉁 붓도록 종일 울었다. 그리고 밤이 되어 엄마가 잠자리에 드는 소리를 듣고는 가만히 아래층으로 내려가 문간에서 얼쩡댔다. 아버지가 동상처럼 무겁게 말을 잃고 앉아 있었다. 그가 천천히 고개를 돌렸다.

"아빠." 애나가 문간에서 크게 소리치며 달려들어 가슴이 터질 듯 흐느꼈다. "아빠, 아빠, 아빠."

애나는 깔개 위에 웅크린 채 아빠를 안고 얼굴을 파묻었다. 그의 품은 너무도 넉넉하고 편안했다. 하지만 뭔가가 참을 수 없이 마음 아팠다. 그녀는 거의 정신을 잃을 만큼 흐느꼈다.

딸의 어깨에 손을 얹은 채, 그는 말이 없었다. 황량한 심정이었다. 그는 이 아이의 아버지가 아니었다. 그 애틋한 이미지를 이애가 깨버렸다. 그렇다면 그는 도대체 누구인가? 발전 가능성이라곤 찾아볼 수 없는 이들 속에서 별 볼 일 없이 사는 사내. 그는 딸아이로부터 분리되어 있었다. 그들 사이엔 한 세대가 있었다. 그는 늙었고, 뜨거운 삶으로부터 시들어버렸다. 그의 삶의 불꽃에는 차가운 재가 잔뜩 쌓여 있었다. 그는 피할 도리 없는 냉기를 느꼈고, 쓰라린 심정으로 그 불꽃을 잊었다. 노년과 고립이 주는 냉기를 느끼며 앉아 있었다. 그에게는 아내가 있었다. 그랬기에 이렇게 어린 딸에게 집착하고 딸이 자신에게 속하기를 바란다고 스스로를 나무라기도, 비웃기도 했다.

그에게 의지하던 그 아이는 자신의 어린 신랑을 원했고, 그건 당연한 일이었다. 그리고 브랭귄 자신에게는 그녀의 삶이 제대로 채비를 갖출 수 있도록 도움을 바랐다. 사랑을 바라지는 않았다. 그들 사이에, 뚱뚱한 중년 사내와 이 어린애 사이에 사랑이 있을 까닭이 뭔가? 서로를 돕는 단순한 인간적 호의 말고 그들 사이에 뭐가 있을 수 있겠는가? 그는 그녀의 보호자일 뿐 그 이상은 아니었다. 그의 심장은 얼음 같았고, 얼굴은 차갑고 무표정했다. 애나는 동상처럼 굳은 그의 마음을 더이상 움직일 수 없었다.

그녀는 가만히 자리 들어가서 울었다. 그러나 그녀는 이제 윌 브랭귄과 결혼할 것이고, 그러면 더이상 신경 쓸 필요가 없었다. 톰은 차갑고 굳은 심정으로 자리에 들어 스스로를 나무랐다. 그는 아내를 바라보았다. 그녀는 여전히 그의 아내였다. 검은 머리에 흰 머리카락이 섞이고 나이가 들어가도 그녀는 아름다웠다. 아내는 딱 쉰 살이었다. 얼마나 애절하게 그녀를 바라보았던가! 그는 체면 못 차리고 아직도 발랄한 청춘의 삶을 누리고 싶어 하는 자기 심장의 일부를 도려내고 싶었다. 그런 자신이 너무 미웠다.

아내의 모습은 가슴 찡했고 나이에 걸맞았다. 그녀는 아직 젊고 천진했으며 소녀 같은 생기도 있었다. 그러나 더이상 다툼이나 갈등, 통제 따위를 원치 않았다. 아직도 체면 모르고 그런 걸 원하는 그와는 달랐다. 그녀는 정말 자연스러웠고, 자리를 내놓을 줄 모르는 그는 추하고 부자연스러웠다. 마치 덩치 큰 악마처럼, 딸의 앞길을 가로막으려는 이 탐욕스러운 중년의 사내는 얼마나 끔찍한가.

그의 삶에 무엇이 빠졌기에 그의 게걸스러운 영혼은 만족하지 못하는가? 학교 때는 친구가 있었고, 또 엄마와 아내, 그리고 애나가 있었다. 그가 이룬 것은 무엇인가? 친구와의 사이는 깨졌고, 아들로서도 별 볼 일 없었다. 그렇지만 아내와의 관계에서 만족을 알았으니 그걸로 족하지 않은가. 그렇기에 그는 애나 때문에 이러는 자신이 역겨웠다. 그러나 만족하지 않은 것은 사실이었다. 그것을 아는 것이 고통스러웠다.

그의 삶은 아무것도 아닌가? 자랑할 것도, 이룩한 것도 없단 말인가? 그는 자기 일을 대단하게 여기지 않았다. 그런 건 누구라도 할 수 있었을 테니까. 그가 깨달은 것은 무엇인가, 결혼 생활에서 아내와의 긴 포옹뿐이지 않은가? 신기하게도, 이것이야말로 그의 삶이 다다른 경지였다! 어쨌거나 그것은 대단하고 영원한 것이었다. 누구한테건 그렇게 말할 수 있고 자부할 수 있었다. 그는 아내를 품에 안고 누웠고, 언제나 그랬듯 그녀는 그의 성취였다. 그것이 전부요 궁극이었다.[8] 그렇다, 그리고 그는 그것이 자랑스러웠다.

그러나 그런 마음 밑바닥에는 비통함이 있었고, 딸애가 자기를 조금도 아껴주지 않는다고 속을 썩이는 톰 브랭귄의 불만에 찬 자아가 여전히 남아 있었다. 그는 자신의 두 아들을 사랑했다. 아들도 있었던 것이다. 그러나 딸 애나와 더 깊고 창조적인 삶을 사는 것도 바랐다. 아, 그래서 부끄러웠다. 그는 자신을 지워버리려고 스스로를 짓밟았다.

얼마나 지치는 일인가! 아무리 나이를 먹어도 평안에 이르지 못하다니! 사람이란 옳지도 고상하지도 않구나, 결코 자신의 주인도 아니구나. 그의 희망이 온통 이 딸한테 있었던 것만 같았다.

애나는 금세 다시 청년에 대한 사랑에 빠져들었다. 윌 브랭귄은 결혼식 날을 성탄절 전 토요일로 잡았다. 그리고 그날이 될 때까지 아무 의심 없이 해맑게 그녀를 기다렸다. 그는 그녀를 원했고 그녀

----

8 셰익스피어의 희곡 『맥베스』 1막 7장의 대사 참조.

는 그의 것이었다. 그날이 올 때까지, 그는 자기 존재를 정지시켰다. 결혼식 날인 12월 23일이 되면 그는 절대적인 존재로 탄생하게 될 것이었다. 그는 그 생각으로 살았다.

날짜를 세지는 않았다. 그러나 배를 탄 여행자처럼, 그는 항구에 도착할 때까지 정지되어 있었다.

그는 목각을 하고, 사무실에서 근무했으며, 애나를 만나러 오기도 했다. 하지만 이 모두가 기다림의 형태일 뿐 아무 생각이나 의문도 없었다.

애나는 훨씬 활기차게 지냈다. 연애 시절을 즐기고 싶어 했다. 윌은 이유도 방향도 묻지 않고 바람처럼 왔다가 가버리는 것 같았다. 그렇지만 애나는 그와 즐겁게 지내고 싶었다. 그녀에게 그는 삶의 정수精髓였고, 그를 만지는 것만으로도 희열이었다. 그러나 그에게 그녀는 삶의 근본이었다. 일크스턴의 숙소에서 목각을 할 때도, 그녀는 마시 농장 부엌에 앉아 그를 바라볼 때와 똑같이 그의 곁에 존재했다. 그의 내면에서 그는 그녀를 알았다. 그렇지만 그의 외적 기능들은 정지된 듯했다. 그는 눈으로 그녀를 보거나 목소리로 그녀의 음성을 듣지 않았다.

그러나 그녀를 품에 안으면 몸이 떨리고 때로 몽롱해지기도 했다. 두 사람은 가끔 헛간에서 말없이 몸을 포개고 서 있었다. 그녀는 손으로 그의 젊고 탄탄한 몸을 만질 때면 그 희열을 감당하기 어려웠다. 그를 소유했다는 느낌이 감당하기 힘들 정도였다. 그의 몸은 너무도 민감하고 경이로웠기에, 그것이 그녀의 세상에서 유일한 진실이었다. 그녀의 세상에는 탄탄하고 생생한 남자의 이 한 몸이 있었기에, 다른 많은 허깨비 같은 남자들은 모두 가짜였다. 그에게서 그녀는 진실의 중심을 만졌다. 그리고 그들은, 그와 그녀는 비밀의 핵심에 함께 거했다. 그녀가 그를, 모든 생명의 핵심적 몸체인 그의 몸을 얼마나 꽉 그러안았던가. 그의 형상이라는 반석으로부터 생명의 샘물이 흘러나왔다.

그러나 윌에게 애나는 그 자신을 태워버리는 불꽃이었다. 불꽃이 그의 사지를 타고 몸 전체로 번져올라 마침내 그를 태워버렸고, 그는 그녀에게서 발화된 무의식적이고 어두운 불꽃의 통로로만 존재했다.

가끔 어둠 속에서 암소가 푸푸 소리를 냈다. 어둠 속에서 천천히 새김질하는 소리도 들렸다. 뜨거운 피가 자궁 전체에 돌아 뱃속의 어린것을 씻기듯, 이 모두가 그들 주위와 그들 위에 흐르는 듯했다.

가끔 날이 추울 때면 그들은 마구간에서 데이트를 즐겼다. 그 안은 공기가 따스하고 암모니아 냄새가 코를 찔렀다. 이런 어둠 속의 만남 동안 그는 그녀를, 그에게 기댄 그녀의 몸을 더 잘 알게 되었다. 그들은 가까이, 더욱 가까이 서로에게 파고들었고 키스는 더욱 미묘하게 친밀하고 맞춤해졌다. 그래서 짙은 어둠 속에서 말이 벼락같이 둔탁한 소리를 내며 갑자기 뛰어오르면 그들은 한 몸처럼 그 소리를 듣고 한 몸처럼 알았으며, 말이 있다는 것을 의식했다.

톰 브랭귄은 이들에게 이십일년 기한으로 코세테이의 집 한채를 얻어주었다. 윌 브랭귄은 그 집을 보자 눈이 번쩍 뜨였다. 그 집은 교회 옆에 자리 잡은 농가로, 집 옆쪽과 잔디가 난 앞마당을 따라 시커멓고 오래된 주목들이 늘어서 있었다. 나지막한 슬레이트 지붕과 낮은 창문이 달린 반듯한 붉은색 집이었다. 기다란 낙농실과 판석을 깐 널따란 부엌이 있고, 부엌에서 한계단 올라가면 나지막한 거실이 있었다. 천장을 가로질러 회칠한 대들보가 얹혀 있고 방 귀퉁이에는 찬장도 몇개 놓여 있었다. 창문에서 내다보면 풀이

돈은 마당과 한쪽으로 검은 주목들이 죽 늘어섰고, 다른 쪽으로는 담쟁이 덮인 붉은 담이 있어 집을 큰길과 교회 묘지에서 분리해주었다. 네모난 탑 위에 조그만 첨탑이 있는 작고 오래된 교회가 이 집 창문을 돌아다보고 있는 모양새였다.

"시계가 필요 없겠어." 이웃한 교회 종탑의 하얀 시계 문자판을 내다보면서 윌 브랭귄이 말했다.

집 뒤편으로는 방목장 옆에 마당이 있고, 소 두마리가 들어갈 외양간과 돼지우리와 닭장이 있었다. 윌 브랭귄은 기분이 너무 좋았다. 애나도 자기 집의 안주인이 된다는 생각에 즐거웠다.

톰 브랭귄은 이제 동화 속의 대부가 되었다. 그는 뭐라도 계속 사들여야 직성이 풀렸다. 가구는 목재라면 무조건 관심을 보이는 윌이 구입하는 중이었다. 그는 아주 평범하지만 집에 잘 어울릴 식탁과 둥근 등받이 살 의자와 서랍장을 사는 일을 맡았다.

톰 브랭귄은 더 꼼꼼하게 주의를 기울여서 그가 간편 소품이라 이름 붙인 것들을 찾아냈다. 최신식 요리 냄비 세트, 방은 나지막하지만 천장에서 늘어뜨리는 특이한 등, 고기를 갈고 감자를 으깨고 달걀을 휘젓는 신기한 작은 기계들을 들고 나타났다.

애나는 늘 마음에 든 것은 아니지만 아버지가 사오는 것들에 엄청 관심이 많았다. 그가 신기하다고 생각하는 자그마한 발명품 몇 가지는 탐탁잖게 여겼다. 그러면서도 그녀는 늘 기대에 차서 장날이면 뭘 사올까 종일 짜릿해하며 기대했다. 어둠이 막 내릴 무렵, 톰이 마차에 단 놋쇠등에 불을 밝힌 채 도착했다. 그녀가 대문으로 달려나가보면 시커멓고 건장한 형상의 아버지가 허리를 구부리고 마차에서 꾸러미들을 꺼내고 있었다.

"뭐 사왔나 보려고 번개같이 나오는구나." 그가 말했다. 차가운 어둠 속에서 울리는 목소리였다. 그럼에도 그는 신이 났다. 애나가 마차 등 하나를 집어들고서 아버지 묶인 기름이나 연장 따위는 밀어젖히고 그가 사온 뒤죽박죽인 물건들 사이를 헤집으며 들여다보았다.

그녀는 조그맣고 튼튼한 풀무 한쌍을 끄집어내서 자세히 살펴보았다. 그러고는 미심쩍어하며 다른 물건 하나를 잡아당겼다. 긴 손잡이가 달렸고 조끼같이 가운데를 누런 종이로 둘러싼 물건이었다.

"이게 뭐예요?" 쿡쿡 찔러보며 그녀가 물었다.

톰이 하던 일을 멈추고 딸을 보았다. 그녀는 말 옆의 등불로 가서 고개를 수그린 채 새로 사온 물건을 들여다보았다. 머리카락이 청동빛으로 반짝였고 하얀 앞치마가 홍겹게 보였다. 그녀의 손가락이 부지런히 종이를 풀었다. 그녀는 깨끗한 고무 롤러가 달린 작은 탈수기를 끄집어냈다. 꼼꼼히 살펴보았지만 어떻게 작동하는지 잘 알 수 없었다.

애나가 아빠를 올려다보았다. 그는 등불 너머로 그림자같이 서 있었다.

"어떻게 쓰는 거예요?" 그녀가 물었다.

"뭐, 순무 찧는 기계지." 그가 대답했다.

그녀가 아빠를 바라보았다. 그의 말투가 거슬렸다.

"농담하지 마요. 소형 탈수기네." 그녀가 말했다. "그런데 어떻게 세운대요?"

"빨래통 옆에다 붙이고 나사로 조이면 돼."

그가 다가와서 그것을 내밀었다.

"아, 그렇네!" 그녀는 소리치며 폴짝폴짝 뛰었다. 갑자기 흥이 나면 여전히 나오는 동작이었다.

그러더니 뒤도 안 돌아보고 집 안으로 뛰어 들어가서, 그는 혼자 남아 말안장을 풀었다. 그가 부엌 옆 다용도실로 들어섰을 때, 애나는 거기서 빨래통에 작은 탈수기를 붙여놓고 신나게 손잡이를 돌리고 있었다. 곁에 있던 틸리가 외쳤다.

"시상에나, 참말로 희한한 물건이구먼유! 덕분에 낑낑거리고 생고생 안 해도 되겠어유! 참말로 신기한 신식 기계네유."

애나는 이 물건을 갖게 되어 너무 신이 나서 손잡이를 돌려댔다. 그러다가 틸리도 한번 돌려보게 해주었다.

"이거 진짜 저절로 되네유." 손잡이를 돌리고 또 돌리며 틸리가 말했다. "빨래는 그냥 줄에다 널기만 하면 되겠어유."

5장
마시 농장의 결혼식

결혼식 올리기 좋은 아름답고 화창한 날씨였다. 땅은 질어도 하늘은 맑았다. 이륜마차 세대와 커다란 포장마차 두대가 대기 중이었다. 모두 들뜬 기분으로 거실에 모여 있었다. 애나는 아직 2층에 있었다. 그녀의 아버지는 계속 브랜디를 홀짝거렸다. 검은 코트에 회색 바지 차림의 그는 아주 멋졌다. 목소리는 기운찼지만 불안했다. 그의 아내가 레이스 달린 진회색 비단옷에 청록색이 감도는 보닛을 쓰고 위층에서 내려왔다. 그녀의 아담한 체구가 아주 단단하고 선명해 보였다. 브랭귄은 그녀가 거기 있어서 이 사람들 사이에서 자기를 떠받쳐주는 게 고마웠다.

마차가 다가온다! 신랑의 어머니인 노팅엄의 브랭귄 부인이 비단옷을 입고 문간에 서서 누가 누구랑 같이 타고 갈지 일러주고 있다. 한바탕 야단법석이다. 현관문이 열리더니 결혼식 하객들이 마당에 난 작은 길로 걸어 내려가고, 아직 기다리고 있는 이들은 창밖을 내다보고 있으며, 대문께 모인 이들은 뒤죽박죽 늘어서 있다. 겨울 햇살 속에 이렇게 잘 차려입은 사람들 모습이 얼마나 우스꽝스러운지!

그들이 가고 또 한 무리가 떠날 차례! 거실이 좀 비기 시작한다. 애나가 아래층으로 내려와 모두들 새하얀 웨딩드레스에 면사포 쓴 모습을 주시하자, 그녀는 얼굴을 붉히며 무척 수줍어한다. 시어머니가 그녀를 깐깐하게 훑더니 하얀 뒷자락을 잡아당기네, 면사포 주름을 바로잡네, 유세를 떤다.

신랑이 탄 마차가 막 지나갔다고 창문 쪽에서 커다랗게 함성이 들린다.

"아빠 모자는 어디 있어요, 장갑은?" 하얀 구두 신은 발을 동동 구르고 면사포 사이로 눈동자를 반짝이며 신부가 소리친다. 그가 두리번거리며 찾는다. 머리가 헝클어져 있다. 모두 다 나가고 신부와 아버지만 남았다. 그도 준비가 되었다. 낯빛이 새빨갛고 주눅 든 모습이다. 틸리가 작은 현관에서 안절부절못하며 문 열 준비를 하고 있다. 시중드는 여자가 애나 주위를 돌아보자 그녀가 묻는다.

"나 어때요?"

그녀는 준비가 되었다. 고개를 곧추세운 모습이 여왕 같다. 그녀가 아버지에게 급히 손짓한다.

"이리 와봐요!"

그가 간다. 아빠 얼굴이 너무 빨개서 좀 짜증이 났지만, 그녀는 그의 팔에 사뿐히 손을 얹고 쏟아지는 물줄기 같은 부케를 든 채 우아하게, 아주 우아하게 걸음을 내디딘다. 쩔쩔매는 틸리 곁을 천천히 지나 마당으로 내려간다. 대문간에서 떠들썩한 함성이 터지고, 눈처럼 새하얀 신부의 모습이 물 흐르듯 천천히 지나가 이륜마차 안으로 사라진다.

그녀가 마차에 오를 때, 가냘픈 발목과 발이 아버지의 눈에 들어온다. 아직 어린애 발이야. 애틋해서 가슴이 미어진다. 그렇지만 딸은 이렇게 멋진 광경을 연출한 자기 모습에 취해 있다. 가는 내내 모든 것이 너무 아름다워 행복에 겨웠다. 그녀는 백장미, 은방울꽃, 월하향, 공작고사리가 풍성하게 늘어진 부케를 찬찬히 내려다보았다.

그녀의 아버지는 이 모두가 생소해서 어리둥절하게 앉아 있었다. 가슴이 벅차 견디기 힘들고, 아무 생각도 할 수 없었다.

교회에는 성탄절 장식이 되어 있었다. 상록수 가지는 짙고, 흰 꽃들은 차갑고 눈 내린 느낌을 주었다. 그는 멍한 상태로 제단 쪽으로 걸어갔다. 본인의 결혼식 때 이렇게 걸어 들어간 후 시간이 얼마나 흘렀을까? 그는 지금 자기가 결혼하러 온 건지, 무슨 이유로 온 건지 분간이 가지 않았다. 뭐든 하긴 해야겠다는 곤혹스러운 느낌이 들었다. 아내의 보닛이 눈에 들어오자, 아내가 왜 자기 곁에 같이 있지 않은지 의아했다.

부녀가 제단 앞에 섰다. 톰은 남보라색으로 강렬한 빛을 발하는 동쪽 스테인드글라스를 올려다보고 있었다. 창은 짙푸른 빛을 발했고, 주홍색 꽃들과 조그만 노란색 꽃들이 또렷한 까만 테두리 속에 어둑하니 꽉 들어차 있었다. 검은 테두리들 속에서 창은 광채를 내며 불타오르는 듯했다.

"누가 이 여인을 이 남자와 혼인하도록 인도합니까?"[1]

누군가 그를 건드린 것 같았다. 그는 움찔했다. 그 질문이 그의

---

1 서양의 전통 결혼식 순서. 신부 아버지가 신랑에게 신부를 넘겨준다.

기억 속에서 아직 빙빙 맴돌다가 서서히 사라지고 있었다.

"접니다." 그가 황급히 대답했다.

애나가 고개를 숙인 채 면사포 속에서 살짝 웃었다. 아빠는 진짜 엉터리야!

브랭귄은 제단 뒤쪽 저 멀리 타오르는 푸른 창문을 바라보면서 자신이 정말 늙었는지, 이제 삶의 목표에 확고히 도달했는지 막연하고도 고통스럽게 자문했다. 그는 여기 애나의 결혼식에 와 있었다. 그러게, 그가 아버지로서 책임을 맡을 무슨 권리라도 있는 거야? 그는 자신이 결혼하던 때나 마찬가지로 아직도 자신 없고 불안정했다. 아내와 그 자신! 그는 그들 둘 다 얼마나 불확실한지 깨닫고서 애통했다. 그는 마흔다섯살이었다. 마흔다섯! 오년 후면 쉰이다. 그다음엔 예순, 그러곤 일흔, 그러곤 끝장이다. 맙소사, 아직도 이렇게 확고하지 못하다니!

사람은 어떻게 늙어가는가? 어떻게 확신을 갖게 되는가? 그는 더 늙었으면 싶었다. 성숙하다거나 완성되었다는 느낌의 면에서, 결혼 당시의 그와 지금의 그 사이에 대체 무슨 차이가 있는가? 그는 자신과 아내가 지금 또 결혼할 수도 있겠다 싶었다. 자신이 천둥 치는 광활한 하늘로 둘러싸인 벌판에 선 작은 존재처럼 왜소하다고 느꼈다. 그들 주위로 하늘에는 천둥번개가 우르릉 번쩍하는데 그와 아내라는 두 작은 존재가 이 벌판을 가로질러 걸어가고 있었다. 사람은 언제 끝에 다다르는 걸까? 어느 방향에서 끝나는 걸까? 끝도 종점도 없어, 우르르 굉음이 들리는 이 광대한 허공이 있을 뿐. 사람은 결코 늙지도 죽지도 않는가? 그것이 실마리였다. 그는 고뇌 속에서도 야릇하게 환희를 느꼈다. 아내와 함께 가리. 벌판에서 야영하는 어린아이들처럼 그와 아내, 그들은 함께 가리. 가없는 하늘 외에 무엇이 확실하랴? 그것만이 참으로 확실하고 참으로 가없었다.

아직도 장엄한 푸른빛은 그의 눈앞 어둠의 그물망 속에서 환히 타오르며 너울거렸다. 지칠 줄 모르게 풍요롭고 찬란한 빛이었다. 그의 육신이라는 어둠의 그물망 안에서 붉고 환하게 타오르며 너울대던 그 자신의 삶은 또 얼마나 풍요롭고 찬란했던가. 그리고 아내 역시 자신의 그물망 안에서 번쩍이며 어둡게 타오르지 않았던가! 언제나 삶이란 미완이고 미결이었으니!

오르간 소리가 크게 울렸다. 하객들 모두 무리 지어 제의실로 갔다. 잉크로 얼룩진, 휘갈겨 쓴 방명록이 있었다. 어린 신부가 의기양양하게 면사포를 젖힌 다음 결혼반지 낀 손을 보란 듯 얹고서 자신이 연출한 광경에 우쭐해 당당하게 자기 이름을 적었다.

"애나 테리사 렌스키."

애나 테리사 렌스키, 정말 젠체하고 말 안 듣는 말괄량이었지! 검은색 연미복과 회색 바지 차림의 날씬한 신랑은 더할 나위 없이 근엄한 모습으로 진지하게 이름을 쓰고 있었다.

"윌리엄 브랭귄."

훨씬 더 그럴싸했다.

"아빠, 와서 서명해요." 도도한 어린 신부가 소리쳤다.

"'토머스 브랭귄', 악필이구먼." 서명하면서 그가 중얼거렸다.

다음은 그의 형이 서명했다. 커다란 체격에 검은 구레나룻을 기른 누런 낯빛의 사내였다.

"알프레드 브랭귄."

"도대체 브랭귄이 몇이야?" 자기네 성이 너무 자주 등장하는 게 쑥스러워서 톰이 말했다.

그들이 다시 햇살 비치는 바깥으로 나왔을 때, 그리고 그가 묘비들 아래 길게 뻗은 잔디 사이에 내린 희푸른 서리와 교회 종이 울릴 때 머리 위에서 새빨갛게 반짝이는 호랑가시나무 열매, 움직임 없는, 뻐죽뻐죽한 검은 가지가 달린 주목을 보았을 때, 이 모든 것은 꿈결 같았다.

결혼식 하객들은 교회 묘지를 가로질러 담장까지 걸어가서 거기 붙은 작은 계단을 이용해 담을 넘어갔다. 아, 도도한 흰 공작 같은 신부가 담 꼭대기에 높다랗게 앉아서 건너편에 있는 신랑에게 내려달라고 손 내미는 모습이란! 우아하게 내딛는 그녀의 희고 날씬한 발과 활처럼 둥근 목 또한. 그러더니 그녀는 다른 사람들과 부모와 하객 모두 안중에 없다는 듯 어린 신랑과 함께 당당하고 뻔뻔하게 걸어갔다.

신혼집에 도착하니 난롯불이 활활 타고 있었다. 식탁에는 수십개의 유리잔이 놓였고 호랑가시나무와 겨우살이 열매가 걸려 있었다. 집 안이 하객들로 붐볐고, 톰 브랭귄은 호기롭게 술을 따랐다. 모두들 마셔야 했다. 교회 종소리가 창가에 울려퍼지고 있었다.

"잔을 들어요." 거실에서 톰 브랭귄이 소리쳤다. "술잔을 들고 단란한 새 가정을 위해 건배합시다, 단란한 가정을 위하여."

"밤낮으로 즐기기 위하여." 프랭크 브랭귄이 큰 소리로 덧붙였다.

"젖 먹던 힘을 다해." 음울한 성격의 알프레드 브랭귄이 소리쳤다.

"잔을 가득 채우고 다시 한번 건배." 톰 브랭귄이 소리쳤다.

"단란한 가정을 위하여."

이에 화답해 하객들이 거칠게 내질렀다.

"잠자리의 축복을 위하여." 프랭크 브랭귄이 소리쳤다.

하객들은 더 큰 소리로 따라 하며 화답했다.

"자나 깨나 즐기기 위하여." 알프레드 브랭귄이 소리쳤다. 이쯤 되자 남자들은 뻔뻔하게 소리를 질러댔고, 여인네들은 "그냥 좀 들어봐요!"라고 맞받았다.

분위기가 잡담하는 투로 흘렀다.

잠시 후, 잔치꾼들은 전속력으로 마차를 달려 마시 농장으로 돌아와서 오후 다과를 한상 차려 한시간 반 동안이나 먹었다. 다른 이들이 식탁 저편에서 신나게 떠들어대는 동안, 신랑 신부 두 사람은 식탁 상석에 아주 단정하고 반짝반짝 빛나는 모습으로 다소곳이 앉아 있었다.

브랭귄네 남자들은 차에다 브랜디를 섞어 마시다보니 점점 주체를 못 할 지경이 되었다. 음울한 알프레드는 눈빛이 번득이면서도 초점이 없었고, 이를 드러낸 채 기이하고 격하게 웃어댔다. 그의 아내가 그를 째려보더니 뱀처럼 홱 고개를 돌렸다. 그는 신경 쓰지 않았다. 도축업자인 프랭크 브랭귄은 혈색이 불그레하고 잘생긴 편이었는데, 두 형제에게 고래고래 맞장구를 쳤다. 흔들리지 않던 톰 브랭귄도 이제는 점점 흐트러지고 있었다.

이 삼형제가 좌중을 압도했다. 톰 브랭귄은 인사말이 하고 싶었다. 난생처음 장황하게 자신을 피력해야만 했다.

"결혼이란," 그가 입을 열었다. 눈빛이 반짝이면서도 꽤나 심오했는데, 진지한 동시에 무척 흥겨웠기 때문이었다. "결혼이란," 브랭귄 집안 특유의 느리고 울려퍼지는 목소리로 그가 말했다. "우리가 사는 이유지요."

"들어봐, 좀 들어보자고." 알프레드 브랭귄이 느릿느릿 알아듣기 어렵게 소리쳤다. 그의 아내가 독 오른 눈으로 남편을 쏘아보았다.

"남자는," 톰 브랭귄이 말을 이었다. "남자라는 걸 누리며 삽니다. 그걸 못 누릴 바엔 뭐 하려고 남자가 됐겠습니까?"

"옳소." 불쾌해진 얼굴로 프랭크가 거들었다.

"마찬가지로," 톰 브랭귄이 계속 말했다. "여자도 여자라는 걸 누리며 살죠. 적어도 우리는 여자들이 그럴 거라고 짐작합니다."

"오, 남의 일에 신경 *끄셔.*" 농부의 아내 하나가 소리쳤다.

"남정네들이야 물론 그런 줄 알겠지." 프랭크의 아내가 말했다.

"그런데," 톰 브랭귄이 말을 이었다. "남자가 남자가 되려면, 여자가 있어야 합니다."

"당연하지." 어떤 아낙이 단호하게 말했다.

"그리고 여자가 여자가 되는 데도 **남자**가 필요합니다." 톰 브랭귄이 계속 말했다.

"남자분들, 속 시원히 말해보시구려." 맞장구치는 여자 목소리가 들렸다.

"그런 까닭에 우리가 결혼을 하는 겁니다." 톰 브랭귄이 말을 이었다.

"잠깐, 잠깐," 알프레드 브랭귄이 말했다. "빙빙 돌리지 말고 간단히 해."

그리고 쥐 죽은 듯 조용한 가운데 술잔이 채워졌다. 아직 어린애 같은 신랑 신부는 몰입해서 빛나는 얼굴로 정신이 팔려 식탁 상석에 앉아 있었다.

"천국엔 결혼이 없어요.[2] 톰 브랭귄이 계속 말했다. "하지만 지상에는 결혼이 있습니다."

"그게 바로 다른 점이로군." 알프레드 브랭귄이 조롱하듯 말했다.

---

2 마태오의 복음서 22:30 "부활한 다음에는 장가드는 일도, 시집가는 일도 없이 하늘에 있는 천사들처럼 된다" 참조.

"알프레드 형," 톰 브랭귄이 말했다. "내 말 끝날 때까지 조용히 해줘, 그러면 고맙겠어. 지상에는, 결혼 말고는 진짜 별게 없습니다. 돈 버는 일, 영혼을 구원하는 일이 있다고 말할 수도 있겠죠. 우리는 우리 영혼을 일곱번 거듭 구원할 수도 있고 태산같이 돈을 벌 수도 있겠지만, 우리 영혼은 좀먹히고 좀먹히고 또 좀먹혀서 결국 뭔가 결핍되었다고 할 겁니다. 천국에는 결혼이 없어요. 하지만 지상에는 결혼이 있습니다. 안 그러면 천국이 무너지겠죠, 바닥이 없으니까."

"잘 들어봐요, 당신." 프랭크의 아내가 말했다.

"계속해봐, 토머스." 알프레드가 빈정대며 말했다.

"만약에 우리가 천사가 되어야 한다면 말입니다," 톰 브랭귄이 좌중에 대고 계속 열변을 토했다. "그리고 그들 가운데 남자나 여자 같은 것이 없다면요, 그러면 내 생각엔 한쌍의 부부가 천사 하나가 되는 겁니다."

"취했군." 알프레드 브랭귄이 지겹다는 듯 말했다.

"왜냐하면," 톰 브랭귄이 말을 이어가자 사람들은 수수께끼 같은 그의 말에 귀를 기울였다. "천사가 사람보다 못할 리 없으니까요. 그리고 사람한테서 영혼만 빼서 천사가 되는 거라면, 그건 인간보다 못한 게 될 겁니다."

"옳거니." 알프레드가 말했다.

식탁 주변에서 웃음이 터져나왔다. 하지만 톰 브랭귄은 신명이 났다.

"천사는 정말로 인간 이상이라야 합니다." 그가 계속 말했다. "그래서 나는 천사란 남자와 여자의 영혼이 하나로 합쳐진 것이라고 말하는 겁니다. 심판 날에 남녀가 하나의 천사로 결합해서 부활하는 거죠."

"주를 찬양하라." 프랭크가 말했다.

"주를 찬양하라." 톰도 따라 했다.

"그럼 남은 여자들은 어떻게 되는 거야?" 알프레드가 비웃으며 물었다. 사람들도 점점 불편해졌다.

"그야 모르죠. 심판 날에 남겨지는 사람이 정말로 있는지 내가 어떻게 알겠어요? 될 대로 되라죠. 내 말은, 남자의 영혼과 여자의 영혼이 결합될 때, 그게 하나의 천사가 된다는 겁니다."

"영혼 따윈 난 몰라. 1 더하기 1이 3이 될 때도 있다는 건 알지." 프랭크가 말했다. 그러고서 저 혼자 낄낄댔다.

"몸과 영혼, 그건 같은 겁니다." 톰이 말했다.

"그러면 제수씨는 어떻게 되는 거야? 너 만나기 전에 결혼했었잖아." 톰의 주장에 신경이 곤두서서 알프레드가 물었다.

"그건 나야 모르죠. 내가 만일 천사가 되고자 한다면 그건 내 결혼한 영혼일 겁니다. 독신인 영혼이 아니라. 총각 때 영혼은 아닐 거예요. 왜냐하면 그때 나는 천사가 될 만한 영혼이 없었으니까요."

"난 아직도 기억나요." 프랭크의 아내가 말을 꺼냈다. "우리 해럴드가 아팠을 때, 거울 뒤에 늘 천사가 보인다는 거예요. '엄마, 저기 천사 좀 봐', 이랬죠. '우리 강아지, 천사 같은 건 없어', 아무리 말해도 애가 곧이듣질 않았어요. 화장대에서 거울을 떼버려도 소용없더라고요. 계속해서 천사가 있다는 거예요. 세상에, 깜짝 놀랐지 뭐예요. 진짜 애 하나 잃는 줄 알았다니까."

"나도 생각나요." 톰의 자형이 말했다. "한번은 내 콧속에 천사가 들어갔다고 하니까 엄마가 날 흠씬 때리데요. 내가 코 파는 걸 보더니 이러는 거예요. '코는 뭐 하러 후벼대냐, 당장 관둬.' '천사가 들어갔단 말이에요' 했더니 엄마가 한대 픽 치더라고요. 하지만 진짜 들어 있었어요. 옛날엔 엉겅퀴가 폴폴 날아다닌다고 '천사'라고 불렀거든. 왜 그랬는지 몰라도 내가 엉겅퀴 하나를 콧속에 밀어넣었거든요."

"애들이 콧속에 뭘 넣는 건 참 희한하죠." 프랭크의 아내가 말했다. "우리 헤미는 초롱꽃 가운데 있는 '촛불'이라고 부르던 꽃술을 떼어서 콧속에 집어넣었어요. 아, 꺼낸다고 고생 좀 했지요! 개가 코끝에다 그걸 붙이는 건 봤는데, 콧구멍에다 밀어넣을 만큼 멍청할 줄은 몰랐죠. 개가 여덟살쯤 됐을 때일 거예요. 세상에나, 코바늘을 가져오고 또 어쨌나 몰라……"

톰 브랭귄은 신명이 사그라들기 시작했다. 하던 이야기는 다 잊고 곧 사람들과 섞여 소리 지르며 떠들어댔다. 밖에는 성탄절 악대가 와서 캐럴을 부르고 있었다. 집 안이 발 디딜 틈 없었지만 그들에게 들어오라고 청했다. 바이올린 두대와 피콜로 한대로 된 악대였다. 그들이 거실에서 캐럴을 연주하자 모두 목이 터져라 노래를 불렀다. 신랑 신부만 눈동자를 반짝이며 이상스레 환한 얼굴로 자리에 앉아서 입술을 달싹거릴 뿐 노래는 거의 안 불렀다.

성탄절 악대가 떠나고 가면극 극단이 왔다. 곤봉과 냄비를 치고 두드리면서 성 조지를 다룬 신비극이 시작되자, 사람들은 신이 나서 박수를 치며 소리 질렀다. 여기 남자들 모두 예전 아이 적에 해본 연극이었다.

"진짜로, 한번은 베엘제불[3] 역을 하다가 한대 된통 맞았어." 너무 웃어서 눈물이 그렁그렁한 채로 톰이 말했다. "계란 깼을 때처럼

---

3 베엘제불(바알세불)은 성서에 나오는 악귀의 우두머리, 성 조지는 악의 화신인 용을 물리친 영국의 수호성인으로, 둘 다 중세 기사 이야기에 자주 등장한다.

얼이 빠졌지 뭐야. 근데 말이야, 정신이 들고는 성 조지랑 같이 늙은 조니 로저 역을 했어, 진짜 그랬다니까.”

그가 몸을 흔들며 웃어젖혔다. 또 문 두드리는 소리가 들렸다. 모두 조용해졌다.

“마차 왔네요.” 문간에서 누군가 말했다.

“들어오시오.” 톰 브랭귄이 소리치자 불그레한 얼굴의 사내 한 명이 웃으며 들어왔다.

“이제 너희 둘은 후딱 건너가서 자리에 들어라.” 톰 브랭귄이 소리쳤다. “제대로 해. 하지만 눈 깜빡할 새 안 가면 못 갈 줄 알아. 둘이 따로 재울 거야.”

애나가 가만히 일어나 옷을 갈아입으러 갔다. 윌 브랭귄도 나가려는 차에 틸리가 그의 모자와 외투를 가져왔다. 틸리는 젊은이가 옷 입는 것을 거들었다.

“자, 행운을 빈다, 아들.” 그의 아버지가 큰 소리로 외쳤다.

“일단 불붙으면 화끈하게 해라.” 숙부 프랭크가 일러주었다.

“제대로 **부드럽게**, 제대로 **부드럽게** 해야지.” 숙모인 프랭크의 아내가 남편과 반대로 소리쳤다.

“죽을 둥 살 둥 하지는 마라.” 처고모부가 말했다. “네가 뭐 문간에 매어둔 황소는 아니잖아.”

“알아서 하게 돼요.” 톰 브랭귄이 신경질적으로 말했다. “충고들 좀 그만하세요. 오늘은 쟤가 장가가는 날이지, 여러분들 혼인날이 아니라고요.”

“표지판이 많이 필요하지도 않아.” 윌의 아버지가 말했다. “따라가야 할 길이 있긴 하지만, 사팔눈도 한 눈 감고 갈 수 있는 길도 있거든. 그 길은 장님도 사팔눈도 절름발이도 헤맬 염려가 없어. 그리고 감사하게도 내 아들은 그런 치들이 아니지."

"뭐 그렇게 잘 갈 수 있다고 장담 마세요." 프랭크의 아내가 소리 질렀다. "반도 못 가거나 목숨 부지 못 하는 사내가 쎘어요. 새신랑은 만수무강해야지."

"아니, 그런 걸 어떻게 알아요?" 알프레드가 말했다.

"얼굴만 봐도 척이죠." 그의 제수인 리지가 대꾸했다.

신랑은 희미한 미소를 띠고 대충 흘려들으며 서 있었다. 그는 긴장되고 멍한 상태였다. 이렇든 저렇든 그에게는 별 상관이 없었다.

평상복으로 갈아입은 애나가 사뿐히 내려왔다. 그녀는 남녀 모두에게 입 맞추었다. 윌 브랭귄은 하객들과 일일이 악수한 후 훌쩍거리기 시작한 자기 어머니에게 입 맞추었고, 모두 다 마차로 몰려나갔다.

어린 부부가 탄 마차 문이 닫히자 사람들은 마지막으로 소리 지르며 훈수를 두었다.

"출발하게." 톰 브랭귄이 소리쳤다.

마차가 떠났다. 그들은 마차 불빛이 물푸레나무 아래로 희미해지는 모습을 지켜보았다. 그러고는 모두 잠잠해져서 집 안으로 들어갔다.

"세군데 난롯불이 잘 타고 있을 거야." 자기 시계를 보면서 톰 브랭귄이 말했다. "에마한테 9시에 난로를 지피고 문은 닫아두라고 했거든. 이제 삼십분밖에 지나지 않았어. 난롯불 세개가 타고 있고, 등불도 밝혔고, 에마가 침대용 다리미로 잠자리도 다 데워뒀을 거야. 그러니 애들은 아무 문제 없어."

사람들이 더 조용해졌다. 그들은 신혼부부에 대해 이야기를 나누었다.

"애나가 하녀는 안 두겠다네요." 톰 브랭귄이 말했다. "집이 그리 크지 않으니 하녀가 맨날 코밑에 있는 셈이 될 거라고. 필요한 일 있으면 에마가 해줄 테고, 저희들끼리 지낼 거예요."

"그게 좋지요," 리지가 말했다. "훨씬 편하니까."

모두 느릿느릿 계속 이야기를 나누었다. 브랭귄이 시계를 보았다. "우리 애들한테 가서 캐럴을 불러줍시다." 그가 말했다. "'수탉과 울새' 주점에 깽깽이가 있을 거예요."

"그래, 그럽시다." 프랭크가 말했다.

알프레드가 가만히 일어섰다. 톰의 자형과 윌의 형도 일어섰다.

이렇게 다섯 남자가 밖으로 나왔다. 밤하늘이 별빛으로 반짝이고 있었다. 천랑성天狼星이 언덕 비탈에서 봉화처럼 타올랐고, 당당하고 웅장한 오리온좌는 비스듬히 기울고 있었다.

톰은 알프레드 형과 같이 걸었다. 사내들이 내딛는 발걸음 소리가 경쾌했다.

"멋진 밤이네요." 톰이 말했다.

"그렇구나." 알프레드가 말했다.

"밖에 나오니 좋네요."

"그래."

형제는 바싹 붙어서 걸었고, 두 사람 사이에는 끈끈한 핏줄의 정이 흘렀다. 톰은 늘 알프레드보다 한참 아래라고 느꼈다.

"형이 집 떠난 지도 참 오래됐네요." 톰이 말했다.

"그렇구나." 알프레드가 말했다. "난 내가 좀 늙어가고 있다고 생각했어. 하지만 아니야. 낡아빠지는 건 우리가 가진 것들이지 우리 자신이 아니야."

"그래요? 뭐가 낡아빠졌나요?"

"내가 어울려 지낸 대다수가 그래, 나하고 어울려 지낸 대다수 사람들이. 그들은 죄다 망가져. 그러니 혼자 가야 해, 그게 지옥 길일지라도 말이야. 그 길조차 나란히 같이 갈 사람은 없어."

톰 브랭귄은 이 말을 곱씹어보았다.

"어쩌면 형은 한번도 길들어본 적이 없나봐요." 그가 말했다.

"없어, 결코 없지." 알프레드가 자랑스레 대답했다.

그러자 톰은 형이 자신을 약간 경멸한다고 느꼈다. 그래서 약간 움츠러들었다.

"누구나 자기 방식이 있는 거예요." 톰이 고집스레 말했다. "개들이나 그런 게 없지요. 그리고 남이 주는 걸 받지 못하고 받을 걸 주지 못하는 이들, 그런 이들은 혼자 가야죠. 아니면 개나 한마리 달고 가든지."

"개는 없어도 돼." 형이 말했다.

또다시 톰 브랭귄은 형이 자기보다 더 큰 사람이라고 생각하며 자신을 낮췄다. 그러나 형이 더 크면 그러라지. 혼자 가는 게 좋으면 또 그렇게 하라지. 아무리 그래도, 톰은 그렇게 살고 싶지 않았다.

별빛 속에서 그들은 가늘고 매서운 한줄기 바람이 둥그런 언덕을 휘감아 부는 벌판을 건너갔다. 울타리 계단을 지나 애나의 집까지 왔다. 등불은 꺼져 있고 아래층 방들과 위층 침실의 덧문에 난롯불만 깜빡깜빡 비칠 뿐이었다.

"그냥 가는 게 좋겠어." 알프레드 브랭귄이 말했다.

"아니, 아니에요." 톰이 말했다. "마지막으로 캐럴 한번 불러줍시다."

그리고 십오분쯤 지나서, 얼큰하게 취한 열한명의 남자들이 담장 위로 가만히 올라가 주목들 옆의 마당으로 들어섰다. 희미한 난롯불이 덧문에 비치는 창문 바깥이었다. 두대의 바이올린과 한대의 피콜로가 싸늘한 대기를 가르며 날카로운 소리를 냈다.

"들판에서 자기 양떼를 지키더니,"[4] 떠들썩한 남자들 목소리가 들쑥날쑥 화음을 이루어 터져나왔다.

음악이 시작되자마자 애나 브랭귄은 깜짝 놀라 쫑긋 귀를 기울였다. 그녀는 겁이 났다.

"캐럴 부르러 온 거야." 윌이 속삭였다.

그녀는 긴장해서 가슴이 세차게 두근거렸고 야릇하고 강한 두려움에 사로잡혔다. 잠시 후, 고르지 않은 남자들의 노랫소리가 터져나왔다. 그녀는 애써 가만히 귀 기울였다.

"아빠야." 그녀가 나지막이 속삭였다.

두 사람은 말없이 귀 기울여 들었다.

"우리 아버지도 오셨네." 그가 말했다.

애나는 가만히 들었다. 그래도 안심이 되었다. 그녀는 다시 침대 속으로 파고들어 그의 품에 폭 안겼다. 그가 그녀를 꼭 껴안고 입맞추었다. 밖에서는 찬송이 이어졌다. 남자들은 모두 악기와 가락의 흥에 취해 만사를 잊고 목청껏 노래 불렀다. 난롯불이 어두컴컴한 방 안에서 붉게 타올랐다. 애나는 아버지가 활기차게 노래하는 소리를 들을 수 있었다.

"정말 실없는 분들이지?" 그녀가 속삭였다.

그리고 두 사람은 서로의 심장박동이 들릴 만큼 가까이, 더 가까이 파고들었다. 찬송이 계속 울렸지만 그들에게는 더이상 들리지 않았다.

---

4 프레더릭 패러(Frederic Farrar)의 캐럴. 루가의 복음서 2:8 참조.

6장
승리자 애나

월 브랭귄이 결혼 휴가를 몇주 받아서 두 사람은 자기 집에서 오붓한 신혼을 한껏 즐겼다.

그런데 하루하루 시간이 지날수록, 월은 마치 하늘이 무너져서 사람들은 다 땅속에 묻혀 있고 자기들 둘만 요행히 살아남아 멋대로 탕진할 것이 널린 신세계에, 폐허 한가운데에 아내와 같이 앉아 있는 것만 같았다. 처음에 그는 자신이 방종한 생활에 빠졌다는 죄책감을 떨칠 수 없었다. 바깥세상에 어떤 책무가 있어 그를 부르고 있는데 안 가고 있는 것은 아닐까?

밤이 되어 문을 걸어 잠그고 어둠이 두 사람 주위를 에워쌀 때면 괜찮았다. 그때는 그들만이 눈에 보이는 지상의 유일한 주민이었고 나머지는 모두 홍수에 잠겨 있었다.[1] 세상에 자기들만 있고 스스

---

1 구약의 대홍수와 이후 약속의 무지개를 인유한 문장. 창세기 7-9장 참조.

로가 법이었으므로, 그들은 부끄러운 줄 모르는 신처럼 흥청망청 즐기고 탕진할 수 있었다.

그러나 아침이 되어 덜컹대며 수레가 지나가고 애들이 부산스레 골목길을 뛰어 내려갈 때, 행상들이 물건 사라고 외치고 교회 종이 11시를 치는데도 그들이 아침밥은커녕 일어나지도 않았을 때, 그는 마치 법을 어기고 있는 것 같은 죄책감에서 헤어날 수 없었다. 일어나지 않고 일을 안 하고 있다는 게 수치스러웠다.

"뭘 하겠다는 거야?" 그녀가 물었다. "할 일이 뭐가 있다고? 그냥 빈둥거리며 다닐 거잖아."

그렇지만 빈둥대는 것은 그나마 괜찮았다. 적어도 세상과 연결은 되어 있으니까. 반면에 드리워진 덧문 틈으로 햇살이 어슴푸레 비쳐드는 지금 이렇게 가만히 평온하게 누워 있자니, 세상과 단절되고 세상을 암묵적으로 부정하여 스스로를 차단시킨 꼴이었다. 그래서 그는 불안했다.

하지만 아내와 같이 드문드문 말을 섞으며 누워 있노라니 너무도 달콤하고 만족스러웠다. 햇살보다 더 달콤했고, 햇살처럼 쉬이 사라지지도 않았다. 교회 종이 시간마다 울려대는 소리가 짜증스럽기까지 했다. 애나가 아무 근심 없이 행복하게 손끝으로 그의 눈 코 입을 더듬고 그도 그녀가 그렇게 하는 걸 즐기는 동안에는 시간과 시간 사이에 아무런 간격이 없고, 오로지 황금빛 정적의 순간만 있는 듯했으니까.

그러나 월은 뭔가 낯설고 어색했다. 졸지에, 이전에 존재하던 모든 것이 떨어져나가 사라져버렸다. 어제까지 세상과 더불어 지내던 미혼의 청년이었는데 다음 날 보니 아내가 생겼고, 그들 두 사람은 마치 어둠 속 씨앗처럼 땅속에 묻혀 세상으로부터 동떨어져 있었다. 한순간에 그는 밤송이에서 떨어진 알밤처럼, 세상 지식과 경험이라는 딱딱한 껍데기를 남겨두고 반들거리는 알몸으로 보드랍고 기름진 땅 위에 떨어졌다. 세상 경험이 내버려진 채 거기 놓여 있었다. 행상들의 외침과 수레 끄는 소리, 아이들 떠드는 소리에서 그는 두고 온 세상 지식과 경험을 들었다. 그것은 버려진 딱딱한 겉껍데기 같았다. 내부에, 보드랍고 적막한 방 안에, 진실에 몰입해서 헐떡이며 고요히 활동하는 벌거벗은 알맹이가 있었다.

방 안에는 거대한 안정이, 살아 있는 영원의 중심이 있었다. 저 바깥, 가장자리에만 소음과 소란이 이어졌다. 여기 중앙에서 거대한 바퀴는 스스로가 중심이라 움직임이 없었다. 여기는 언제나 동일하여 다함이 없고 변함이 없으며 소진되지 않아, 시간을 넘어선 평온하고 흠 없는 정적이 있었다.

꼭 껴안고 누워 시간이나 변화의 손길을 벗어나 완전할 때면, 그들은 마치 천천히 돌아가는 우주의 모든 움직임과 그들 내부 깊이, 깊이 급박하게 요동치는 생명의 바로 그 중심에 있는 듯했다. 완벽한 광채와 영원한 존재, 그리고 찬양에 잠긴 침묵이 거하는, 모든 움직임들의 안정된 핵심이자 모든 깨어 있음의 깨어나지 않는 잠인 그 중심에 있는 듯했다. 그들은 거기서 자신들을 발견했고, 서로의 품 안에 가만히 누워 있었다. 그들의 순간을 위해 그들은 영원의 핵심에 있었고, 그동안 시간은 저 멀리, 아득히 멀리, 가장자리를 향해 포효하며 굴러갔던 것이다.

그러다 서서히 그들은 지고의 중심으로부터 찬양과 환희와 기쁨의 원환圓環들 쪽으로 떨어져나와 소음과 마찰 쪽으로 멀리, 더 멀리 바깥을 향했다. 그러나 그들의 심장은 완전히 연소되었고 내면의 진실로 단련되었기에, 그들은 변함없이 기뻤다.

그들은 점점 깨어나기 시작했고 바깥의 소음들이 더 생생하게 다가왔다. 그들은 바깥의 부름을 알아들었고 그에 응답했다. 교회 종 울리는 숫자를 셌다. 종소리가 한낮을 알리면 그들은 세상에서, 그리고 자신들에게도 한낮인 걸 알았다.

애나는 문득 배고프다는 생각이 들었다. 평생 배고픔에 시달려 온 느낌이었다. 그렇지만 아직 자리에서 일어날 만큼 절실하지는 않았다. 저 멀리서 "배고파 죽겠어"라는 말이 들릴 것 같은 정도였다. 그래도 그녀는 혼자 가만히 평화롭게 누워 있었고, 그 말을 입 밖으로 뱉지 않았다. 다시 한번 이전 상태로 빠져들었다.

그러다 그녀는 아주 차분히, 약간 놀라기까지 하면서 현재로 돌아와 말했다.

"배고파 죽겠어."

"나도 그래." 그런 건 조금도 중요하지 않다는 듯 담담하게 그가 대꾸했다. 그들은 또다시 따스한 황금빛 정적 속으로 빠져들었다. 창밖에서 시간이 재깍재깍 아무도 모르게 흘러갔다.

그때 갑자기 애나가 윌 쪽으로 몸을 돌렸다.

"자기야, 나 배고파 죽겠어." 그녀가 말했다.

정신을 차리려니 그는 좀 힘들었다.

"일어나자." 그가 꼼짝 않은 채 말했다.

그러자 그녀는 다시 그에게 머리를 파묻었고, 그들은 가만히 누워 이전 상태로 빠져들었다. 어렴풋한 의식 속에서 그는 시간을 알리는 교회 종소리를 들었다. 그녀에게는 들리지 않았다.

"좀 일어나봐." 그녀가 마침내 중얼거렸다. "일어나서 먹을 것 좀 갖다줘."

"그럴게." 그는 대답하고서 애나를 안았고, 그녀는 그의 품에 안

겄다. 그들은 자신들이 움직이지 않는다는 사실에 약간 놀랐다. 창가에서 재깍대는 시간이 큰 소리로 부산을 떨며 흘러갔다.

"그럼 내가 가볼게." 그가 말했다.

애나가 풀어주듯 그의 품에서 고개를 들었다. 그는 몸을 조금 빼서 침대 밖으로 나가 옷을 집어들었다. 그녀가 그에게 손을 뻗었다. "자기, 너무 착해." 이렇게 말하자 그는 잠시 그녀에게 되돌아갔다.

그런 다음 이제 진짜로 옷가지에 몸을 쓱 집어넣고 그녀를 힐끗 돌아본 후 방 밖으로 사라졌다. 그녀는 옅고 더욱 순수해진 평화 속으로 돌아가 누워 있었다. 정령인 듯, 더이상 물질계에 속하지 않는 존재인 듯 그녀는 그가 아래층에서 움직이는 소리에 귀 기울였다.

1시 반이었다. 그는 지난밤 이후 아무도 건드리지 않은, 덧문이 드리워 어둑하고 고요한 부엌을 둘러보았다. 그리고 이제라도 자기들이 잠자리에 있지 않다는 걸 사람들에게 알리려고 서둘러 덧문을 끌어올렸다. 뭐 어때, 여긴 바로 내 집인걸, 자건 말건 뭔 상관이래. 그는 서둘러 난로 안에 장작을 넣고 불을 지폈다. 미지의 섬을 발견한 모험가처럼 환희에 넘쳤다. 난롯불이 타오르자 주전자를 얹었다. 얼마나 행복한가! 집 안은 얼마나 고요하고 한갓진가! 세상엔 그와 그녀뿐이었다.

그러나 빗장을 열고 대충 걸친 차림으로 밖을 내다보았을 때, 그는 떳떳지 못하고 잘못을 저지른 기분이었다. 어쨌거나 세상은 거기 있었다. 그런데 그는 마치 이 집이 홍수 속의 방주요, 온 세상이 물에 잠긴 듯 그렇게나 안전하다고 느꼈던 것이다. 세상은 거기 있었고, 때는 오후였다. 아침은 이미 지나가버렸고 날이 점점 저물고 있었다. 밝고 신선한 아침은 어디 있나? 그는 자책했다. 아침이 지나갔건만 자기는 덧문을 내린 채 누워 기척도 없이 흘려보냈단 말인가?

그는 다시 한번 서늘한 잿빛 오후를 둘러보았다. 그 자신은 더없이 부드럽고 따스하고 반짝반짝 빛나고 있었다! 우유병을 덮은 접시에 노란 재스민 잔가지 두개가 놓여 있었다. 누가 왔다가 이런 흔적을 남겼는지 궁금했다. 우유병을 집어들고 그는 서둘러 문을 닫았다. 낮이건 햇빛이건 나가떨어져라, 아무도 모르게 지나가버려라. 신경 안 써. 하루가 더 많건 적건 무슨 상관이람. 이 하루 해쯤이야 그러고 싶으면 뜨지도 않고 망각 속으로 질 수도 있지.

"누가 왔다가 문 잠긴 걸 보고 그냥 갔나봐." 쟁반을 들고 위층으로 올라와서 그가 말했다. 그는 그녀에게 재스민 잔가지 두개를 건넸다. 그녀가 침대에서 일어나 앉으며 소리 내어 웃고는 아이처럼 잠옷 가슴께에 꽃가지를 꽂았다. 부드럽게 빛나는 얼굴 주위로 둥그런 후광 같은 갈색 머리카락이 제멋대로 뻗쳐 있었다. 그녀의 검은 눈동자는 쟁반이라도 삼킬 기세였다.

"진짜 좋아!" 차가운 공기를 맡으며 그녀가 외쳤다. "이렇게 잔뜩 가져와서 좋아." 그리고 자기 접시를 빨리 받으려고 두 손을 내밀었다. "침대로 들어와, 빨리, 춥잖아." 그녀가 열심히 손을 비벼댔다.

그는 걸치고 있던 옷가지를 벗어버리고 침대로 들어가 그녀 곁에 앉았다.

"뻗친 갈기 같은 머리에 음식에 코를 박고 있으니까 당신 꼭 사자 같아." 그가 말했다.

그녀는 깔깔 웃고 기분 좋게 아침을 먹었다.

아침이 몰래 지고 오후 역시 살금살금 지나고 있었지만 그는 그냥 흘러가게 두었다. 눈부시게 밝은 하루해가 가뭇없이 지나버렸다! 거기엔 뭔가 사내답지 못하고 책임을 방기하는 면이 있었다. 그는 이 사실을 받아들일 수 없었다. 자리에서 일어나 얼른 햇빛 속으로 나가서, 오후의 바깥바람을 쐬며 정력적으로 일하거나 노력해서 오늘 하루 자신에게 남은 시간을 되찾아야겠다고 느꼈다.

그러나 그는 나가지 않았다. 어쩌겠어, 오십보 백보인걸.[2] 그가 삶에서 오늘 하루를 허비했다면 그런 거지. 그는 이 하루를 포기했다. 자신의 손실을 세보려 하지 않았다. 애나는 정말로 개의치 않았다. 조금도 신경 쓰지 않았다. 그러니 그라고 신경 쓸 이유가 있어? 무모하고 제멋대로인 점에서 그녀보다 뒤지란 법이 있냐고? 그녀는 멋질 정도로 제멋대로였다. 그는 그녀처럼 되고 싶었다.

애나는 자기가 할 일들을 가볍게 받아들였다. 베개에 차를 엎지르면 손수건으로 대충 문지른 다음 뒤집어 놓았다. 그였다면 죄책감을 느꼈을 것이다. 그녀는 안 그랬다. 그는 그 점이 좋았다. 이런 일들이 그녀에게 전혀 중요치 않다는 게 그는 너무 기뻤다.

식사가 끝나자 애나는 만족하고 행복해서 손수건에 입을 쓱 닦은 다음 다시 베개에 누웠고, 월의 뻑뻑하고 특이한, 양털 같은 머리카락에 손가락을 집어넣었다.

저녁이 깃들자 빛은 생기를 잃고 검푸르게 변했다. 그가 그녀에게 얼굴을 묻었다.

"황혼이 싫어." 그가 말했다.

"나는 좋아." 그녀가 대답했다.

그는 따스하고 햇살 같은 그녀에게 얼굴을 묻었다. 그녀 속에는

---

2 원문은 '새끼 양 훔치고 목매달리느니 차라리 어미 양을 훔치는 게 낫지'(one might as well be hung for a sheep as for a lamb)의 뜻이다.

햇살이 있는 것 같았다. 그녀의 심장박동이 그에게 내리는 햇살 같았다. 그녀 속에는 낮이 줄 수 있는 것보다 훨씬 더 생생한 낮이 있었다. 너무도 따스하고 한결같으며 소생시키는 힘이었다. 황혼이 질 동안 그는 그녀의 품에 얼굴을 묻고 있었고, 그녀는 누워 무심한 검은 눈으로 밖을 응시했다. 마치 모호한 상태에서 아무 속박 없이 멀리 떠도는 듯했다. 이런 모호함이 그녀의 영역을 부여했고, 그녀를 자유롭게 했다.

그에게 애나의 심장박동 쪽을 향한 모든 것은 지극히 고요하고 따스하며 친밀하여 마치 한낮 같았다. 이렇게 따스하고 충만한 낮을 알게 되어 기뻤다. 그것이 그를 성숙하게 만들었고, 그의 책임감이자 양심의 일부를 앗아갔다.

그들은 아주 어두워진 후에 일어났다. 애나는 대번에 머리를 틀어올리더니 눈 깜박할 새 옷을 다 입었다. 그런 다음 그들은 아래층으로 내려가 난롯가에서 간간이 몇마디를 주고받을 뿐 조용히 앉아 있었다.

애나의 아버지가 오기로 되어 있었다. 그녀는 그릇을 치우고 분주히 오가며 방 안을 정리한 다음 딴사람인 양 다시 자리에 앉았다. 그는 앉아서 자신의 이브 조각상을 생각하고 있었다. 마음속으로 자기 조각에 대해 생각하며 새김 하나하나, 선 하나하나를 곱씹는 게 즐거웠다. 지금, 그는 이브상이 정말 사랑스러웠다! 이제 천지창조 목판 작업으로 돌아가면 이브를 부드럽고 반짝거리는 모습으로 완성해야지. 이브상은 아직 만족스럽지 않았다. 하느님이 창조의 고요한 열정을 쏟아 이브를 만드느라 애쓸 것이고, 아담은 불멸의 꿈에 잠긴 듯 긴장한 모습이겠지. 그리고 이브는 마치 하느님이 그녀를 위해 온 힘을 다 쏟고 있다는 듯 깜빡깜빡 빛을 내며 어슴푸레하게 형태를 갖춰야 하건만, 그녀는 불꽃처럼 찬란했다.

"무슨 생각 하고 있어?" 애나가 물었다.

윌은 대답하기 어려웠다. 그의 영혼은 자신을 표현하려고 하면 수줍어졌다.

"내 이브상이 너무 딱딱하고 생기 넘친다고 생각하고 있었어."

"왜 그런 거야?"

"모르겠어. 이브는 좀더……" 그는 더할 나위 없이 다정한 몸짓을 지었다.

희열이 깃든 정적이 감돌았다. 그는 더이상 말할 수 없었다. 그는 왜 더 말하지 못하는 걸까? 애나는 달랠 길 없이 아릿한 슬픔을 느꼈다. 하지만 그게 뭐 대수야. 그녀는 그에게로 갔다.

그녀의 아버지가 와서 보니 그들 둘 다 활짝 핀 꽃처럼 빛나고 있었다. 그는 딸 내외와 같이 있는 게 좋았다. 거기서는 사랑의 향기가 피어나서 누구든 그 향기를 맡을 수 있었다. 그 두 사람은 다른 세상의 빛을 받은 듯 생기 넘치고 발랄했다. 그래서 자기들 외에 다른 사람이 존재할 수 있다는 것이 그들에겐 대단한 경험이었다.

그러나 윌 브랭귄은 규율에 순응하는 인습적인 사람이라서 기존 질서가 이렇게 깡그리 사라졌다는 게 아직 좀 괴로웠다. 사람이란 아침에 일어나 세수하고 버젓한 사회인으로 나서야 하는 법. 그런데 그들 두 사람은 저녁이 될 때까지 침대 속에 있다가 그제야 일어난 것이다. 애나는 세수도 안 했다. 그럼에도 그녀는 이슬을 머금고 피어난 데이지처럼 환하고 구김 없이 앉아서 자기 아버지와 이야기를 나누고 있었다. 아니면 10시에 일어났다가 3시나 4시 반쯤 아무렇지 않게 침대로 돌아가서 대낮에 그를 발가벗기곤 했다. 그야 켕기건 말건 그녀는 너무나 즐겁고 완벽한 기분이었다. 아내가 하자는 대로 몸을 맡기고 나면 그는 낯선 즐거움에 밝게 빛났다. 그녀는 제멋대로 그를 다룰 수 있었다. 그녀의 손안에서 그는 기꺼이 다른 모습으로 바뀌었다. 그래서 그의 양심의 가책이나 도리, 규칙, 사소한 믿음 따위는 땅으로 추락했고, 그녀는 능숙한 볼링 선수처럼 그것들을 쓰러뜨려버렸다. 그것들이 쓰러지는 모습에 그는 경악하면서도 기뻤다.

월은 자신의 십계명 석판이 언덕 저 아래로 굴러떨어져 산산조각 나고 영원히 사라져가는 동안 그 모습을 지켜보며 신기한 듯 웃었다. 진짜로, 결혼을 해야 남자가 된다는 말이 맞는 거였어. 정말 이렇게나 변하다니!

그는 세상의 껍질을 죽 둘러보았다. 집이며 공장, 전차 들은 버려진 껍질이었고 걸음을 재촉하는 사람들, 그리고 세상사 모두가 이 버려진 표면에서 움직이고 있었다. 지진이 나서 이 모두를 내파해버린 것이다. 마치 세상의 표면이 통째 부서져나간 것 같았다. 일크스턴, 거리들, 교회, 사람들, 일, 일상의 규칙, 이 모두는 그대로였다. 하지만 그것들이 껍질이 벗겨져 비현실 속으로 사라지자 여기 그 내부, 현실이 노출되었다. 각자의 존재, 낯선 감정과 열정, 갈망과 믿음, 선망 들이 돌연 생겨나서 사랑하는 여자와 하나의 바위로 얽힌 저 영구적인 암반을 드러낸 것이다. 참으로 혼란스러웠다. 사물이 겉보기와 이렇게 다르다니! 아이 적 그는 여자란 그저 치마를 입어서 여자인 줄 알았다. 그런데 지금, 아, 온 세상이 그 입은 옷을 벗고 그 옷이 떨어진 그대로 거기 있을 수 있다니, 또한 사람이 새 세상에, 새 땅에, 새롭고도 벌거벗은 우주에 벌거벗은 채 존재할 수 있다니. 너무나 충격적이고 기적적이었다.

이것이 바로 결혼이었다! 옛것은 더이상 중요하지 않았다. 4시에 일어나고 차 마시는 시간에 수프를 먹고 한밤중에 토피 과자를 만들었다. 옷이야 입기도 하고 안 입기도 했다. 이런 게 죄가 안 될지 그는 아직 확실히 자신하지 못했다. 그러나 이렇게 멋지게 사면 벌을 수도 있다는 걸 알게 된 것은 하나의 발견이었다. 중요한 것은 오직 그가 그녀를 사랑하고 그녀가 그를 사랑해야 하며, 그들이 꺼지지 않고 타오르는 두 떨기나무 가운데 나타나신 야훼처럼[3] 서로에게 불타오르며 살아야 한다는 것뿐이었다. 한동안 그들은 그렇게 살았다.

애나는 윌보다 더 거리낌 없었기에 더 빨리 충족감에 이르렀고, 더 빨리 바깥세상으로 돌아가 즐길 태세가 되었다. 그녀는 다과회를 열 계획이었다. 그는 가슴이 내려앉았다. 지금 이대로, 이대로 지내고 싶었다. 바깥세상과는 끝장내고, 그것은 영원히 끝났다고 선언하고 싶었다. 그는 그녀가 자신들이 거했던, 자유롭고 완벽한 팔다리와 불멸의 젖가슴이 있는 초시간적 우주에 그와 함께 머물기를, 그래서 바깥의 옛 질서는 끝장났음을 확언해주기를 바라는 깊은 욕망과 불안으로 초조했다. 새 질서는 영원히 지속되기 시작하여, 살아 있는 생명이 겉껍질이나 덮개나 외적인 거짓 없이 빛나는 중심부로부터 고동쳐 실행으로 옮겨질 것이었다. 그러나 아, 그는 그녀를 막을 수 없었다. 그녀는 죽은 세상을 다시 원했다. 다시한번 바깥세상에서 걷고자 했다. 다과회를 열기로 한 것이다. 이것 때문에 그는 겁먹고 분노하고 비참해졌다. 그는 일년에 단 하루 왕이 되었다가 나머지 날들 동안 매 맞는 양치기로 돌아오는 동화 속 청년이나 연회에 참석한 신데렐라처럼, 자신이 이렇게 새로이 다

---

3 출애굽기 3:2 "야훼의 천사가 떨기 가운데서 이는 불꽃으로 그에게 나타났다"의 인유.

다른 모든 것을 잃어버릴까 두려웠다. 그는 뚱했다. 그렇지만 그녀는 신나게 다과회 준비를 시작했다. 그의 두려움은 너무 강렬했다. 그는 괴로웠고 그녀의 얄팍한 기대와 기쁨이 미웠다. 그녀는 그 모든 얄팍하고 가치 없는 것을 위해 현실을, 유일한 현실을 저버리려 하는 게 아닌가? 내밀한 교합의 땅에서 그와 함께 있으면 완벽했을 테고 또 그를 계속 완벽하게 해주었을 텐데, 지금 애나는 가짜 여인네들을 불러 차나 마시는 가짜 인물이 되려고 자기 왕관을 함부로 벗어던지려는 게 아닌가? 이제 그는 왕위에서 쫓겨나고, 그의 기쁨은 파괴되며, 외적 존재라는 천박하고 얄팍한 죽음의 옷을 입어야 했다.

불안과 두려움이 윌의 영혼을 갉아먹었다. 하지만 애나는 휘몰아치듯 집안일을 해치우며, 가구를 밀어붙이고 빗자루로 쓸어버리듯 그를 밀어냈다. 그는 비참한 심정으로 근처에서 우물거렸다. 그녀를 되찾고 싶었다. 그녀가 자기와 같이 있어주길 바라는 두려움과 욕망이, 그리고 그녀에게 의존하고 있다는 수치심이 그를 분노케 했다. 그는 자제력을 잃기 시작했다. 경이로움이 다시 사라지려 하고 있었다. 그 모든 사랑, 눈부신 새 질서를 상실할 참이었고, 그녀는 외부의 것들을 위해 그 모두를 저버리려 했다. 외부 세계를 다시 받아들이려 했으며, 겉껍질을 가지려고 진짜 과실을 버리려 했다. 그는 그녀의 이런 점이 미워졌다. 그녀가 속수무책이고 바보같은 상태로 가버릴 것이라는 두려움에 휩싸여 그는 집 안 곳곳을 서성거렸다.

그녀는 치맛자락을 바싹 동이고 일에 몰두해서 분주히 오갔다.

"깔개나 좀 털어봐, 그렇게 빈둥거릴 거면." 그녀가 말했다.

그러면 그는 분하고 속이 상하면서도 깔개를 털러 갔다. 그녀는 태연하게 그를 의식하지 않았다. 깔개를 털고 온 그가 그녀 곁을 얼쩡거렸다.

"뭐라도 좀 하면 안 돼?" 그녀가 마치 애 대하듯 짜증스럽게 말했다. "목각일은 안 할 거야?"

"어디서 하라는 거야?" 비참하고 괴로워서 그가 물었다.

"어디서든."

이 말에 그는 얼마나 화가 치밀었던가.

"아니면 산책을 가든가." 그녀가 계속 말했다. "마시 농장에나 내려가봐. 얼빠진 사람처럼 어슬렁거리지 말고."

이런 말을 들으면 그는 질색했다. 저만치 떨어져 책을 읽었다. 이때껏 그의 영혼이 이렇게나 쓸리듯 아프고 망가진 적은 없었다.

그래도 그는 금방 다시 그녀에게 다가가지 않을 수 없었다. 그가 같이 있어달라고 곁을 맴돌거나 하는 일 없이 팔을 늘어뜨리고 있는 걸 보면 그녀는 견딜 수 없이 짜증이 났다. 그녀가 앞뒤 안 가리고 부숴버릴 듯 덤벼들면, 그는 분노로 파르르 떨며 정신이 나가 미친 사람처럼 굴었다. 내부에 검은 폭풍이 솟구쳐 눈동자가 어둡고 독해졌고, 좌절당한 그의 영혼은 난폭하게 굴었다.

이렇게 험악하고 무시무시한 시간이 이틀간 이어졌다. 그동안 그녀는 그에게 팽팽히 맞서느라 괴로웠고, 그는 어둡고 폭력적인 지하 세계에 온 듯 살벌한 충동으로 손목이 떨렸다. 그녀는 그에게 저항했다. 그가 그녀 뒤를 쫓고 주위를 맴돌며 압박하는 어둡고 사악한 존재로 보였다. 그를 치워주기만 한다면 뭐라도 내주고 싶을 정도였다.

"당신도 일이 있어야겠어." 그녀가 말했다. "일을 해야지. 할 줄 아는 거 뭐 없어?"

그의 영혼은 더욱 험악해질 따름이었다. 그의 상태는 이제 완결되었고 영혼의 암흑은 완전했다. 모든 것이 다 사라져버렸기에, 그는 자기만의 팽팽하고 어두운 의지 속에서 완결된 상태로 있었다. 그는 이제 그녀를 의식하지 않았다. 그녀는 존재하지 않았다. 그의 어둡고 열정적인 영혼은 자신을 향해 움츠러들었고, 이제 증오의 중심부를 죄고 친친 감아서 그 자체의 힘으로 존재했다. 그의 얼굴에 야릇하고 추한 창백함이, 무표정이 서렸다. 그녀는 덜덜 떨며 그를 피했다. 그가 두려웠다. 그의 의지가 그녀를 틀어쥔 것 같았다.

그녀가 그의 앞에서 물러났다. 친정인 마시로 내려가 뭐든 다 들어주는 부모의 사랑 속으로 되돌아갔다. 그는 신혼집인 주목 농가에 남아 있었다. 암울하고 꽁한 상태로 죽은 것 같은 심정이었다. 목각일을 할 수가 없었다. 그래서 두더지가 땅을 파듯 맹목적이고 기계적으로 마당 손질을 하고 또 했다.

애나는 집으로 돌아오는 길에, 언덕에 올라 저 멀리 언덕 위 희푸르스름한 읍내 쪽을 바라보자 마음이 누그러지고 그리움이 싹텄다. 그와 더 싸우고 싶지 않았다. 그녀는 사랑을, 아, 사랑만을 원했다. 발걸음을 재촉했다. 그에게 돌아가고 싶었다. 그를 향한 그리움에 심장이 조여왔다.

그는 마당을 깔끔하게 다듬었을 뿐 아니라 잔디를 깎고 집으로 들어가는 통로에 자갈도 깔아놓았다. 그는 일 처리가 훌륭한 유능한 사람이었다.

"정말 멋지게 해놨네." 머뭇머뭇 통로 쪽으로 다가가며 그녀가 말을 건넸다.

그렇지만 그는 아는 체도 않고 듣지도 않았다. 뇌가 딱딱하게 마비된 것 같았다.

"정말 멋지게 만들어놨네요." 그녀가 애원하듯 되풀이했다.

그가 굳어버린 무표정한 얼굴에 초점 없는 눈빛으로 올려다보자, 그녀는 충격으로 멍해지고 앞이 캄캄해졌다. 그러더니 그는 돌아서 가버렸다. 그가 홀쭉한 몸을 굽혀 더듬거리며 일하는 게 보였다. 역겨움이 엄습했다. 그녀는 집 안으로 들어갔다.

침실에 들어가 모자를 벗을 때, 그녀는 예전 아이 적의 힘들고 외롭던 심정으로 비통하게 울고 있는 자신을 발견했다. 그녀는 가만히 앉아서 계속 울었다. 그가 알아채기를 바라지 않았다. 그의 딱딱하고 못된 행동거지와 웅크린 듯 냉정하게, 뻣뻣하게 수그린 머리를 보면 겁이 났다. 그가 무서웠다. 그가 그녀의 예민한 여성성을 갈가리 찢는 듯했다. 그녀의 자궁에 상처를 주고, 그녀를 괴롭히는 것을 즐기는 듯했다.

그가 집 안으로 들어왔다. 묵직한 장화를 신고 걸어오는 발소리에 그녀는 겁에 질렸다. 딱딱하고 냉정하며 악의에 찬 소리였다. 그가 위층으로 올라올까봐 무서웠다. 하지만 오지 않았다. 그녀는 불안에 떨며 기다렸다. 그는 밖으로 나갔다.

그녀의 가장 여린 부분에 그는 상처를 냈다. 아, 그녀의 부드러운 여성성 자체, 그에게 내맡긴 그곳에서, 그는 그녀를 갈가리 찢고 모독하는 듯했다. 그녀는 고통스러워 두 손을 자궁 위에 얹고 지그시 눌렀다. 눈물이 뺨 위로 흘러내렸다. 그런데 왜, 무엇 때문에? 그는 왜 이렇게 하는 걸까?

그녀는 퍼뜩 눈물을 닦았다. 차를 준비해야 했다. 아래층으로 내려가서 상을 차렸다. 상을 다 차린 후, 그를 부르러 갔다.

"차 끓여놨어, 여보, 올 거예요?"

그녀는 울음기 섞인 자기 목소리를 듣고서 또 울기 시작했다. 그는 대답하지 않고 자기 일을 계속했다. 그녀는 고통스럽게 몇 분을 더 기다렸다. 두려움이 엄습했다. 그녀는 아이처럼 공포에 질려버렸다. 그래도 아버지에게, 친정에 또 갈 수는 없었다. 그녀는 자신을 취한 이 사내의 힘에 붙들려 있었다.

애나는 우는 모습을 보이기 싫어서 집 안으로 들어가 식탁에 앉았다. 곧 그가 들어와 다용도실 쪽으로 갔다. 그의 움직임이 들렸고, 그 소리가 거슬렸다. 펌프질 하는 게 얼마나 소름 끼치는지 부아가 치밀어! 그가 내는 소리가 정말 역겨워! 그녀를 얼마나 미워하는지 몰라! 주먹으로 내리칠 것처럼 그녀를 미워해! 눈물이 또 쏟아졌다.

윌이 들어왔다. 굳고 생기 없는 표정이 뻣뻣하고 고집스러웠다. 차를 마시려 앉아서 찻잔 위로 고개를 볼썽사납게 수그렸다. 찬물에 담갔던 터라 손이 빨갛고 손톱 밑에 흙이 끼어 있었다. 그가 차를 마셨다.

그녀가 견딜 수 없는 것은 그녀를 대하는 그의 부정적인 무감각, 진흙 같고 흉한 어떤 것이었다. 그의 지성은 자기몰입적이었다. 바로 맞은편에 어떤 부정적인 존재가 태연하게 앉아 있는 것처럼, 자신에게만 몰입한 사람과 같이 앉아 있는 건 정말 거북했다. 그 무엇도 그를 건드릴 수 없었다. 그는 단지 모든 것을 자기만의 자아속으로 흡수할 수 있을 뿐이었다.

애나의 뺨 위로 눈물이 흘러내렸다. 무언가 그를 흠칫 놀라게 했다. 그가 밉상스럽게 굳은 눈을 번득이며 맹금처럼 딱딱하고 변함없는 표정으로 그녀를 올려보았다.

"왜 울어?" 거슬리는 목소리였다.

그녀는 자궁 속까지 움찔했다. 울음을 그칠 수 없었다.

"왜 우는 거야?" 똑같은 어조로 질문이 반복되었다. 그러나 훌쩍거리는 소리만 간간이 들릴 뿐 여전히 침묵이 흘렀다.

그의 눈이 독기로 번득였고, 마치 악의적 욕망을 품은 듯 보였다. 그녀는 움츠러들고 앞이 캄캄해졌다. 급습당하고 있는 새 같았다. 정신이 아득하게 무력감이 몰려왔다. 그녀는 그와는 다른 종류의 존재였기에 그에게 맞설 방어책이 없었다. 이런 영향력 앞에서는 취약할 수밖에 없어 포기하고 말았다.

그는 자리에서 일어나더니 집 밖으로 나갔다. 사악한 기운에 사로잡힌 것 같았다. 이런 상태는 그를 괴롭히고, 망가트리고, 그의 내면에서 갈등을 일으켰다. 그러다가 짙어가는 황혼 녘, 일하던 중에 이런 상태가 사라졌다. 불현듯 그는 애나가 상처받은 것이 보였다. 전에는 그녀의 의기양양한 모습만 보았던 것이다. 갑자기 그녀에 대한 연민으로 가슴이 찢어졌다. 연민의 고통에 시달리며 그는 생기를 되찾았다. 그녀의 눈물을 떠올릴 수조차 없었다. 정말이지 견딜 수 없었다. 그녀에게 가서 자기 심장의 피를 다 퍼주고 싶었다. 모든 것을, 자기 피를, 자기 생명을 마지막 한방울까지 다 쏟아붓고, 모두 퍼주고 싶었다. 타오르는 욕망으로 자신을 그녀에게 송두리째 바치기를 갈망했다.

저녁 별이 뜨고 밤이 찾아왔다. 애나는 등불도 켜지 않고 있었다. 그의 가슴이 고통과 슬픔으로 타올랐다. 그녀에게 가자니 온몸이 떨렸다.

그래서 머뭇거리다가 마침내 발걸음을 옮겼다. 자신을 다 바치겠다는 무거운 심정이었다. 마음속의 강퍅함은 사라졌고, 몸은 예민해져 살짝 떨리기까지 했다. 현관문을 닫는 그의 손이 신기할 만큼 예민하고 위축되었다. 그는 살그머니 빗장을 걸었다.

부엌에는 난롯불만 타고 있을 뿐 애나는 보이지 않았다. 그녀가 가버렸을까봐, 가뭇없이 사라졌을까봐 덜컥 겁이 났다. 그는 두려움에 마음 졸이며 거실을 지나 층계 아래까지 갔다.

"애나." 아내를 불렀다.

대답이 없었다. 텅 빈 집이 주는 섬뜩함을 느끼며 그는 계단을 올라갔다. 끔찍한 공허함에 가슴이 미칠 듯 쿵쾅거렸다. 침실 문을 열면서 그녀가 가버렸고, 이제 자기 혼자일 거라는 확신이 번개처럼 스쳤다.

그러나 침대에 누운 애나가 보였다. 등을 돌리고 가만히 누워 있어서 눈에 띄지 않을 정도였다. 그가 다가가 아주 부드럽게, 자신을 바치는 두려운 심정으로 머뭇거리며 그녀의 어깨에 손을 얹었다. 그녀는 움직이지 않았다. 그는 기다렸다. 그녀가 어깨에 얹은 손을 뿌리치는 것 같아 손이 아팠다. 그는 아픔을 느끼며 멍하게 서 있었다.

"애나." 그녀를 불렀다.

그녀는 여전히 꼼짝하지 않았다. 아무 의식 없는, 웅크린 짐승 같았다. 그의 심장이 알 수 없는 격통으로 고동쳤다. 그러다 손 아래 몸이 들썩하는 게 느껴져서 그녀가 울고 있다는 것을, 우는 걸 모르게 하려고 꾹 참고 있다는 것을 알아챘다. 그는 기다렸다. 긴장이 이어졌고 ―어쩌면 울고 있는 게 아닐 수도 있어 ― 그러다가 목이 꽉 메더니 갑자기 울음이 터졌다. 아내에 대한 사랑과 안쓰러움에 그의 심장이 타들어갔다. 그는 흙 묻은 장화가 침대에 닿지 않게 조심스레 무릎을 꿇은 후 그녀를 달래려고 품에 안았다. 그녀는 북받치는 설움에 흐느껴 울었다. 그렇지만 그가 들으라고 우는 건 아니었다. 그녀의 마음은 아직 그에게서 멀리 떨어져 있었다.

그가 아내를 품에 안았다. 그녀가 다가오지 않고 흐느끼자 그의 몸 전체가 흔들렸다.

"울지 마, 울지 마." 그가 짧고 어색하게 말했다. 그의 가슴은 이제 차분히 가라앉아 순수한 사랑으로 저려왔다.

그녀는 그와 상관없이, 그가 안고 있는 것도 신경 쓰지 않고 계속 흐느껴 울었다. 그는 입술이 바싹 말랐다.

"울지 마, 여보." 그는 조금 전처럼 멍하니 말했다. 가슴속 심장이 괴로움으로 횃불처럼 타올랐다. 그녀가 서럽게 우는 것을 견딜 수 없었다. 할 수만 있다면 피를 흘려서라도 달래주고 싶었다. 교회 종소리가 몸을 두드리듯 들려왔고, 그는 긴장한 채 그 소리가 지나가기를 기다렸다. 잠시 후, 다시 잠잠해졌다.

"여보." 그가 몸을 굽혀 그녀의 젖은 얼굴에 입술을 대며 아내를 불렀다. 그녀를 만지기가 두려웠다. 그녀의 얼굴이 흠뻑 젖어 있었다! 그녀를 안은 그의 몸이 떨려왔다. 그녀를 너무나 사랑했기에 그는 심장과 온 핏줄이 터져 자신의 뜨거운 치유의 피로 그녀를 푹 잠기게 할 것 같았다. 그의 피로 그녀를 치유하고 회복시키리라 믿었다.

애나는 차차 진정되었다. 그녀가 조금씩 진정되자 그는 자비로 우신 하느님께 감사드렸다. 머리가 아주 이상하고 타는 것 같았다. 아직 그는 떨리는 팔로 그녀를 꼭 안고 있었다. 그녀를 감싸안고 있자니 그의 피가 무척 강력해진 것 같았다.

마침내 그녀가 다가와 포근히 안겼다. 그의 팔다리와 몸이 불붙은 듯 맹렬히 타올랐다. 그녀가 그에게 몸을 붙이더니 품속을 파고들었다. 불꽃이 휩쓸어 그는 불끈 솟은 팔다리로 그녀를 안았다. 그녀가 키스해준다면 얼마나 좋을까! 그는 그녀 쪽으로 입을 돌렸다. 부드럽고 촉촉한 그녀의 입이 그를 받아주었다. 그는 저리도록 고마워서 핏줄이 터질 것 같았고, 미칠 듯한 감사의 마음으로 언제까지나 그녀에게 자신을 쏟아낼 수 있을 것 같았다.

밤이 깊을 즈음에야 그들은 정신이 들었다. 두시간이 훌쩍 지나 있었다. 두 사람은 갓난아기처럼 따스하고 연약하게, 가만히 누워 있었다. 방 안에는 아직 태어나지 않은 세상의 고요가 흘렀다. 오로지 그의 심장만이 고통 후에 찾아온 행복에 겨워 흐느끼고 있었다. 그는 자신이 항복하고 물러났다는 것을 이해하지 못했다. 이해란 게 전혀 없었다. 오직 묵인과 굴복, 살 떨리는 절정의 경이가 있을 뿐이었다.

다음 날 아침 깨어보니 눈이 와 있었다. 대기 중의 낯선 희뿌연 기운과 평소와 다른 이 아릿함은 뭐지, 그는 의아했다. 눈이 풀밭과 창틀에 소복이 쌓였고, 눈 무게로 삐죽삐죽한 주목의 검은 가지들이 축 처졌으며, 교회 마당의 무덤들도 반드러워졌다.

잠시 후 다시 눈이 내리기 시작해서 그들은 집 안에 갇히게 되었다. 그는 기뻤다, 그러면 세상도, 시간도 존재하지 않는 어둑한 침묵 속에 동떨어져 있을 수 있을 테니.

눈이 여러 날 계속되었다. 일요일에 그들은 교회에 갔다. 마당을 가로질러 발자국이 줄지어 생겼고, 월이 담장을 짚고 넘어가서 그 위로 납작하게 손 모양이 찍혔다. 그들은 눈길을 따라 교회 마당을 가로질렀다. 지난 사흘, 그들은 완벽한 사랑에 묻혀 이 모두로부터 면제되어 있었던 것이다.

교회에 사람이 거의 없어서 애나는 기분이 좋았다. 그녀는 교회를 썩 좋아하지는 않았다. 신앙 문제로 의문을 품은 적은 전혀 없었고 습관이자 관례에 따라 주일 아침 예배에 정기적으로 출석하는 정도였다. 하지만 조금이나마 기대에 차서 교회에 가는 건 진즉에 그만두었다. 그러나 오늘, 눈이 내려 낯설어진 분위기에다 절정의 사랑을 한껏 누린 후라 그녀는 다시 기대에 부푼 즐거운 심정이었다. 그녀는 아직도 영원의 세계에 거하고 있었다.

고등학교에 가서 숙녀가 되기를 원하고 어떤 신비로운 이상을 완수하기를 바랐던 시절 이후, 그녀는 늘 설교에 귀 기울이며 어떤 암시를 받고자 했다. 한동안은 생각처럼 잘되었다. 목사는 그녀에게 이런저런 식으로 착하게 살라고 설교했다. 그녀는 목사의 이런 금지 명령들을 이행하는 것이 자신의 최고 목표라고 여기며 생활했다.

하지만 이것은 급격히 시들해졌다. 얼마 안 되어 그녀는 착하게 사는 데 그다지 끌리지 않게 되었다. 그녀의 영혼은 그냥 착하게 산다거나 최선을 다하는 것이 아닌 무언가를 찾고 있었다. 그랬다, 그녀는 인습적인 의무가 아닌 다른 어떤 것을 원했다. 모든 게 그저 사회적 의무 사항일 뿐 결코 그녀 자아의 문제가 아니었다. 사람들은 그녀의 영혼에 대해 이야기했지만 어찌 된 일인지 그녀의 영혼을 자극하거나 연루시키지 못했다. 여태껏 그녀의 영혼은 아무 데도 끌어들여진 적이 없었다.

그래서, 목사인 러버시드 씨가 좋고 코세테이 교회를 지키고픈 마음도 있어 늘 교회를 돕고 옹호하고자 했지만, 그녀의 삶에서 교회의 중요성은 미미했다.

그렇다고 약간의 불만을 의식하지 않은 것은 아니었다. 남편이 교회당 건물들 생각에 흥분할 때면 그녀는 표면적인 교회에 적대적이 되었고, 그녀 내면의 어떤 것도 충족해주지 못한다는 이유로 교회를 싫어했다. 교회는 그녀에게 착하게 살라고 했다. 그래 좋아, 그 말에 반박할 생각은 없어. 교회는 그녀의 영혼과 인류의 복지에 대해 말하면서, 그녀가 인류 복지에 도움이 되는 특정 행위들을 해야만 그녀의 영혼이 구원받는다는 듯 얘기했다. 그래 좋아, 그녀는 이 말들을 다 듣고 그게 맞다고 확신했다. 인류 복지에 이바지해야 영혼이 구원받는다고. 그래 좋아, 그렇다면 그렇겠지.

그랬음에도, 교회에 앉아 있을 때 그녀의 얼굴에는 비애와 예리한 아픔이 서려 있었다. 고작 이런 거나 들으러 여기 온 거야? 이런 일을 하고 저런 일을 안 한다고 해서 어떻게 영혼을 구원할 수 있겠어? 그녀는 그런 주장을 반박하지 않았다. 그러나 얼굴에 깃든 비애를 보면 그것이 거짓임이 드러났다. 그녀는 듣고 싶은 다른 무엇이 있었다. 그녀가 교회에 요구한 것은 바로 그 다른 무엇이었다.

그러나 그녀가 뭐라고 그것을 확언하겠는가? 충족되지 않은 욕망을 품고 그녀는 도대체 무얼 하고 있었는가? 그녀는 창피했다. 그녀는 그 욕망을, 자신의 깊숙한 열망을 무시했고 가능한 한 신경 쓰지 않았다. 그런 열망 자체에 화가 났다. 그럭저럭 만족하고 사는 다른 사람들처럼 되고 싶었다.

그 무엇보다 그녀를 화나게 한 것은 남편 윌이었다. 교회는 그에게 저항할 수 없는 매력으로 다가왔다. 그는 그녀에게는 교회 자체나 다름없는 예배에는 조금도 관심을 기울이지 않고 천사나 전설 속 짐승이나 된 듯 앉아 있었다. 설교나 예배의 의미에는 관심 자체가 없었다. 그에게는 탁하고 어둡고 빽빽하며 강력한 어떤 면이 있어서, 그녀는 이루 말할 수 없이 신경이 거슬렸다. 교회의 가르침 자체가 그에게는 아무 의미가 없었다. "우리가 우리에게 잘못한 이를 용서하듯이 우리의 잘못을 용서하시고……"[4] 같은 구절

4 주기도문의 일부.

이 그야말로 와닿지가 않았다. 그것은 별 의미 없는 소리에 불과했을 수도 있지만, 그랬대도 그는 똑같이 반응했을 터였다. 그는 사물이 명료하게 이해되는 걸 원치 않았다. 교회에 있을 때 그는 자기 죄에 대해서건 이웃의 죄에 대해서건 상관하지 않았다. 그런 걱정일랑 평일의 세계에 맡겨버리자. 교회에 있을 때 그는 자신의 일상적 삶에 대해 더이상 마음 쓰지 않았다. 그것은 평일의 문제였다. 인류 복지에 대해서도 그랬다. 그가 사람 좋은 호인이 되는 평일이 아닐 때는 그런 게 있는지조차 알지 못했다. 교회에서, 그는 어둡고 이름 없는 감정을, 열정의 모든 위대한 신비감이라는 그 감정을 원했다.

그는 자신이나 아내에 관한 생각에는 관심이 없었다. 아, 거기에 그녀는 얼마나 화가 났던가! 그는 설교를 무시했고, 인류의 위대성을 무시했으며, 인류의 직접적인 중요성을 인정하지 않았다. 그는 인간으로서의 자기 자신에 대해 관심이 없었다. 도안 사무실에서의 삶이나 남자들 사이에서의 삶에 조금도 핵심적 의의를 두지 않았다. 그런 것은 본문의 여백에 불과했다. 애나와의 관계, 교회와의 관계만이 진짜였으며, 그의 진정한 존재는 '무한'과 '절대'를 느끼는 그의 어두운 감정적 경험에 달려 있었다. 그리고 본문에 적힌 위대하고 신비로운, 번쩍이는 대문자는 교회에 대한 그의 느낌들이었다.

이런 것이 애나를 한없이 분노케 했다. 그녀는 그가 교회로부터 얻는 그런 만족은 얻지 못했다. 그녀의 영혼에 대한 생각은 그녀 자신의 자아에 대한 생각과 밀접하게 섞여 있었다. 진실로 그녀에게 영혼과 자아는 하나요, 동일한 것이었다. 반면에 윌은 그 자신의 자아라는 명백한 사실을 간단히 무시해버릴 뿐 아니라 거부하기까지 하는 듯했다. 그에게도 영혼이 있었으나, 그것은 인류를 전혀 개의치 않는 어둡고 비인간적인 것이었다. 애나는 그렇게 받아들였다. 그의 영혼은 교회의 어둠과 신비 속에서 무슨 이상하고 추상적인 지하 생물처럼 활개 치며 살았다.

그녀가 보기에 그는 정말 이상했다. 그리고 교회에 몰입하고 그 자신을 영혼으로 인식하는 이런 상태에서, 그는 그녀를 피해 제멋대로 사는 것 같았다. 그녀는 어떤 면에서는 그의 이런 점이, 영혼의 이런 어두운 자유와 환희, 그의 내면의 어떤 기이한 실체가 부럽기도 했다. 거기 매혹되기도 했다. 하지만 그 점이 새삼 혐오스러웠다. 새삼 그가 경멸스러웠고, 그의 내부의 그런 점을 부숴버리고 싶었다.

눈 내린 이 아침, 그는 어둑한 얼굴을 환히 밝힌 채 그녀 곁에 앉아서 그녀의 존재를 의식하지 않았는데, 어쩐지 그녀는 그가 그녀를 향해 솟아나는 사랑을 기이하고 은밀한 곳들로 옮겨가고 있다고 느꼈다. 그는 우두커니 넋이 나가 환희에 빠진 듯 앉아서 조그만 스테인드글라스 창을 바라보고 있었다. 그녀는 루비색 창을 보았다. 창 아래쪽에는 바깥의 눈에 반사된 그림자가 짙게 어렸고, 깃발 든 노란 양의 친숙한 형상이 지금은 약간 어둑해졌지만 컴컴한 교회당 내부에서 묘하게 빛나고 충만해 보였다.

애나는 늘 이 빨갛고 노란 조그만 창이 마음에 들었다. 유치하고 어색해 보이는 양이 한쪽 앞발을 쳐들고 있었고, 그 갈라진 앞발굽 틈에 붉은 십자가가 그려진 작은 깃발이 아슬아슬하게 꽂혀 있었다. 푸르스름한 그림자가 진 연노랑 양이었다. 아이 적부터 애나는 이 동물을 좋아했다. 애들이 매년 장터에서 집으로 가져오던 초록색 다리의 복슬복슬한 새끼 양을 대할 때와 같은 느낌이었다. 애나는 언제나 그런 장난감이 좋았고, 교회 창에 그려진 이 양도 어린 애처럼 즐거워하며 좋아했다. 하지만 이 양이 늘 불편하기도 했다. 깃발 든 이 양이 겉으로 보이는 모습 이상의 것이 되길 원치 않는다고 결코 확신할 수 없었다. 그래서 애나는 이 양이 꽤 미심쩍었고, 양을 대하는 그녀의 태도에는 마뜩잖은 기색이 섞여 있었다.

지금 윌은 미간을 특이하게 찌푸리고 얼굴에는 황홀경에 빠진 희미한 긴장감이 감돌아서 그녀는 그가 그 생물과, 창에 그려진 양과 교감 중이라는 불편한 느낌을 받았다. 싸늘한 의문이 덮쳤다. 그녀의 영혼은 당혹스러웠다. 그가 거기에 희미하고 환하게, 긴장 어린 표정으로 시간을 초월하여 꼼짝없이 앉아 있었다. 그는 지금 무얼 하고 있는 거지? 그와 창에 그려진 양은 대체 어떤 관계지?

한순간 그것이, 그 깃발 든 양이 그녀를 압도하며 빛을 발했다. 한순간 그녀는 강력한 신비를 체험했고, 전통의 힘이 엄습해 그녀를 딴 세상으로 옮겨놓았다. 그러나 그녀는 이 상태가 싫었고 거기 저항했다.

단박에, 그것은 다시 창에 그려진 실없는 양에 불과해졌다. 그러자 남편에 대한 어둡고 격한 미움이 그녀를 휩쓸고 지나갔다. 감동에 젖은 빛나는 얼굴로 넋 놓고 앉아서 대체 뭘 하고 있는 거야?

그녀는 몸을 홱 돌려 장갑을 집는 척 그를 툭 치고는 그의 발치께를 더듬었다.

그는 정신이 들었고, 본모습이 드러나 약간 어리둥절했다. 그녀만 빼고 그 누구라도 그를 불쌍히 여겼을 것이다. 그녀는 그를 찢어버리고 싶었다. 그는 뭐가 잘못되었는지, 자기가 뭘 하고 있었는지 알지 못했다.

집에 돌아와 저녁 식탁에 앉았을 때, 그는 아내에게서 풍기는 냉랭한 적대감에 당황했다. 그녀도 자기가 왜 이렇게 화가 나는지 알 수 없었다. 하지만 그녀는 격분했다.

"당신, 왜 설교를 안 듣는 거야?" 미움과 분노로 부글거리며 그녀가 물었다.

"들어." 그가 말했다.

"안 듣잖아, 한마디도 안 듣는다고."

그는 자기 내면으로 물러나서 자신만의 감각을 즐겼다. 그에게는 지하 생물 같은 면이 있었고, 지하의 피난처가 있는 것 같았다. 이런 상태가 되면 어린 신부는 그와 같이 한집에 있기 싫었다.

저녁식사 후 그는 거실로 물러가서 아까처럼 계속 멍한 상태에 빠져 있었다. 그녀는 그게 견딜 수 없이 힘들었다. 그러다가 그는 서가로 가서 그녀는 훑어보지도 않는 책들을 꺼내 살펴보았다.

그는 옛 기도서들의 채색화에 관한 책에 몰두했다. 그다음에는 이딸리아, 영국, 프랑스, 독일 등 여러 교회에 있는 유화를 다룬 책에 빠져들었다. 열여섯살 때 그는 로마가톨릭 계열의 서점을 알게되어서 이런 책들을 구할 수 있었던 것이다.

그는 책에 빠져 정신없이 책장을 넘겼다. 생각에 빠진 게 아니라 보는 데 빠져 있었다. 애나가 나중에 말했듯이, 그는 눈이 가슴에 달린 사람 같았다.

그녀는 다가가 그와 함께 이 그림들을 보았다. 그녀도 어느 정도 매혹되었다. 혼란스럽고 끌리기도 하면서 반감이 들었다.

그녀가 버럭 소리를 지른 건 삐에따 그림들에 이르렀을 때였다.

"이 그림들 정말 역겨워." 그녀가 소리쳤다.

"뭐?" 놀라고 멍한 채 그가 되물었다.

"찢어진 상처가 난 저 몸들 말이야, 경배받으려고 폼 잡고 있잖아."

"아니, 이건 성체聖體, 곧 그리스도의 몸을 뜻하는 거야." 그가 느릿느릿 말했다.

"그래!" 그녀가 소리쳤다. "그렇담 더 나쁘지. 난 당신 가슴의 찢어진 상처는 보고 싶지 않아, 당신의 죽은 몸뚱이도 먹고 싶지 않고.[5] 나더러 먹으라고 줘도 싫어. 당신 눈엔 끔찍하지 않은가봐?"

"이건 내가 아니야, 그리스도지."

"뭘 상관이야, 당신이구먼! 끔찍해, 자기 죽은 몸뚱이에 탐닉하면서 성찬식에서 그걸 먹는다고 생각하다니."

"그림이 의미하는 대로 받아들여."

"그건 찢기고 죽임을 당한 후에 숭배받으려고 내놓은 당신이라는 인간의 몸뚱이를 뜻하지. 아님 뭐겠어?"

그들은 침묵으로 빠져들었다. 그의 영혼은 점점 분노했고 냉랭해졌다.

"그리고 우리 교구에서 제일 웃기는 게 바로 예배당 창유리의 양이야." 그녀가 말했다.

그리고 조롱하듯 풋, 웃음을 터트렸다.

"그럴 수도 있겠지, 거기서 아무것도 못 보는 사람한테는." 그가 말했다. "양은 그리스도의 상징이야, 주님의 순결과 희생을 나타내는 거라고."

"의미가 뭐든 그건 양이야." 그녀가 말했다. "난 양이 너무 좋아서 그게 꼭 무슨 의미가 있어야 하는 것처럼 대하진 못하겠어. 크리스마스트리 깃발만 해도 그렇지, 세상에나."

그러더니 그녀는 또 풋 하며 비웃었다.

---

5 성찬식에서 먹는 빵은 예수의 살을 상징한다.

"그건 당신이 아무것도 모르기 때문이야." 그가 독하고 모질게 말했다. "당신이 아는 거나 비웃어, 모르는 거 말고."

"내가 뭘 모르는데?"

"사물의 의미를 모르잖아."

"그럼, 그 깃발의 의미가 뭐야?"

그는 대답하기가 내키지 않았다. 대답하기 어려웠다.

"그게 뭘 의미하냐고?" 그녀가 다그쳤다.

"부활의 승리를 뜻하는 거야."

그녀는 당황해서 멈칫했다. 두려움이 몰려왔다. 이것들이 다 뭐지? 어둡고 강력한 무언가가 그녀 앞에 펼쳐지는 듯했다. 어쨌거나, 놀라운데?

그렇지만 아니야, 그녀는 부인했다.

"그게 뭘 의미하는 체하더라도 실제로는 실없고 멍청한, 앞발굽에 크리스마스트리 깃발을 꽂은 장난감 양일 뿐이야. 만약 그게 뭔가를 의미하고 싶다면 지금 모습과는 달라야지."

그는 그녀에게 미칠 듯 분개한 상태였다. 자기가 이런 것들을 사랑한다는 게 약간 창피하기도 했다. 그래서 그런 열정을 숨기고 있었다. 그는 자신이 이 상징물들을 통해 무아지경에 빠질 수 있다는 게 부끄러웠다. 그러자 잠시 양과 성찬식을 그린 저 신비한 그림들이 쓸쓸하고 격하게 미워졌다. 그의 열정의 불이 꺼져버렸다. 그녀가 찬물을 끼얹은 것이다. 그는 이 상황 전체에 염증이 나고 입이 썼다. 분노로 시체처럼 싸늘하게 질려 그녀만 남겨두고 나와버렸다. 그녀가 미웠다. 잿빛 하늘 아래, 하얀 눈 속을 걷고 또 걸었다.

애나는 이전의 비통한 슬픔이 되살아나 또 울었다. 그러나 마음은 편했다. 아, 훨씬 더 편해졌어.

남편이 집에 돌아오면 그녀는 기꺼이 화해할 마음이었다. 그는 암울하고 뚱했지만 누그러졌다. 그녀가 그의 내면의 무언가를 어느 정도 부숴버렸던 것이다. 그리고 결국 그는 자기 영혼으로부터 그 모든 상징들을 박탈당해서 기뻤고, 그녀가 그의 몸을 탐하도록 두는 게 기뻤다. 아내가 그의 무릎 위에 머리를 얹는 게 좋았고, 청하거나 원치 않아도 그를 감싸안고 대담한 성행위를 하는 게 좋았다. 하지만 그의 편에서 그녀에게 적극적으로 하지는 않았다. 그는 또다시 자신의 팔다리에 피가 용솟음치는 것을 느꼈다.

애나는 그녀에게 머무는 그의 집중한, 아득한 눈빛이 좋았다. 집중하면서도 아득한, 가까이 있지 않은, 그녀와 같이 있지 않은 눈빛이었다. 그러면 그녀는 그 눈동자를 가까이 데려오고 싶었다. 그녀와 눈을 맞추고 그녀를 알아주길 바랐다. 그렇지만 그 눈동자는 그렇게 하지 않으려 했다. 매의 눈처럼 몰두했지만 아득하고 도도했고, 매의 눈처럼 순수하며 비인간적이었다. 그래서 그녀는 그를 매처럼 사랑하고 애무하고 또 자극해서 마침내 아주 민감하고 즉각적이게, 그렇지만 다정함은 사라지게 만들었다. 그는 그녀를 덮치는 매처럼 격렬하고 사납게 다가왔다. 그는 더이상 신비주의자가 아니었고, 그녀가 그의 목표이자 과녁, 그의 먹이였다. 그녀를 낚아채 가면 그는 만족하거나 끝까지 질리도록 즐겼다.

그리고 나면 즉각 애나는 남편에게 응수하기 시작했다. 그녀 또한 매였다. 그녀가 가련한 물떼새 시늉을 하며 애처롭게 그에게 다가갔다면 그것은 게임의 일부였다. 그래서 만족한 그가 도도하고 건방지게 몸을 구부리고 업신여기듯 고개를 숙인 채 그녀를 의식하지 않을 때, 자기 몫을 실컷 즐기고 그녀에게서 만족을 취한 후 그녀의 존재 자체를 무시할 때, 그녀의 영혼은 흥분했고 그 날개는 쇠처럼 단단해져서 그를 향해 내리쳤다. 그가 횃대에 앉아 홀로 당당하게, 사나울 만큼 엄청나게 당당하게 주위를 매섭게 둘러볼 때면 그녀는 그에게 달려들어 무자비하게 그 자리에서 끌어내렸다. 그를 꼬드겨 사내의 당당한 위엄을 잃게 하고, 그를 괴롭혀서 흔들리지 않는 자존심을 추락시켰다. 그러다 그는 결국 정신을 잃을 정도로 격분했고 연갈색 눈동자는 분노로 타올랐다. 그의 눈동자가 이제 그녀를 보았고, 분노의 불길처럼 그녀를 향해 일렁이며 그녀를 적으로 인식했다.

아주 좋아, 그녀는 적이야, 좋고말고. 그가 자기 주위를 어슬렁거리면 그녀는 그를 주시했다. 그가 일격을 날리면 되받아쳤다.

그녀가 그의 연장들을 아무 데나 내팽개쳐 녹이 슬자 그가 화를 냈다.

"그럼 내가 다니는 곳에 늘어놓질 말든가." 그녀가 말했다.

"내가 두고 싶은 데 둘 거야." 그가 소리쳤다.

"그럼 나도 아무 데나 집어던지면 되겠네."

그들은 서로 노려보았다. 그의 손이 분노로 떨렸고, 그녀의 영혼은 승리의 기운으로 타올랐다. 그들은 팽팽한 맞수였다. 끝장 볼 때까지 싸우곤 했다.

애나는 재봉에 재미를 붙였다. 그녀가 찻잔을 치우자마자 바느질감을 꺼내놓자 그는 화가 치밀었다. 그녀가 재미로 그러는 듯 귀청 찢어지게 옥양목 천을 쫙쫙 찢어대면 그 소리에 그는 진저리를 쳤다. 그러다 재봉틀 돌아가는 소리까지 나면 급기야 분노가 극에 달했다.

"그 소리 좀 멈출 수 없어? 낮에 하면 안 되냐고?" 그가 소리쳤다.

그녀는 일하다가 화가 나서 고개를 홱 쳐들었다.

"안 돼, 낮에는 못 해, 딴 일 해야 하니까. 게다가, 난 재봉일이 좋은데 당신이 막을 순 없지."

그러고는 다시 몸을 돌려 바느질감을 펼쳐서 맞추고 박음질했다. 재봉틀이 돌아가기 시작해서 덜덜대고 윙윙거리면 그는 신경이 곤두서서 터질 지경이었다.

하지만 바늘이 천 가장자리를 춤추듯 신나게 박아낼 때, 경쾌하게 찔러대는 바늘 아래 놓인 천을 매끄럽게 죽 당길 때, 그녀는 즐거웠고 승리감에 취해 행복했다. 그녀는 재봉틀을 윙윙 돌리다가 거만하게 딱 멈췄다. 손가락이 능숙하고 날랬으며 솜씨가 좋았다.

그가 하릴없이 성이 나서 그녀 뒤에 뻣뻣이 앉아 있으면 그건 부쩍 그녀의 기운을 돋우는 꼴밖에 되지 않았다. 그녀는 일을 계속했다. 결국 그는 화난 채로 잠자리에 들어, 그녀에게서 멀찍이 떨어져 뻣뻣하게 누웠다. 그리고 그녀는 그에게서 등을 돌렸다. 아침이 되어도 냉랭하게 인사나 할 뿐 서로 말을 걸지 않았다.

밤이 되어 집에 돌아올 무렵, 윌은 마음이 누그러지고 아내에 대한 사랑이 달아올라 진심으로 자기가 잘못했다고 느끼며 그녀도 그렇게 생각해주길 기대했다. 하지만 애나는 재봉틀 앞에 앉아 있었고 집 안은 옥양목 조각들 천지에다 찻주전자도 불에 올리지 않은 상태였다.

애나가 깜짝 놀라며 미안한 체했다.

"시간이 벌써 이렇게 됐네?" 그녀가 소리쳤다.

그러나 그의 얼굴은 이미 분노로 굳어버렸다. 그는 거실까지 갔다가 되돌아서 집 밖으로 나가버렸다. 그녀는 가슴이 철렁했다. 쏜살같이 남편이 마실 차를 끓이기 시작했다.

그는 속이 새카맣게 타서 일크스턴 가는 길로 들어섰다. 이런 상태일 때는 결코 생각하지 않았다. 정신의 문에 빗장이 쳐져 그를 가두고 수인으로 만들었다. 그는 일크스턴으로 돌아가서 맥주 한 잔을 마셨다. 이제 뭘 하지? 아무도 만나고 싶지 않은데.

그는 본가가 있는 노팅엄에 가기로 했다. 역으로 가서 기차를 탔다. 노팅엄에 도착했으나 여전히 갈 곳이 없었다. 그렇지만 낯익은 거리를 걷다보니 기분이 한결 나아졌다. 그는 미쳐 날뛰듯 불안한 심정으로 거리를 헤맸다. 그러다 어느 책방에 들어가서 밤베르크 대성당에 관한 책을 발견했다. 여기 보물이 있네! 여기 그를 위한 게 있어! 그는 한적한 식당에 들어가서 자기가 찾은 보물을 들여다보았다. 페이지를 넘기며 그림을 볼 때마다 빛나는 희열에 몸을 떨었다. 마침내 그는 이 조각품들에서 무언가를 발견했다. 그의 영혼이 크나큰 만족을 얻었다. 여기 와서 이걸 찾지 못했더라면, 발견하지 못했더라면 어쩔 뻔했나! 충족감에 가슴이 뜨거워졌다. 여태 본 것 중에 가장 멋진 조각품들이요 조각상들이었다. 진리로 들어가는 문처럼 그 책이 그의 손안에 놓여 있었다. 주변 세상은 벽으로 둘린 방에 불과했다. 하지만 그는 멀리 떠나고 있었다. 아름다운 여자 조각상 그림들을 한참 들여다보았다. 왕관과 머리 타래와 여자들의 얼굴을 다시 들여다보자니 경이롭고 멋지게 세공된 우주가 그의 주위로 선명히 모습을 드러냈다.

그는 이해가 안 되는 독일어 원문이 더더욱 마음에 들었다. 머리로 이해할 수 없는 것들이 더 좋았다. 발견되지 않은 것들, 발견할 수 없는 것들을 사랑했다. 그는 그림들을 뚫어져라 보았다. 이건 목상이군! '홀츠Holz'라, 나무를 뜻하는 단어가 분명했다. 목상들의 생김새가 어쩌면 이렇게 그의 영혼에 딱 들어맞는지! 그는 날 듯이 기뻤다. 세상이 은밀히 숨어 있다가 그의 영혼에 그 모습을 온전히 드러냈다! 그의 손끝에서 펼쳐지는 삶이 얼마나 멋지고 흥분되는지! 밤베르크 대성당이 온 세상을 그의 것으로 만들지 않았나? 그는 승리감에 도취해 자신의 힘과 생기와 진실을 찬양하며 자신이 물려받고 있는 막대한 부를 얼싸안았다.

그렇지만 이제 돌아갈 때가 되었다. 기차를 놓치면 안 되니까. 저녁 내내 그의 영혼 밑바닥에는 뭉근한 상처가 있었지만, 아주 뭉근해서 잊을 만했다. 그는 일크스턴행 기차를 탔다.

밤 10시가 되어서야 그는 코세테이로 가는 언덕길을 오르고 있었다. 손에는 밤베르크 대성당에 관한 종이 표지의 책이 들려 있었다. 아직 애나 생각은 하지 않았다. 뚜렷하게는 생각하지 않았다. 상처를 누르고 있는 검은 손가락이 아무 생각 않도록 그를 제어했다.

그가 집을 나갔을 때, 애나는 놀라고 미안한 마음이었다. 그래서 서둘러 차를 준비하면서 그가 돌아오기를 바랐다. 토스트도 좀 만들고 모두 차려놓았다. 그래도 그는 오지 않았다. 그녀는 애타고 실망스러워 울었다. 왜 가버렸지? 왜 여태 안 오는 거야? 그들은 왜 이렇게 싸우기만 할까? 그녀는 그를 사랑하는데, 정말 사랑하는데 그는 왜 더 다정하게, 더 잘해주지 못하는 걸까?

그녀는 괴로운 마음으로 기다렸다. 그러다가 점점 굳어졌다. 그가 그녀의 생각에서 사라졌다. 그녀는 분해서 곰곰이 생각해보았다. 도대체 그가 무슨 권리로 바느질을 방해하는 거야? 분한 마음에 그녀는 그가 털끝만큼도 자신을 방해할 권리가 없다고 부인했다. 그녀는 방해받을 생각이 없었다. 그녀는 자기 자신이고, 그야말로 국외자 아닌가?

하지만 두려움에 온몸이 떨렸다. 만일 그가 떠난다면? 그러면 그녀는 파멸하고 말 것이었다. 그가 어떻게 나올지 그녀는 전혀 알지 못했다. 이렇게나 불안정하고 불확실해서 그가 너무 싫었다. 정말로 떠나버리면 어쩌지? 그녀는 가만히 앉아 닥쳐올 두려움과 괴로움을 상상하다가 급기야 자신이 불쌍해서 눈물을 흘렸다. 그가 떠나버리거나 그녀에게서 돌아선다면 어떻게 할지 알지 못했다. 생각만 해도 오싹해지면서 마음이 암울해지고 딱딱하게 굳어왔다. 그리하여, 권위를 휘두르려는 국외자이자 이방인인 그에게 맞서 방어 태세를 든든히 갖추었다. 그녀는 그녀 자신 아니던가? 그녀와 같은 부류가 아닌 자가 어떻게 권위를 주장할 수 있겠어? 그녀는 자신이 불변하고 바뀔 수 없다는 것을 알았고, 자신의 존재가 두렵지 않았다. 단지 그녀 자신이 아닌 모든 것이 두려울 따름이었다. 그것들이 그녀를 압박했다. 그녀 자신이 아닌 광대하고 단호하며 생경한 이 세상이 남편의 형상으로 다가와 그녀의 삶에 개입했다. 그리고 그에겐 무기가 너무 많아서 어느 쪽에서 치고 들어올지 알 수 없었다.

월이 연민과 사랑으로 타오르는 심정으로 문간에 들어섰을 때, 애나는 너무도 가련하고 쓸쓸하고 어려 보였다. 그녀는 두려워하며 쳐다보았다. 그리고 그가 정화된 듯 빛나는 얼굴로 맑고 우아하게 걸어오는 모습을 보고 깜짝 놀랐다. 갑자기 아려오는 두려움과 자신에 대한 수치심이 그녀를 휩쓸고 지나갔다.

그들은 상대가 먼저 말하기를 기다렸다.

"뭐 좀 먹을래?" 그녀가 말했다.

"내가 차려 먹을게." 그녀가 해주는 걸 원치 않아서 그는 이렇게 대답했다.

하지만 그녀가 음식을 내왔다. 자기를 위해 이렇게 해주니 그는 기분이 좋았다. 다시 멀쩡한 가장이 되었다.

"노팅엄에 갔다 왔어." 그가 부드럽게 말했다.

"당신 엄마한테?" 불쑥 경멸감을 느끼며 그녀가 물었다.

"아니, 집엔 안 갔어."

"누구 만나러 갔어?"

"아무도 안 만났어."

"그럼 노팅엄엔 왜 갔어?"

"그냥 가고 싶어서."

이렇게 날아갈 듯 기분이 좋은데 아내가 자꾸 딴지를 걸자 그는 슬슬 성질이 났다.

"그래, 누굴 만났어?"

"아무도 안 만났어."

"아무도?"

"그래. 꼭 누굴 만나야 해?"

"아는 사람 아무도 안 만났다고?"

"그래, 안 만났어." 그가 짜증스럽게 말했다.

그녀는 그를 믿었지만 기분이 싸늘하게 식어버렸다.

"책 한권 샀어." 아내를 달래보려고 책을 내밀며 그가 말했다.

그녀는 그림들을 건성으로 보았다. 아름답네, 깔끔하게 떨어지는 드레스 차림의 순수한 여인들이야. 그녀의 마음이 더 싸늘해졌다. 도대체 이 그림들이 그에게 무얼 의미하는 거야?

그는 가만히 앉아서 그녀를 기다렸다. 그녀는 책 위로 고개를 수그리고 있었다.

"멋지지 않아?" 흥분되고 희열에 찬 목소리였다.

그녀는 얼굴이 달아올랐지만 고개를 들지 않았다.

"그렇네." 그녀가 대답했다. 자신도 모르게 그녀는 그에게 압도되었다. 그는 기이하고 매혹적이며, 그녀에게 어떤 힘을 미쳤다.

그가 그녀 쪽으로 건너와 조심스럽게 그녀를 만졌다. 그녀의 심장이 거친 열정으로, 끓어오르는 거친 열정으로 고동쳤다. 그래도 그녀는 아직 버텼다. 그것은 언제나 미지의 것, 언제나 알 수 없는 것이었기에 그녀는 자신의 알려진 자아에 악착같이 매달렸다. 하지만 밀어닥치는 홍수에 휩쓸려가버렸다.

그들은 열정적이고 충만하게 서로를 사랑해서 또다시 황홀경에 빠졌다.

"그 어느 때보다 훨씬 더 좋지 않아?" 갓 피어난 꽃송이처럼 이슬 같은 눈물을 머금고 그녀가 물었다.

그는 그녀를 더 꼭 안았다. 낯설고 몽롱했다.

"할 때마다 더 좋아." 그녀는 아이 같은 목소리로 즐겁게 단언했지만, 자신의 두려움을 기억했고 아직 거기서 완전히 벗어나지 못했다.

이렇게 두 사람 사이에 사랑과 갈등이 거듭되었다. 어느 날은 모든 게 박살 나서 삶 전체가 망가지고 초토화된 것 같았다. 다음 날이면 다시 모든 게 더없이 경이로울 뿐이었다. 어느 날은 남편의 존재만으로도 미쳐버릴 것 같고 차 마시는 소리도 역겨웠다. 그러다 다음 날이면 마루 위를 가로질러 걷는 모습이 어여쁘고 사랑스러워서 해와 달과 별을 하나로 합친 존재 같았다.

그러나 결국 애나는 이렇게 안정감이 결핍된 관계 때문에 속이 탔다. 완벽한 시간이 돌아오면 그녀의 마음은 이 시간이 다시 지나가버릴 것을 알고 있었다. 불안했다. 확신, 확신, 내적인 확신, 지속되는 사랑에 대한 자신감, 그녀는 바로 그것을 원했다. 그리고 바로 그것을 얻지 못했다. 그녀는 그도 그렇다는 것을 알았다.

그럼에도 불구하고 그것은 경이로운 세계였고, 그녀는 대개 그 세계의 경이로움에 빠져 있었다. 자신이 겪는 큰 슬픔조차 경이로웠다.

그녀는 아주 행복할 수도 있었다. 그리고 행복하기를 원했다. 그가 그녀를 불행하게 만들면 그녀는 분개했다. 그럴 때면 그를 죽이거나 몰아내버릴 수 있을 것 같았다. 한참 동안, 그녀는 그가 일하러 가버릴 때를 기다렸다. 그때가 되면 그가 막아놓은 그녀 생명의 물줄기가 뚫려 자유로워졌다. 자유롭고 기쁨에 넘쳤다. 모든 게 즐거웠다. 그녀는 깔개를 집어들고 마당에 나가 활활 털었다. 들판 군데군데 눈이 쌓여 있고 공기가 상쾌했다. 연못에서 오리 우는 소리가 들렸다. 오리들은 세상으로 진격해 들어가듯 물 위를 돌진해 나아가고 있었다. 털이 더부룩이 자란 말들도 보였다. 그중 한마리는 배에 난 털을 말끔하게 깎아서 재킷에 긴 갈색 털 스타킹을 신은 듯 보였다. 겨울 아침, 말들이 교회 마당 담벼락에 서서 서로 주둥이를 비벼댔다. 모든 게 즐거웠다. 이제 그가 없어서 장애물이자 훼방꾼이 제거되니, 세상은 온통 그녀 차지였고 그녀와 연결되었다.

그녀는 즐겁고 생기 넘쳤다. 바람이 언덕을 돌아 들이받듯 세차게 불어올 때 빨래 너는 것보다 더 즐거운 건 없었다. 바람에 잡고 있던 젖은 옷가지들이 펄럭거리며 나부꼈다. 그녀는 깔깔대며 용쓰고 성질도 냈다. 그래도 혼자 지내는 낮 시간이 좋았다.

그러다 밤이면 남편이 귀가했고, 그들 사이의 어떤 끝 모를 다툼 때문에 그녀는 이맛살을 찌푸렸다. 그가 문간에 들어서면 그녀는 마음이 달라졌다. 돌처럼 냉랭해졌다. 낮 동안의 웃음과 생기가 싹 사라졌다. 뻣뻣해졌다.

그들은 자신들도 모르게 미지의 전투를 치르고 있었다. 여전히 서로 사랑했고 열정이 존재했다. 하지만 그 열정은 싸움에 소진되었다. 깊고 격렬한, 정체 모를 다툼이 계속되었다. 그들 주위의 모든 것이 강렬하게 타올랐고, 옷을 다 벗어버린 세상은 새롭고 원초적인 벌거벗은 모습으로 끔찍했다.

일요일이 되면 그녀는 남편 때문에 이상한 마법에 걸렸다. 반쯤은 그게 좋기도 했다. 점점 그와 닮아가고 있었다. 평일에는 날마다 하늘과 들판이 반짝반짝 빛났고 자그마한 교회당이 동네 집들을 향해 아침내 재잘거리는 듯했다. 그러나 일요일이 되어 그가 집에 있을 때면 짙게 물든 긴장된 암울함이 대지 위에 모여들었고, 교회는 그림자로 가득 차고 커다래져서 그녀에게 우주처럼 보였으며, 주위에는 청홍색 불길과 찬미의 소리가 존재했다. 그러다 문이 열려 세상으로 나오면, 그것은 새로 창조된 세상이었다. 부활한 세상으로 걸음을 내디딜 때, 그녀의 가슴은 암흑과 예수 수난의 기억으로 고동쳤다.

종종 일요일에 차를 마시러 마시 농장에 갈 때면 그녀는 음울함과 스테인드글라스와 찬미의 황홀은 전혀 모르는 또다른, 더 가벼운 세상을 되찾았다. 남편의 존재가 지워지고 그녀는 다시 아버지와 함께였다. 아버지는 생기 넘치고 자유로우며 대낮처럼 환했다. 남편은 그의 강렬함과 어둠과 더불어 지워졌다. 그녀는 남편을 떠나 그를 망각하고 아버지를 받아들였다.

하지만 남편과 같이 집으로 돌아올 때, 그녀는 약간 창피해서 망설이다가 슬쩍 그의 팔을 잡았다. 그녀의 손이 그에게 그녀를, 아내의 본분을 어긴 그녀를 내치지 말아달라고 간청했다. 그러나 그는 흐릿해져 있었다. 그녀와 같이 있지 않은 듯, 눈먼 듯했다.

그럴 때면 그녀는 두려웠다. 그녀는 그를 원했다. 그가 그녀를 망각할 때면 그녀는 두려워 미칠 지경이었다. 자신이 너무 여리고 너무 노출되었기 때문이었다. 그녀는 너무도 친밀하게 닿아 있었다. 그녀 주위의 모든 것들이 친밀해졌고, 마치 그녀 곁을 맴도는 존재들처럼 가깝고 사랑스럽게 인식되었다. 그 모두가 냉담해지고 다시 분리된다면, 그녀로부터 끔찍이, 또렷이 물러선다면 어떻게 할 것인가? 그 모두를 이미 알았기에 그녀는 그것들에 휘둘릴 판이었다.

이런 점이 그녀를 두렵게 했다. 그녀에게 남편은 언제나 그녀 자신을 바치는 미지의 존재였다. 그녀는 뭔가에 홀려서 봉오리를 활짝 피웠다가 돌이킬 데 없게 된 꽃이었다. 그는 그녀의 벌거벗은 존재를 손아귀에 쥐고 있었다. 그는 누구이며 어떤 사람인가? 앎이 없는 맹목적인 존재, 어두운 힘. 그녀는 자신을 보존하고 싶었다.

그러다 그녀는 그를 다시 가까이해서 잠시 만족을 취했다. 그러나 시간이 지남에 따라 그는 변하지 않는다는 것을, 그녀와는 동떨어진 어두운 존재라는 것을 점점 더 절감하게 되었다. 전에는 그가 그녀 자신의 환한 반사체일 뿐이라고 생각했다. 여러 주, 여러 달이 지남에 따라 그녀는 그가 자신과 정반대되는 어두운 존재요, 그들이 상호 보완적 관계가 아니라 상극임을 깨달았다.

그는 변하지 않았다. 그 자신은 별개의 존재로 있으면서 그녀가 그의 일부이자 그의 의지의 연장이 되기를 기대하는 것 같았다. 그녀를 알지 못하는 채 지배력만 행사하려는 듯했다. 그가 원하는 게 뭐지? 그녀를 못살게 굴려는 건가?

그렇다면 그녀 자신은 무얼 원하나? 그녀는 행복하게 살고 싶다고, 햇빛과 분주한 낮 시간처럼 자연스럽게 지내고 싶다고 자문자답했다. 그녀의 영혼 저 깊은 곳에서, 남편이 그녀가 어둡고 부자연스러워지기를 바란다는 느낌이 들었다. 가끔 그가 어둠처럼 그녀를 뒤덮어 숨 막히게 하면, 그녀는 두려움에 질려 반항하며 그를 힘껏 쳤다. 힘껏 내리쳐 피 흘리게 하면 그는 고약해졌다. 그녀가 그를 질색하고 두렵게 만들었기 때문에, 그는 고약해지고 다 부숴버리고 싶어 했다. 그럴 때면 두 사람 사이의 싸움은 처절했다.

그녀는 몸이 떨려왔다. 그가 그녀에게 자신을 강요하려고 해. 그도 부들부들 떨었다. 그녀가 그를 더러운 개들이 집어삼키려 달려드는 캄캄한 허허벌판에 버려서 먹잇감으로 만들려 해. 그는 그녀를 굴복시켜 자신과 같이 있도록 만들어야 했다. 반면, 그녀는 그로부터 벗어나려고 싸웠다.

이제 그들은 괴롭고 피로 얼룩진 날들을 보냈지만 세상은 저 멀리 떨어져 아무 도움도 줄 수 없어 보였다. 마침내 그녀가 지치기 시작했다. 어떤 지점을 지나자, 그녀는 무감각해지더니 그에게서 완전히 떨어져나갔다. 그는 툭하면 성질을 내고 죽일 듯 달려들었다. 그녀의 영혼은 일어나 그를 떠나서 자기 길을 갔다. 그럼에도 겉으로는 쾌활해서 그의 영혼을 적대감에 불타게 했지만, 사실 그녀는 피 흘리며 떨고 있었다.

이따금 순수한 사랑이 햇살처럼 찾아오면, 그녀가 햇살 받은 꽃송이처럼 아름답게 빛나며 사랑스러워서 그는 참을 수 없었다. 그럴 때면 그의 영혼은 천사의 여섯 날개를 가진 듯 찬미에 몰두하며 전능하신 신의 광채가 자신을 관통해 고동치는 것을 느꼈고, 솟아오르는 찬미의 불길 속에서 창조의 맥박을 전했다.

이따금 그는 무시무시하게 타오르는 힘의 불꽃으로 보였다. 때로 빛나는 얼굴로 문간에 선 그가 수태고지를 하러 온 천사 같아 보여서[6] 그녀는 심장박동이 빨라졌다. 그러면 그녀는 하던 일을 멈추고 가만히 그를 쳐다보았다. 그에게는 그녀가 두려워하면서 저항하는, 어둡고 타오르는 존재가 있었다. 그녀는 대천사 가브리엘을 대하듯 그에게 복종했다. 그를 시중들고 그의 의지를 들어주었으며, 떨리는 마음으로 그에게 봉사했다.

그때는 이 모든 것이 지나갔다. 그때는 그녀의 천진함과 낯섦 때문에, 그가 허위에 빠질 때 참되게 만들어주며 그의 영혼과는 다른 그녀 영혼의 신비 때문에 그가 그녀를 사랑했다. 그녀는 그가 의자에 너붓이 앉은 모습, 활짝 핀 열띤 얼굴로 문으로 쓱 들어서는 모습이 사랑스러웠다. 그의 울림 있는 열렬한 음성과 그가 풍기는 미지의 분위기, 그의 절대적 단순성을 사랑했다.

그렇지만 그들 둘 다 아주 만족하지는 못했다. 어딘지 몰라도 그는 아내가 자신을 존중하지 않는다고 느꼈다. 그녀는 단지 그녀 자신과 연관된 한에서만 그를 존중할 뿐이었다. 그녀를 넘어서, 있는 그대로의 그에게는 아무 관심이 없었다. 그녀는 그가 그 자체로서 무엇을 대표하는지 신경 쓰지 않았다. 그도 자신이 무엇을 대표하는지 알지 못한 것은 사실이다. 그러나 그게 뭐가 됐건 간에 그녀는 진심으로 존경하지 않았다. 그녀는 레이스 도안사로서 그의 일에나 생계 부양자로서 그 자신에게나 아무런 배려도 하지 않았다. 그가 매일 사무실에 나가 일한다고 해서 아내의 존중이나 배려를 받을 자격이 생기지는 않는다는 걸 그는 알았다. 오히려 그것 때문에 그녀는 그를 경멸했다. 처음에는 모욕 같아서 불같이 화를 냈지만, 그는 이런 점 때문에 그녀가 사랑스러울 정도였다.

훨씬 더 심각한 문제는 얼마 안 되어 그녀가 그의 가장 깊은 감

6 천사 가브리엘이 마리아에게 나타나 성령으로 잉태할 것임을 알린 사건. 루가의 복음서 1:26-38 참조.

정과 싸우게 되었다는 것이다. 그가 삶에 대해, 사회와 인류에 대해 어떻게 생각하는지는 그녀에게 그리 중요치 않았다. 그는 정말이지 대단찮은 인물이었으니까. 이 또한 그는 쓰라렸다. 그녀는 이런 문제들에 대해 그를 제쳐두고 판단하곤 했다. 그러나 결국 그는 그녀의 판단을 수용하게 되었고, 그것이 마치 자기 판단인 양 인식했다. 심각한 문제의 진원지는 여기가 아니었다. 그의 적대감의 깊은 뿌리는 그녀가 그의 영혼을 조롱한다는 사실이었다. 그는 표현이 불분명하고 생각이 둔했다. 하지만 어떤 것들에는 열정적으로 매달렸다. 그는 교회를 사랑했다. 그녀가 그에게서, 그가 믿는 것에서 벗어나려 하면 그때는 둘 다 파랗게 질릴 정도로 분노에 휩싸였다.

가나의 잔칫집에서 물이 포도주로 변한 걸 믿어?[7] 그녀는 그가 이 일화를 역사적 사실로 받아들이도록 몰아갔다. 빗물이 이만큼 있어, 잘 봐, 이게 포도주스나 포도주가 될 수 있겠어? 잠시 그는 맑은 정신의 눈으로 보고서 아니, 하고 대답했고, 순간적으로 이렇게 대답하고서 그의 맑은 정신은 그 생각을 거부했다. 즉각 그의 온 영혼은 그 자신에 대한 이런 침해에 정체 모를 미칠 듯한 분노로 소리치고 있었다. 그에게 그것은 진실이었다. 대번에 그의 정신이 다시 사그라지더니 피가 들끓었다. 자신의 피와 뼈 속에서 그는 그 장면을, 혼례식을, 통에서 포도주라고 내온 물을 원했다. 예수께서 어머니에게 하신 말씀도 그랬다.

"예수께서 이르시되 여자여 나와 무슨 상관이 있나이까 내 때가 아직 이르지 아니하였나이다."

그러자

---

7 요한의 복음서 2:1-11 참조.

"그의 어머니가 하인들에게 이르되 너희에게 무슨 말씀을 하시든지 그대로 하라 하니라."

윌 브랭귄은 이 구절을 사랑했다. 뱃속 깊이 사랑해서 놓을 수가 없었다. 그런데 아내가 그걸 놔버리라고 강요했다. 그녀는 그의 맹목적인 집착이 싫었다.

물이, 천연의 물이 제 성질을 버리고 멋대로 다른 성질을 띠더니 갑자기 초자연적으로 포도주로 변할 수 있을까? 아, 안 되지. 그게 틀렸다는 건 그도 알았다.

애나는 다시 적대적으로 덤벼드는 어린애가 되어 모든 것을 미워하며 부숴버리려 했다. 그는 죽은 듯이 입을 다물었다. 그의 존재 자체가 그가 틀렸음을 입증했다. 그도 알았다, 포도주는 어디까지나 포도주요 물은 물이며, 물이 포도주로 변하지 않았다는 걸. 기적이 실제 사실은 아니었으니까. 그녀가 그를 파괴하고 있는 것 같았다. 그는 어두워지고 파괴되어 나와버렸고 그의 영혼은 피 흘리고 있었다. 그는 죽음을 맛보았으니, 그의 삶은 의문의 여지 없는 이런 개념들로 형성되었기 때문이었다.

애나는 아이 적처럼 다시 외로워져서 저만치 물러나 흐느껴 울었다. 물이 포도주로 변하건 말건 그녀는 상관하지 않았다. 정말로 상관없었다. 그가 그렇게 믿고 싶으면 믿으라지. 하지만 그녀는 자기가 이겼다는 걸 알았다. 그러자 잿빛 외로움이 엄습해왔다.

그들은 한동안 음울하고 괴롭게 지냈다. 그러다 다시 생기가 돌아오기 시작했다. 그는 끈질긴 걸 빼면 남는 게 없는 사람이었다. 그는 요한의 복음서의 그 장을 곰곰이 생각해보았다. 에이듯 격심한 고통이 느껴졌다. "그대는 지금까지 좋은 포도주를 두었도다." "최상의 포도주를!" 이것이 실제로는 사실이 아님을 알았기에 마음이 쓰라렸지만, 이 젊은이의 가슴은 갈망과 승리감에 부풀어 이 구절에 감응했다. 부정의 고통과 긍정의 욕망, 어느 쪽이 더 강력했을까? 그의 고집스러운 정신은 자신의 욕망을 편들었다. 그러나 그는 더이상 그 기적이 사실이라고 주장하려 들지 않았다.

그래, 좋아, 사실이 아니었어, 물이 포도주로 변한 건 아니었어. 물이 포도주로 변하진 않았지. 그러나 그 모든 것에도 불구하고, 그의 영혼은 물이 정말로 포도주로 변했다는 듯 살아가리라. 실제적 사실로서 물은 변하지 않았다. 그러나 그의 영혼에서는 변했던 것이다.

"물이 포도주로 변했건 말건 상관없어. 난 있는 그대로 받아들여." 그가 말했다.

"근데 있는 그대로란 게 뭐야?" 그녀가 즉각 기대에 차서 물었다.

"성경 말씀이지." 그가 말했다.

그 대답에 애나는 분노했고 그를 경멸했다. 그녀 자신은 성경을 적극적으로 회의하지는 않았다. 그러나 남편은 그녀가 성경을 경멸하도록 몰고 갔다.

그도 책에 쓰인 글자로서의 성경에 대해서는 신경 쓰지 않았다. 그녀를 만족시킬 정도는 아니지만, 그에게 무언가 진짜가 있다는 걸 그녀는 알았다. 그는 교조적인 사람이 아니었다. 물이 포도주로 변했다는 사실을 믿지는 않았다. 그것을 사실로 만들고 싶어 하지도 않았다. 진실로 그의 태도에는 비판이 부재했다. 그것은 순전히 개인적인 것이었다. 그는 성서의 말씀으로부터 자신에게 가치 있는 것을 취해서 자기 영혼에 덧붙였다. 그의 정신은 잠자도록 내버려두었다.

그가 자신의 정신을 잠자도록 놔두었기에 애나는 그에게 분개했다. 그는 인간적인 것, 인류에 속한 것을 이루려고 애쓰지 않았다. 오로지 자기 자신만 신경 쓸 뿐이었다. 그는 기독교인이 아니었다. 그리스도는 무엇보다 인류의 형제애를 역설했으니.

그녀는 자기 자신을 거스를 정도로 인간적 지식의 숭배에 매달렸다. 인간은 몸으로는 죽지만 지식에 있어서는 불멸이었다. 모호하고 체계는 없어도 바로 그런 것이 대략 그녀의 믿음이었다. 그녀는 인간 정신의 전능함을 믿었다.

반면 그는 지하 생물처럼 눈먼 채, 인간 정신을 무시하고 굴을 파는 자신의 코를 따라 자신만의 어두운 영혼의 욕망을 좇을 뿐이었다. 애나는 종종 숨이 막혀 죽을 것 같았다. 그래서 그를 떼어버리려 몸부림쳤다.

그러면 그는 자신이 눈먼 것을 알았기에, 감각적 공포로 정신이 나가 미쳐 날뛰며 반격해왔다. 그는 어리석은 짓을 했다. 권리를 주장하며 자기를 내세웠고, 집안의 가장이라는 낡은 지위를 휘둘렀다.

"당신은 내가 바라는 대로 처신해야 해." 그가 소리쳤다.

"바보!" 그녀가 대꾸했다. "등신!"

"누가 가장인지 보여주겠어." 그가 소리쳤다.

"등신!" 그녀가 대답했다. "멍청이! 당신 같은 건 열명이라도 담뱃대에 넣고 손끝으로 꾹 눌러버릴 수 있는 우리 아빠를 보며 컸는데, 당신이 얼마나 바본지 내가 모를 줄 알아!"

그는 자신이 얼마나 바보인지 알았고, 그래서 쓰라리게 괴로웠다. 그래도 그는 그들 두 사람이 탄 삶의 배를 조종하려고 계속 애썼다. 배의 선장으로서 자신의 지위를 내세웠다. 선장이든 배든 그녀는 지겨웠다. 수많은 가정들이 사회라는 거대한 함대를 이룬다고 할 때, 그는 이 한 가정이라는 배의 주인으로서 위엄을 보이고 싶었다. 그런 함대란 그녀에겐 쓸데없이 서로 밀쳐대는 작은 물통들의 우스꽝스러운 무리 같았다. 그녀는 그런 것들에 대한 믿음이 전혀 없었다. 집안의 가장으로서, 그들 두 사람 삶의 주인으로서 그의 존재를 그녀는 우습게 여겼다. 그러면 그는 너무도 수치스럽고 분했다. 그녀의 아버지가 어떠한 권위도 내세우지 않고도 남자다운 남자일 수 있었던 걸 알았기에 수치스러웠다.

그는 항로를 잘못 들었지만 항해를 포기하기란 어려웠다. 수치심이 물밀듯 밀어닥쳤다. 그후 그는 굴복했다. 집안의 가장이라는 생각을 포기해버렸다.

그럼에도 불구하고 그가 바라는 뭔가가, 모종의 지배 형태가 있었다. 그는 가끔 쩨쩨하고 수치스러운 지경까지 무너져내렸다가도 다시 일어섰으며, 그러고는 그의 영혼의 숨은 열정을 성취하기 위해 남자의 자존심을 걸고 꿋꿋한 정신과 강인한 힘으로 다시 한번 시작했다.

그의 시도는 출발은 좋았지만 늘 두 사람 사이의 싸움으로 끝이 나서 그들은 거의 미칠 지경이었다. 그는 아내가 자기를 존중하지 않는다고 했다. 그녀는 콧방귀를 뀌며 비웃었다. 애나는 자신이 그를 사랑하는 것만으로 충분했다.

"뭘 존중하라는 거야?" 그녀가 물었다.

하지만 그는 늘 틀린 답을 했다. 그녀도 머리를 쥐어짜며 궁리해봤지만 알아낼 수 없었다.

"당신, 목각을 계속하는 게 어때?" 그녀가 말했다. "아담과 이브상은 왜 안 끝내?"

말은 그래도 그녀가 아담과 이브상을 좋아한 건 아니었고, 그도 그 작품에 조각칼 한번 더 대지 않았다. 그녀는 이브상을 비웃으며 말했다.

"이브가 꼭 조그만 꼭두각시 같아. 왜 이렇게 작아? 아담은 하느님만큼 크게 만들고서 이브는 인형같이 만들었어."

그녀가 계속 말했다. "여자가 남자 몸에서 만들어졌다는 건 정말 뻔뻔한 소리야. 여자한테서 나지 않은 남자가 어디 있다고. 남자들이란 정말 뻔뻔하고 건방져!"

어느 날 목판을 들고 작업해보려다 실패한 후, 그는 화가 나고 속이 끓어올라 목판 전체를 작게 부숴 불살라버렸다. 그녀는 알지 못했다. 이 일이 있고 며칠간 그는 아주 조용하고 가라앉은 상태로 지냈다.

"아담과 이브 목판 어디 있어?" 그녀가 물었다.

"태웠어."

그녀가 그를 쳐다보았다.

"당신이 조각한 거 말이야."

"불태웠다고."

"언제?"

그녀는 그의 말이 믿기지 않았다.

"금요일 밤에."

"내가 친정 갔을 때?"

"응."

그녀는 더 묻지 않았다.

그러다 남편이 일하러 가고 없을 때, 그녀는 종일 울었다. 울고 나니 마음이 훨씬 누그러졌다. 그래서 이 마지막 고통의 잿더미로부터 새롭고 여린 사랑의 불길이 피어올랐다.

이 일이 있은 직후, 그녀는 임신했다는 사실을 알게 되었다. 엄청나게 떨리는 경이와 기대가 영혼을 흔들었다. 그녀는 아이를 원했다. 어린것들이라면 뭐든 마음이 동하긴 했어도 아기를 썩 좋아해서 그런 건 아니었다. 하지만 아이를 갖고 싶었다. 가슴속에 어떤 허기가 있어, 아이를 통해 남편을 그녀 자신과 결합시키고 싶었다.

아들이기를 바랐다. 아들이면 부러울 게 없을 듯했다. 남편에게 임신했다고 말하고 싶었다. 그러나 말하려니 그건 너무도 떨리고 내밀한 일이었고, 이즈음 그는 매정하고 무뚝뚝했다. 그래서 그녀는 안 보이는 데서 엉엉 울었다. 이건 진짜 소중한 기회를 버리는 짓이야, 꽃망울 같은 그녀 삶의 아름다운 순간에 찬물을 끼얹는 거지 뭐야. 그녀는 자신의 비밀을 품은 채 떨리고 부푼 심정으로 지냈다. 그에게, 아, 너무나 부드럽게 손을 대고서 어둡고도 예민한 그의 얼굴을 보며 소식을 전해주고 싶었다. 그가 온화하고 평안하게 대해주길 기다리고 또 기다렸다. 그러나 그는 계속 모질게 굴면서 그녀를 괴롭혔다.

그리하여 꽃봉오리는 생기를 잃고 시들어버렸고, 그녀는 냉랭해졌다. 애나는 마시 농장으로 갔다.

"그래," 아버지가 딸을 보자 대번 눈치를 채고 말했다. "이번엔 또 뭔 일이냐?"

다정한 말투만 들어도 눈물이 터졌다.

"아무 일도 없어요." 그녀가 말했다.

"너넨 좀 잘 지내면 안 되냐?" 그가 말했다.

"그인 고집불통이에요." 떨리는 음성이었다. 하지만 그녀의 영혼도 완고하기 그지없었다.

"그래, 내 그런 고집쟁이를 하나 더 알지." 아버지가 말했다.

그녀는 가만히 있었다.

"너희도 그렇게 불행하게 살고 싶진 않겠지, 아무것도 아닌 일로 말이다." 아버지가 말했다.

"그인 조금도 불행하지 않아요." 그녀가 말했다.

"다른 건 몰라도 이거 하나는 장담한다, 네가 서방을 아주 개 발싸개처럼 비참하게 만들 수 있단 거 말이야. 우리 딸내미, 그런 데는 아주 전문이잖아."

"전 절대 그이를 비참하게 만들지 않아요." 그녀가 맞받아쳤다.

"그렇겠지, 그렇고말고! 상냥하기가 꿀단지지, 넌."

애나가 조금 소리 내어 웃었다.

"제가 불행하게 살고 싶어서 그런다고 생각진 마세요." 그녀가 큰 소리로 말했다. "안 그래요."

"우리야 그렇게 믿고말고." 브랭귄이 대꾸했다. "그렇다고 네 남편을 연못의 물고기처럼 흥겨워 파닥파닥 뛰놀게 해주지도 않잖니."

이 말을 듣고 애나는 생각해보았다. 남편을 연못의 물고기처럼 흥겹게 뛰놀게 해줄 생각이 정말로 없다는 걸 발견하고 조금 놀랐다.

그녀의 엄마가 와서, 그들은 차를 마시며 편안하게 이야기를 나누었다.

"애야," 엄마가 말했다. "모든 걸 네 손아귀에 쥐고 흔들려고 하면 안 된다는 걸 잊지 마라. 그런 걸 바라면 안 돼. 두 사람 사이엔 사랑 그 자체가 중요한 거야, 너도 아니고 네 남편도 아니고 말이야. 너희가 새로 만들어야 할 건 제3의 것이야. 모든 걸 네 식으로 하려고 하면 안 돼."

"세상에, 저 안 그래요. 만약 그랬다면 제가 뭘 잘못했는지 금방

알 거고요. 제가 뭘 하려고만 하면 대번에 반격이 들어온다니까요,
정말이에요."

"그러면 뭔 일을 하든 조심해야지." 아버지가 말했다.

애나는 부모가 자신의 신혼 생활의 비참함을 이렇게 담담하게
받아들이는 데 좀 화가 났다.

"넌 네 신랑을 아주 사랑하잖니." 아버지가 걱정스러워 이마를
찌푸리며 말했다. "중요한 건 그것뿐이야."

"그이를 정말 사랑해요. 그러니 그이가 더 나쁘죠." 애나가 큰 소
리로 말했다. "그이한테 말하고 싶었어요. 나흘이나 말하려고 별렀
단 말이에요⋯⋯" 그녀의 얼굴이 떨리더니 눈물이 흘러내렸다. 부
모는 조용히 지켜보았다. 그녀는 더이상 말하지 않았다.

"뭘 말하고 싶었다는 거냐?" 아버지가 물었다.

"아기를 가졌다고요." 그녀가 흐느껴 울었다. "그런데 그이 때문
에 말도 못 꺼냈어요, 한번도. 곁에 갈 때마다 무섭게 대해요. 전 말
하고 싶었단 말이에요, 정말로. 근데 말도 못 꺼내게 해요. 제게 진
짜 못되게 굴어요."

그녀는 가슴이 찢어질 듯 흐느껴 울었다. 엄마가 다가와 위로해
주고 두 팔로 꼭 껴안았다. 아버지는 이맛살을 찌푸린 이상한 표정
으로 앉아 있었고 평소보다 창백했다. 사위가 미워서 심장이 오그
라들었다.

그렇게 애나가 울먹이며 자초지종을 털어놓고 부모의 위로를
받고 차도 마셔서 이 작은 무리에 다소 평온한 분위기가 되살아났
을 때, 윌 브랭귄이 이 자리에 낀다는 생각은 달갑지 못했다.

틸리에게 윌이 귀갓길에 지나가는지 망을 보게 했다. 식탁에 앉
아 있던 작은 무리에게 하녀의 날카로운 소리가 들려왔다.

"윌 서방님, 들어오셔유. 애나 아가씨 여기 있구먼유."

잠시 후 젊은이가 들어왔다.

"안 갈 거야?" 윌이 딱딱하고 거칠게 물었다.

거기 서 있는 그의 모습이 뭐든 파괴하려는 칼날 같았다. 애나가 떨며 눈물을 글썽였다.

"앉게나," 톰 브랭귄이 말했다. "좀 있다 가게."

윌 브랭귄은 자리에 앉았다. 분위기가 좀 심상찮다고 느꼈다. 그는 눈썹이 짙었는데, 눈에는 먼 데만 볼 수 있는 것처럼 예리하고 집중한 날카로운 표정이 있었다. 그것이 그의 매력이자 애나를 너무도 화나게 만드는 점이었다.

'저인 왜 늘 나를 거부할까?' 그녀는 속으로 생각했다. '나란 존재는 왜 저이한테 아무것도 아닐까?'

그리고 푸른 눈에 온화한 표정의 톰 브랭귄이 젊은이를 마주 보고 앉아 있었다.

"얼마나 있을 거야?" 젊은 남편이 아내에게 물었다.

"오래 안 있을 거야." 그녀가 대답했다.

"자네, 차 마시게." 톰 브랭귄이 말했다. "오자마자 가려고 들썩거리나?"

그들은 이런저런 사소한 이야기를 나누었다. 열린 문으로 석양빛이 고르게 쏟아져 마룻바닥을 환히 비추었다. 회색 암탉 한마리가 쏜살같이 문간에 나타나 뒤뚱거리며 모이를 쪼았다. 머리의 볏과 턱의 고기수염에 빛이 비쳐 닭이 움직이자 주홍빛 깃발이 이리저리 나부끼는 듯했고, 닭의 회색 몸뚱이가 꼭 유령 같았다.

지켜보던 애나가 빵 부스러기를 던져주었다. 가슴속에서 유년의 기억이 불꽃처럼 솟아올랐다. 그녀는 잊고 있던 강렬하지만 아득한 것들을 다시 떠올리는 듯했다.

"엄마, 나 어디서 태어났어요?" 그녀가 물었다.

"런던에서 태어났지."

"그럼 아버지는," 그녀는 낯선 이름일 뿐이라는 듯 친부에 대해 말했다. 자신을 그와 도무지 연결 지을 수 없었다. "얼굴이 검은 편이었나요?"

"진갈색 머리에 눈동자도 짙은 색이었고 혈색이 좋았지. 머리가 벗어졌어, 상당히 벗어졌지. 꽤 젊었을 때부터 그랬어." 엄마 역시 상상 속 옛이야기 하듯 대답했다.

"잘생겼나요?"

"응, 아주 미남이었어, 키는 좀 작았고. 영국 사람 중에는 그이처럼 생긴 사람을 본 적이 없어."

"왜요?"

"그이는," 애나의 엄마가 손을 민첩하게 움직여 물 흐르는 동작을 취했다. "생기 있고 변화무쌍했거든. 가만있는 적이 없었어. 안정된 것과는 거리가 멀었지. 흐르는 냇물 같았어."

그 말에 윌은 퍼뜩 떠오르는 게 있었다. 애나 역시 흐르는 냇물 같았다. 그러자 단박에 아내가 다시 사랑스러워졌다.

톰 브랭귄은 두려웠다. 자기가 사랑하는 여자들이 옛 남자에 대해 오가며 알고 지내다 떠난 낯선 사람 이야기하듯 말하는 걸 들을 때면 그는 언제나 두려움에, 미지에 대한 두려움에 사로잡혔다.

방 안에 앉은 모든 이들의 가슴에 침묵과 더불어 혼자라는 느낌이 깃들었다. 그들 모두 각자의 운명을 지닌 개별적 존재들이었다. 그러니 타자에 대해 난폭하게 권리를 주장할 이유가 어디 있으리.

봄날 땅거미 사이로 낫 같은 초승달이 비스듬히 뜰 무렵, 젊은 부부는 집으로 돌아갔다. 나무 우듬지가 상공에 드리우고 언덕마루에는 자그마한 교회가 어렴풋이 솟아 있었으며, 대지는 짙푸른 그늘로 뒤덮여 있었다.

애나는 아득히 먼 데서 손을 내밀어 살며시 남편의 팔을 잡았다. 그 역시 아득히 먼 데서 그녀가 자기에게 닿은 것을 느꼈다. 그들은 손을 잡고 땅거미에 맞닿은 저 너머 지평선을 따라 계속 걸어갔다. 검푸른 황혼 녘에 지빠귀 우는 소리가 들려왔다.

"자기, 나 아기 가진 것 같아." 먼 데서 들려오는 말이었다.

그는 몸을 떨며 그녀의 손을 꽉 잡았다.

"뭐?" 뛰는 가슴으로 그가 물었다. "확실한 거야?"

"응." 그녀가 대답했다.

그들은, 별개의 두 사람은 더이상 아무 말 없이 손을 꽉 잡고서 서로의 지평선을 따라 그 사이 공간을 가로질러 걸어갔다. 그리고 그는 보이지 않는 곳에서 불어닥친 강풍에 얻어맞은 듯 떨렸다. 두려웠다. 자신이 혼자임을 알게 되어 두려웠다. 아내가 그녀의 몫인 세상의 절반 속에서 만족스럽고 개별적이며 충만해 보였기 때문이었다. 그는 자기가 잘려나갔다는 것을 알고 견딜 수 없었다. 그는 왜 언제나 그녀와 하나일 수 없는 걸까? 그녀에게 아이를 갖게 한 건 바로 그 자신인데. 그녀는 왜 그와 함께, 그와 하나가 될 수 없는 걸까? 그는 왜 이렇게 외따로 지내야 하고 그녀는 왜 그와 함께, 가까이, 더 가까이 하나가 될 수 없는 걸까? 그녀는 반드시 그와 하나여야 하는데.

그는 아내의 손을 꽉 그러잡았다. 그녀는 그가 무슨 생각을 하는지 알지 못했다. 자궁 속에 아이를 가졌기에, 그녀의 가슴에 타오르는 빛은 너무나 아름답고 눈부셨다. 그녀는 영광스러운 심정으로 발걸음을 옮겼다. 지빠귀 소리, 계곡을 달리는 기차 소리, 저 멀리 희미한 시내의 소음 모두 그녀의 성모송[8]이었다.

그러나 그는 침묵 속에서 몸부림치고 있었다. 그의 앞에 단단한 암흑의 벽이 있어 그를 가로막고 목 졸라 미치게 하는 것 같았다. 그는 아내가 다가와 그 자신을 완전하게 해주기를, 그의 앞에 서서 그의 눈이 어둠과 직접 대면하지 않게 해주기를 바랐다. 그녀가 다가와 그를 완전하게만 해준다면 그밖엔 아무것도 중요치 않았다. 그는 자신의 한계 때문에 지독히 시달리고 있었던 것이다. 어둠 속에서 불완전하게, 창조되지도 못한 채 끝장난 듯했기에, 그녀가 다가와 자신을 해방시켜 온전하게 만들어주길 바랐다.

그러나 아내는 그녀 자체로 완전했다. 그래서 그는 무력하게 아내를 원하는 자신의 결핍이 수치스러웠다. 자신의 결핍과 결핍에 대한 수치심이 광기처럼 그를 짓눌렀다. 그럼에도 임신한 아내를 존중했기에, 그녀가 자기 아이를 가졌기에 그는 아직 조용하고 온화했다.

그녀는 쏟아지는 햇살 속에서 행복했다. 하나의 존재로서, 고마운 조건으로서 남편을 사랑했다. 그러나 지금은 그녀의 필요가 충족되었기에 순전한 행복감 속에서 남편의 손을 잡고 있기를 바랄 뿐, 깊이 생각하지 않고 즐겁게 지내기를 바랄 뿐이었다.

윌은 2절판[9] 복제화를 몇개 갖고 있었는데, 그중에 프라 안젤리꼬[10]의 「복자福者들의 천국 입성」을 모사한 싸구려 그림도 있었다.

---

8 수태고지 후 마리아가 하느님을 찬양하는 노래. 루가의 복음서 1:46-55 참조.

9 전지(全紙)를 둘로 접어 만든 인쇄물. 가장 큰 판형이다.

10 Fra Angelico(1400?~55). 이딸리아의 화가. 경건하고 감정이 풍부한 종교화를 그렸다.

이 그림을 보면 애나는 더없이 행복해졌다. 축복받은 자들이 손을 맞잡고 광채 비치는 곳을 향해 걸어가는 아름답고 천진한 모습, 진실로, 진실로 천사 같은 선율에 행복에 겨워 흐느끼게 되었다. 그 꽃다운 광경, 빛줄기들, 맞잡은 손들이 너무나 벅찼고 너무나 천진무구했다.

날이면 날마다 천국 문에서 빛이 비쳐들었고, 날이면 날마다 그녀는 그 밝음 속으로 들어섰다. 그녀 안에 있는 아기가 빛나서 그녀 자신이 한줄기 빛이 되었다. 문밖을 서성이며 떠도는 햇살은 얼마나 아름다운가. 마당 끝자락에는 커다란 개암나무 수풀의 꽃차례가 아련히 흔들리며 매달려 있고, 검은 주목 가지에 새 한마리가 매달리듯 깃들면 불꽃같이 자그마한 아지랑이가 퍼져나왔다. 어느 날은 초롱꽃이 산울타리 아래에 줄지어 피고, 잠시 피었다 지는 앵초는 풀밭에서 만나처럼 황금빛으로 반짝였다. 애나는 충만하고 나른하며 사랑스럽기 그지없었다. 얼마나 행복한지, 산다는 건 얼마나 매력적인지. 그녀 자신과 남편, 사랑과 잉태의 열정을 안다는 것은, 이 모두가, 강렬한 정화의 불길이 그녀 주위에 존재하고 기다리다 타오른다는 것을 아는 것은 얼마나 멋진지. 그 불길을 통과해 이제 이 황금빛 평화에 도달하여, 그녀는 아이를 갖게 되고, 순수해지며, 남편을 사랑하고, 손을 맞잡은 모든 천사들을 사랑하게 되었으니. 그녀가 고개 들어 들판을 가로지르는 산들바람을 맞으면 바람은 간지럼 태우는 자매들처럼 그녀를 스쳤고, 그녀는 앵초와 사과꽃 향기 밴 바람을 한껏 들이켰다.

이렇듯 행복한 와중에도 소심하고 거친 검은 그림자가, 한마리 맹수가 어슬렁거리다 사라졌다. 어디선가 날아와 눈앞을 어지럽히는 거미줄처럼 두려운 존재가 있었다.

밤이 되어 월이 돌아올 때면 그녀는 두려웠다. 아직은 그녀의 두려움을 입 밖에 내지 않았고, 그 그림자도 절대 그녀를 덮치지 않았다. 그는 부드럽고 겸손했으며 물러나 있었다. 그녀를 만지는 손길이 섬세했기에 그녀는 그의 손을 사랑했다. 하지만 칼날을 숨긴 그의 부드러운 손에서 여전히 어둠과 딴 세상을 느꼈기에 전율이, 통증처럼 선명한 전율이 그녀의 온몸에 퍼졌다.

그러나 기적처럼 고요히 여름이 다가왔고, 그녀는 거의 혼자 지냈다. 그동안 내내 길고도 행복한 나른함이 이어졌고, 마당에 핀 연분홍 장미도 다 져서 폭우에 씻겨가버렸다. 여름이 지나 가을로 접어들자 길고 몽롱한 금빛 낮이 끝나가고 있었다. 서쪽으로 진홍빛 구름이 피어올랐고, 밤이 되면 하늘 가득 구름이 흘러갔으며, 쏜살같은 구름 저 위로 하얗고 희미하게 달이 모습을 드러내는 날이면 밤공기가 뒤숭숭했다. 불현듯 달이 하늘의 말간 창에 쓱 나타나 무슨 죄수처럼 저 위에서 내려다보곤 했다. 그러면 애나는 잠을 이룰 수 없었다. 남편에게 이상하고 어두운 긴장감이 돌았다.

그가 그녀에게 자기 의지를 강요하려 한다는 것을, 어둡고 긴장한 모습으로 누워 있을 때 뭔가가, 그가 원하는 뭔가가 있다는 것을 애나는 알게 되었다. 그녀의 영혼은 지쳐 한숨을 내쉬었다.

모든 것이 이렇게 몽롱하고 아름답건만, 그는 엄혹하고 적대적인 현실 쪽으로 그녀를 깨우려 했다. 그녀는 저항하며 물러났다. 여전히 그는 아무 말도 하지 않았다. 하지만 집요하게 괴롭히는 그의 완력이 느껴져서 마침내 그녀는 그 긴장감을 알아챘으며, 탈진하지 않으려 소리 질렀다. 그가 밀어붙이려 해, 밀어붙이려 한다고. 그녀는 임신이 주는 기쁨과 몽롱함과 천진함을 한껏 즐기고 싶었다. 그의 부식시키듯 씁쓸한 사랑을 바라지 않았고, 그런 사랑을 쏟아부어 그녀를 태우는 게 싫었다. 그녀가 왜 그런 사랑을 받아야 해? 왜, 아, 왜 그는 자족하고 자제하지 않는 거야?

그가 검게 조여드는 의지로 그녀를 거세게 몰아치던 그날들 동안, 애나는 많은 시간 창가에 앉아 주목 위로 내리는 빗방울을 바라보았다. 그녀는 핼쑥하고 생각에 잠겨 있을 뿐 슬프지는 않았다. 가슴 아래 깃든 아기가 끝없는 온기를 주었다. 그래서 든든했다. 압박은 외부로부터 가해질 뿐, 그녀의 영혼에 상처라곤 없었다.

그러나 그녀의 마음에는 이런 초조하고 불안한, 변함없는 긴장감이 늘 존재했다. 그녀는 안전하지 않았고 언제나 노출되어 항상 공격당했다. 온전한 평화와 축복을 간절히 바랐다. 얼마나 절절히 바랐던가. 너무도 절절했다.

그녀는 남편이 줄곧 만족하지 않는다는 것을, 줄곧 그녀에게 뭔가를 강요하려 한다는 것을 어렴풋이 알았다. 아, 그녀 방식으로 그와 잘 지낼 수 있으면 얼마나 좋을까! 그는 거기 있었고, 그것은 정해진 거였다. 그녀 역시 그의 안에서 살았다. 그리고 그와 평화롭게, 평화롭게 지내기를 얼마나 바랐던가. 그녀는 그를 사랑했다. 그에게 사랑을, 순수한 사랑을 주려 했다. 그날 밤, 그녀는 기이하고도 황홀한 표정으로 남편의 귀가를 기다렸다.

그가 왔을 때 그녀는 양손 가득 환하고 순수한, 꽃다운 사랑을 들고 그를 맞았다. 그의 얼굴에 어두운 경련이 스쳤다. 그녀가 순수한 사랑으로 꽃처럼 피어난 빛나는 얼굴로 쳐다보자, 그는 얼굴이 어둡게 경직되고 미간이 잔뜩 찌푸려졌다. 그가 그녀에게서 눈길을 돌리자 그의 눈동자의 흰자위가 보였다. 그녀는 그에게 손을 얹고 가만히 있었다. 그러나 그의 몸에서 뿜어나오는 부식시키듯 쓰디쓴 열정이 그녀의 손을 찌릿하게 관통해 활짝 핀 그녀를 부숴버릴 것 같았다. 그녀는 움츠러들었다. 자신을 보존하려고 벌떡 일어나 저쪽으로 몸을 피했다. 그녀에게 그것은 엄청난 고통이었다.

그 역시 고통스러웠다. 그녀의 얼굴에서 반짝이는 꽃다운 사랑을 보았으나, 그는 그것을 원치 않았기에 암울했다. 이게 아니야, 이게 아니야. 그는 꽃다운 순수를 원하지 않았다. 그는 불만스러웠다. 불만으로 끓어오르는 분노가 끊임없이 그를 괴롭혔다. 그녀는 왜 그에게 만족을 주지 않는가? 그는 그녀를 만족시켜주었는데. 그녀는 만족해서 자신만의 천국의 문간에서 평화롭고 순수하게 거하고 있는데.

그는 불만스럽고 충족되지 못한 채, 원하고 또 원하며 격하게 고통스러워했다. 그를 만족시키는 게 그녀의 일이야, 그렇게 하도록 만들어야 해. 그녀가 꽃처럼 순수한 사랑을 품고 다가오게 해선 안 돼. 그러면 그것들을 집어던지고 남김없이 짓밟아버릴 테다. 그녀의 꽃다운 순수한 행복을 부숴버릴 테야. 그는 그녀로부터 만족을 얻을 자격이 없나. 그의 가슴이 욕망으로 들끓고, 충족을 모르는 그의 영혼이 암울한 고통에 시달리고 있지 않은가. 그러니 그녀 안에 성취된 것처럼 그에게도 성취되게 하기를. 그는 이미 그녀를 충족시켰으니. 그녀로 하여금 일어나 자기 몫을 하게 하라.

그는 그녀에게 모질게 굴었다. 하지만 그러는 내내 수치스러웠다. 수치스러웠기에 더 모질게 대했다. 그녀 없이는 충족에 이를 수 없다는 게 수치스러웠던 것이다. 정말로 그녀 없이는 안 되었다. 그런데 그녀는 본 체도 하지 않았다. 그는 족쇄를 차고 캄캄한 고통 속에서 몸부림쳤다.

그녀는 그에게 다시 일을 하라고, 목각을 해보라고 간청했다. 그렇지만 그의 영혼은 너무도 암울했다. 자신의 아담과 이브 목판을 부숴버린 터였다. 적어도 지금 같은 상태에서는 다시 시작할 수 없었다.

남편이 그 자신으로부터 해방될 수 없었기에, 그녀에게도 궁극적인 놓여남이 없었다. 폭풍우 사이로 날아든 한줄기 빛을 머금은 따스한 구름처럼, 그녀는 괴로움 속에서도 그리움을 품고 낯설고 모호하게 지내야 했다. 이 따스한 몽롱함 속에서 너무나 풍요로웠기에, 그녀의 영혼은 닦달하고 파괴하려는 그에게 소리치며 대들었다.

그녀에겐 아직 고양된 환희의 순간들이, 이전의 환희가 되살아나는 순간들이 있었다. 침실 창가에 앉아 하염없이 내리는 비를 바라볼 때면 그녀의 영혼은 아득한 어딘가를 향했다.

그녀는 자부심과 묘한 즐거움에 차 있었다. 아무도 함께 기뻐해줄 이가 없는데도 충족하지 못한 영혼이 춤추고 뛰놀아야 할 때, 그때 사람들은 미지의 존재 앞에서 춤을 추었다.

문득 그녀는 자기가 하고 싶은 것이 바로 이것임을 깨달았다. 아이를 가져 불어난 몸으로 그녀는 침실에서 홀로 춤추었다. 자기를 택했고 자기의 주인인 보이지 않는 존재, 그 보이지 않는 창조자에게 손과 몸을 치켜들고 춤추었다.

아무도 알게 하고 싶지 않았다. 그녀는 은밀히 춤추었고, 그녀의 영혼은 희열에 들떴다. 그녀는 창조자 앞에서 은밀히 춤추었고, 부른 배가 자랑스러워 옷을 벗고 춤추었다.

춤이 끝났을 때 그녀는 깜짝 놀랐다. 주춤하며 두려움이 몰려들었다. 지금 누구 앞에서 다 벗고 있는 거지? 남편에게 말하고 싶을 정도였다. 하지만 그녀는 그에게 가까이 가지 않았다.

그녀는 내내 그렇게 홀로 춤췄다. 그녀는 하느님 앞에서 춤추며 미칠 듯 기뻐 옷을 벗었던 다윗의 이야기가 좋았다. 그가 왜 평범

한 여자인 미갈 앞에서 옷을 벗어야겠는가? 그는 하느님 앞에서 벗었던 것이다.[11]

"네가 칼을 차고 창과 표창을 잡고 나왔다만, 나는 만군의 야훼의 이름을 믿고 나왔다. (…) 야훼께서 몸소 싸우시어 네놈들을 우리 손에 넘겨주실 것이다."[12]

이 구절이 그녀의 가슴을 울렸다. 그녀는 자랑스럽게 지냈다. 그녀의 싸움은 그녀만의 하느님의 것이었고, 남편은 저쪽으로 치워졌다.

이즈음 그녀는 그를 잊고 있었다. 그녀에게 대항하다니, 도대체 그는 누구인가? 그렇다, 그는 블레셋 사람인 그 거인조차 못 되었다. 그는 자기 왕권을 선포하는 사울 같았다. 그녀는 속으로 웃었다. 왕권을 선포하다니, 도대체 그가 뭐라고? 자부심에 차 그녀는 마음속으로 웃어댔다.

그녀는 남편을 초월해 환희의 춤을 추어야만 했다. 그가 집 안에 있었으므로, 그녀는 그 사내로부터 면제되어 그녀의 창조자 앞에서 춤추어야만 했다. 어느 토요일 오후, 그녀는 침실에 난로를 피우고 또 옷을 벗고 무릎과 손을 느릿느릿, 리듬감 있고 의기양양하게 들어올리며 춤을 추었다. 그가 집에 있었기에 그녀의 자부심은 더 거셌다. 그의 존재를 무효화하는 춤을 추리라, 그녀의 보이지 않는 하느님에게 춤을 추리라. 하느님 앞에서, 그녀는 그보다 더 높이 들어올려졌다.

그가 계단을 올라오는 소리를 들었을 때 애나는 움찔했다. 어둑해지는 늦은 오후, 그녀는 머리를 묶고 발가벗은 채 발목과 발치에

---

11 사무엘하 6:14-21 참조.
12 사무엘상 17:45, 47. 다윗이 블레셋의 적장 골리앗에게 하는 말.

270

난롯불을 쬐며 서 있었다. 그는 깜짝 놀랐다. 미간을 잔뜩 찌푸린 채 문간에 멈춰 섰다.

"뭐 하는 거야?" 거슬리는 목소리로 그가 말했다. "감기 걸리겠어."

그러자 그녀는 그를 지워 없애기 위해 두 손을 치켜들고 다시 춤추었다. 난롯불을 가로질러 천천히, 멋지게 움직이며 방 안 깊숙이 들어갈 때 그녀의 무릎이 난롯불에 언뜻 비쳤다. 그는 문 옆 컴컴한 그림자 속에 멀찍이 서서 얼어붙은 채 그 모습을 지켜보았다. 그녀는 느리고 둔중한 몸짓으로 잘 익은 밀 이삭처럼 몸을 앞뒤로 일렁거렸고, 어슴푸레 땅거미 진 오후 난롯불 앞에서 발을 디디며 그의 비존재非存在를 춤추었고, 하느님께 자신을 바치는 춤을 추며 환희에 빠졌다.

그는 이를 지켜보았다. 속에서 그의 영혼이 불타버렸다. 그는 몸을 돌렸다. 눈이 아파 볼 수 없었다. 그녀의 멋진 팔다리가 연신 쳐들렸고, 헝클어진 머리에다 잔뜩 불러서 낯설고 위압적인 배는 하느님을 향해 솟아올랐다. 그녀의 얼굴은 넋이 나간 듯 아름다웠고, 자신의 하느님 앞에서 기쁨에 취해 춤추느라 남자 따위는 알지 못했다.

그는 화형대에 묶인 듯, 아내를 지켜보는 것이 고통스러웠다. 산 채 불태워지는 것 같았다. 낯설고 강력한 그녀의 춤이 그를 소진시키고 태워버렸다. 이게 뭔지 알 수 없었다. 이해되지 않았다. 그는 지워진 채 기다렸다. 이제 그녀를 향한 그의 눈이 멀어 더이상 그녀가 보이지 않았다. 그들 사이의 보이지 않는 베일 너머로 그가 거친 목소리로 외쳤다.

"왜 이러고 있는 거야?"

"저리 가." 그녀가 말했다. "나 혼자 춤출 거야."

"그건 춤이 아니야." 그가 매몰차게 말했다. "뭐 하러 이러는 거야?"

"당신 보라는 거 아냐." 그녀가 말했다. "저리 가버려."

그의 아이를 가져 부른 배를 이상하게 불룩 내민 저 모습이라니! 그가 거기 있을 권리가 없던가? 그는 자기 존재가 침해로 느껴졌다. 그렇지만 그는 거기 있을 권리가 있었다. 그가 다가가서 침대에 걸터앉았다.

그녀는 춤을 멈추고 그에게 정면으로 맞서서, 날씬한 팔을 다시 쳐들고는 머리를 틀어올렸다. 벌거벗은 자신이 괴로웠지만 그에게 맞섰다.

"내 침실에서 내 마음대로 할 수 있어." 그녀가 소리쳤다. "왜 방해하는 거야?"

그러고는 실내용 가운을 걸치더니 난롯불 앞에 웅크리고 앉았다. 그녀가 몸을 가리니 그는 마음이 훨씬 편해졌다. 그날, 그와는 무관한 어떤 낯설고 고양된 존재가 된 그녀의 모습은 죽을 때까지 평생 그를 괴롭혔다.

그날 이후 그는 마음의 문이 닫혀버린 듯했다. 표정이 굳어 무감각해졌다. 눈은 더이상 보지 않았고, 손은 하릴없이 달려 있었다. 내면에 있는 그의 의지는 짐승처럼 똬리를 틀고 어둠 속에 숨어 있었다. 그러나 그것은 한결같이 강력했고 작동 중이었다.

처음엔 그가 곁에서 마음의 문을 닫아걸고 있어도 그녀는 쾌활하게 지냈다. 하지만 곧 그의 마력이 그녀를 사로잡기 시작했다. 어두운 나무 그늘에 누운 호랑이가 아침 녘 강가로 나온 여린 짐승들을 덮쳐 죽이듯, 어둡게 끓어오르는 강력한 그의 힘이, 몰래 숨어서 자유로이 노니는 짐승을 죽이려고 의지를 뻗치는 동물의 힘이 서서히 그녀에게 영향을 미치기 시작했다. 그가 어둑한 데 누워 가만

있어도, 그녀는 그가 자신을 노리고 있다는 것을 알았다. 그가 말없이 속을 드러내지 않아도, 그녀는 그의 의지가 그녀를 옥죄어 허물어뜨리는 게 느껴졌다.

자신이 드나드는 자리마다 그가 막아선다는 걸 그녀는 알게 되었다. 남편에게 짓눌리고 있다는 것을, 물고 늘어지는 그의 무게에 짓눌리고 있다는 것을, 표범이 들소를 진이 빠져 쓰러질 때까지 물고 늘어지듯이 그녀를 끌어내리고 있다는 것을 점차 깨달았다.

점차 그녀는 그의 육체적 의지의 암묵적 통제를 받아 자신의 생명과 자유가 생기를 잃어가고 있음을 깨달았다. 그는 그녀를 자기 수중에 두고 싶어 했다. 그녀를 느긋하게 집어삼키고 소유하길 원했다. 그러다 마침내 그녀는 밤새 그가 곁에 누워서 그의 의지로 옥죄는 탓에, 자신이 자면서도 내내 아프고 피로하며 소진된다는 것을 깨달았다.

이것을 깨달았을 때, 그녀는 결정적으로 잠시 정지했다. 길을 잃었을 때 빠르게 달리다 딱 멈춰 서듯, 그녀 삶에 찾아온 일순간의 정지였다.

그때 그녀는 그에게 사납게 덤비며 싸웠다. 그가 그녀한테 이러면 안 되지, 이건 끔찍해. 그녀의 몸을 얼마나 멋대로 휘어잡아 흔들고 싶은 거야? 왜 그녀를 끌어내려 영혼을 말살하려 하냐고? 왜 그녀의 영혼을 부정하고 싶은 거야? 그녀의 영성을 부정하고 왜 몸으로만 취하려 하냐고? 그렇다면 그는 그녀의 시신을 자기 몫으로 주장하려는 거야?

그는 그녀에게 어떤 거대하고 혐오스러운 어둠을 의미하는 것 같았다.

"나한테 뭔 짓을 하는 거야?" 그녀가 소리쳤다. "무슨 추잡한 짓을 하는 거냐고? 당신이 내 머리를 짓눌러서 잠을 못 자, 살 수도 없다니까. 당신은 숨 쉴 때마다 나한테 무슨 짓을 하고 있어, 날 죽이려는 끔찍한 짓을 하고 있단 말이야. 뭔가 끔찍한 게 있어, 당신 의지 속에 어둡고 짐승 같은 뭔가가 있다고. 나한테 뭘 원해? 무슨 짓을 하고 싶냐고?"

그녀의 말을 듣는 순간, 그의 몸속의 피가 온통 꺼메지고 막강해져 썩힐 듯이 들끓었다. 그녀에 대한 증오로 어둡고 맹목적으로 변했다. 너무도 깜깜한 지옥 속에 들어와 빠져나갈 수 없었다.

이런 말을 하다니, 그는 아내가 미웠다. 그의 모든 걸 다 주지 않았나, 그녀는 그의 전부 아니었나? 아내가 전부이고 그녀 외엔 아무것도 없었기에, 그의 내면에서 수치심이 비통한 불길처럼 끓어올랐다. 이런 처지인데 그녀가 자신을 괴롭히다니, 그런데도 그는 벗어날 수 없다니! 핏줄이 뜨겁게 타오르다 암담해졌다. 아무리 애써도 벗어날 수 없을 것 같았다. 그녀는 그의 전부였고, 그의 생명이자 근원이었다. 그는 그녀에게 의존했다. 만약 그녀가 사라진다면 그는 주춧돌 뽑힌 집처럼 무너져버릴 것이었다.

그리고 그녀는 이토록 전적으로 의존하는 그가 미웠다. 끔찍했다. 그를 밀쳐 떼어내고 싶었다. 그녀에게 올라타 옥죄는 표범처럼 그가 가까이, 너무 가까이 들러붙는 게 끔찍했다.

그는 분노와 수치와 좌절의 나락에 빠져 나날을 보냈다. 그녀에게서 떨어져나올 힘을 가지려고 얼마나 자신을 혹사했던가. 그러나 그럴 수가 없었다. 사방에 깊은 물이 차오르는데 헤엄을 못 치는 상황에서, 그녀는 그가 서 있는 바위와 같았다. 그는 그녀 위에서 있어야만 하고 의지해야만 했다.

삶에서 그녀 말고 무엇이 있나? 아무것도 없었다. 나머지는 거대하게 덮쳐오는 홍수뿐이었다. 그에게 아내 없는 삶의 모습은 무섭게 불어나는 홍수와 같은 밤의 공포여서, 그로서는 견디기 어려웠다. 그는 그녀에게 격렬히, 비굴하게 들러붙었다.

그래서 그녀는 그를 떨쳐내고 또 떨쳐냈다. 캄캄한 바다에서 헤엄치다 구명대를 놓쳐버린 처지인 그가 어디로 몸을 돌릴 수 있겠는가? 어디로 나아갈 수 있겠는가? 그는 그녀를 떠나고 싶었다. 떠날 수 있기를 바랐다. 그의 영혼을 위해서, 그의 남자다움을 위해서 그녀를 떠날 수 있어야 했다.

하지만 뭘 위해서? 그녀가 방주이고 온 세상이 홍수에 잠겨 있는데. 유일하게 실재하고 안전한 것은 여자였다. 그녀를 떠날 방법은 다른 여자에게 가는 것뿐이었다. 그렇지만 다른 여자가 어디 있으며 누구란 말인가? 게다가, 그래봐야 똑같은 처지에 놓일 뿐인데. 다른 여자도 여자고, 상황은 똑같을 텐데.

도대체 왜 그녀가 전부이고 모든 것인가, 왜 그는 그녀를 통해서만 살아야 하나, 그녀에게서 떨어지면 왜 가라앉을 수밖에 없는가? 왜 목숨이 끊길 것처럼 미친 듯이 그녀에게 매달려야 하나?

그녀를 떠날 수 있는 유일한 다른 길은 죽음이었다. 그녀를 떠날 수 있는 유일한 직항로는 죽음이었다. 어둡게 끓어오르는 그의 영혼은 이를 알고 있었다. 그러나 죽고 싶지는 않았다.

그는 왜 그녀를 떠날 수 없나? 죽건 살건 왜 저 깜깜한 물속으로 몸을 던지지 못하나? 그는 던질 수 없었다. 그럴 수 없었다. 그렇지만 당장 멀리 가서 일자리를 찾고 묵을 곳을 다시 구한다고 치자. 그러면 이전처럼 다시 그렇게 지낼 수는 있을 것이었다.

하지만 그는 그럴 수 없다는 것을 알았다. 여자가, 여자가 있어야 했다. 여자가 있으면서 여자에게서 자유로워야 하거늘. 그러니 똑같은 상황이 펼쳐질 것이었다. 그는 여자에게서 자유로울 수 없기에.

남자가 자기 발아래 확실한 것이 없다면 어떻게 설 수 있겠는가. 평생 불안스레 물 위를 디디면서 그걸 서 있다고 말할 수 있나? 차라리 포기하고 그냥 물에 빠져버리는 게 낫지.

그리고 여자 말고 그가 과연 무얼 기반으로 설 수 있겠는가? 그렇다면 그는 무력해서 다른 존재의 등을 밟지 않고는 움직이지 못하는 바다의 노인[13] 같은 존재인가? 불능이거나 불구, 혹은 어디가 모자란 반편인가?

그것은 증오와 분노로 가득 찬 수치스러운 괴로움이자 미칠 듯한 공포, 미칠 듯한 욕망이었고, 끔찍하고 탐욕스럽게 뻗쳐오는 수치였다.

무엇이 두려웠던가? 왜 그에게 애나 없는 삶은 무의미하고 어두운, 바닥 모를 홍수 속에서 모든 것이 몰아치는 끔찍한 혼란으로만 보였을까? 무엇 때문에 애나가 한주만 떠나 있어도 현실의 가장자리에 미친 사람처럼 달라붙어, 그를 익사시켜버릴 비현실의 홍수 속으로 틀림없이, 틀림없이 빠져버리는 것 같았나? 비현실로 빠져드는 그 끔찍한 느낌 때문에 그는 미쳐버릴 것 같았고, 그의 영혼은 두려움과 고뇌로 비명을 질렀다.

하지만 그녀는 그를 밀어내고 그녀를 움켜잡은 그의 손가락을 끈질기게, 가차 없이 떼어내서 그를 내쳤다. 그는 그녀가 자기를 불쌍히 여겨주기를 바라기도 했다. 그리고 가끔, 아주 잠시 그럴 때도 있었다. 하지만 그녀는 변함없이 또 그를 깊은 바닷속으로, 불확실

---

13 『아라비안나이트』에서 신드바드의 등에 타고 내리지 않으려 하는 노인 이야기의 인유.

의 공포와 고통 속으로 밀어내기 시작했다.

그녀는 배려라고는 없는 복수의 여신 같아졌다. 그녀의 눈은 냉랭한 요지부동의 증오심으로 반들거렸다. 그러면 그의 심장은 최후의 공포에 떨며 죽음을 맞이하는 듯했다. 그녀가 그를 저 깊은 심연으로 밀어 떨어뜨릴지도 몰랐다.

그녀는 이제 같이 자려고 하지 않았다. 그가 자신의 잠을 망쳐버린다고 했다. 그의 미칠 듯한 두려움과 고통이 펄펄 끓어올랐다. 그녀가 그를 몰아내버렸다. 주눅이 들어 가만히 숨는 악마처럼 그는 쫓겨났고, 그의 정신은 못된 짓을 꾸미며 교묘히 작동하고 있었다. 하지만 그녀는 그를 쫓아내버렸다. 그가 가장 격심한 고통을 겪는 그 순간, 그에게 그녀는 괴물이나 잔인함의 화신처럼 불가해한 것으로 보였다.

동정심 때문에 간혹 누그러질 때도 있었지만 그녀는 보석처럼 단단하고 차가웠다. 그는 그녀에게서 멀리 치워져야 했고, 그녀는 혼자 자야 했다. 그녀는 작은방에 남편의 침대를 마련해주었다.

그래서 그는 흠씬 얻어맞은 사람처럼 거기 누웠고, 초주검이 되게 맞아도 그의 영혼은 변함이 없었다. 배 바깥 바닷속으로 내던져져 의지할 것 하나 없이 망망대해를 떠돌다 가라앉고야 마는 사람처럼, 그는 다시 비현실 속으로 내던져져 고통을 겪었다.

그는 잠들지 못했다. 정신에 얇은 막이 드리워 선잠에 빠질 뿐이었다. 그것은 잠이 아니었다. 깨어 있는 것도, 자는 것도 아니었다. 그는 혼자 있을 수 없었다. 그녀를 품에 안을 수 있어야만 했다. 그녀가 안겼던 자신의 가슴과 배의 빈 공간을 견디기 어려웠다. 견딜 수 없었다. 그는 자신의 의지에 붙잡혀 허공중에 매달려 있는 것 같았다. 만약 자기 의지를 누그러뜨린다면 그는 가없는 허공을 지나 바닥 없는 수렁으로 떨어지고 또 떨어져서, 의지 없고 무력한 비존재가 되어 그저 절멸해버릴 것이었다. 별똥별처럼 마찰의 불길에 다 타버려 아무것도 남지 않은 무로, 완전한 무로 돌아갈 것이었다.

아침에 그는 음울하고 몽롱한 상태로 일어났다. 애나는 다시 그를 좋아하는 것 같았고 약간 살갑게 대했다.

"난 잘 잤어." 꾸민 듯 밝은 표정으로 그녀가 말했다. "당신은?"

"괜찮았어." 그가 대답했다.

그녀에게 절대 속을 털어놓지 않으리라.

삼사일 밤을 거의 뜬눈으로 홀로 지내도 그의 의지는 여전히 긴장하고 고착되어 전혀 변함이 없었다. 그러고 나자 그녀는 생기를 되찾고 느긋이 그를 다시 좋아한다는 듯이, 그의 침묵과 겉으로 보이는 묵인에 속고 가엾기도 하다는 듯이 그를 다시 받아주었다.

매일 밤, 그는 엄청난 수치심에도 불구하고 그녀가 자기를 들여놓을지 내칠지 몰라 괴로워하며 잠자리에 들 때를 기다렸다. 그리고 밤마다 그녀가 짐짓 명랑하게 "잘 자"라고 인사하면, 그는 그녀를 죽이거나 자신이 죽고 싶다고 느꼈다. 하지만 그녀는 너무도 애처롭게, 너무도 귀엽게 굿 나이트 키스를 청했다. 그래서 그녀에게 입 맞추었다, 그의 심장은 얼음처럼 싸늘했음에도.

가끔 그는 외출하기도 했다. 한번은 돌아와 자러 가기 전에 교회 현관에 오래 앉아 있었다. 사방이 캄캄하고 바람이 불고 있었다. 교회 현관에 앉아 있노라니 안식처 같아 안도감이 들었다. 하지만 날이 차서 자러 들어가야 했다.

그러던 어느 날 밤, 애나가 두 팔로 그를 껴안고 다정히 입 맞추면서 말했다.

"오늘 밤에 나랑 같이 있을래?"

그래서 그는 군말 없이 그녀와 같이 잤다. 그렇지만 그의 의지는 바뀌지 않았다. 그녀를 자신에게 매어두고자 했다.

그래서 얼마 안 가 그녀는 다시 혼자 지내야겠다고 말했다.

"진짜 자기를 저 방으로 보내기 싫어. 진짜 자기랑 같이 자고 싶어. 근데 잘 수가 없잖아. 당신 땜에 잠들 수가 없어."

혈관을 흐르는 그의 피가 검게 변했다.

"그게 무슨 소리야? 빤한 거짓말이잖아. 나 때문에 잘 수가 없다니……!"

"진짜야. 혼자 자면 진짜 잘 잔단 말이야. 자기가 있으면 잘 수가 없어. 자기가 나한테 뭔가 하는 것 같아, 머리를 짓누르는 것 같다고. 그리고 난 이제 정말로 자야 해, 아기가 곧 태어날 거니까."

"그건 내 탓이 아니야." 그가 대꾸했다. "당신이 잘못된 거지."

온 세상이 잠든 때 그들 두 사람만이, 이 세상에서 단둘만이 서로를 내치며 이렇게 한밤중에 싸움을 벌이는 것은 정말로 끔찍한 일이었다. 견딜 수 없었다.

그는 자기 방에 가서 혼자 누웠다. 그러다 음울하고 분한, 지독한 기간이 한참 지난 후 그는 누그러졌고 내면의 무언가가 물러났다. 그는 놓아버렸고, 자신이야 어찌 되든 상관하지 않았다. 그 자신에게, 그녀에게, 모든 이들에게 그는 이상하고 흐릿해졌다. 물에 빠질 때처럼 모든 일에 멍한 기분이었다. 그래도 물에 빠지는 것은 안도감을, 무한한 안도감을, 크나큰 안도감을 주었다.

더이상 고집하지 않으리, 더이상 아내에게 강요하지 않으리라. 그는 더이상 그녀에게 자신을 강요하지 않으려 했다. 놓아버리고 느긋하게 흘려버리면 어떻게든 되겠지.

그러나 그는 여전히 그녀를 원했다. 언제나, 항상 그녀를 원했다. 그의 영혼은 어린아이처럼 외롭고 너무도 무력했다. 엄마에게 매달리는 아이처럼, 그는 살기 위해 그녀에게 의지했다. 그는 그 사실을 알았고 자신이 어쩔 수 없다는 것도 알았다.

하지만 그는 혼자 있을 수 있어야 했다. 텅 빈 허공과 나란히 누워 태연할 수 있어야 했다. 물속에 가라앉건 살아남건, 저 큰물에 자신을 맡길 수 있어야 했다. 마침내 자신의 한계를, 그의 힘의 한계를 깨달았던 것이다. 받아들여야 했다.

두 사람 사이에는 잠잠하고 무력한 기운이 감돌았다. 적어도 싸움의 절반은 끝난 것이다. 가끔 애나는 뭘 하다가 울었고, 마음이 몹시 무거웠다. 하지만 그녀의 자궁 속 아기는 항상 따스했다.

그들은 다시 친구가 되었다. 만난 지 얼마 안 된 조용한 친구들 같았다. 그렇지만 그들 사이엔 무력한 분위기도 있었다. 그들은 한 번 더 같이 잤는데 아주 조용했고, 전처럼 일체를 이루지 않고 떨어져 잤다. 그리고 애나는 처음에 그랬듯이 남편을 친밀하게 대했다. 그러나 그는 아주 조용했고, 친밀하진 않았다. 그의 영혼은 기뻤으나 한동안 그는 생기를 잃었다.

그는 그녀와 같이 자면서도 그냥 둘 수 있었다. 그는 이제 홀로 있을 수 있었다. 홀로 있을 수 있다는 게 무엇인지 막 알게 되었다. 그것은 옳고 평화로웠다. 그녀가 그에게 새롭고 더 깊은 자유를 부여했던 것이다. 세상이 온통 불확실한 구렁이라 해도, 이제 그는 그 자신이었다. 자기 자신으로 태어난 것이다. 거듭난 사람이 되어, 광대한 인간 무리에서 벗어나 마침내 저 자신으로 태어난 것이다. 이제 드디어 별개의 주체를 가졌으며, 완전히 혼자는 아닐지라도 홀로 존재했다. 이전에 그는 다른 존재와 관계가 있는 한에서만 비로

소 존재했다. 이제 그는 상대적 자아뿐 아니라 절대적 자아를 갖게 되었다.

그러나 그것은 유약하고 무기력하며 말 못 하는 자아였고 기어다니는 젖먹이였다. 그는 아주 조용히, 어찌 보면 순종적으로 지냈다. 그는 마침내 자유롭고 분리되었으며 독립적인, 변치 않을 자아를 가지게 되었다.

애나는 마음이 놓였다. 남편에게서 벗어난 것이다. 그녀가 그에게 그 자신을 부여했던 것이다. 지치고 의지할 데가 없어서 그녀는 가끔 울었다. 그래도 그는 남편이었다. 곧 태어날 아이를 생각하며 그녀는 시름을 잊은 듯했다. 아이 때문에 포근하고 나른해지는 것 같았다. 그녀는 명료하지 않은, 포근하고 몽롱한 생각에 오래 잠겨 있었고 몽롱한 상태에서 벗어나고 싶지 않았다. 그리고 그에게 기대기도 했다.

간혹 그녀가 뭔가 요청하는 듯 애절하고 가련하게, 눈동자에 기이한 빛을 띤 채 그에게 다가왔다. 그는 그 모습을 보면서도 이해할 수 없었다. 그녀는 너무 아름답고 너무 신비했다. 그의 가슴에서 햇살처럼 빛줄기가 쏟아져 그녀를 비추는 것 같았다. 그는 그녀를 위해, 오직 그녀를 위해 거기 있었다. 그러면 그녀는, 출산일을 기다리고 있는 그녀는 그의 곁에 꿇어앉아 가슴을 부여잡고 거기 입 맞추고 또 입 맞추었다. 그는 누워 자기 가슴을 내려다보곤 했다. 가슴이 자신의 것이 아닌 것 같고, 자신이 가슴만 거기 남겨둔 것 같을 때까지 그렇게 했다. 하지만 그것 역시 그였고, 아내의 입맞춤을 받아 아름답게 빛나고 있었다. 그는 기이하고 빛나는 통증에서 희열을 느꼈다. 그러는 동안 그녀는 그의 곁에 무릎을 꿇고 천천히, 몰입해서 경건하기까지 한 동작으로 그의 가슴에 입 맞추었다.

그녀가 무언가 원하고 있다는 것을 그는 알았고 진심으로 그것을 주고 싶었다. 그의 마음은 그녀를 갈망했다. 고개를 든 그녀의 낯빛은 작은 구름처럼 장밋빛 광채를 발했고, 그는 여전히 그녀를 갈망했으며, 그리고 이제는 저 멀리서 그녀를 흠모했다. 그녀에게는 그가 낯선 사람처럼 멀리 떨어져 흠모하는 꽃다운 존재가 있었다.

몇주가 지나 출산일이 다가오자 그들은 아주 다정하게 은근한 행복감에 젖어 있었다. 집요하고 열정적이며 음울한 그의 영혼이, 그의 내면에 막강하게 자리 잡은 불만이 잠잠해지고 유순해져서 사자가 어린양과 함께 누운 듯했다.[14]

애나는 남편을 지극히 사랑했고, 그는 그녀 가까이에서 기다렸다. 출산을 기다리는 이즈음 그에게 그녀는 소중하고 아득한 존재였다. 그녀의 영혼은 태어날 아기 때문에 환희에 차 있었다. 그녀는 아들을 원했다. 아, 간절히 아들을 바랐다.

그렇지만 그녀는 너무나 어리고 연약해 보였다. 정말이지 아직 소녀에 불과했다. 난롯가에 서서 몸을 씻는 ─ 이즈음 그녀는 아주 자랑스럽게 씻곤 했다 ─ 그녀를 볼 때면 그의 마음은 아내를 향한 지극한 사랑으로 가득 찼다. 너무도 멋지고 또 멋진 팔다리, 타원형 등불처럼 둥그스름하고 날씬한 팔, 그리고 그녀의 다리는 너무나 꾸밈없고 아이 같지만 자신만만하기 그지없었다. 아, 그 다리 위로 무심히 불룩 나온 만삭의 배가 사랑스럽게 균형 잡혀 있었고, 귀엽고 둥그스름한 몸매는 감탄스러웠으며, 젖가슴은 두드러져 보였다. 이 모두보다 더 아름다운 그녀의 얼굴은 환히 빛나는 장밋빛

---

14 이사야 11:6 "늑대가 새끼 양과 어울리고 표범이 숫염소와 함께 뒹굴며 새끼 사자와 송아지가 함께 풀을 뜯으리니 어린아이가 그들을 몰고 다니리라"의 인유.

구름 조각 같았다.

그녀는 얼마나 자랑스러웠던가, 그녀의 젊은 몸은 얼마나 사랑스럽고 자랑스러웠던가! 그녀는 그가 자신의 만삭의 배에 손을 얹고 태아가 꿈틀대며 노는 것을 느끼며 전율하는 게 좋았다. 그는 두려워 말이 없었지만, 그녀는 그의 목을 감싸안고 당당하고 오만하게 이 순간을 즐겼다.

진통이 시작되었다. 아아, 너무도 처절한 울부짖음이었다! 그녀는 그를 곁에 있도록 했다. 그리고 긴 울부짖음 끝에, 눈물을 글썽이며 울음기 섞인 미소를 띤 채 그를 쳐다보며 말했다.

"이 정도는 아무것도 아니야."

진통은 정말 지독했다. 그러나 그녀에게는 전혀 치명적이지 않았다. 찢어지는 격렬한 통증조차 짜릿했다. 그녀는 비명을 지르고 아파했지만 진통하는 내내 희한하게도 생기발랄했다. 그녀는 너무도 강력하게 활기찼고 생명의 주재자의 힘 안에 있다고 느꼈기에, 가장 근본적인 감정은 짜릿한 흥분이었다. 그녀는 지금 싸움에서 이기고, 이기고, 내내 이기고 있다는 걸 알았다. 진통이 올 때마다 차츰차츰 승리에 다가가고 있었다.

어쩌면 그녀보다 그가 더 힘들었을 것이다. 충격을 받거나 겁에 질린 것은 아니었다. 하지만 그는 고통이라는 죔틀에 바싹 옥죄여 있었다.

아기는 딸이었다. 딸이라는 말을 들었을 때 아내의 얼굴에 일순 침묵이 감도는 것을 보고 그는 그녀가 실망했다는 것을 감지했다. 그러자 가슴속에서 엄청나게 격한 분노와 반발심이 솟구쳤다. 바로 그 순간, 그는 마음속으로 이 아이가 자기에게 속한다고 주장했다.

그렇지만 젖이 돌아 갓난아이가 빨기 시작하자 애나는 뛸 듯이 기뻐했다.

"젖 빠는 것 좀 봐, 젖을 빠네, 날 좋아해. 아, 젖이 좋은가봐!" 애나는 열띤 표정으로 아기를 두 손으로 안아 가슴께로 끌어당기며 소리쳤다.

잠시 후 행복감이 진정되자, 그녀는 초점 없이 번득이는 눈빛으로 젊은 남편을 보며 말했다.

"승리자[15] 애나야!"

그는 몸을 떨며 물러나 잠자리에 들었다. 그녀에게, 자신이 치른 진통은 승자의 영광의 상처였기에 더 자랑스러웠다.

몸이 회복되자 그녀는 매우 행복해했다. 아기 이름은 어슐라라고 지었다. 애나와 남편 모두 마음에 드는 이름을 짓고 싶었다. 아기는 황갈색 살빛에 솜털이 희한하게 났고 머리카락은 구릿빛이었으며, 가늘게 떨리는 눈동자는 노란빛 도는 재색이었다가 나중에는 자기 아버지 눈처럼 황금빛 갈색으로 변했다. 부부는 성녀의 그림을 보고 아이를 어슐라라고 불렀다.[16]

아기는 아주 약하게 태어났지만 곧 튼튼해졌고, 새끼 뱀장어처럼 잠시도 가만있지 않았다. 애나는 기운 넘치는 아기와 종일 씨름하느라 파김치가 되었다.

애나는 어린 강아지 아끼듯 아이를 사랑하고 귀여워하면서 행

---

15 원어 'Victrix'는 정복자, 승리자를 뜻하는 라틴어의 여성형. 고대 로마에서 베누스나 디아나 등 여신에게 붙이던 별칭이기도 하다.

16 어슐라는 4세기경 활동한 프랑스 브르따뉴 출신의 전설적인 여성. 훈족이 침입해 유럽을 휩쓸던 당시 독일 쾰른에서 수많은 처녀들과 함께 순교했고, 이를 소재로 유명한 종교화들이 제작되었다.

복감을 느꼈다. 그녀는 남편도 사랑해서 그의 눈, 코, 입에 입을 맞추고 애지중지했으며, 팔다리도 멋지다고 하면서 그의 몸매에 매료되었다.

그녀는 정녕 승리자 애나였다. 그는 더이상 아내와 다툴 수 없었다. 그녀와 단둘이 허허벌판에 나앉은 셈이었다. 한번은 일이 있어 런던에 다녀오면서, 그는 섬에서 벌거벗고 웅크리고 살던 야만인들이 어떻게 옥스퍼드 거리나 피커딜리 광장 같은 대단한 것들을 만들고 창조해냈을까 감탄스러운 마음이 들었다. 강가에서 창을 들고 물고기나 쫓던 힘없는 야만인들, 그들이 어떻게 이 거대한 런던을, 자연의 세상 위에다 이 육중하고 거대하며 추한 인간 세상이라는 상부구조를 드높이 세우게 되었을까! 생각이 이에 미치자 그는 두렵고 경이로웠다. 그들의 업적을 보면 인간은 무섭고 두려운 존재였다. 인간의 업적은 인간 자신보다 더 두려워서 가공할 정도였다.

그러나 사적 존재로서 브랭귄 자신의 입장에서는, 이 인간 세상 전체는 애나와 함께하는 그의 진짜 삶의 껍데기이자 무관한 것으로 느껴졌다. 도시와 산업과 문명이라는 오늘날 세상의 흉물스러운 상부구조 전부를 쓸어버리고 텅 빈 지상에 오로지 식물이 자라고 시냇물만 흐른다 해도, 그에게 애나와 아기, 그리고 그의 영혼에 싹튼 이 특이한 확신이 있어 온전한 한 그는 개의치 않을 것이었다. 그런 때가 와서 헐벗게 되면, 어딘가 가서 옷가지를 구하고 거처를 장만하고 아내에게 먹을 것을 가져다줄 것이었다.

그러니 그 이상 뭐가 필요하겠는가, 무엇이 더 필요하겠는가? 인류가 참여하는 저 거대한 활동은 그에게 아무 의미가 없었다. 천성적으로 그는 거기서 맡을 역할이 전혀 없었다. 그렇다면 그는 무엇을 위해 살 것인가? 애나만을 위해, 그저 살기 위해? 이 지상에서 그는 무엇을 원하는가? 오직 애나, 아이들, 그들과 함께하는 삶만을 원하나? 더이상 아무것도 없는 건가?

그에게는 자신에게 절대적 존재를 부여할 더이상의 것, 더 깊은 것에 대한 의식이 따라다녔다. 지금 그는 영원 속에 거하는 듯해서 시간이야 어찌 되건 내버려두겠다는 심정이었다. 저 바깥에는 무엇이 있나? 그가 진지하게 믿지 않는 가공된 세상뿐인가? 저 바깥으로부터 그는 그녀에게 무엇을 가져다줄 것인가? 아무것도 없어? 그냥 이대로 족해? 이 질문에 수긍하는 자신의 모습에 그는 괴로웠다. 그녀는 그와 함께 있지 않았다. 그러나 무한의 세계 전체가 그와 함께 있다 해도, 그녀와 떨어지면 그는 자신을 거의 믿지 못했다. 온 세상이 망각의 낭떠러지로 쓸려 내려가더라도 그는 홀로 서 있을 것이다. 그러나 그는 아내에 대해서는 자신이 없었다. 그의 존재 또한 그녀 속에 거했다. 그래서 자신감이 없었다.

그는 아내 주위를 맴돌았다. 그에게 도전해오는, 그러나 그가 듣지 않으려 하는 저 희미하고 떨칠 수 없는 불안감을 한순간도 잊을 수 없었던 것이다. 아내가 아기를 어르는 소리를 들을 때면 아픈 두려움이, 자신의 부족함으로 인한 죄책감 같은 것이 덮쳐왔다. 그녀는 달배기를 품에 안고 창가에 서서 흥겹고도 신선한 가락을 흥얼거렸다. 전에 들어본 적 없는, 멀리서 들려오는 주장처럼, 혹은 그에게 권리를 주장하는 다른 세상의 목소리처럼 가슴을 울리는 소리였다. 곁에서 그 소리를 들으며 그의 가슴은 울컥 북받쳐 올랐다가 물러섰다. 그러고는 움츠러들었고, 동떨어져 가만있었다. 그는 움직일 수 없었다. 부정否定을 선고받았지만, 마치 자기 자신을 부정할 수 없다는 듯이. 그는 반드시, 반드시 그 자신이어야만 했다.

"아가야, 저기 푸른박새들 하는 짓 좀 봐." 애나가 아기를 창문 쪽으로 안아 올리며 흥얼대듯 얼렀다. 창밖으로는 마당이 하얗게 빛났고 눈 속에서 푸른박새들이 실랑이를 벌였다. "아가, 박새들 하는 짓 좀 봐, 눈이 오는데 싸우고 있네! 쟤네들 좀 봐, 우리 귀염둥이야, 날갯짓으로 눈을 흩날리네, 고개를 막 휘젓고. 아, 쟤네들은 짓궂어, 정말 짓궂은 것들이야! 저기 눈 위에 떨어진 노란 깃털 좀 봐! 나중에 추우면 깃털이 아쉽겠다, 그지.

쟤네들한테 그만하라고 할까, '그만해'라고 해줄까, 우리 귀염둥이? 근데 쟤네들 참 장난이 심하네, 장난꾸러기야! 쟤네들 좀 봐!"

갑자기 애나의 목소리가 크고 격해졌다. 그녀가 창틀을 세게 두드렸다.

"그만해," 그녀가 소리쳤다. "하지 말라니까, 요 쪼그만 말썽쟁이들. 그만해!"

그녀는 더 크게 소리치며 창틀을 더 세게 두드렸다. 명령조의 엄한 목소리였다.

"점잖게 굴어." 그녀가 소리쳤다.

"아, 이제 갔네. 그 멍청이들, 어디로 갔나? 서로 뭐라고 할까? 뭐라고 할 것 같아, 내 강아지? 다 까먹을 거야, 그지, 저 박새들은 멍청한 새대가리라서 다 까먹어버릴 거야."

잠시 후 그녀가 환한 낯빛으로 남편 쪽을 보았다.

"새들이 진짜로 싸우고 있었어, 진짜 사납게 덤볐어!" 말하는 목소리가 흥분과 경이로 들떠서 그녀는 마치 새들의 세상에 살고 새 종족과 한 몸 같았다.

"맞아, 박새들은 원래 싸우지." 그는 이렇게 대꾸했고, 아내가 딴데 몰두하던 빛나는 얼굴을 자신에게 돌린 게 기뻤다. 그는 다가가 그녀 곁에 서서 새들이 티격태격하다 낸 눈 위의 자국들과 눈이 쌓여 희끗희끗한 주목 가지들을 내다보았다. 아내의 환한 낯빛이 묻는 것은 무엇일까, 그에게 호소하는 것은 무엇일까, 그의 대답을 기다리는 이 도전은 과연 무엇일까? 그는 알지 못했다. 그러나 거기선 그는 어떤 책임감을 느꼈는데, 그래서 기뻤지만 자신만의 등불을 꺼야 할 것 같아서 불안하기도 했다. 그리고 그는 아직 움직일 수 없었다.

애나는 아기를 너무나도 사랑했다. 그렇지만 아직 완전히 충족된 것은 아니었다. 반쯤 열린 문처럼 약간의 기대감이 있었다. 그녀는 여기 코세테이에서 안전하고 평안했다. 그러나 그녀는 코세테이에 있다는 느낌이 전혀 들지 않았다. 저 너머 무언가를 열심히 바라보고 있었다. 그녀가 자신이 다다른 비스가산에서 무엇을 볼 수 있을까?[17] 저 멀리 희미하게 빛나는 지평선, 그리고 그 위로 아련한 색의 갓돌로 된 그림자 문, 홍예문 같은 무지개가 보였다. 그녀는 그쪽으로 가고 있어야만 할까?

그녀가 못 가진 뭔가가, 손에 넣지 못했고 도달하지 못한 뭔가가 있었다. 그녀 너머에 뭔가가 있었다. 하지만 그녀가 왜 여행을 떠나야 하나? 이 비스가 산정에 이토록 안전하게 서 있는데.

겨울이면 그녀는 해 뜰 무렵 일어나 뒤창으로 푸르게 빛나는 풀밭 저 위로 불그레 타오르는 동녘 하늘을 보았다. 그 사이로 커다란 배나무가 무슨 우상처럼 어둡고 웅장하게 서 있었고, 어둑한 배나무 아래 고인 물이 떠오르는 노란 햇살을 받아 잔잔히 퍼질 때면 그녀는 "바로 여기야"라고 소리쳤다. 그러다 저녁이 되어 석양이

---

17 이집트에서 탈출한 모세는 비스가 산정에서 약속의 땅인 가나안을 바라보지만 끝내 그곳에 도달하지 못하고 죽음을 맞이한다. 신명기 34:1-6 참조.

구름 사이 활짝 열린 틈으로 붉게 타오를 때면 다시 "저 너머야"라고 외쳤다.

해돋이와 해넘이는 하루를 잇는 무지개다리였고, 그녀는 거기서 희망과 약속을 보았다. 그녀가 왜 더 멀리 여행해야 하겠는가?

그러나 그녀는 늘 이 질문을 던졌다. 붉게 타던 겨울 해가 서둘러 넘어갈 때면 그녀는 자신이 최선의 몫을 다하지 못한 이 사건이 불꽃처럼 종결되는 장면을 똑바로 지켜보았다. 그러면서 여전히 따졌다. "뭐 하러 이렇게 온 천지에 빛을 비추고 법석을 떠는 거야? 도대체 왜 이리 부산을 떨어서 사람을 가만두지 못하는 거냐고?"

그녀는 자신을 이끌어달라고 남편에게 의지하지 않았다. 그녀가 보는 여러 관점에 따라 그는 그녀와 떨어져 있기도, 함께 있기도 했다. 그녀는 아기를 높이 들어 용광로 속으로 던져버릴 수도 있었고, 그러면 세 증인이 화덕의 불 속에서 천사와 함께 걸었던 것처럼[18] 맹렬히 타오르는 불길 속에서 아기가 걸어다닐 것 같았다.

머지않아 애나는 남편에 대해 확신하게 되었다. 그의 어두운 얼굴과 거기 깃든 열정의 정도를 알았다. 그의 날씬하고 활기찬 몸을 알았고 그것이 그녀의 것이라고 말했다. 그러면 아무도 그녀를 부정하지 못했다. 그녀는 자신의 부를 누리는 풍요로운 여인이었다.

얼마 되지 않아 애나는 다시 임신했다. 그러자 그녀는 만족했고 모든 불만이 사라졌다. 그녀는 물밀듯 내달리는 장엄한 여행객인 태양이 높이 솟아올라 제 길로 운행하는 것을 지켜보았다는 사실을 잊어버렸다. 어두운 밤, 높이 뜬 달이 창문 사이로 들여다보다

---

18 느부갓네살 왕이 황금 신상을 숭배하지 않는다는 죄목으로 다니엘의 세 친구를 뜨거운 화덕에 던져넣지만, 그들은 천사의 호위를 받으며 무사히 불길 속을 거닐었다. 다니엘 3:23-50 참조.

희한하게도 그녀를 알아보고 끄덕이며 따라오라고 손짓했던 일도 잊어버렸다. 해와 달은 계속 운행했고, 자신의 부를 누리는 풍요로운 여자인 그녀를 두고 스쳐 지나갔다. 그녀도 가야 했다. 그러나 그들이 부를 때 갈 수 없었다. 이젠 집에 있어야 했으므로. 만족하며 그녀는 미지로의 모험을 포기했다. 그녀는 자신의 아이들을 낳고 있었다.

아기가 한명 더 태어날 예정이라서 애나는 멍한 자족감에 빠져들었다. 비록 그녀가 미지를 향해 나아가는 여행자는 아닐지라도, 이제 목적지에 당도해 다 지은 자기 집에 부유한 여자로 정착했을지라도 그녀 집의 문들은 여전히 무지개 아치 아래 열려 있었고, 그녀의 문지방에는 위대한 여행자인 해와 달의 운행이 반사되었으며, 그녀의 집 안은 여행의 메아리로 가득했다.

그녀는 문이자 문지방이었고 그녀 자신이었다. 그녀를 통해 또 하나의 영혼이 오고 있었다. 와서 문지방에 서듯 그녀 위에 서서, 나아갈 방향을 찾기 위해 손그늘을 만들어 밖을 내다볼 것이었다.

7장
대성당

어슐라가 태어나기 전인 신혼 첫해에, 애나 브랭귄과 그녀의 남편은 애나 어머니의 지인인 스크리벤스키 남작을 방문하러 갔다. 남작은 애나의 어머니와 간간이 연락하며 지냈고, 그녀의 어린 딸이 순수한 폴란드 사람이라는 이유로 늘 약간의 참견과 관심을 표했다.

스크리벤스키 남작은 마흔살 무렵에 아내와 사별하고 엄청나게 비탄에 빠진 일이 있었다. 당시 리디아가 그를 방문하면서 애나를 데리고 갔다. 애나가 열네살 때였다. 그후로 그녀는 남작을 본 적이 없었다. 그는 자그맣고 날카롭게 생긴 목사로 울며 말하는 모습이 무서웠고, 엄마가 폴란드 말로 아주 어색하게 위로하던 기억이 남아 있었다.

애나가 폴란드어를 못 해서 이 자그마한 남작은 그녀를 전혀 인정하지 않았다. 그럼에도 그는 애나의 생부인 렌스키를 대신해 어떤 면에서 그녀의 후견인을 자처했고, 아내의 유품 가운데 가장 값이 덜 나가는 오래되고 묵직한 러시아산 보석을 선물했다. 겨우 30마일 떨어진 곳에 살았음에도 그후로 그는 브랭귄 일가의 삶에서 잊힌 존재가 되었다.

삼년 후 그가 좋은 가문의 영국인 처녀와 재혼했다는 놀라운 소식이 들려왔다. 모두가 깜짝 놀랐다. 그런 뒤 '브리스웰 교구 목사 루돌프 스크리벤스키 지음 『브리스웰 교구사』'라는 책이 도착했다. 일관성 없이 흥미 위주의 케케묵은 일화들로 가득 찬 희한한 책이었다. "영국의 관대한 정신을 껴안을 수 있게 해준 아내 밀리슨트 모드 피어스에게"라는 헌사가 적혀 있었다.

"그분이 영국의 정신만 껴안는다면 앞날이 참 걱정스럽군." 톰 브랭귄이 말했다.

그런데 톰이 아내와 함께 정식으로 방문했을 때 보니, 새 남작 부인은 적갈색 머리에 크림색 피부의 내숭 떠는 스타일이었다. 특히 입매에서 눈을 뗄 수 없었는데, 약간 튀어나온 이를 드러내고 알 수 없는 야릇한 웃음을 터트릴 때면 입꼬리가 계속 올라갔기 때문이었다. 미모는 아니었지만 톰 브랭귄은 대번에 그녀의 매력에 빠졌다. 그녀는 새끼 고양이처럼 톰의 온기 속으로 파고드는 동시에 슬쩍 빼거나 비꼬고, 가느다란 쇳조각 같은 발톱을 드러내기도 했다.

남작은 주책맞을 정도로 아내에게 굽실거리고 신경을 썼다. 그녀는 콧방귀 뀌듯 대하면서도 아주 기분 좋게 남편의 주책을 받아주었다. 기묘하고 자그마한 그녀는 흰담비처럼 매끄럽고 부드러운, 표현하기 어려운 아름다움을 지니고 있었다. 톰 브랭귄은 당황해 허둥거렸고, 남작 부인은 괴롭히고 싶은 듯 깔깔 웃어젖혔다. 그녀는 나이 든 남작을 정말 교묘히 들볶았다.

몇달 뒤 그녀가 아들을 낳자 스크리벤스키 남작은 기뻐 어쩔 줄 몰랐다.

그녀는 점차 이 지역에서 사교 범위를 넓혀갔다. 부모 중 한쪽이 베네찌아 사람인 명문가 출신에다 드레스덴에서 교육받은 덕분이었다. 이 자그만 외국인 목사는 상처 입은 자존심을 달래줄 정도의 사회적 지위를 얻게 된 것이다.

이렇다보니 애나와 새신랑 앞으로 브리스웰 목사관에 방문해달라는 초대장이 왔을 때 브랭귄 집안사람들은 깜짝 놀랐다. 이제 스크리벤스키 가문은 밀리슨트 스크리벤스키에게 자기 재산도 좀 있고 해서 상당히 유복했다.

애나는 제일 좋은 옷을 골라 입고 새삼 고교 시절 배운 예법도 갖춰 남편과 함께 목사관에 도착했다. 불그레 빛나는 얼굴에 팔다리가 길고 머리는 작은, 다소 투박한 윌 브랭귄은 하나도 달라진 데가 없었다. 자그마한 남작 부인은 이를 드러낸 채 미소 지으며 맞아주었다. 그녀는 무슨 족제비처럼 웃으며 즐거워했고, 냉랭하게 즐기는 품이 정말 매력 있었다. 애나는 그 모습을 보자마자 정중히 대하는 동시에 그녀 앞에서 경계 태세를 취했다. 남작 부인의 특이하고 아이 같은 자신감에 본능적으로 이끌렸으나, 거기 매혹되면서도 미덥잖은 구석이 있었던 것이다. 작은 체구의 남작은 이제 완전히 백발인 데다 부스러질 정도로 허약했다. 그는 몹시 여위고 쭈글쭈글했지만 아직 성질은 죽지 않아서 불같았다. 앉아서 이야기하는 그의 여윈 몸과 작고 섬세하며 가는 다리와 손을 지켜보면서 애나는 얼굴이 붉어졌다. 그에게서 남성적 특성을, 여위었지만 응축된 연륜, 학식에서 우러난 열정, 날카롭고 섬세한 반응을 감지했던 것이다. 그는 너무도 초연하고 지극히 객관적이었다. 여성적인 것은 철저히 그의 외부에 있었다. 혼동의 여지가 없었다. 그래서 그렇게 섬세하고 신중한 반응을 보일 수 있었던 것이다.

그는 초연하고 흥미로운 데가 있었다. 그의 단단하고 본질적인 존재는 세월에 좀먹혀 죽음처럼 냉혹한 근본주의적 직설로 변했지만, 행동거지는 변함없이 확실하고 자신감이 남달랐기에 애나는 그에게 끌렸다. 남작의 차갑고 단단하며 초연한 불꽃을 지켜보며 매혹되었다. 남편의 푹 퍼진 열기 대신, 맹목적이고 뜨거운 젊음 대신 이걸 가져보는 건 어떨까?

그녀는 뜨거운 방에서 막 나와 높은 곳의 얼얼한 공기를 마시고 있는 것 같았다. 이렇게 특이한 스크리벤스키 집안사람들 때문에 애나는 각자가 초연하게 떨어져 사는 또다른, 더 자유로운 분위기를 인식하게 되었다. 이게 그녀가 타고난 천성이 아니었을까? 브랭귄 집안의 밀착된 삶이 그녀에겐 숨 막히는 것이 아니었을까?

그러는 동안, 자그마한 남작 부인은 크고 광채 나는 적갈색 눈동자에 미묘한 빛을 일렁이며 윌 브랭귄과 한갓지게 이야기를 나누고 있었다. 그는 그녀의 움직임을 다 파악할 만큼 영리하지 않았다. 그래도 변함없이 똑같이 눈빛을 반짝이며 그녀를 꾸준히 주시했다. 그가 보기에 그녀는 이상한 존재였다. 그렇지만 그에게는 아무런 영향력도 미치지 못했다. 그녀는 낯을 붉히며 짜증스러워했다. 그럼에도 경멸하듯 그의 어둡고 생기 가득한 얼굴을 보고 또 보았다. 그녀는 그의 무비판적이고 비꼬인 데 없는 본성을 경멸했다. 그런 건 그녀에게 아무 가치가 없었다. 하지만 그 점을 시샘하듯 화가 났다. 그는 장난치는 담비를 볼 때처럼 공손하고 관심 있게 그녀를 주시했다. 그러면서도 그 자신은 전혀 연루되지 않았다. 그는 다른 부류의 인간이었다. 그녀가 연신 남실대고 깜빡거리는 불꽃이라면, 그는 줄기차게 타오르는 붉은 불길이었다. 그녀는 그로부터 아무것도 얻어낼 수 없었다. 그녀는 매섭고도 교묘하게 계급적인 우월감을 드러내서 그가 얼굴을 붉히게 했다. 낯은 붉혔지만 그는 조금도 항의하지 않았다. 그는 너무 달랐다.

그녀의 어린 아들이 유모와 같이 들어왔다. 그애는 재바르고 가냘픈 아이였고, 예민하면서도 자기 관심사에 냉정해서 금세 흥미를 잃었다. 아이는 윌을 보자마자 국외자로 대했다. 잠시 애나 곁에 와서 그녀를 받아들이는 듯하더니, 재바르고 주의 깊으면서 불안한 표정으로 모든 것을 흥미롭게 흘낏 보고는 다시 나가버렸다.

아버지인 남작은 아이를 떠받들었고 폴란드 말로 이야기했다. 아들을 대하는 아버지의 딱딱하고 귀족적인 태도가, 한쪽은 고전적인 부성이고 다른 쪽은 자식의 복종이라는 이 거리감 있는 관계가 참 기이했다. 그들은 너무 다른, 아주 동떨어진 서로 다른 두 존재로서 함께 놀았는데, 이를테면 부자관계라기보다 상하관계 같은 느낌이었다. 남작 부인은 뻐드렁니를 드러낸 채 미소를 짓고 또 지으며 연신 알 수 없는 매력을 풍겼다.

애나는 자기 운명이 얼마나 달라질 수 있었을지, 그녀 자신의 존재가 얼마나 달라질 수 있었을지 깨달았다. 그녀의 영혼이 동요해서 딴사람이 된 것 같았다. 남편에 대한 친밀함이 사라지고, 혈육 같은 사람과 계속 붙어 있을 때처럼 너무 따스하고 밀접하며 숨 막히는, 모든 걸 감싸안는 브랭귄 집안의 저 특이한 친밀성이 무력해졌다. 그녀는 젊은 남편과의 이 밀접한 관계를 부정했다. 그와 그녀는 하나가 아니었다. 그의 열기가 그녀의 정신과 개별성 속속들이 퍼지고 퍼져, 마침내 그녀가 그와 하나의 열기에 휩싸이거나 자신만의 분리된 자아를 잃어서는 안 되는 것이었다. 그녀는 자기만의 삶을 원했다. 그가 그의 존재, 그의 뜨거운 생명으로 그녀를 감싸고 스며들어 마침내 그녀가 자기 자신인지, 아니면 그녀를 에워싸서 서늘한 바깥으로부터 절연시킨 피와 피의 친밀한 교감의 세계에서 그와 합일된 다른 사람인지 분간하지 못할 정도가 된 듯했다.

그녀는 이전의 초연한, 초연하고도 또렷한 그녀 자신의 자아를, 활동적이지만 흡수되지 않는, 그 나름 활동적이고 소통하되 결코 흡수되지 않는 자아를 원했다. 반면에 그는 그녀와의 이 기묘한 흡수를 바랐고, 그녀는 여전히 저항했다. 그러나 저항하기에는 힘이 부치기도 했다. 윌을 만나기 전 너무 오래 톰 브랭귄의 사랑 안에서 살아왔기 때문이었다.

스크리벤스키네를 방문한 후, 그들은 윌 브랭귄이 아끼는 링컨 대성당을 향했다. 그리 멀지 않은 곳에 있었던 것이다. 그는 영국의 대성당을 하나씩 구경해서 전부 다 가보자고 약속한 터였다. 그들은 그가 잘 아는 링컨 대성당부터 보기로 했다.

출발 시각이 다가오자 그는 흥분하기 시작했다. 그를 이렇게나 변화시키는 것은 도대체 무엇일까? 스크리벤스키네를 나오면서 애나는 화가 날 지경이었다. 그러나 그는 지금 혼자 내달렸다. 마치 그의 가슴이 활짝 문을 열고, 시내를 품고 있는 형상의 이 거대한 성당을 고대하는 것 같았다. 그의 영혼이 먼저 내달렸다.

저 멀리 하늘로 짙푸르게 솟아 아래를 주시하는 성당이 보이자 그는 가슴이 뛰었다. 그것은 천국의 표지요 비둘기나 독수리처럼 대지 위를 맴도는 성령이었다. 아내를 돌아보는 그의 얼굴이 황홀하게 빛났고, 입은 벌어져 낯설고 황홀한 미소가 번졌다.

"그녀가 저기 있어." 그가 말했다.

'그녀'라는 말이 애나는 거슬렸다. 왜 '그녀'야? 저건 '그것'이잖아. 그를 이다지도 흥분시키다니, 거대한 건축물이자 한물간 과거의 산물일 뿐인 성당이 대체 뭐라고? 그녀는 마음을 다잡기 시작했다.

그들은 가파른 언덕길을 올라갔다. 그는 성지에 도착하는 순례자처럼 열성이었다. 한쪽으로 성곽이 있고 다른 쪽에 성당이 위치한 경내에 다가가자 그는 온통 붉게 상기되면서 넋이 나갔다.

정문을 통과하니 폭이 넓고 장식이 많은 커다란 서쪽 전면부가 그들 앞에 나타났다.

"이건 진짜 전면부가 아니야." 그가 금빛 석조건물과 쌍둥이 탑을 보고 똑같이 사랑스러운 눈빛을 보내며 말했다. 약간 황홀한 상태로 그는 현관으로 들어서서 비경祕境의 문턱에 다다랐다. 아름답게 펼쳐지는 석조건물을 올려다보았다. 이제 완벽한 자궁 안으로 들어설 참이었다.

잠시 후 문을 밀자 쭉 뻗은 기둥들 사이로 거대한 어둠이 그 앞에 나타났고, 거기서 그의 영혼은 부르르 떨며 둥지에서 날아올랐다. 영혼이 도약해 거대한 성당 안쪽으로 치솟아 날아갔다. 그의 몸은 높이에 압도되어 가만히 서 있었다. 그의 영혼이 홀린 채 어둠 속으로 솟구쳐 빙빙 돌다가 무아지경에 빠졌고, 고요하고 어둑한 다산의 장소인 자궁 속에서 절정에 이른 생식의 씨앗처럼 부르르 몸을 떨었다.

애나 또한 신비와 경외감에 압도되었다. 그녀는 앞서가는 남편을 뒤따랐다. 여기서는 황혼이 삶의 정수요, 채색된 어둠이 모든 빛과 낮의 배아胚芽였다. 여기서 첫새벽이 밝아오고 있었고, 생명의 낮이 활짝 피었다 다시 지며, 평화와 깊고 까마득한 침묵의 소리를 울려퍼지게 하는 마지막 석양이, 태고의 어둠이 지고 있었다.

시간과는 동떨어진, 영원토록 시간의 바깥인 곳! 동쪽과 서쪽 사이에, 새벽과 석양 사이에 성당은 고요 속에 묻힌 씨앗처럼 누워 있었다. 밝아 직전처럼 어둡고 죽음 이후처럼 고요했다. 생과 사를 담고 생명의 온갖 소음과 변이를 품은 채, 성당은 숨죽이고 있었다. 그것은 껍질에 감싸인 거대한 씨앗이며, 거기서 피어난 꽃은 상상할 수 없이 빛나는 생명일 것이나, 그 시작과 끝은 침묵의 원이었다. 무지개로 에워싸인, 보석처럼 반짝이는 어둠은 침묵 위에 음악을, 어둠 위에 빛을, 죽음 위에 다산을 겹쳐놓았다. 마치 씨앗이 잎 위에 잎을, 뿌리와 꽃 위에 침묵을 접어넣어 씨앗의 모든 부분들 사이의 비밀을, 죽음에서 떨어져나와 생명으로 뿌려지고 불멸을 품었다가 또다시 죽음을 안게 되는 그 비밀을 숨긴 것과 같았다.

여기 성당에는 '이전'과 '이후'가 함께 접혀 들어 있었고, 모든 것이 단일성 속에 포함되어 있었다. 브랭귄은 절정에 도달했다. 자궁문에서 나온 그는 자궁의 날개를 밀어젖히고 빛 속으로 나아갔다. 햇빛 비치는 나날을 지나, 모든 지식과 모든 경험을 지나, 자궁의 어둠을 기억하고 죽음 뒤의 어둠에 대한 예지를 지닌 채 도달했다. 그사이 그는 간간이 성당 문들을 밀어젖히고 새벽이 곧 일몰이요 시작과 끝이 하나 되는 곳, 두 어둠이 만나는 황혼이자 이중의 침묵이 주는 정적으로 들어섰던 것이다.

여기서 돌은 지상의 평지로부터 솟구쳐올라, 매번 여러 겹으로 무리 지은 욕망으로 솟구쳐올라, 평평한 지상으로부터 멀어져 황혼과 어스름과 온갖 욕망을 지나고, 방향을 바꾸어 경사면을 거쳐아, 황홀과 접촉으로, 만남과 절정으로, 만남, 부둥켜안음, 깊은 포옹, 균형, 완벽하고 아뜩한 절정, 시간을 초월한 황홀경으로 솟아올랐다. 거기, 아치의 정점에서 그의 영혼은 절정에 달해 시간을 초월한 황홀경에 안겨 있었다.

그리고 여기는 시간도 삶도 죽음도 없고 오로지 이것, 시간을 뛰어넘는 이 절정만이 존재했고, 거기서 지상으로부터 밀어올리는 힘이 지상으로부터 밀어올리는 힘과 만나 아치 기둥은 황홀경의 쐐기돌 위에 꽉 맞물려 있었다. 이것이 전부요, 이것이 모든 것이었다. 그가 저 아래 세상의 자신으로 돌아올 때까지 줄곧 그러했다. 그때 그는 다시 정신을 집중하고 기운을 모아 온전히 저 위 어둠을 향해, 다산과 비길 데 없는 신비를 향해, 접촉과 포옹과 절정, 영원한 클라이맥스, 아치의 정점을 향해 솟구치고 솟구쳤다.

애나 역시 압도되었다. 하지만 이곳이 마음에 맞아서가 아니라 기에 눌려서였다. 그녀는 딱히 자기 것은 아닌 세계로서 이곳이 좋았지만, 남편이 넋 놓고 무아지경에 빠진 데에 분개했다. 성당에 대한 그의 열정에 처음에는 경외심이 들었다가 나중에는 화가 났다. 어찌 됐건 저 밖에는 하늘이 있는 것이고, 여기 이 안에서, 밤처럼 어두운 이 신비한 곳에서 그의 영혼이 기둥들과 더불어 위로 솟구칠 때도 그것은 별들과 수정처럼 캄캄한 허공을 향한 것이 아니라, 어스름과 비밀스러운 지붕 안에서 솟구치는 돌과 상응하는 충동을 만나 부둥켜안기 위한 것이었다. 머리 위 거대한 지붕을 떠받치고 있는, 저 멀리 얽히고 부둥켜안은 아치들이, 솟구치고 밀치는 저 돌이 그녀를 두렵게 만들고 침묵시켰다.

그러나, 그러나 그녀는 저 열린 하늘이 푸른 아치가 아님을, 반짝이는 등이 빼곡히 달린 컴컴한 반구형 천장이 아님을 기억했다. 그것은 별들이 자유로이 선회하고 그 별들 위로 언제나 더 높은 자유가 있는 곳임을 기억했다.

대성당에 그녀도 흥분했다. 그러나 솟구치는 돌이 얽혀 그녀를 가두어버리는 거대한 지붕을 만들고 그 너머는 아무것도, 아무것도 없는 궁극의 감금이라는 데는 결단코 동의할 수 없었다. 윌의 영혼이라면 이런 것을 좋아했으리라. 왜냐하면 여기가, 여기가 전부요 완벽하고 영원하며, 움직임이자 만남이자 황홀경이며, 낮과 밤의 경과라는 시간의 환상 없이 오로지 완벽히 균형 잡힌 공간과 운동이 서로를 부둥켜안고 복원시켜 열정의 거대한 파도가 제단을 향해, 반복되는 황홀경을 향해 밀려드는 곳이기 때문이었다.

그녀의 영혼 역시 경외와 두려움과 기쁨을 느끼며 제단을 향해, 영원의 문턱을 향해 앞으로 나아갔다. 그러나 제단이 궁극적인 완성임을 믿지 않았기에 나아가면서도 계속 머뭇거렸다. 그녀는 열정적으로 비상하여 오르고 또 오르다 고꾸라지고 싶지 않았고, 마침내 미지의 해안에서처럼 제단을 오르는 계단에서 내던져지고 싶지 않았다. 상승의 충동이 주는 기쁨은 크고 진실했다. 그러나 성당이 주는 아찔한 황홀경 속에서도 그녀는 또다른 권리를 주장했다. 제단은 불모요, 그곳의 등불은 꺼져 있었다. 그 수풀 속에 하느님은 더이상 불타고 있지 않았다.[1] 거기 놓여 있는 것은 죽은 물체였다. 그녀는 그녀를 넘어서는 자유를, 성당 지붕보다 더 높은 자유를 누릴 권리를 주장했다. 늘 지붕 안에 갇힌 느낌이 있었던 것이다.

그래서 그녀는 작은 것들을 그러잡았다. 그것들이 그녀로 하여금 거대하고 의기양양하게 제 갈 길을 내달리며 무한 속으로 도약하는 열정의 파도에 곤두박질쳐 휩쓸려가는 것을 면해주었다. 그녀는 솟구치고 전진하는 이 고정된 움직임에서 벗어나 물에 젖은

---

1 모세가 시나이산에서 하느님으로부터 십계명을 받으려는 장면을 인유한 문장. 출애굽기 19:18 참조.

지친 다리로 바다에서 날아오르는 새처럼 여기서 날아오르기를, 새가 가슴을 들어올리고 몸뚱이를 밀어서 원치 않는 종착지로 실어가는 격동의 바다에서 벗어나듯 그녀 자신을 들어올리기를 원했다. 날개를 펼친 새처럼 매인 몸을 떼어내 선명하게 탁 트인 허공에서, 고정되고 과잉된 움직임 저 위로 날아오르기를 원했다. 잠시 허공에 머물러 이리저리 움직이며 어디로 실려가게 될지 방향을 택하거나 찾아냈기에 다시 내려앉기 전에 살펴 응답하는, 또렷한 작은 점이 되고 싶었다.

솟아오르는 움직임으로부터 자신을 곧바로 들어올리기에는 날개가 너무 약했기에, 그녀는 뭔가 그러잡아야 할 것 같았다. 그리하여 짓궂고 기이한 작은 석조 얼굴상들을 목격하자 얼어붙듯 그 앞에서 걸음을 멈췄다.

이 교활한 작은 얼굴들은 마치 더 잘 알고 있는 어떤 존재인 양 성당의 거대한 물결 틈에서 엿보고 있었다. 인간 자신의 환상을 반박하는 꼬마 도깨비상들, 이것들은 성당이 절대가 아님을 잘 알고 있었다. 이것들은 눈을 깜빡이고 곁눈질하며 교회라는 거대한 관념 바깥에 남겨졌던 수많은 것들을 암시했다. "여기 이 안에 아무리 많은 게 있다 해도 못 들여놓은 게 천지야." 작은 얼굴들은 이렇게 조롱했다.

제단을 향한 거대한 충동의 고양이나 비약과 별도로 이 작은 얼굴들은 별개의 의지, 별개의 운동, 별개의 지식을 갖고 있었고, 잔물결을 일으켜 이 조류에 저항하며 자신들의 작음 자체의 승리를 노래했다.

"아, 이것 봐!" 애나가 소리쳤다. "아, 좀 봐, 정말 귀엽네, 이 얼굴들! 저 여자 좀 봐."

브랭귄은 마지못해 보았다. 이것은 그의 에덴동산에 들려오는 뱀의 목소리였다. 그녀가 그에게 약아 보이고 심술궂은, 작고 통통한 석조 얼굴을 가리켰다.

"석공이 아는 여자를 조각했네." 애나가 말했다. "자기 아내가 분명해."

"저게 어떻게 여자야, 남자구먼." 브랭귄이 퉁명스럽게 대답했다.

"그래? 아냐! 저건 남자가 아니지. 남자 얼굴이 아니야."

그녀의 목소리가 야유조로 들렸다. 그는 픽 웃고는 계속 나아갔다. 하지만 아내는 그와 함께 나아가려 하지 않았다. 조각상들 곁에서 얼쩡거렸다. 그리고 그는 그녀 없이는 나아갈 수 없었다. 이런 역습에 조바심을 내며 그는 기다렸다. 성당과 맺는 그의 열정적인 교접을 그녀가 망쳐버리고 있었다. 그가 인상을 찌푸렸다.

"아, 이것도 멋지네!" 그녀가 또 소리쳤다. "여기 또 그 여자가 있어, 봐요! 좀 뾰로통하게 만든 것만 다르네! 정말 예쁘지! 조각가가 여자를 좀 못나게 만든 것 같지 않아?" 그녀가 즐거워하며 웃었다. "그녀를 싫어하진 않았겠지? 분명 착한 남자였을 거야! 저 여자 좀 봐, 진짜 잘 만들었지. 한 성깔 하게 생겼네! 이런 모습으로 조각하면서 그는 아주 즐거웠을 거야. 마누라한테 복수한 거네, 그지?"

"그건 남자 얼굴이야, 절대 여자 얼굴이 아니라고. 수도사야, 말끔하게 면도한 얼굴이란 말이야." 그가 말했다.

애나는 풋, 웃음을 터트렸다.

"당신의 성당에 석공이 자기 아내를 조각해 넣었다고 생각하기가 싫은 거지?" 그녀가 불경스럽게 웃으며 조롱했다. 그리고 심술궂은 승리감에 웃어젖혔다.

그녀는 성당으로부터 완전히 벗어났고, 그가 가진 열정을 박살 내기까지 했다. 그녀는 기뻤다. 그는 쓰라릴 만큼 화가 났다. 아무리 애를 써도 성당의 멋진 모습을 유지할 수 없었던 것이다. 환상이 깨져버렸다. 천국과 지상의 모든 것이 담긴, 그의 절대였던 그것이 그녀에게처럼 그에게도 그럴듯한 죽은 물체 더미가 되어버렸다. 완전히 죽어버렸다.

그의 입은 소태처럼 썼고 영혼은 분노했다. 자신의 목숨 같은 환상 또 하나를 박살 내버리다니, 그녀가 정말 미웠다. 곧 그는 의지할 곳도, 기댈 믿음도 하나 없이 삭막하고 또 삭막하게 살게 될 터였다.

그러나 그의 내부 어딘가가 그의 성당의 완벽한 고양 앞에서 그랬던 것보다 더 깊이, 이 약아빠지고 조그만, 뭔가 더 잘 아는 얼굴들에 반응해왔다.

그럼에도 불구하고 한동안 그의 영혼은 비참했고 갈 곳을 잃었으며, 애나가 그의 소중한 진실들로부터 자신을 내몰았다는 생각에 견딜 수 없었다. 그는 자신의 성당을 원했고 자신의 맹목적인 열정을 만족시키기를 원했다. 이제 더이상 그럴 수 없었다. 뭔가가 끼어들었다.

집으로 돌아갈 때, 그들 두 사람은 모두 변해 있었다. 그녀는 그가 원하는 것에 대해 다소간 새로운 존중심이 생겼고, 그는 자신의 성당들이 이전에 의미하던 것으로 돌아갈 수 없으리라고 느꼈다. 전에, 그는 성당을 절대라고 여겼다. 그러나 이제 성당은 아직 그 내부에 어둡고 신비한 진실의 세계를 품고 하늘 아래 웅크린 모습으로 보였다. 전에는 성당이 혼돈 속에서 그를 지켜주는 세상이고 무의미한 혼란 속에서 현실이자 질서요 절대였던 데 비해, 이제는 세상 속의 세상으로, 일종의 곁가지로 다가왔다.

이전에 그는 만일 자신이 거대한 문을 통과해서 아득한 궁극의 경이가 담긴 저 제단을 향한 어둠을 내려다볼 수 있다면, 그리고 그때, 영광의 빛을 발하는 보석판처럼 스테인드글라스가 주위를 둘러싸고 있다면, 그때는 뜻을 다 이룬 것이라고 느꼈다. 여기, 위대한 미지의 입구인 이쪽을 향해 그가 동경해온 만족이 다가왔고 온갖 진실이 모였다. 그리고 거기서, 제단은 신비의 문이요 그 문을 통해 세상 모든 것이 영원을 향해 나아가야 할 것 같았다.

그러나 지금 그는 어딘가 슬프고 환상이 깨져버려 그 문이 문이 아니라는 것을 깨달았다. 그것은 너무 좁았고, 가짜였다. 성당 바깥에는 반짝이는 어둠을 통과해 결코 안으로 들어올 수 없는 수많은 영들이 떠돌고 있었다. 그는 자신의 절대를 상실해버렸던 것이다.

마당에서 울어대는 지빠귀 소리에 귀 기울이며 그는 성당이 담지 못하는 자유롭고 태평하며 흥겨운 가락을 들었다. 출근길에 노랑 민들레로 뒤덮인 들판을 가로지르노라면, 샛노랗게 빛나는 물결이 너무도 화려하고 생생해서 그림자 드리운 그의 성당에서 멀리 떨어져 있다는 게 기뻤다.

교회 바깥의 삶이 있었다. 교회가 담지 못하는 많은 것이 있었다. 그는 하느님에 대해 생각했고, 하늘을 다 덮는 낮의 창공을 떠올렸다. 그것은 위대하고 자유로운 것이었다. 그는 그리스 신전의 유물을 생각했다. 신전은 폐허가 되어 바람과 하늘과 풀들과 섞이고 나서야 비로소 온전히 신전이 되는 것 같았다.

아직 그는 교회를 사랑했다. 하나의 상징으로서 사랑했다. 교회가 실제 상징했던 것보다 상징하고자 한 것 때문에 교회를 섬겼다. 아직 그는 교회를 사랑했다. 마당 담 건너편에 있는 자그마한 교회에 마음이 끌려 애지중지 보살폈다. 그러나 거기에 가는 것은 관리하고 보존하기 위해서였다. 그에게 그곳은 낡고 성스러운 사물 같았다. 그는 석물이나 목공품을 관리하고 오르간을 고쳤으며, 부서진 조각상을 복원하거나 교회 가구를 수리했다. 나중에는 성가대 지휘도 맡았다.

삶의 중심이 점점 이동하면서 그는 전보다 더 피상적으로 변해갔다. 자신을 제대로 발화發話하지 못했고, 진정한 표현을 찾지 못했다. 이전 형태로 계속 살아야 했다. 그러나 영적으로 그는 아직 창조되지 않은 상태였다.

애나는 이제 아기에게 몰두해서 남편이 제 갈 길을 가도록 두었다. 그녀는 이제 미지의 현실로 떠나는 모험 전부를 기꺼이 미뤘다. 그녀에겐 아이가 있었다. 만질 수 있고 즉각적인 그녀의 미래는 바로 아이였다. 그녀의 영혼이 표현을 찾지 못했다 해도 그녀의 자궁은 찾아냈다.

집 근처 교회가 그에게는 아주 친밀하고 소중해졌다. 그는 교회를 아꼈고 전적으로 맡아 돌봤다. 새로운 활동을 전혀 찾지 못하더라도 오래되고 소중한 예배 형식을 귀하게 여기며 기뻐하고자 했다. 그는 회반죽 칠한 이 자그만 교회를 속속들이 알고 있었다. 교회당의 어스름한 분위기에서 그는 다시 존재 속으로 침잠했다. 돌멩이가 물속에 가라앉듯이 그곳의 정적 속으로 가라앉는 게 좋았다.

그는 마당을 가로지르고 작은 층계로 벽담을 넘어 고요하고 평화로운 교회로 들어갔다. 묵직한 교회 문이 그의 뒤에서 떵 소리를 내며 닫히고 통로를 걷는 자기 발걸음이 울리면, 그의 마음은 온유와 신비로운 평안이 깃든 자그마한 열정으로 메아리쳤다. 실패한 사람처럼, 만족을 얻기 위해 뒷걸음질하는 사람처럼 약간 수치스럽기도 했다.

그는 오르간 위에 촛불을 밝히고 은은한 불빛 속에 홀로 앉아서 예배 때 부를 찬송가 연습하기를 좋아했다. 회칠한 아치 천장이 어둠 속으로 물러나고 오르간과 페달 소리가 교회의 변치 않는 정적 속으로 서서히 사라져갈 때면, 종탑에서 희미하게 으스스한 소리가 났다. 그러고 나서 또 한차례 노랫소리가 크고 기운차게 울려퍼졌다.

그는 이제 자기 삶에 대해 안달하지 않았다. 자기 의지를 누그러트리고 만사에 크게 집착하지 않았다. 아내와의 관계는 삶의 전부는 아닐지라도 대단한 것이었다. 그녀는 정녕 이 관계를 정복했다. 그러니 따르고 감수해야지, 그래야지. 그녀와 아기와 그 자신, 그들은 하나였다. 오르간 소리가 그의 항변을 담아 울려퍼졌다. 오르간 건반을 누를 때, 그의 영혼은 어둠 속에 거했다.

애나에게는 아기가 완벽한 축복이자 성취였다. 그녀의 욕망이 중지되었고, 영혼은 아기로 인해 은혜로웠다. 아기는 몸이 약해서 키우기 힘들었다. 그래도 죽을지도 모른다는 생각은 한번도 하지 않았다. 몸이 약하니 튼튼하게 키워야겠다고만 생각했다. 그녀는 온 힘을 다해 육아에 매달렸고 아기가 전부였다. 그녀의 상상력은 온통 여기 매여 있었다. 그녀는 엄마였다. 갓난아이의 여린 팔다리와 여린 몸뚱이를 만지고, 고요한 가운데 울어대는 아기의 여린 목소리를 듣는 것만으로 족했다. 그녀에게 미래는 아기가 울고 옹알거리는 소리에서 울려나왔다. 아기를 돌볼 때면 그녀는 다가올 삶의 시간들이 넘어지지 않도록 손안에서 균형을 잡았다. 내면에서 싹트는 강렬한 성취감과 미래에 대한 열정이 그녀를 활기차고 강하게 만들었다. 미래는 온통 그녀의 손안에, 여자의 손안에 있었다. 아기가 열달이 채 못 되었을 때, 애나는 다시 임신했다. 생명의 비옥한 폭우를 맞고 있는 듯 그녀의 매 순간은 충만하고 분주하게 결실을 맺고 있었다. 그녀 스스로가 대지요 만물의 어머니 같았다.

브랭귄은 교회일에 몰두했다. 오르간 연주와 소년 성가대 연습, 그리고 주일학교 교사도 맡았다. 그런대로 행복했다. 일요일에 소년들을 지도할 때면 열성적이고 열망에 찬 행복감을 느꼈다. 그는 아직 측량해본 적 없는 어떤 비밀에 근접해 있어서 늘 흥분 상태였다.

집에서 그는 아내에게, 그리고 그녀가 꾸리는 작은 모계사회에 봉사했다. 그녀는 아이들의 아버지라서 그를 사랑했다. 그리고 그를 향한 육체적 열정은 늘 있었다. 그래서 그는 정신적 우위와 통제를 시도하기는커녕, 자신의 의식적이거나 공적인 생활에 대해 아내의 존중을 받는 것조차 포기했다. 그저 자신에 대한 아내의 육체적 사랑에 기대어 살았다. 더이상 자신의 위엄과 가치에 신경 쓰지 않았고, 아이를 돌보고 집안일을 도우며 이 작은 모계사회에 봉사했다. 하지만 이렇게 자기주장을 포기하고 자신의 관심사만 붙들고 고립되어 지내다보니 그는 비현실적이고 하찮게 보였다.

애나는 대외적으로 남편을 자랑스럽게 여기지 않았다. 그러나 그녀는 금방 공적 생활에 무관심해지는 법을 배웠다. 그는 흔히 말하는 남자다운 남자는 아니었다. 술이나 담배를 하지 않았고 잘난 체 나대지도 않았다. 하지만 그는 그녀의 남편이었다. 그가 남자다움에 관한 모든 권리에 무심했기에 남편과 함께하는 그녀 자신의 세계에서 그녀는 지고의 위치를 차지했다. 육체적인 면에서, 그녀는 그를 사랑했고 그는 그녀를 만족시켰다. 그는 늘 외톨이에다 부수적인 인물이었다. 처음에 그녀는 그 점이 거슬렸지만, 그에게 외부 세계는 거의 존재하지 않았다. 외부의 시선으로 보자면 그를 비

웃고 싶은 마음이 들었다. 그러나 그런 마음은 일종의 존중심으로 바뀌었다. 이렇게 완전무결하게 봉사해줄 수 있으니 그녀는 그를 존중했다. 무엇보다, 그의 아이를 갖는 것이 좋았다. 아이의 근원이 되는 것이 좋았다.

그녀는 그를, 그의 낯설고 깊은 분노와 교회에 대한 헌신을 이해할 수 없었다. 그가 아낀 것은 다름 아닌 교회 **건축물**이었지만, 그의 영혼은 뭔가에 갈급했다. 그는 석물을 닦고 목조각을 보수하며, 오르간을 수리하고 찬양을 되도록 완벽하게 만들기 위해 애썼다. 교회 구조와 예배 의식을 온전하게 유지하는 것이 그의 일이어서, 친밀하고 성스러운 이 건물을 자기 손으로 철저히 관리하고 예배 형식을 완벽하게 만들었다. 그의 표정과 몰입한 동작은 밝으면서도 고통과 긴장감이 풍겼다. 마치 배신당한 줄 알면서도 여전히 사랑하는, 그래서 사랑이 더 애절해지는 연인 같았다. '교회'는 거짓이었으나, 그는 더욱 정성을 다해 섬겼다.

낮에 사무실에서 업무를 볼 때는 그냥 정지된 채 지냈다. 그는 존재하지 않았다. 퇴근 때까지 기계적으로 일했다.

그는 짙은 색 머리칼의 꼬마 어슐라를 진심으로 사랑해서 아이가 철들기만 기다렸다. 지금은 엄마가 아기를 독차지하고 있었다. 그러나 그는 마음속으로 은밀히 기다렸다, 자신의 때가 오기를.

결국 그는 애나에게 복종하는 법을 배웠다. 그녀는 월 자신이 고수하는 소소한 문구文句는 본인에게 위임하는 반면, 그녀가 세운 법칙의 정신은 반드시 따르도록 강제했다. 그녀는 그의 내면의 악마 같은 성질과 싸웠다. 그가 분노로 뒤덮여 자신과 관련된 주위의 온갖 것을 다 뒤집어놓을 때면, 설명도 이해도 할 수 없는 그의 뿌리 깊은 분노 때문에 그녀는 몹시 힘들었다. 그녀 자신과 모든 것이 그로 인해 모조리 파괴되는 느낌이었다.

처음엔 그녀도 맞받아쳤다. 밤이 되면 그는 그런 상태로 무릎을 꿇고 기도하곤 했다. 웅크린 모습이 그녀의 눈에 들어왔다.

"뭐 하러 무릎 꿇고 기도하는 척하는 거야?" 그녀가 매몰차게 쏘아붙였다. "지금 당신처럼 독기를 품고 기도가 될 것 같아?"

그는 꼼짝 않고 침대 곁에 웅크리고 있었다.

"정말 끔찍하네." 그녀가 계속 말했다. "진짜 가식 아냐! 무슨 기도를 한다는 거야? 누구한테 기도하는 체하는 거냐고?"

그는 자신의 본성 전체가 해체되는 듯, 막 솟구친 분노로 들끓으면서도 꼼짝 않고 있었다. 그는 압박감에 시달리며 사는 것 같았고, 그래서 가끔 이렇게 엉망이 되도록 지독한 분노를 터트리거나 부숴버리고픈 욕망이 치솟았다. 그럴 때면 애나는 그에게 대적했고, 그들의 싸움은 끔찍하고 무시무시했다. 그러고 나면 싸움만큼 어둡고 지독한 욕정이 그들 사이에 찾아왔다.

그러나 차츰 그를 더 잘 사랑하는 법을 알게 되면서 그녀는 자기를 덜 내세우려 했고, 그가 발작적으로 성질을 부린다 싶으면 못 본 체 그의 세상에 있도록 두면서 그녀는 또 그녀만의 세상에 머물 수 있었다. 그는 그녀에게 돌아가기 위해 자신과 혹독하게 싸웠다. 아내에게 돌아가기까지는 지옥이나 다름없이 지내야 한다는 것을 마침내 깨달았기 때문이었다. 그래서 그는 아내에게 복종하기 위해 애썼고, 그녀는 남편의 눈에 험악한 긴장감이 드리우면 두려워했다. 그녀는 그와 교접했고 그를 취했다. 그러면 그는 겸허한 마음으로 그녀의 사랑에 감사했다.

그는 망가진 교회 물건들을 수선할 요량으로 목공용 헛간을 만들었다. 그러다보니 아내와 아이, 교회, 목공일에 밥벌이까지 해야 할 일이 너무 많고 분주했다. 그에게 어떤 한계만 없다면, 그의 눈을 스치는 어떤 어둠만 없다면 얼마나 좋을까! 마침내 그는 스스로 그 사실을 받아들여야 했다. 자신의 부족함과 존재의 한계에 복종해야 했다. 심지어 그 자신의 어둡고 난폭한 성질도 인정할 수밖에 없어서 그것까지 추슬러야 했다. 그래도 아내가 다정하게 대해줄수록 그런 성질은 점점 누그러졌다.

그가 때로 밝지만 텅 빈 표정으로 아주 조용히 앉아 있을 때면 애나는 그 밝음 속에 깃든 고통을 느낄 수 있었다. 그는 자신의 어떤 한계, 자신의 존재 자체 안에 형성되지 않은 어떤 것, 자신 속의 여물지 않은 봉오리들, 자신이 육신으로 살아 있는 한 결코 자라나서 펼쳐지지 않을 어둠의 어떤 접힌 중심들을 의식하고 있었다. 그는 자기실현의 태세가 되어 있지 못했다. 그의 안에 있는 자라나지 못한 뭔가가 그를 제약했고, 그가 펼쳐낼 수 없고 그의 안에서 결코 펼쳐지지도 않을 어둠이 거기 있었다.

8장
아이

아기는 처음부터 젊은 아빠에게 감히 인정할 수도 없는 깊고 강렬한 감정을 불러일으켰다. 그의 마음 어두운 곳에서 우러나는 너무도 강렬한 감정이었다. 아기 울음소리를 들었을 때 그의 내면의 깊이 모를 아득한 곳으로부터 울린 응답의 메아리 때문에, 그는 공포에 사로잡혔다. 자기 안의 이렇게 위태롭고 절박한 아득함을 꼭 알아야만 하나?

그는 제 피붙이의 울음에 마음이 어지러워 갓난아기를 안고 안절부절못했다. 이게 바로 피붙이의 울음이구나! 그의 영혼이 자신으로부터, 자신의 아득한 곳으로부터 갑자기 터져나오는 이 목소리에 맞서 일어섰다.

가끔 한밤중에 잠이 쏟아지는데 아이가 그칠 줄 모르고 울곤 했다. 그러면 잠결에 울음을 그치게 하려고 아기 얼굴 위로 손을 뻗었다. 그러나 뭔가가 그의 손을 저지했다. 참을 수 없이 이어지는 울음이 인간적인 것과 너무나 달라서 손이 나가지 않았다. 그 소리는 아무 명분이나 목표가 없었고 너무나 비인간적인 것이었다. 그럼에도 그는 그 울음에 직접적으로 공명했다. 그의 영혼은 미칠 듯한 그 소리에 응답했다. 아이의 울음이 그를 광기에 가까운 공포로 가득 채웠다.

그는 이 소리를 그냥 받아들이고, 그의 살아 있는 몸의 기원인 저 두렵고 보이지 않는 원천에 복종하게 되었다. 그는 자신이 생각한 그런 사람이 아니었다! 있는 그대로 강력하고 어두운 미지의 존재였다.

아기에게 점점 익숙해지면서 그는 그 조그만 몸을 들어 반듯하게 안을 줄도 알았다. 아기의 두상이 동그랗고 예뻐서 그는 진심으로 감탄했다. 깎은 밤톨처럼 완벽하게 둥근 이 아름다운 머리를 지키기 위해서라면 죽을힘을 다해 싸울 것 같았다.

그는 아기의 자그마한 손발과 어디를 보는지 모르는 신비한 황갈색 눈동자, 그리고 울거나 젖을 빨거나 희한하게 웃을 때만 벌어지는, 아직 이도 안 난 입에도 익숙해졌다. 매달린 듯 덜렁거리는 다리를 보고 처음에는 질색했지만 그것도 받아들일 수 있었다. 아기의 다리는 보들보들했고 그 나름 희한한 자세로 차는 시늉도 할 수 있었다.

어느 날 저녁 문득, 이 작디작은 산목숨이 알몸으로 엄마 무릎에서 꼬물대는 것을 보자 그는 속이 울렁거렸다. 그 모습은 무력하기 그지없고 연약하며 무관해 보였다. 딱딱하고 울퉁불퉁한 것들로 된 세상에서, 아기는 어느 모로 보나 다치기 쉽고 벌거벗은 상태에 놓여 있었다. 하지만 아기는 아주 활달했다. 그럼에도 이유 없이 절절하게 울어대는 데는 아이 자신의 연약한 헐벗음이 주는 맹목적이고 아득한 두려움이, 철저히 무력하게 아무 대책 없이 이 세상으로 넘겨진 데 대한 공포가 있지 않았을까. 그는 아기 울음을 차마들을 수 없었다. 가슴이 조여들어 온 우주에 맞서 아기를 지켰다.

그러나 그는 이즈음 겪는 두려움이 지나가주기를 기다렸다. 다가올 기쁨이 보였다. 그는 아기의 조그맣고 사랑스러운 크림색 귀와 구릿빛 섞인 짙은 색의 숱 적은 머리카락을 보았다. 그리고 아기가 그의 것이 되기를, 그를 바라보고 그에게 대답해주기를 기다렸다.

아기는 별개의 존재였지만 그래도 그의 소생이었다. 그의 살과 피가 아기를 향해 떨려왔다. 아기를 품에 안고 한껏 소리 내어 웃기도 했다. 그러면 아기는 그를 알아보았다.

세상을 처음 보는 아기의 반짝이는 눈동자가 그를 바라볼 때, 그는 그 눈동자가 자신을 감지하고 알아보기를 바랐다. 그때 그는 확증받았다. 아기가 아빠를 알고 희한한 표정을 지으며 찡긋 웃어주었다. 그는 아이를 꼭 안고 승리의 환호를 터트렸다.

아기의 황갈색 눈동자는 젊은 아빠의 짙게 빛나는 얼굴을 보면 점점 더 환해지고 커다래졌다. 아기는 엄마를 더 잘 알아보고 엄마를 더 찾았다. 그렇지만 가장 빛나고 흥분되는 소소한 환희는 아빠 차지였다.

아기는 점점 튼튼해지면서 활기차고 자유롭게 움직이며 옹알이도 했다. 이제 갓난아이를 벗어난 것이었다. 벌써 아빠의 든든한 손을 알아보아서, 꼭 잡아주면 좋아하고 놀아주면 까르르 소리 지르며 즐거워했다.

그의 가슴은 아이에 대한 진한 사랑으로 뜨거워졌다. 아이가 돌도 되기 전에 둘째가 태어났다. 그러자 그는 어슐라를 독차지했다. 이 아이가 그의 맏딸이었다. 그는 이 아이에게 온 마음을 두었다.

둘째는 눈동자가 짙푸르고 피부가 하얘서 언니보다 더 브랭귄 핏줄에 가깝다고들 했다. 머리는 금발이었다. 하지만 어린 시절 애나의 머리카락이 금발의 억센 곱슬이었던 걸 잊고서 하는 소리였다. 새로 난 아이는 구드런[1]이라고 이름 붙였다.

이번에 애나는 몸이 더 좋았고 그렇게 열성을 쏟지도 않았다. 아들이 아니라고 속상해하지도 않았다. 젖이 잘 나와서 아기가 잘 빨기만 하면 족했다. 아, 아, 이 어린것이 그녀 몸에서 나는 젖을 빨 때 느끼는 행복이란! 아기가 더 튼튼해져서 조그만 두 손으로 젖가슴을 마구, 열렬히 움켜쥘 때, 조그만 입이 맹목적으로, 확실하고 생생하게 엄마를 찾아낼 때, 작은 몸뚱이가 폭 안겨와 생명줄을 찾은 열렬한 기쁨에 흐느끼듯 입과 목구멍으로 빨고 또 빨면서, 새 생명을 위해 엄마로부터 생명을 들이켜다가 젖꼭지가 빠지기라도 하면 안 뺏기려고 고사리손으로 악착같이 움켜잡을 때, 아아, 그때 몰려드는 지고의 평화란! 애나는 이것으로 족했다. 그녀는 모성이 주는 황홀경에 완전히 빠져버린 듯했고 모성의 황홀경이 전부였다.

그래서 젖을 뗀 맏이는 아빠가 맡았다. 어린 어슐라의 호기심 넘치고 생기 가득한 황갈색 눈은 엄마 뒤에서 자신이 필요할 때를 늘 기다려온 아빠 윌의 차지였다. 엄마는 어딘가 찔린 것 같은 질투를 느꼈다. 하지만 지금은 갓난이한테 훨씬 더 빠져 있었다. 갓난이는 온전히 그녀의 몫이었고 직접적으로 엄마가 필요했다.

그리하여 어슐라는 아빠의 보배가 되었다. 그애가 작은 꽃송이라면 그는 해님이었다. 그는 아이에게 참을성 많고 활기찬 재주꾼이었다. 재미나고 시시콜콜한 것들을 모조리 가르쳐주고, 가능한

---

1 게르만 전설에서 니벨룽족의 왕녀로, 두번째 남편을 살해한 인물. 윌리엄 모리스의 서사시와 바그너의 오페라에도 조금씩 변형된 모습으로 등장한다.

최대치로 만족스럽게 놀아주었다. 아이는 숨이 넘어가도록 깔깔 웃고 즐거워 소리 지르며 아빠에게 반응했다.

이제 아기가 두명이라서 집안일을 할 아주머니를 두었다. 애나는 육아만 했다. 그녀에게 아기 두명을 돌보는 건 그리 힘든 일이 아니었다. 그렇지만 애들이 태어난 후로 육아 말고는 아무것도 하기 싫어했다.

어슐라는 아장아장 걸어다닐 무렵이 되자 어디든 몰입하는 분주한 아이로서 늘 혼자 잘 놀았고, 남들의 관심을 크게 바라지 않았다. 저녁 6시가 다가오면 애나는 종종 좁은 길을 가로질러 울타리로 가서 어슐라를 번쩍 들어 들판으로 내려놓고는 "아빠 오시나 봐라" 하고 소리쳤다. 그러면 가파른 언덕바지를 오르던 브랭귄은 앞쪽 등성이에서 짙은 색 머리의 조그만 아이가 바람에 나풀거리며 아장아장 걸어오는 모습을 보았다. 아이는 아빠를 보자마자 팔을 아래위로 휘저으며 마구 돌아가는 조그만 풍차처럼 가파른 언덕 아래로 달려오곤 했다. 그는 가슴이 뛰었다. 아이를 잡으려고 최대한 빨리 달렸다. 곧 넘어질 걸 알았기 때문이었다. 아이는 작은 팔다리를 흔들어대며 팔랑팔랑 뛰어왔다. 아이를 안아 들어올리면 날아갈 것 같았다. 한번은 아이가 아빠를 향해 뛰어오다가 넘어졌다. 그를 향해 두 팔을 쳐들고 뛰다가 갑자기 곤두박질친 것이었다. 아이를 일으키자 입가에 피가 나고 있었다. 그는 그 순간을 차마 떠올릴 수 없었다. 나이가 들어 딸과 남남처럼 된 후에도 그때만 생각하면 늘 울고 싶었다. 어린 어슐라를 얼마나 사랑했던가! 갓 결혼한 청년 시절, 이 아이 때문에 얼마나 가슴이 미어졌던가.

어슐라가 좀더 자라자, 윌은 빨간 치마를 입고 울타리 가로대를 함부로 타넘어 위태롭게 돌고 구르다가 다시 일어나 그를 향해 쏜살같이 뛰어오는 딸의 모습을 보곤 했다. 때로 아이는 아빠 어깨 위에 목말 타는 걸 좋아했고, 손잡고 같이 걷기를 좋아할 때도 있었다. 때로는 두 팔로 그의 다리를 꽉 안았다가 금세 다시 내달려서 그가 아이를 부르며 쫓아가기도 했다. 아이와 나란히 뛰는 품이 천생 어린애였다. 그는 아직 키 크고 마른, 불안정한 스물두살 청년에 불과했다.

어슐라에게 요람과 아기 의자, 작은 스툴, 유아용 높은 의자를 만들어준 것도 바로 그였다. 그애를 번쩍 들어 식탁에 앉히거나 낡은 식탁 다리를 깎아 인형을 만들어준 것도 그였다. 지켜보던 아이가 말했다.

"눈 만들어요, 아빠, 눈 만들어주세요!"

그러면 그는 칼로 인형 눈을 만들었다.

어슐라는 몸치장을 워낙 좋아해서, 아빠는 아이 귀에 천 조각을 묶고 그 아래에 파란 구슬을 달아서 귀걸이를 만들어주었다. 귀걸이는 빨강 구슬, 금색 구슬, 작은 진주알까지 다양했다. 밤에 귀가 했을 때 아이가 고개를 쳐들고 예쁜 체하고 있으면, 그는 금방 알아차리고는 말했다.

"자, 오늘은 제일 멋진 금색 진주 귀걸이를 했네?"

"맞아요."

"여왕님 만나러 갔다 왔구나?"

"예, 맞아요."

"오, 그래, 여왕님이 뭐라시던?"

"어, 어, '네 멋진 흰색 드레스를 더럽히면 안 돼', 그랬어요."

그는 자기 접시에서 제일 맛난 것을 집어 아이의 빨갛고 촉촉한 입에 넣어주었다. 그리고 버터 바른 빵에 잼으로 새를 그려주면 아

316

이는 엄청 맛있게 먹곤 했다.

도우미 아주머니가 설거지를 끝내고 돌아가고 나면 식구들은 자유롭게 지낼 수 있었다. 윌 브랭귄은 보통 아이들 목욕을 도왔다. 딸아이를 무릎에 앉히고 옷끈을 풀어주면서 이런저런 이야기를 한참씩 나누었다. 그는 정말 무슨 중대사나 심오한 도덕률을 말하고 있는 듯 보였다. 그러다 유리구슬 하나가 구석으로 굴러들어간 걸 본 아이는 갑자기 아빠의 이야기를 듣지 않았다. 아빠 품을 빠져나가더니 돌아올 마음이 없었다.

"이리 오렴." 그는 아이를 부르고 기다렸다. 아이는 구슬에 정신이 팔려서 듣지도 않았다.

"이리 와." 약간 명령조로 다시 말했다.

아이는 신이 나서 킥킥 웃었지만 구슬에 몰두한 체했다.

"우리 아가씨, 아빠 말 들려?"

아이가 신이 나서 까르르 웃으며 돌아섰다. 그는 달려가 아이를 번쩍 안아 올렸다.

"불러도 안 온 사람 누구?" 그가 튼튼한 손아귀로 아이를 빙글빙글 돌리고 간지럼을 태웠다. 그러면 어슐러는 깔깔 넘어가게 웃어댔다. 아빠가 강하고 단호하게 몰아대는 걸 정말 좋아했다. 그는 아이의 시야가 닿지 않는 곳에 우뚝 솟은, 전능한 힘을 가진 탑이었다.

애들을 재운 다음 애나와 윌은 가끔 두런두런 이야기를 나누었다. 둘 다 느긋했다. 그는 책은 거의 읽지 않았다. 그래도 마음이 끌려서 읽은 것은 무엇이건 창밖의 또다른 풍경처럼 그에게 생생한 현실이 되었다. 반면, 애나는 대충 읽고 내용만 알면 그뿐이었다.

그렇게 부부는 이야기를 주고받으며 같이 앉아 있곤 했다. 그들 사이에 실제로 존재하는 것을 그들은 표현할 수 없었다. 그들에게 말이란 서로의 침묵 가운데 일어나는 우연일 뿐이었다. 말을 한다 해도 잡담에 가까웠다. 애나는 바느질도 놓아버렸다.

애나가 가슴에 환하게 불을 밝힌 듯 자족하며 생각에 잠겨 앉아 있노라면 참으로 아름다웠다. 그녀는 가끔 남편 쪽을 돌아보고 웃으며 낮 동안 있었던 소소한 일들을 들려주곤 했다. 그러면 그도 웃으며 잠시 대화를 나누었고, 그들 사이엔 다시 손으로 만져지는 생기 넘치는 침묵이 찾아왔다.

애나는 마른 편이지만 혈색이 좋고 생기 넘쳤다. 그냥 아무것도 하지 않으면서 호기심 많고 나른하게 위엄을 풍기며 앉아 있으면 그녀는 비할 데 없이 행복했다. 여왕처럼 태평하고 완전히 무심하며 자신감 넘쳤다. 그들 사이의 유대는 정의할 수 없는 것이었지만 너무도 강력했다. 그래서 다른 이들이 다가가지 못했다.

그녀가 그를 안 이래로 그의 얼굴은 조금도 변치 않았고 더 강렬해지기만 했다. 어딘가 몰두한 불그레하고 어두운 얼굴은 그다지 인간적이지 않았으며 강하고 몰입한 빛을 띠고 있었다. 아내와 시선이 마주칠 때면 가끔 그의 눈동자에서 나오는 노란 섬광이 감전되듯 그녀의 의식을 덮치는 어둠을 불러왔고, 그러면 그의 표정에 슬며시 기이한 웃음기가 떠올랐다. 그녀는 나른하게 시선을 돌렸고, 그런 다음 최면에 걸린 듯 눈을 감았다. 그리고 그들은 둘 다 똑같이 강력한 어둠 속으로 빠져들었다. 그는 몰입한, 눈에 안 띄는 검은 새끼 고양이 같았지만, 존재감을 서서히 드러내면서 은밀하고도 강력하게 그녀를 휘어잡았다. 그가 불러낸 것은 그녀가 아니라, 그녀 무의식의 어둠으로부터 미묘하게 반응하는 그녀 안의 무언가였다.

그리하여 그들은 열정적이고 짜릿한 어둠 속에 함께 거했고, 언

318

제나 평범한 날의 뒤안길을 드나들며 결코 밝은 데로 나오지 못했다. 밝은 데서 그는 아무것도 알지 못하고 잠자는 듯했다. 어둠이 그를 자유롭게 풀어줄 때만 그녀는 그를 알았고, 그는 자신의 빛나는 금빛 눈으로 어둠 속에 있는 자신의 의도와 욕망을 볼 수 있었다. 그때 그녀는 마법에 걸렸고, 그녀의 영혼은 살며시 뛰어올라 그의 혹독하고 날카로운 부름에 응답했다. 미지의 압도적인 암시로 가득 찬 어둠이 짜릿하게 잠에서 깨어났던 것이다.

이제 그들은 서로를 알았다. 그녀는 한낮이자 햇빛이었고, 그는 옆으로 밀려난 그림자였으나 어둠 속에서는 압도적 관능으로 막강한 힘을 행사했다.

애나는 남편을 두려워하거나 미워하는 대신, 그녀 자신을 그로 가득 채우고 낮 동안 내내 숨어 있던 그의 깊고 관능적인 힘에 자신을 내맡길 수 있게 되었다. 삶에서, 의식적인 삶에서 뭔가가 그녀를 윽박지르고 거스를 때면 그녀는 마치 일상적인 의식에서 벗어나 무아지경에 빠진 것처럼 희한하게 눈을 굴리는 일이 습관이 되었다.

그래서 그들은 밝은 데서는 떨어져 있고 짙은 어둠 속에서는 결혼한 부부가 되었다. 그는 아내의 낮 동안의 권위를 보좌하고 그것이 불가침의 원칙이 될 때까지 지켜주었다. 그리고 칠흑 같은 어둠 속에서 그녀는 그에게 속했고, 그의 가깝고 은근하며 최면에 빠지게 만드는 익숙함에 속했다.

그의 모든 공적인 생활인 낮의 활동은 일종의 잠이었다. 애나는 자유롭기를 바랐고 낮에 속하고 싶었다. 그런데 그는 일하는 낮을 피해 달아났다. 저녁을 먹은 후에는 목공이나 목각을 하러 헛간으로 갔다. 여기저기 덧댄 낡은 설교단을 원래 형태로 복구하는 중이었다.

그래도 그는 아이가 곁에 있고 자기 발치에서 노는 게 좋았다. 딸아이는 진정으로 그에게 속한, 그의 어둠 속에서 노는 한줄기 빛이었다. 그는 헛간 문을 닫기만 하고 잠그지 않았다. 그래서 안 보고도 아이가 들어오는 걸 알았고, 마음이 흡족하고 푸근했다. 아이와 둘만 있을 때는 아는 체하거나 말을 걸고 싶지 않았다. 아이의 존재가 빛처럼 그에게 깜빡이는 채로, 생각 없이 그냥 있고 싶었다.

그는 늘 조용히 지냈다. 어슐라가 삐걱 헛간 문을 밀면 등불 곁에서 소매를 걷어붙이고 일하는 아빠가 보였다. 대충 두른 것처럼 아무 옷이나 걸치고 있었다. 그 안에 있는 몸은 탄탄했고, 유연하고도 고유한 힘이 넘치며 고립되어 보였다. 아주 작은 아이 적부터 어슐라는 가늘고 검은 털이 덮인 유연하고 팽팽한 아빠의 팔뚝을 떠올릴 수 있었다. 그는 언제나 침묵 속에 몸을 숨긴 채 날래고 조용한 동작으로 작업대에서 일하곤 했다.

아이는 문간에서 잠시 머뭇거리며 자기가 온 걸 알아채주길 기다렸다. 검고 둥그런 눈썹을 살짝 치켜뜨며 그가 돌아보았다.

"어이구, 쩍쩍이 왔네!"

그리고 아이를 들인 뒤 문을 닫았다. 그러면 헛간은 나무 냄새 향긋하고 대패와 망치, 톱 소리가 울리는 가운데서도 일하는 사람의 침묵으로 가득하여 아이는 행복했다. 아이는 대팻밥과 조그만 나무 못들 사이에서 노느라 정신이 다 팔렸다. 아이는 그를 건드리지도 않았다. 아빠의 발과 다리 근처에서 놀아도 가까이 가지는 않았다.

아빠가 밤에 교회에 가려고 하면 아이는 살짝 따라붙기를 좋아했다. 그는 교회에 혼자 있을 것 같으면 아이를 담장 너머 번쩍 들어 넘겨 따라오게 했다.

그들 뒤로 교회 문이 닫히고 크고 빛바랜 텅 빈 공간을 또다시 둘이서 독차지하면, 아이는 딴 세상에 온 것 같았다. 아이는 아빠가 오르간 위 촛불을 밝히는 걸 지켜보거나 찬송 연습을 시작할 동안 기다렸고, 그러고 나선 눈을 커다랗게 뜨고 어둠 속에서 혼자 장난 치는 새끼 고양이처럼 여기저기 재미난 것을 찾아다녔다. 종탑에서 느슨하게 늘어진 밧줄이 바닥에 감겨 있었고, 어슐라는 늘 적백색이나 청백색의 보드라운 밧줄 손잡이를 잡고 싶어 했다. 그러나 손잡이는 아이 저 위에 있었다.

가끔 엄마가 아이를 찾으러 왔다. 그러면 아이는 파르르 화를 냈다. 겉으로 드러나는 엄마의 권위에 반발했다. 자신이 엄마로부터 분리된 존재임을 내세우고 싶어 했다.

하지만 아빠도 가끔 가혹할 정도로 충격을 주었다. 그는 아이가 교회에서 놀게 놔두었다. 오르간 소리가 울려퍼질 동안 아이는 꽃밭의 벌처럼 발 받침대와 찬송가책, 방석 등을 헤집으며 돌아다녔다. 이런 일이 여러 주 이어졌다. 그러다 청소하는 노파가 엄청 화가 나서 브랭귄에게 대들 지경이 되었고, 어느 날 불시에 달려들더니 잔소리를 퍼부었다. 그는 기가 죽었고, 노파의 목이라도 꺾고 싶었다.

그렇게는 못 하고 눈을 부라리며 집으로 와서는 어슐라에게 호통을 쳤다.

"이 못된 발김쟁이 녀석, 교회만 오면 난장판을 만들어?"

그는 호되고 앙칼진 목소리로 아이에게 인정사정없이 굴었다. 어슐라는 아이다운 슬픔과 두려움에 떨며 움츠러들었다. 이게 뭐지, 무슨 끔찍한 일이야?

엄마가 우아할 만큼 차분한 태도로 돌아보았다.

"아니, 애가 뭘 어쨌다고 그래?"

"어쨌냐고? 다신 교회 못 갈 줄 알아, 잡아당기고 어지럽히고 다 부숴놨다고."

그의 아내가 천천히 눈을 굴리더니 내리깔았다.

"그래서, 애가 뭘 부쉈어?"

그는 알지 못했다.

"방금 윌킨슨 할멈이 날 한바탕 닦아댔다고." 그가 소리쳤다. "저 녀석이 한 짓을 줄줄 읊었단 말이야."

어슐라는 아빠가 경멸과 분노 섞인 어조로 자신을 "저 녀석"이라 부르는 데 기가 죽었다.

"윌킨슨 할멈을 여기 나한테 보내봐, 쟤가 한 짓을 죽 적어서." 애나가 말했다. "그걸 들을 사람은 바로 나니까."

"당신이 이렇게나 성질이 난 건 애가 한 짓 때문이 아니잖아," 아이 엄마가 말을 이었다. "그 노파한테 잔소리 들은 게 분해서지. 할멈이 나무랄 때 그 여자한테 맞서 호통칠 용기는 없지, 그래놓고 여기 와서 눈 흘기는 거잖아."

그는 다시 말이 없어졌다. 어슐라는 아빠가 잘못했다는 걸 알았다. 저 위 바깥세상에서는 그가 틀렸다. 비인간적인 세상의 냉혹함이 벌써 아이에게 엄습했다. 거기서는 엄마가 옳다는 것을 아이는 알았다. 그러나 마음으로는 여전히 아빠를 응원했다. 그의 어둡고 감각적인 지하 세계에서 아빠가 옳기를 바랐다. 그러나 그는 화가 나서 굳게 입을 닫은 채 음울하게 자리를 떴다.

아이는 삶에 몰입해서 조용하고 흥겹게 여기저기 쏘다녔다. 주위 사물들에 딱히 신경 쓰지 않았으며, 변화나 변동이 생겨도 상관하지 않았다. 하루는 풀밭에서 데이지를 찾아다니다 다음날 땅에 사과꽃이 하얗게 흩어져 있으면 그 사이를 뛰어다녔다. 거기 꽃이 있으니 즐거울 따름이었다. 그렇지만 또 새가 버찌를 쪼고, 아빠는 나무 위에서 아이가 있는 마당 여기저기로 버찌를 던져주곤 했다. 온 들판이 건초로 가득하던 때였다.

어슐라는 어떤 일이 있었는지, 어떻게 될지 마음에 두지 않았으며, 바깥세상의 사물들은 그날그날 거기 있었다. 아이는 언제나 자기 자신이었고 바깥세상은 우연적이었다. 심지어 엄마까지도 그애에겐 우연적인 존재로서, 어쩌다 견뎌야 할 하나의 상황이었다.

오직 아빠만이 아이의 의식에서 조금이나마 영구적인 위치를 차지했다. 그가 돌아오면 아이는 그가 없었을 때를 희미하게 기억했고, 그가 없을 때는 돌아오기를 기다려야 한다는 걸 어렴풋이 알았다. 반면 엄마는 외출했다 돌아와도 그저 집에 있는 것일 뿐, 좀 전에 떠났던 것과 연관 지을 이유라곤 없었다.

아빠의 귀가나 외출이 아이가 기억하는 유일한 사건이었다. 그가 돌아오면 아이의 내면에서 그리움 비슷한 감정이 깨어났다. 아이는 아빠가 짜증을 내거나 피곤할 때, 일이 잘 안 풀릴 때를 알았고, 그러면 불안해서 마음을 놓지 못했다.

아빠가 집에 있으면 아이는 햇빛 속에서 뛰노는 짐승처럼 풍요롭고 충족되며 따스했다. 아빠가 없을 때는 멍하니 곧잘 잊어버렸다. 아빠가 야단칠 때도 자기보다 아빠를 신경 쓸 때가 더 많았다. 그는 아이의 힘이요, 아이의 더 큰 자아였다.

어슐라가 세살 때 여동생이 한명 더 태어났다. 그래서 구드런과 어슐라, 어린 두 자매는 같이 놀 때가 많아졌다. 구드런은 공상에 빠져서 몇시간이고 혼자 노는 조용한 아이였다. 갈색 머리에 피부가 하얗고, 특이할 정도로 차분해서 거의 소극적이었다. 하지만 한번 고집을 부리면 아무도 못 꺾었다. 처음부터 구드런은 언니를 잘 따랐다. 그렇지만 이애는 속을 내보이는 유형이 아니라서, 두 아이가 있는 걸 지켜보면 좀 희한했다. 자매는 같이 놀면서도 실제로는 상대를 의식하지 않는 두마리 어린 짐승 같았다. 늘 끼고 사는 갓난아이 외에 엄마가 더 아끼는 자식은 구드런이었다.

이렇게 딸린 식구가 많다보니 젊은 아빠는 지쳤다. 순전히 의지력으로 버티는 사무실 일이 있었고, 교회에 대한 결실 없는 열정에다 어린 자식이 셋이나 딸려 있었다. 이즈음 건강도 좋지 않았다. 그래서 퀭하고 짜증을 부려 집안의 골칫거리일 때가 많았다. 그럴 때면 목공일을 하거나 교회나 가라고 애나한테 야단을 들었다.

그와 어린 어슐라 사이에는 기이한 동맹 의식이 생겼다. 그들은 서로를 의식했다. 아빠는 아이가 항상 자기편인 걸 알았다. 그러나 의식적으로는 대수롭지 않게 여겼다. 아이는 언제나 아빠를 지지했다. 그는 그것을 당연하게 여겼다. 그렇지만 그의 삶은 딸이 아주 조그만 아이 적에도 그애에게, 그애의 지지와 동의에 기초하고 있었다.

애나는 계속해서 모성이 주는 격한 황홀경에 머물렀다. 늘 분주했고 휘달릴 때도 있었지만 모성의 황홀경을 벗어난 적은 없었다. 그녀는 자기만의 몰아치는 결실 속에 거하는 듯했고, 태양이 열대를 비추듯 그녀만 비추는 것 같았다. 낯빛이 환하고 눈에는 비옥한 어둠이 그득했으며, 갈색 머리카락이 귀 위로 어지러이 늘어져 있었다. 풍요로운 표정이었다. 어떤 책임도, 어떤 의무감도 그녀를 괴롭히지 않았다. 외부 세계의 공적인 삶은 그녀에겐 정말 아무것도 아니었다.

반면에 브랭귄은 스물여섯 나이에 어쩌다보니 네 아이의 아빠인 데다, 본질적으로 저 들판의 아름다운 백합화같이 사는 아내를 두다보니 막중한 책임에 짓눌려 버거웠다. 딸 어슐라가 아빠 편이 되고자 애쓴 것은 바로 그때였다. 그가 짜증 내고 소리쳐서 집안 분위기를 망쳐놓으면 네살도 안 된 어슐라가 그의 편을 들었다. 아빠가 소리쳐서 힘들었지만 어쩐지 그건 진짜 아빠가 아닌 것 같았다. 아이는 이 상태가 지나가서 아빠와 평소의 관계로 돌아갔으면 싶었다. 그가 고약하게 굴면, 아이는 아빠 내면의 어떤 결핍의 호소에 공명했고 맹목적으로 반응했다. 부녀 사이에 어떤 유대와 표현할 수 없는 사랑이 있다는 듯 아이의 마음은 아빠를 따랐다. 아이의 마음은 끈질기고 애틋하게 그를 따랐다.

그러나 자신이 보잘것없고 어설픈 존재라는 어린애다운 어렴풋한 느낌이, 쓸모없는 존재라는 치명적인 느낌이 들었다. 자신은 아무것도 할 줄 모르고 모자라기만 했다. 아빠에게 꼭 필요한 사람이 못 되었다. 이를 알았기에 아이는 애초부터 기가 꺾였다.

그래도 여전히 아이는 떨리는 나침반 바늘처럼 아빠를 향해 고정되어 있었다. 그를 의식하고 그의 존재에 촉각을 세우는 일이 아이의 삶을 온통 지배했다. 그리고 엄마한테는 각을 세웠다.

아빠는 아이 의식의 잠을 깨운 새벽이었다. 그만 아니었더라면 어슐라도 구드런, 테리사, 캐서린 등 딴 애들과 마찬가지로 꽃과 벌레와 장난감 들과 하나인 채, 자신의 주의를 끄는 그런 구체적인 대상을 떠나서는 존재하지 않는 상태로 자라났을 것이다. 그러나 아버지는 아이에게 너무 가까이 왔다. 움켜잡는 그의 손과 힘찬 그의 가슴은 어린 시절에 지나는 무의식 상태에서 거의 고통스럽게 아이를 깨워놓았다. 아직 볼 줄도 알기 전에 아이는 보이지 않는 눈을 번쩍 뜨고 깨어났다. 아이는 너무 일찍 잠 깨워졌다. 너무 일찍, 작은 아기 적 그애를 아빠가 품에 꼭 끌어안았을 때, 그의 더 큰 가슴속 갈구로 인해 자석이 끌어당기듯 사랑과 충족을 구하며 아이를 힘껏 껴안음으로써 잠 속에 살던 아이의 심장이 고동치며 깨어났을 때, 부름은 이미 아이에게 당도했다. 아이는 흐릿하고 몽롱하게나마 응답해보고자 안간힘을 썼다.

딸들은 시골 생활에 맞게 대충 입고 다녔다. 어릴 적 어슐라는 작은 나막신에다 두툼한 빨간 원피스 위에 파란 덧옷을 입고 빨간 숄을 가슴에 둘러 뒤로 묶은 차림으로 돌아다녔다. 그렇게 아빠와 같이 마당으로 달려갔다.

식구들은 일찍 일어났다. 아빠는 6시면 나가서 마당을 손질하고 8시 반에 출근했다. 어슐라는 아주 가까이 가지는 않아도 대개 그와 같이 마당에 있었다.

어느 해 부활절에 아이는 감자 심기를 도왔다. 아빠를 도운 것은 그때가 처음이었다. 어슐라의 가장 어릴 적 기억 중 하나인 이 일은 한장의 그림으로 남았다. 동이 트자 부녀는 밖으로 나갔다. 찬 바람이 불고 있었다. 그는 낡은 바짓단을 장화 속에 쑤셔넣은 채 겉옷도 조끼도 입지 않았다. 서츠 소맷자락이 바람에 펄럭였고, 잠결인 듯 벌겋고 집중한 표정이었다. 일할 때면 그는 듣지도 보지도 않았다. 두툼한 입술 위로 난 한줄 검은 수염에 이마 위로 가는 머리카락이 흩날리는, 아직 청년으로 보이는 껑충한 사내가 희뿌연 신새벽에 홀로 땅을 파고 있었다. 그의 고독이 마법처럼 아이를 끌어당겼다.

진초록 들판 위로 차가운 바람이 불었다. 어슐라는 달려가서 아빠가 밭 한쪽에 고정용 말뚝을 박고 성큼 건너가 반대편에도 박은 다음, 그 사이 흙 위로 줄을 팽팽하고 반듯하게 당기는 모습을 지켜보았다. 번쩍이는 삽이 날카로운 소리를 내며 밭고랑을 일구어

보드라운 새 흙으로 만들며 점점 아이 쪽으로 다가왔다.

그가 삽을 땅에 꽂아 세우더니 허리를 쭉 폈다.

"아빠 도와줄래?" 그가 말했다.

아이가 조그만 양털 모자 속에서 그를 올려다보았다.

"자," 그가 말했다. "감자 심을 수 있겠지. 봐라, 이렇게, 이 작은 싹이 위로 오게 하고 요만큼씩 띄워라, 알겠지."

그는 몸을 구부려 싹이 난 씨감자를 보드라운 새 이랑에 날래고 자신 있게 심었다. 눅진한 찬 흙에 띄엄띄엄 심긴 감자가 허약해 보였다.

그는 아이에게 조그만 감자 바구니를 건네주더니 매어놓은 줄 반대편으로 성큼성큼 걸어갔다. 그가 몸을 구부리고 감자를 심으며 아이 쪽으로 다가오는 것이 보였다. 어슐라는 들떴지만 일은 낯설었다. 감자 하나를 심고 제대로 묻으려고 손을 덧댔다. 감자 싹 몇개가 부러져 걱정스러웠다. 책임감이 끈처럼 조여들어 아이를 초조하게 만들었다. 아이는 두두룩한 흙더미 아래 묻힌 줄을 불안하게 보지 않을 수 없었다. 몸을 수그린 아빠가 감자를 심으며 점점 더 다가오고 있었다. 아이는 잘해내야 한다는 책임감 때문에 어쩔 줄 몰랐다. 차가운 땅속에 서둘러 감자를 심어나갔다.

아빠가 다가왔다.

"이렇게 촘촘히 심으면 어떡해." 그가 아이가 심은 감자 위로 몸을 굽혀 몇개는 뽑고 나머지는 손을 보면서 말했다. 어슐라는 곁에 서서 어린 시절의 괴롭고 고통스러운 무력감에 빠져 있었다. 그는 아무 데도 아랑곳없이 자신만만했고, 아이는 잘해보고 싶었지만 할 줄을 몰랐다. 그저 곁에 서서 지켜보았다. 조그만 파란색 겉옷이 바람에 펄럭였고 빨간 양털 숄 끝자락이 휙 날렸다. 그는 거침없이 밭이랑을 죽 따라가며 날카롭게 삽질을 해 감자를 깊게 심었다. 아이에겐 조금도 신경 쓰지 않고 계속 일만 했다. 그에게는 아이의 세상과 다른 세상이 있었다.

아이는 그의 세상에서 방향을 잃고 무력하게 서 있었다. 그는 계속 일했다. 아이는 아빠를 도울 수 없다는 것을 알았다. 서글퍼진 아이는 결국 돌아서서 마당 아래로 내달렸다. 아빠와 그의 일을 잊기 위해 가능한 한 빨리, 아빠에게서 멀리 내달렸다.

그는 아이가 사라진 것을 알아차렸다. 빨간 양털 모자와 펄럭이는 파란 겉옷이 안 보였다. 아이는 풀밭과 돌무더기 사이로 물이 졸졸 흐르는 도랑까지 뛰어갔다. 자기가 좋아하는 곳이었다.

아빠가 다가와서 말했다.

"넌 별로 도움이 안 됐어."

아이는 할 말을 잃고 그를 쳐다보았다. 이미 아이의 가슴은 자신에 대한 실망감으로 무너진 상태였다. 말문이 막히고 비참했다. 그러나 그는 알아채지 못하고 자리를 떴다.

어슐라는 계속 놀았지만 노는 중에도 실망감은 더욱 끈질기게 달라붙었다. 아빠처럼 하지 못하기 때문에 일이 무서웠다. 아이는 아빠와의 엄청난 단절을 의식했다. 자신에게 힘이 없다는 것을 알았다. 신중하게 일하는 어른의 힘이 불가사의였다.

그는 아이의 민감한 동심의 세계에 부숴뜨릴 듯 충돌하곤 했다. 엄마는 너그럽고 무심했다. 아이들은 종일 멋대로 놀았다. 어슐라는 아무 생각이 없었다. 왜 이것저것 기억해야 하는 거야? 마당 건너 울타리에 꽃망울이 터지면, 그래서 소꿉놀이 반찬으로 그 초록에 쌓인 연분홍 꽃망울이 좋겠다 싶으면 아이는 곧장 꽃을 따러 건너갔다.

그런데 다음 날쯤 아빠가 갑자기 나타나 호통을 쳐서 아이는 기절할 뻔했다.

"방금 파종해놓은 걸 다 밟아 뭉갠 게 누구야? 너지, 이 망나니! 저기 내 모판 아니면 걸어다닐 데가 없냐? 너 하는 짓이 꼭 그렇지, 조심성 없이 멋대로야."

애써 일궈놓은 터 여기저기에 난 갈지자 모양의 작고 깊은 발자국을 보자 늘 몰두하는 세상을 사는 그는 충격을 받았다. 아이는 비교할 수 없을 만큼 더 크게 충격을 받았다. 아이의 상처받기 쉬운 어린 영혼이 모질게 짓밟혔다. 발자국이 왜 거기 생겼지? 아이는 발자국을 낼 마음이 없었는데. 고통과 수치심과 비현실감으로 아이는 멍하니 서 있었다.

아이의 영혼, 아이의 의식이 사라지는 것 같았다. 마치 넋이 굳어 반응할 줄 모르게 된 조그맣고 단단한 생물처럼 어슐라는 꽉 오므라들고 무감각해졌다. 자신이 아무것도 아닌 존재라는 느낌이 서리처럼 아이를 얼어붙게 했다. 아이는 아무래도 좋았다.

굳게 닫히고 잘난 체 무심한 아이의 얼굴을 보자 그는 속에 천불이 났다. 아이를 부숴놓고 싶었다.

"네 고집불통 얼굴을 박살 내주마." 그가 입을 앙다문 채 주먹을 쳐들고 말했다.

아이는 꼼짝하지 않았다. 자신에게 자기 외엔 아무것도 존재하지 않는다는 듯 무심한, 철저히 무심한 시선이 딱딱하게 굳어 있었다.

그러나 마음속 깊은 곳에서는 흐느낌이 아이의 영혼을 찢고 있었다. 아빠가 가버린 다음, 아이는 거실 소파 밑에 기어 들어가 어린아이의 소리 없는 혼자만의 슬픔에 잠겨 쪼그리고 있었다.

한시간쯤 지나 다시 기어 나와서 좀 어색하게 놀기 시작했다. 아이는 의지를 써서 잊으려 했다. 고통과 모욕이 사실이 아니게끔 어린 영혼을 기억과 단절시켰다. 아이는 자기 자신만을 인정했다. 세상에는 이제 자기 자신밖에 없는 것이었다. 그리하여 얼마 지나지 않아 아이는 바깥세상에 자신에게 적대적인 악의가 있다고 믿게 되었다. 너무 일찍이, 사랑하는 아빠까지도 이 악의의 일부임을 알게 되었다. 너무 일찍이, 아이는 자신의 영혼을 완강하게 만들고 자신의 존재에만 집중하여 자기 바깥에 있는 모든 것에 저항하고 부정하는 법을 배웠다.

아이는 자기가 한 일이 조금도 미안하지 않았기에 자신에게 죄책감이 들게 한 사람들을 절대 용서하지 않았다. 만약 아빠가 "어슐라야, 내가 정성껏 만든 모판을 왜 밟았니?"라고 물었다면 아이는 그 말에 뜨끔했을 것이고 그를 위해 뭐든 했을 것이다. 그러나 아이는 언제나 외부 사물들의 비현실성 때문에 고통받았다. 땅이란 건 걸으라고 있는 건데, 모판이라고 부른다고 왜 어떤 밭뙈기는 피해다녀야 하는 거야? 걸어다니라고 있는 땅인데 말이야. 이것이 아이의 본능적인 믿음이었다. 그래서 아빠가 함부로 울릉대면 아이는 굳어졌고, 모든 관계로부터 스스로를 단절하고 아이 자신의 격한 의지로 돌아가는 작고 분리된 세계에서 살았다.

시간이 흘러 아이가 다섯살, 여섯살, 일곱살이 될수록 부녀간의 유대는 훨씬 더 강해졌다. 하지만 그것은 언제라도 깨질 듯 팽팽했다. 어슐라는 걸핏하면 자기 자신의 격한 의지를 앞세워 자신만의 분리된 세계로 빠져들곤 했다. 아빠는 아직 이 아이가 필요했기 때문에 이런 모습에 이를 갈 만큼 씁쓸해했다. 그러나 아이는 아무도 건드릴 수 없도록 스스로를 단단히 굳혀 자신의 자아라는 우주 속으로 들어가버렸다.

월은 수영을 아주 좋아해서 날이 따뜻하면 딸을 데리고 운하나 큰 연못, 저수지 같은 한적한 곳에 헤엄치러 갔다. 그는 아이를 등에 태우고 수영하곤 했는데, 그러면 아이는 등에 꼭 붙어 자기 아래에서 온 세상을 떠받칠 듯 튼튼한 아빠의 몸동작을 느꼈다. 그는 아이에게 수영도 가르쳐주었다.

아빠가 부추기면 어슐라는 아주 겁 없는 꼬마가 되었다. 게다가, 그에게도 애를 겁주면 어떻게 나올지 보고픈 야릇한 충동이 있었다. 그는 아이에게 아빠 등에 업혀서 운하 다리에서 저 아래 물속으로 다이빙해보겠느냐고 물었다.

아이는 그러겠다고 했다. 그는 아이가 맨몸으로 자기 어깨에 매달린 느낌이 좋았다. 그들의 두 의지 사이에 미묘한 싸움이 벌어졌다. 그는 운하 다리의 난간으로 올라갔다. 강물이 저 아래 멀리 보였다. 그러나 아이의 작정한 의지가 그의 의지를 부추겼다. 아이는 그에게 단단히 매달렸다.

그가 뛰어올랐고, 두 사람은 아래로 떨어졌다. 그들이 떨어져 물에 부딪힐 때의 충격이 어떤 의식불명의 상태와 더불어 아이의 작은 몸뚱이를 통과했다. 그러나 아이는 꼼짝 않고 버텼다. 그들이 다시 물 위로 올라온 후 강둑으로 가서 풀밭에 나란히 앉자, 그는 크게 웃으며 아주 좋았다고 말했다. 아이의 커다래진 검은 눈동자가 의아하고 어둡게, 충격에 의아해하면서도 내색하지 않는 속 모를 표정으로 그를 보았다. 그래서 그는 흐느낄 정도로 웃어젖혔다.

잠시 후, 아이가 다시 아빠 등에 안전하게 매달리자 그는 깊은 강물에서 헤엄쳤다. 아이는 날 때부터 줄곧 그의 벗은 몸과 엄마의 벗은 몸에 익숙했다. 부녀는 서로에게 꼭 붙어서 아까 자신들을 덮친 그 기이한 충격을 무마해보려 했다. 그렇지만 며칠 지나면 그는 또 아이를 데리고 위태로울 만큼 대담하게 다리에서 뛰어내리곤 했다. 그러다 한번은 점프할 때 아이가 그의 머리 쪽으로 고꾸라지는 바람에 그의 목이 부러질 뻔했고, 그래서 두 사람이 물속으로 풍덩 떨어져 몇분간 죽다 살아난 일이 있었다. 아빠가 아이를 구한후, 두 사람은 강둑에 앉아 벌벌 떨었다. 그렇지만 그의 눈동자는 암흑 같은 죽음으로 가득했다. 마치 죽음이 그들 두 목숨을 갈라 떼어놓은 것 같았다.

그럼에도 불구하고 그들은 갈라지지 않았다. 두 사람 사이엔 이런 특이하고 냉소적인 친밀감이 존재했다. 장날이면 어슐라는 스윙보트라는 큰 그네를 타고 싶어 했다. 아빠가 아이를 태운 다음 그네에 서서 쇠줄을 붙잡고 점점 더 높이, 위태로울 정도로 높이 구르기 시작했다. 아이가 자기 의자를 꼭 붙들었다.

"더 높이 가고 싶어?" 그가 물었다. 아이는 입으로는 웃었고 동공은 크게 확대되었다. 두 사람은 허공을 가르며 솟아올랐다.

"예" 하고 대답하면서 아이는 물방울로 변해 모든 걸 다 놓고 스르르 사라져버릴 것 같았다. 그네는 저 높이 올라갔다가 돌멩이처럼 내려왔지만 다시 어지러이 치솟았다.

"더 구를까?" 어깨 너머로 아이를 보며 그가 소리 질렀다. 아이가 보기에 그의 표정은 악의적이고도 아름다웠다.

아이가 하얘진 입술로 웃어 보였다.

그는 그네가 커다란 반원을 그리도록 하늘 높이 굴렀고, 그네는 결국 높은 수평면에서 철컥하더니 기우뚱 흔들렸다. 아이가 하얗게 질려 꽉 잡았고, 시선을 아빠에게 고정한 채 매달렸다. 저 아래 사람들이 소리를 질러댔다. 맨 꼭대기에서 철컥 걸렸다면 둘 다 튕겨나갔을 수도 있었다. 그는 하고픈 대로 다 해봤고, 이제 사람들의 욕을 벌고 있었다. 그가 자리에 앉아서 그네가 서서히 느려지게 두었다.

그들이 스윙보트에서 내리자 모여 있던 사람들이 그에게 야유를 퍼부었다. 그는 웃었다. 아이는 아빠 손에 매달린 채 하얗게 질려 아무 말도 하지 않았다. 잠시 후 아이는 속이 메슥거려 죽을 것 같았다. 그가 레모네이드를 사주자 아이는 조금 삼켰다.

"토할 뻔한 거 엄마한테 말하지 마." 그가 말했다.

그렇게 단속할 필요도 없었다. 집에 도착하자, 아이는 병든 강아지처럼 거실 소파 아래로 기어 들어가더니 한참 후에 나왔다.

그렇지만 애나는 이 무모한 장난을 알게 되었고, 불같이 화를 내며 남편에게 욕을 퍼부었다. 그는 황갈색 눈동자를 반짝이며 야릇하고 잔인하게 슬쩍 웃었다. 아이가 이 모습을 보았고, 삶에서 처음으로 환멸이, 차갑고 떨어져나오게 하는 어떤 것이 아이를 덮쳤다. 아이는 엄마에게로 갔다. 그를 향하는 아이의 영혼은 죽어버렸다. 그래서 아이는 아팠다.

그럼에도 아이는 잊어버리고 아빠를 계속 사랑했지만, 전보다는 훨씬 냉랭했다. 이즈음 스물여덟살쯤 된 그는 됨됨이가 좀 기이하고 격렬했으며 관능적이었다. 애나와의 관계에서 장악력이 좀 생겼고 누구를 만나도 조금은 압도했다.

오래 아웅다웅한 끝에, 애나는 마침내 남편에게 응해주게 되었다. 그녀는 이제 아이가 넷이고 모두 딸이었다. 칠년 동안 그녀는 아내이자 엄마의 생활에 젖어 살았다. 수년간 같이 살면서 그는 한번도 그녀의 영역을 침해하지 않았다. 그러다 점차 그의 내면에서 또다른 자아가 자기 존재를 주장하는 것 같았다. 그는 아직 조용하고 분리된 상태였다. 그러나 그러는 내내 그녀는 그가 조금씩 다가오고 있음을 느낄 수 있었다. 그의 가슴과 몸이 그녀를 위협하듯 한결같이 더 가까워지고 있었다. 그는 점차 자기 책임에도 무심해졌다. 내키는 건 뭐든 했지만 그 이상은 하지 않았다.

그는 밖으로 나돌기 시작했다. 토요일이면 늘 혼자 노팅엄에 가서 축구 시합을 보거나 공연장에 들러서 매번 즐겁게 관람하곤 했다. 술은 좋아하지 않았다. 그러나 작고 검은 동공으로 예리하게 바라보는 강렬한 황갈색 눈으로 모든 사람과 모든 사건을 예의 주시했고, 기다렸다.

어느 날 저녁, 그는 엠파이어 극장에서 두 아가씨 옆에 앉았다. 그의 옆에 앉은 여자가 주의를 끌었다. 자그맣고 평범한 여자로 밝은 안색이었고, 윗입술이 들려 있어 조심하지 않으면 입이 살짝 벌어지면서 애원하듯 입술이 튀어나왔다. 그녀는 옆자리의 남자가 너무나 신경 쓰인 나머지 털끝 하나 움직이지 못했다. 얼굴은 무대를 향하고 있었고, 팔을 무릎 사이에 끼운 채 자기가 어떻게 보일까 신경 쓰며 가만히 있었다.

그의 안에서 반짝 한줄기 빛이 켜졌다. 이 여자랑 한번 시작해볼까? 다른 삶, 허용되지 않은 욕망의 삶을 이 여자와 한번 시작해볼까? 안 될 게 뭐야? 여태 그는 늘 너무 반듯하게 살았다. 아내 말고는 동정이었다. 여자마다 다 다른데 안 될 게 뭐야? 한번 살다 가는 거 아냐? 그는 다른 삶을 원했다. 그 자신의 삶은 메마르고 충분치 못했다. 다른 삶을 원했다.

틈새로 작고 고르지 않은 흰 이가 드러나는 여자의 벌어진 입이 매력적으로 다가왔다. 벌어진 입은 준비되어 있었다. 쉽게 무너질 것 같았다. 한발 내딛어 거기 있는 걸 즐겨봐? 다소곳이 무릎으로 내려뜨린 날씬한 팔이 아주 예뻤다. 여자는 작아서 그의 두 손아귀에 쏙 들어올 것이었다. 거의 어린애만큼 작고 예쁠 것 같았다. 그녀의 아이 같은 면이 그를 강하게 자극했다. 그의 손아귀에서 꼼짝달싹 못 할 것 같았다.

"여태 본 공연 중에 최고네요." 박수를 치며 여자 쪽으로 몸을 기울인 채 그가 말을 건넸다. 그의 내면은 강하고 흔들림 없이 온 세상과 맞선 느낌이었다. 그의 영혼이 예민하게 주시하며 재미있다는 듯 번득였다. 그는 완벽할 정도로 침착했다. 그는 그 자체로 절대적이었고, 나머지 세상은 그의 존재에 재료를 대줄 대상이었다.

깜짝 놀라 돌아보는 여자의 눈이 곤혹스러운 미소로 반짝였고 두 뺨은 발갛게 달아올랐다.

"네, 그렇네요." 여자가 기계적으로 대답하고는 입술을 오므려 자신의 튀어나온 이를 가렸다. 그런 다음 앞을 주시했지만 아무것도 보지 않았고, 오직 발갛게 달아오른 자기 뺨만 의식하고 있었다.

그 모습이 유쾌한 감각을 일으켜 그를 자극했다. 혈관과 신경이 온통 그녀에게 집중되었다. 여자는 아주 어렸고 파르르 떨고 있었다.

"프로그램이 지난주만큼 그렇게 좋진 않네요." 그가 말했다.

여자가 다시 그를 향해 얼굴을 반쯤 돌렸다. 그녀의 맑고 빛나는, 얕은 물처럼 반짝이는 눈은 두려우면서도 자기도 모르게 그를 향해 일렁이며 응답했다.

"하, 그래요! 지난주엔 제가 못 와서."

여자의 천박한 말투가 느껴졌다. 그 점도 마음에 들었다. 여자가 어느 계급 출신인지 알 수 있었다. 아마 도매상 점원일 것이다. 그녀가 하층 출신이란 게 좋았다.

그는 지난주 프로그램에 대해 말을 이어갔다. 여자는 너무 당황해서 대충 대답했다. 그녀의 뺨이 빨갛게 달아올랐다. 그래도 대답은 꼭 했다. 다른 쪽 아가씨는 입을 꾹 다물고 뜨악하게 앉아 있었다. 윌은 그 여자는 무시했다. 반짝이는 눈동자가 얄팍하고 입은 쉽게 열릴 듯 벌어진 자기 여자에게만 말을 건넸다.

대화가 계속 이어졌다. 여자는 별 뜻 없이 아무렇게나 대답했고, 그는 의도적이고 목적이 뚜렷했다. 이런 대화를 나누는 것은 운과 기술이 필요한 멋진 게임처럼 유쾌한 활동이라서 무척 즐거웠다. 그는 차분하고 상냥했지만 기운이 넘쳤다. 다정하고 확실하게 계속 밀어붙이는 남자 옆에서 여자는 가슴이 두근거렸다.

공연이 막바지를 향하고 있었다. 그의 감각이 생생하게 깨어나며 집요해졌다. 그는 자기 장점을 십분 활용하고자 했다. 여자와 수수하게 생긴 친구를 따라 계단을 내려가 거리로 나섰다. 비가 오고 있었다.

"날씨가 안 좋네요." 그가 말했다. "어디 가서 뭐 좀 마실까요, 커피라도. 아직 시간도 이른데."

"아, 아니요." 여자가 멀리 어두운 곳에 시선을 둔 채 대답했다.

"차 한잔하면 좋겠는데." 모든 게 여자에게 달려 있다는 듯 그가 말했다.

잠시 침묵이 흘렀다.

"롤린스로 가죠." 그가 말했다.

"아뇨, 거긴 안 돼요."

"그럼 카슨은 어때요?"

아무 말이 없었다. 옆의 친구가 기다리고 있었다. 남자가 분위기를 끌어가는 중심이었다.

"거기 친구분도 가실 건가요?"

또다시 침묵이 흘렀고, 여자의 친구는 상황을 간파했다.

"아뇨, 괜찮아요." 그녀가 말했다. "친구랑 약속이 있어요."

"그럼 다음에 하실래요?" 그가 물었다.

"아, 고마워요." 그녀가 아주 어색하게 대답했다.

"잘 가요." 그가 말했다.

"나중에 봐." 그가 점찍은 여자가 친구에게 말했다.

"어디서?" 친구가 물었다.

"알잖아, 거티." 그의 여자가 대답했다.

"알았어, 제니."

친구가 어둠 속으로 사라졌다. 그는 여자를 데리고 찻집으로 향했다. 한참 대화를 나누었다. 그는 그녀에게 자신의 힘을 발휘한다는 순전한, 거의 근육질의 쾌락을 맛보며 한 문장 한 문장을 구사했다. 말하는 내내 여자를 바라보고 느끼고 맛보고 알아냈으며, 그녀로 그 자신을 충족시켰다. 눈에 띄는 매력 포인트도 알 수 있었다. 특이한 눈썹 곡선이 강렬한 미적 쾌감을 주었다. 실개울같이 밝고 투명한 그녀의 눈은 나중에 더 보고 알아갈 참이었다. 그리고 헤벌어진 무방비의 빨갛고 유약한 입도 있었다. 그건 아직 아껴두었다. 그러는 내내 시선을 여자에게 고정한 채, 젊은 탄력을 즐거이 재고 다뤄보았다. 여자 자신이 누군지, 무얼 하는지 전혀 상관없었다. 누가 됐건 전혀 의식하지 않았다. 그녀는 그저 그의 관심의 관능적 대상이었다.

"그럼, 이제 가볼까요?" 그가 말했다.

여자가 넋이 빠져 몸만 움직이는 듯 스르르 일어났다. 그는 자기 의지 속에 여자를 꽉 잡은 듯했다. 밖에는 아직 비가 오고 있었다.

"좀 걸을까요?" 그가 말했다. "난 비 와도 좋은데, 아가씨는?"

"예, 저도 괜찮아요." 여자가 대답했다.

그는 모든 감각과 세포를 곤두세우고 있었지만, 아주 자신 있고 침착하며 원기를 주입받은 듯 환했다. 어느 누구의 세계도 아닌 그 자신만의 어둠 속을 걷는 자유로운 감각이 있었다. 그는 순전히 자신에게 속한 하나의 세계였고, 어떠한 일반적인 의식과도 무관했다. 오로지 그 자신의 감각만이 지고했다. 나머지는 모두 외적이고 하찮은 것일 뿐, 그가 빨아들이기를 원하는 이 아가씨와 단둘이 남아 그녀의 속성들을 그 자신의 감각 속으로 흡수하기를 원했다. 그녀의 저항을 꺾어 자신의 힘으로 소유하는 것, 완전하고 남김없이 그녀를 즐기는 것 외에 그녀에 대해 아무 신경도 쓰지 않았다.

그들은 어두운 거리로 들어섰다. 그가 우산을 씌워주며 여자를 팔로 감쌌다. 여자는 의식하지 못한 듯 걸음을 옮겼다. 그러나 그는 걸음을 옮기면서 자신의 허리와 엉덩이 움직임에 맞게 여자를 점점 더 가까이 끌어당겼다. 여자는 잘 들어맞았다. 이렇게 걸어보니 진짜 딱 맞았다. 이렇게 걸으니 그는 자신의 육체적 자아를 아주 섬세하게 의식할 수 있었다. 여자의 허리를 그러잡은 그의 손이 그녀 몸의 곡선을 느꼈고, 그것은 그에게 새로운 창조이자 진실, 절대, 존재하여 손으로 만질 수 있는 절대미 같았다. 마치 별 같았다. 그의 손과 그의 존재 전체로 불 밝힌 여자 몸의 이 하나의 작고 탄탄한 굴곡이 주는 관능적 쾌락에 그의 안의 모든 것이 빠져들었다.

그가 여자를 컴컴한 공원 안으로 이끌었다. 커다랗게 늘어진 담쟁이덩굴 아래로 두 벽 사이 구석진 곳이 눈에 띄었다.

"여기 잠시 있다 가지." 그가 말했다.

그는 우산을 내려놓고 비를 피해 구석으로 여자를 따라갔다. 눈으로 보는 건 전혀 필요치 않았다. 만져서 알아내고 싶을 뿐이었다.

여자는 손으로 만져지는 한조각 어둠 같았다. 그는 어둠 속에서 여자를 찾아 품에 안고 손을 댔다. 여자는 조용했고 속을 알 수 없었다. 그러나 그는 여자에 대해 아무것도 알고 싶지 않았다. 오로지 그녀를 발견하고 싶었다. 그녀의 옷 위로, 그는 얼마나 절대적인 아름다움을 만졌던가.

"모자 벗을까." 그가 말했다.

여자는 가만히, 순순히 모자를 벗고 다시 그의 품에 몸을 맡겼다. 그는 이 여자가, 이 여자의 감촉이 좋았고 더 내밀하게 알고 싶었다. 교묘히 손가락을 움직여 여자의 뺨과 목을 찾아냈다. 어둠 속에서 찾아낸 이 얼마나 놀라운 아름다움이며 쾌락인가! 그는 손가락으로 이렇게 애나의 얼굴과 목을 자주 만졌었다. 무슨 상관이야! 애나를 만진 남자랑 지금 이 아가씨를 만지는 사내는 다른 사람인데. 그는 자신의 새 자아가 정말 마음에 들었다. 그는 이 여자에 대한 관능적 앎에 자신을 다 바쳤고 매 순간 절대미를, 지식을 넘어선 어떤 것을 만지고 있는 듯했다.

아주 밀착한 상태로 스스로 발견해내는 것들에 감탄하며 극도로 희열에 차서, 그의 손이 그녀에게 밀착해 너무도 미묘하게, 너무도 깊이 파고들어 너무도 섬세하고 간절하게 그녀를 찾아냈기에, 여자 역시 완벽한 관능적 앎에 눈떠 실신할 지경이었다. 완전한 관능의 환희 속에서 여자는 그녀의 무릎을, 허벅지를, 허리를 꽉 조였다. 그에게 그것은 배가된 아름다움이었다.

그러나 그는 여자의 긴장을 풀어주려고 서두르지 않고 애써 참을성을 발휘했다. 그의 온 존재는 다가올 만족을 기대하는 미소에 꽂혀 있었고, 그의 온몸은 여자에게 미묘하고 강력하게 밀어붙이다가 점점 힘을 빼면서 짜릿함을 맛보았다. 그러다 마침내 그는 여자에게 키스했고, 은근히 스며드는 그의 키스에 여자는 자신을 다 내줄 지경이었다. 그녀의 벌어진 입은 너무 무력하고 무방비였다. 이를 알았기에 그는 처음에는 아주 다정하고 부드럽게, 안심시키며, 아주 안심시키며 키스했다. 그래서 그녀의 보드라운, 방어력 없는 입은 마음을 놓고 대담할 정도로 그의 입을 찾아나섰다. 그리고 그는 여자에게 점점 더, 점점 더 응답하여 그의 부드러운 키스는 부드럽게, 부드럽게, 하지만 매번 조금씩 깊이, 더 깊이 파고들다 마침내 그녀가 응하기엔 너무 깊어졌고, 여자는 키스를 받으며 서서히 자지러들었다. 여자가 점점 더 자지러들자 잠재된 만족을 기대하는 그의 미소는 더 팽팽해졌다. 그는 이 여자에 자신 있었다. 여자를 완전히 보내버리기 위해 자신의 의지력 전부를 쏟아부었다. 그러나 그녀에게 그것은 너무 큰 충격이었다.

여자가 갑자기 진저리를 쳐서 두 사람의 엉겨붙은 상태를 깨버렸다.

"안 돼, 안 돼요!"

그것은 여자의 일부가 아닌, 그녀 자체에서 나온 듯한 끔찍한 비명이었다. 어떤 알지 못할 이상한 두려움에 소리를 질렀던 것이다. 그 떨리는 소리에는 제정신이 아닌 뭔가가 있었다. 그의 신경이 명주처럼 쫙 찢어졌다.

"왜 그래?" 태연한 듯이 그가 물었다. "왜 그러는데?"

여자는 다시 안겼지만 떨고 있었고, 이번에는 확 다가오지 않았다.

여자의 외마디가 만족감을 주었다. 그러나 그는 그녀가 받아들이기엔 자신이 너무 급했다는 것을 알았다. 이제 그는 조심스러웠다. 비를 맞지 않게 잠시 여자의 몸을 가려주기만 했다. 게다가 그의 완벽한 의지에 흠집이 생긴 탓도 있었다. 그는 흐름이 끊기지 않게 다시 시작해서 아까 여자에게 다가갔던 지점까지 끌어올린 후 좀더 조심스럽게, 성공적으로 해내고 싶었다. 지금까지는 여자가 우세했다. 그리고 싸움은 아직 끝나지 않았다. 하지만 그의 내면에서 다른 목소리가 눈을 떠 여자를 놔주라고, 거들떠보지도 말고 보내버리라고 일깨웠다.

그는 여자가 비를 맞지 않도록 가려준 다음 어르고 쓰다듬고 키스했고, 다시 가까이, 더 가까이 다가가기 시작했다. 마음을 가라앉혔다. 그녀를 취하지는 못해도 누그러뜨려 저항하지 못하게 녹여버릴 수는 있으리라. 그래서 부드럽게, 부드럽게, 끝도 없이 애무하며 키스해서, 그의 존재 전체가 여자를 주무르는 듯했다. 마침내 막다른 곳에서, 한계점에서 까무러치면서 여자에게서 알아듣기 힘든 기진한 신음이 흘러나왔다.

"안 돼, 아, 안 돼요."

그의 핏줄이 극한의 관능으로 녹아내렸다. 잠시 그는 자제력을 잃고 기계적으로 동작을 이어갔다. 그러나 움직임이 멈추는, 차갑게 정지되는 순간이 왔다. 이 여자를 취하지 않으리라. 그는 여자를 끌어당겨 달래고 어루만졌다. 그러나 순수한 흥은 이미 깨져버린 터였다. 여자는 정신을 차리려 애쓰며 그가 자신을 취하지 않으리라는 것을 알아챘다. 그리고 그때, 그의 애무가 다시 깊어졌으나 그의 살아 있는 뜨거운 욕망이 차가운 관능적 욕망에 맞서 이 여자를 경멸한 바로 그 최후의 순간에, 그녀는 격렬하게 그의 품을 박차고 나갔다.

"안 돼요." 이제 증오로 거칠어진 소리였다. 여자가 손을 휘둘러 그를 마구 때렸다. "저리 가."

일순 그의 피가 멈췄다. 그러더니 내면에서 미소가, 한결같고 잔인한 미소가 다시 흘러나왔다.

"아니, 왜 그래?" 상냥하게 비꼬며 그가 물었다. "누가 잡아먹나."

"당신이 뭘 원하는지 알아요." 그녀가 말했다.

"내가 뭘 원하는지는 내가 알지." 그가 말했다. "그래서, 될까?"

"어떻게 해도 나는 절대 못 줘요."

"그런가? 그럼 어쩔 수 없지. 달라고 칭얼대봐야 소용없겠네, 그지?"

"그럼요, 안 돼죠." 그의 비꼬는 투에 약간 당황하며 여자가 대답했다.

"그럼 옥신각신할 필요도 없네. 그래도 작별 키스 정도는 할 수 있겠지, 안 그래?"

여자는 어둠 속에서 아무 말이 없었다.

"아니면 바로 집에 가게 모자랑 우산 줄까?"

그래도 대답이 없었다. 그는 희미한 어둠의 끝자락에 선 그녀의 어둑한 윤곽을 지켜보면서 기다렸다.

"정 그러면, 이리 와서 우아하게 작별 인사나 하지." 그가 말했다.

아직도 여자는 꿈쩍하지 않았다. 그는 손을 뻗어 여자를 다시 어둠 속으로 끌어당겼다.

"여기 안쪽이 더 따뜻해," 그가 말했다. "훨씬 아늑하고."

그의 의지가 아직 여자로부터 누그러지지 않았던 것이다. 증오의 순간이 그에게 힘을 불어넣었다.

"이제 갈래요." 그가 감싸안자 여자가 중얼거렸다.

"자기가 여기 얼마나 잘 맞는지 봐." 아까 그 자세로 여자를 바싹 끌어당기고서 그가 말했다. "근데 왜 가려는 거지?"

그러자 서서히 취한 듯한 흥분상태가 다시 그의 속으로 뚫고 들어와 욕구가 되살아났다. 어쨌거나 이 여자를 취하지 못할 이유가 뭐야?

그러나 여자는 그가 하자는 대로 몸을 다 맡기지는 않았다.

"유부남이죠?" 여자가 마침내 물었다.

"그럼 어때?" 그가 말했다.

여자는 대답하지 않았다.

"난 아가씨가 결혼했는지 안 했는지 안 묻잖아." 그가 말했다.

"내가 미혼인 건 뻔하잖아요." 그녀가 발끈해서 대답했다. 아, 이 남자에게서 벗어날 수만 있다면, 그가 하자는 대로 응하지 않아도 된다면 얼마나 좋을까!

마침내 그를 대하는 그녀의 의지가 냉담해졌다. 이제 위험에서 벗어난 것이었다. 그러나 그녀는 그가 자신을 위험에 빠트린 것보다 놓아준 게 더 미웠다. 그녀를 너무도 차갑게 경멸한 게 아닌가. 그녀는 아직 미련이 남았기에 너무나 괴로웠다.

"다음 주에, 다음 토요일에 만날 수 있을까?" 다시 시내로 들어설 때 그가 물었다.

여자는 대답하지 않았다.

"엠파이어 극장에 같이 갈까, 자기랑 거티랑." 그가 말했다.

"꼴좋겠어요, 유부남이랑 다니면." 그녀가 말했다.

"유부남은 뭐 남자 아닌가?" 그가 말했다.

"아, 유부남이랑은 이야기가 완전 다르죠." 상투적인 말투 속에 여자의 분한 마음이 녹아 있었다.

"뭐가 다른데?" 그가 물었다.

여자는 설명하고 싶지 않았다. 하지만 약속은 안 했어도 다음 토요일 저녁 약속 장소에 나오기로 한 셈이었다.

그렇게 그는 여자와 헤어졌다. 그녀의 이름도 알지 못했다. 그는 열차를 타고 집으로 갔다.

막차였고 아주 늦은 귀가였다. 한밤중이 지나서야 돌아왔다. 그러나 그는 아주 태연했다. 그는, 지금 이 사내는 자신의 집과 진정한 관계가 조금도 없었다. 애나는 안 자고 기다리고 있었다. 그녀는 남편의 얼굴에서 구속에서 풀려난 듯 기이한 표정을 읽어냈다. 마치 자신의 '선한' 유대들로부터 풀려난 듯한, 불길할 정도로 은밀한 미소였다.

"어디 갔었어?" 궁금하고 관심 있어서 그녀가 물었다.

"엠파이어 극장에."

"누구랑?"

"혼자 갔어. 톰 쿠퍼랑 같이 왔고."

그녀는 그를 바라보았고, 무얼 하고 왔는지 궁금했다. 그가 거짓 말하는지 아닌지는 관심 없었다.

"당신 아주 이상해 보이네. 갈 때랑 달라." 그녀가 말했다. 뭔가 캐내보려는 말투였다.

그는 아내의 말에 영향받지 않았다. 그의 겸손하고 선한 자아로 말할 것 같으면, 그는 그런 구속에서 면제된 것이었다. 그는 자리에 앉아 배불리 먹었다. 피곤하지 않았다. 아내에게 조금도 신경 쓰지 않는 것 같았다.

애나에게 이 순간은 결정적이었다. 그녀는 가만히 물러나 그를 주시했다. 그는 아내를 거의 의식하지 않아서, 묻는 말에 대답은 해도 무심한 투였다. 그렇다면 그녀가 그에게 영향을 미치지 못했다는 건가? 이것은 사태의 새로운 전환이었다! 그럼에도 불구하고 그는 매력적이었다. 그녀는 자기가 알던 평범하고 말 없는, 지워진 듯 가라앉은 그 남자보다 지금의 그가 더 좋았다. 그렇게, 그가 자신의 진짜 자아로 활짝 피어나고 있었던 것이다! 그 사실이 그녀를 자극했다. 좋고말고, 활짝 피어나봐! 그녀는 사태의 새로운 전환이 기뻤다. 그는 낯선 남자가 되어 그녀가 있는 집으로 돌아왔다. 그를 보자마자 그녀는 이전의 그로 되돌릴 수 없다는 것을 알았다. 그것을 단박에 포기했다. 그러나 쓰라린 분노가 없지는 않았다. 그들의 애틋한 오랜 사랑, 그들의 익숙한 오랜 친밀함, 그리고 오랫동안 확보된 그녀의 우위를 지속하고픈 심정이었다. 그것들을 지키기 위해 일어나 싸우고 싶었다. 그러나 그를 보면서, 그리고 자기 아버지를 떠올리면서 그녀는 정신을 바짝 차렸다. 이건 사태의 새로운 전환이야!

좋아, 예전 방식으로 영향을 줄 수 없다면 새 방식으로 그와 동등해져야겠어. 그녀는 예전의 도전적인 적개심이 끓어올랐다. 그래, 좋아. 그녀 역시 자신만의 모험에 나섰다. 그녀의 목소리, 그녀의 태도가 변했고 게임을 할 태세가 되었다. 그녀 내면의 무언가가 해방되었다. 그가 좋았다. 그녀는 자신의 집으로 돌아온 이 낯선 사내가 마음에 들었다. 환영이고말고. 낯선 남자를 맞이하니 정말 즐거웠다. 예전 남편이 지겹던 차였다. 그의 은밀하고도 무자비한 미소에 그녀는 번뜩이는 도전으로 응수했다. 그는 그녀가 도덕의 요새를 지킬 것이라 예상했다. 애나에겐 어림없지! 그건 너무 따분한 역할이잖아. 그녀는 맞은편에서 환하고 자유롭게 광채를 발하며 그에게 덤벼들었다. 그녀를 보는 순간, 그의 눈이 번득였다. 그녀 역시 전장에 나선 것이었다.

그의 온 감각이 곤두서서 예민하게 아내를 주시했다. 그녀는 남편만큼이나 완전히 무심했고 분방하게 웃어젖혔다. 그가 다가갔다.

그녀는 거부하지도 반응하지도 않았다. 그녀는 눈부시게 빛나고 불가사의하게 당당한 태도로 그의 눈앞에서 웃어젖혔다. 그녀 역시 모든 것을, 애정, 친밀함, 책임 따위를 깡그리 던져버릴 수 있었다. 이런 판에 그녀에게 네명의 자식이 무슨 상관인가? 이 사내가 그녀의 네 자식의 아비라는 게 무슨 의미가 있다고?

그는 자신의 쾌락을 좇는 관능적인 수컷이었고, 그녀는 자기 방식으로라면 기꺼이 자신의 쾌락을 취할 암컷이었다. 남자가 소속 없는 자유인으로 바뀔 수 있다면 여자라고 그러지 못할 법도 없었다. 그녀는 남편만큼이나 도덕적 세계에 연연하지 않았다. 이미 지나가버린 것들은 아무 의미가 없었다. 낯선 사내의 부름을 받은 그녀는 다른 여자였다. 그녀에게 그는 자기만의 목표를 좇는 낯선 사내였다. 좋아. 그녀는 이 낯선 사내가 이제 무엇을 할지, 어떤 사람인지 알고 싶었다.

그녀는 깔깔 웃고는 그를 못 본 체 적당히 거리를 두었다. 낯선 사람 보듯이 그가 옷 벗는 모습을 유심히 지켜보았다. 정말로 그는 그녀에게 남이었다.

그가 손도 대기 전에, 그녀는 저 밑바닥에서부터 격렬하게 그를 흥분시켰다. 노팅엄의 그 어린것은 단지 이 단계로 이끌었을 뿐이었다. 그들은 도덕적 체면 따위 단숨에 저버리고 각기 순수하고 순전한 욕망의 충족을 좇고자 했다.

아내는 그에게 정말로 낯설었다. 그녀에게는 그가 완전히 낯선 사람인 듯했고, 그에게 그녀는 한없이, 본질적으로 낯선 사람이자 세상의 다른 반쪽이요 달의 캄캄한 이면인 듯했다. 그녀는 그가 집 안에 들이닥친, 생전 처음 보지만 말할 수 없이 뇌쇄적인 약탈자이기라도 한 듯 그의 손길을 기다렸다. 그러자 그는 그녀를 발견해내기 시작했다. 그녀가 얼마나 광활한 미지의 관능적 쾌락의 보고寶庫인지 알 것 같았다. 불타는 정욕으로 각 부분의 미세한 아름다움을 탐닉하며 그는 미칠 듯한 쾌락 속에서 그녀를 발견해갔다. 그녀의 아름다움을, 아름다운 곳곳을, 그녀 몸의 독특하고 다양한 매혹들을 찾아나갔다.

그는 아내 속에서 발견한 것으로 인해 자기 자신으로부터 완전히 쫓겨나와 관능의 열락에 빠졌다. 딴사람이 되어 아내와 멋대로 즐겼다. 그들 사이엔 다정함, 사랑 따윈 깡그리 사라지고 오직 그녀를 발견하려는 미친 듯한 육감적 욕정, 그녀 몸의 관능미를 향한 물리지 않는, 한계를 모르는 충족만 있었다. 그녀는 생각만 해도 그를 미치게 만드는 절대미의 보고 그 자체였다. 먹을 것이 이렇게나 풍성하건만, 남자 하나 용량이 그의 최대치였다.

그는 한동안 그녀와 더불어 열정적인 관능의 발견에 빠져 지냈다. 그것은 결투였다. 사랑도, 말도, 키스조차 없이 오로지 접촉을 통해 지고하고 절대적인 아름다움을 미친 듯이 알아가는 것일 뿐이었다. 그는 그녀를 만지고, 발견하고 싶었다. 미치도록 그녀를 알고 싶었다. 그러나 절대 서둘러서는 안 되었다. 그러면 다 놓쳐버릴 테니까. 한번에 한가지씩 아름다움을 즐겨야 했다. 그녀 몸의 셀 수 없이 많은 매력들, 수많은 자그마한 황홀한 부위들 때문에 그는 기뻐서 미칠 것 같았다. 더 알 수 있는 능력을 갖추고픈, 더 알 수 있는 힘을 갖고픈 욕망 때문에 미칠 것 같았다. 모든 것이 거기 있었기 때문에.

낮 동안 그는 중얼거리곤 했다.

"오늘 밤엔 그녀 발목 아래 푸른 핏줄이 지나가는 오목한 데를 알아봐야지." 그러면 그 생각과 그러고 싶은 욕망으로 짙은 어둠 같은 기대감에 부풀었다.

그는 그녀 속의 어떤 방탕한 절대미에 탐닉할 수 있는 밤이 오기를 기다리며 종일을 지내곤 했다. 아내의 숨은 자원들, 그녀 몸의 미지의 매력과 황홀한 환희의 부위들이 그가 발견해주기만 기다리고 또 기다리고 있다는 생각에 거의 실성할 정도였다. 그 생각에 사로잡혔다. 이 쾌락들을 발견해서 스스로 알아내지 못한다면 그것들은 영영 사라져버릴 것 같았다. 그는 자신에게 남자 백명분의 정력이 있어서 그 힘으로 그녀를 즐길 수 있기를 바랐다. 고양이가 되어 거칠게 비벼대는 음탕한 혓바닥으로 그녀를 핥을 수 있기를 바랐다. 그녀 속에서 뒹굴기를, 그녀의 살 속에 묻히기를, 그녀의 살로 자신을 덮어버리기를 바랐다.

그리고 그녀는 좀 떨어져서, 야릇하고 위험하며 번득이는 눈빛으로 모든 걸 다 예측했다는 듯 자기에게 하는 그의 행위들을 받아들였고, 그가 진정될 때면 더 자극한 나머지 그는 가끔 만족할 만큼 그녀를 취하지 못하는 순전한 무능력 때문에, 그녀를 만끽하지 못하는 무능력 때문에 죽을 것만 같았다.

그들에게 아이들은 그저 육신의 소산에 지나지 않게 되었고, 두 사람은 자신들만의 어둡고 죽음 같은 관능적 행위들 속에서 살았다. 때로 그는 자신의 감각을 통해 그녀에게서 지각되는 '절대미'의 체험으로 미쳐나가는 느낌이었다. 그것은 그가 감당하기 힘든 것이었다. 그리고 거의 모든 것에 바로 이런, 거의 불길하고 무시무시한 아름다움이 있었다. 그러나 궁극적인 아름다움은 그의 몸과의 접촉에서 이루어지는 그녀 육체의 계시들에 있었고, 그 아름다움을 아는 것은 그 자체로 거의 죽음이었으며, 그런데도 그걸 알기 위해서라면 그는 끝없는 고문을 감수했을 것이었다. 하다못해 그녀의 발잔등을 누릴 권리를 포기하느니, 발가락들이 갈라져나오는 자리, 발가락의 작은 둔덕과 발가락 사이 오목하게 접혀들어간 곳들로 이어지는 기적 같은 그 작고 새하얀 평원을 포기하느니 무엇이든, 그 무엇이든 내주었을 것이다. 이것을 빼앗기느니 차라리 죽음을 택했을 것만 같았다.

죽음처럼 난폭하고 극단적인 관능, 이것이 바로 그들의 사랑이 도달한 모습이었다. 그들에겐 의식적 친밀감도, 사랑의 애틋함도 없었다. 그것은 오로지 욕정이었고, 무한하고 미칠 듯한 감각의 도취요 죽음과 같은 애욕이었다.

그는 언제나, 살아오는 내내 절대미에 대한 은밀한 두려움이 있었다. 그것은 언제나 물신物神과 같았고, 실로 두려워해야 할 어떤 것이었다. 왜냐하면 그것은 부도덕하고 인류를 배반하는 것이었기 때문이다. 그래서 그는 둥근 아치의 원만하고 절대적인 아름다움을 피해 끝이 뾰족한 아치로 인류의 부서진 욕망을 항상 내세워온 고딕 양식으로 쏠렸던 것이다.

그러나 이제 그는 물러섰고, 여자의 육체를 통한 이 지극하고 부도덕한 절대미의 구현에 무한한 관능적 격렬함으로 자신을 내맡겼다. 그의 손길이 닿으면 절대미가 여자의 몸에서 생성되는 듯했다. 그의 손길이 닿으면, 눈길이라도 닿으면, 그것은 거기 존재했다. 그러나 그 완벽한 곳을 그가 보지도 만지지도 않을 때는, 그것은 완벽하지 않았고 존재하지 않았다. 그래서 그가 존재하도록 만들어야만 했다.

하지만 아직 그것은 두려웠다. 그가 거기 몸 바치는 동안에도 그것은 끔찍하고 위협적이며 어느 정도 위험했다. 그것은 순수한 어둠이기도 했다. 육체에 속한 온갖 수치스러운 것들이 일종의 음험

한 열대의 아름다움을 지닌 채 이제 그에게 모습을 드러냈다. 그와 여자가 함께 참여해 창조해낸 온갖 자연스럽고 부자연스러운, 수치스러운 감각적 관능의 행위들, 그것들은 나름의 짙은 아름다움과 희열을 품고 있었다. 수치란 무엇인가? 극한의 쾌락의 일부였다. 남자가 대개 두려워하는 쾌락의 그 부분이었다. 왜 두려워할까? 은밀하고 수치스러운 것들이 가장 끔찍하게 아름다운 법이다.

그들은 수치를 받아들였고, 자신들의 가장 용인되지 않은 쾌락들을 추구하면서 수치와 하나가 되었다. 수치가 그들과 한 몸이 되었다. 그것은 아름답게 피어나 묵직하고 근본적인 만족감을 선사하는 꽃봉오리였다.

그들의 외면적인 삶은 크게 달라진 것 없이 이어졌지만 내면의 삶은 혁명을 겪었다. 자식들이 덜 중요해졌고, 부모는 그들만의 삶에 빠져들었다.

그리고 브랭귄은 점차 바깥의 삶에도 자유롭게 관심을 기울일 여유가 생겨나기 시작했다. 그의 내밀한 삶이 너무도 격하게 활동적으로 돌아가서 내부에 있던 다른 남자를 해방시켰던 것이다. 이 새로 태어난 남자는 흥미를 품고 공적인 삶으로 관심을 돌려 자신이 거기서 어떤 역할을 맡을 수 있을지 살펴보게 되었다. 이로써 그는 이제 그가 새로 창조되고 해방된 목적이라고 할 만한 그런 종류의 새로운 활동의 기회를 갖게 될 터였다. 그는 목적지향적 인류 전체와 하나 되기를 갈구했다.

이즈음 '교육'이 최대 관심사로 떠올랐다. 새로운 스웨덴식 교육 방식과 수공예 강좌 같은 것이 논의되었다.[2] 브랭귄은 수공예를 교

---

2 1890년 영국 교육부는 스웨덴에서 기원한 수작업 기술 교과의 하나로 목공과 조각을 초등 교육과정에 도입했다.

육과정에 포함시킨다는 발상을 진지하게 받아들였다. 난생처음 그는 공적인 일에 진심으로 관심을 갖게 되었다. 마침내 깊은 관능적 활동으로부터 진정한 목적지향적 자아를 발전시켰던 것이다.

야학과 수공예 수업에 관한 논의가 진행되었다. 그는 코세테이에 목공예 강좌를 만들어 일주일에 이틀 밤 마을 소년들에게 목공과 소목일, 목각을 가르치고 싶어 했다. 그가 보기에 이것이 지금 시행하기에 가장 바람직한 작업이었다. 보수는 그나마 받는대도 목재와 연장을 추가로 구입하는 데 다 써서 보잘것없을 것이었다. 그러나 그는 자신의 새로운 공적인 정신에 만족했고 신이 났다.

야간 목공예 수업을 시작했을 때 그의 나이가 서른이었다. 이즈음 자식은 다섯명이 되었고 막내가 아들이었다. 하지만 아들이건 딸이건 그에겐 별 상관이 없었다. 애들에 대해서는 혈육의 정이 있었고 아들이건 딸이건 보면 좋았다. 단지 제일 아끼는 건 어슐라였다. 왠지 이 아이가 새로 시작한 야학 사업을 든든히 받쳐주는 듯했다.

주목나무 집이 마침내 거대한 인간적 시도와 연관되었고, 거기서 새로운 활기를 얻었다.

여덟살이 된 어슐라에게 이렇게 늘어나는 경이로운 일들은 대단하게 느껴졌다. 아이는 모든 대화를 들었고 교구실을 작업실로 개조하는 것도 보았다. 교구실은 샛길 건너편 브랭귄의 작은 마당에 외따로 서 있는 높다란 헛간 같은 석조 교회 건물이었다. 어슐라는 늘 세월이 느껴지는 이 낡고 버려진 건물에 마음이 끌렸다. 이제 아이는 준비가 착착 진행되는 것을 보았고, 현관에서 마당으로 내려오는 돌계단에 앉아서 아빠와 목사님이 의논하거나 계획을 짜고 일하는 소리를 들었다. 그런 다음에는 아주 특이하게 생긴

장학사가 와서 저녁 내내 아버지와 의논을 하고 돌아갔다. 모든 게 갖추어지자 열두명의 소년이 등록했다. 정말 신나는 일이었다.

그러나 어슐라는 아버지가 하는 모든 일이 경이로웠다. 그가 일크스턴에서 돌아와 읍내 소식을 들려주건, 화창한 저녁 녘 악보나 연장을 들고 교회로 건너가건, 주일에 흰 성가복을 입고 오르간 앞에 앉아서 쟁쟁한 테너 음색으로 찬송을 이끌건, 학생들을 데리고 작업실에 있을 때건, 그는 언제나 아이에게 경이와 감탄의 중심이었다. 당당히 퍼져나가는 그의 경쾌하고 간결한 목소리는 늘 비음이 섞여 있었고, 그 소리에 아이는 핏속에 전율이 흐르고 넋을 잃었다. 아이는 자신이 의식하지 않을 것이고 그 존재조차 감히 의식할 수 없는 어떤 어둡고 강력한 비밀의 그림자 속을 내달리는 듯했다. 그것은 아이에게 그렇게나 강력한 마법을 걸었고, 아이의 마음을 지독히도 어둡게 만들었다.

9장
마시 농장과 홍수

주목나무 집과 마시 농장은 늘 정기적으로 왕래하고 지냈지만, 두 집안은 분리된 채로 뚜렷이 구별되었다.

애나가 결혼한 후 마시 농장은 두 아들 톰과 프레드의 터전이 되었다. 톰은 약간 작은 키에 잘생긴 청년으로, 검은 곱슬머리에 속눈썹이 검고 길었고, 부드럽고 짙은 눈은 어디 홀린 듯했다. 그는 아주 똑똑했다. 고등학교를 마치고 런던으로 진학했다. 그에게는 개성적이고 활력 있는 사람들을 끄는 본능이 있었다. 다른 사람에게 전적으로 양보하는 동시에 독립적인 자세를 유지했다. 그는 다른 사람들을 거치지 않고서는 존재가 미미했다. 혼자 있을 때는 우유부단했다. 다른 이와 같이 있으면 자신을 상대에게 덧붙여 그 사람을 실제보다 더 크게 만드는 것 같았다. 그래서 일부 사람들은 그를 아꼈고 그에게서 일종의 성취감을 얻었다. 그는 주의 깊게 이 소수의 사람들을 선택했다.

그는 섬세하고 영민하며 비판적인 지성을 가졌고, 눈금 저울이나 천칭 같은 두뇌의 소유자였다. 이 모든 것에는 여성적인 면이 있었다.

런던에서 톰은 어떤 엔지니어의 수제자였는데, 그는 머리가 비상한 사람으로 톰이 학업을 마칠 무렵 저명인사가 되었다. 이 선생을 통해 젊은 톰은 독특하고 뛰어난 다양한 인물들과 인맥을 쌓았다. 그는 절대 자신을 내세우지 않았다. 나머지 사람들을 적절히 판단하고 뒷받침하기 위해 거기 있는 것 같았다. 그는 사람들에게 그들 자신의 존재를 일깨우는 사람 같았다. 그래서 젊은 나이에 벌써 런던의 가장 활동적인 과학자들, 수학자들과 친분을 맺었다. 그들은 그를 대등하게 받아들였다. 그는 조용하고 통찰력 있고 냉정한 편이었지만, 자기 분수를 지켰고 남들을 공정하게 평가하는 법을 배웠다. 그는 심판관처럼 거기 있었다. 게다가 아주 미남이었고, 보통 키지만 비율이 좋았으며, 까무잡잡한 좋은 혈색에다 언제나 완벽하게 건강을 유지했다.

아버지가 용돈을 넉넉히 주었을뿐더러 그는 주임교수의 조교 같은 일도 했다. 당시 이 젊은이는 가끔 마시 농장에 다니러 왔는데, 특이하게 매력적이고 옷을 잘 입는 데다 과묵했고, 천성적으로 섬세하고 세련된 태도를 지니고 있었다. 그가 농장에 변화의 기운을 불어넣었다.

동생인 프레드는 전형적인 브랭귄 집안사람으로, 큰 골격에 눈이 파란 영락없는 영국인이었다. 그는 부친의 판박이였고, 부자지간인 두 남자는 서로가 더없이 편했다. 프레드가 농장을 물려받기로 되어 있었다.

형제는 뜨거운 사랑에 가까울 정도로 서로를 아꼈다. 형인 톰은 여자처럼 절절한 관심과 이타심으로 프레드를 돌보았다. 프레드는 자기도 뛰어나다면 닮고 싶은 어떤 놀라운 존재를 대하듯 형을 우러렀다.

이리하여 애나가 결혼한 후, 마시 농장은 새로운 분위기를 띠기 시작했다. 아들들은 신사였다. 톰은 천성이 비범한 데다 출세했고, 프레드는 예민하고 독서를 좋아해서 러스킨에 심취하고 불가지론자[1]들의 저술을 탐독했다. 브랭귄 집안사람들이 다 그렇듯 프레드는 아주 자족하는 편이었지만, 사람 좋아하고 너그러워서 지나칠 만큼 남들을 존중했다.

그와 대저택의 하디 집안 젊은이 사이에 어색하나마 교우관계가 이루어졌다. 두 집안은 달랐지만 젊은이들은 조심스레 대등한 관계로 만났다.

검은 속눈썹과 보기 좋은 안색, 부드럽고 속 모를 성격, 런던에서의 지위에 더해 희한하게 평온하고 학식 있는 분위기를 풍기는 큰아들 톰 브랭귄이야말로 마시 농장에 우월하고 이국적인 특징을 도드라지게 했다. 그가 완벽한 옷차림을 하고, 부드럽고 사근사근하지만 모두로부터 동떨어진 듯이 나타날 때면 사람들은 불편해했다. 코세테이와 일크스턴의 지인들은 그를 저 먼 딴 세상 사람으로 간주했다.

그와 어머니 사이에는 내적 친연성 같은 것이 있었다. 그들 사이의 사랑은 말없이 초연하지만 근본적인 것이었다. 아버지는 장남이 늘 불편했고 약간 공손하게 대하기도 했다. 톰은 마시 농장이 이제는 그 구역의 유지인 스크리벤스키 집안과 실질적인 관계를

---

1 인간은 신을 비롯한 궁극적인 실체를 알 수 없다는 견해를 가진 사람. 불가지론은 유신론과 무신론을 모두 배격한다.

맷도록 연결고리가 되어주기도 했다.

그렇게 마시 농장에 변화의 분위기가 일었다. 아버지 톰 브랭권은 나이가 듦에 따라 원숙해져서 지체 높은 자영농이 되었다. 풍채좋고 잘생긴 외모가 그런 점을 잘 보여주었다. 얼굴은 여전히 싱그럽고 푸른 눈동자가 반짝반짝 빛났으며, 숱 많은 머리카락과 수염은 서서히 변해 부드러운 은발이 되었다. 고집을 꺾지 않으면서도묵인하는 듯 크게 웃는 것이 그의 습관이었다. 세상사가 그에겐 너무나 혼란스러웠기에 편안히, 사람 좋게 수긍하는 노선을 택했던것이다. 그가 세상 이치를 책임질 일은 없었다. 그러나 그는 삶에서미지의 영역을 두려워했다.

그의 살림살이는 상당히 풍족했다. 그와 다른 존재이면서 어느지점에선가 결정적으로 연결된 아내가 곁에 있었다. 어디서 어떻게 연결되는지야 그가 어찌 알겠는가? 그의 두 아들은 신사였다.그들은 아버지와 구별되는 사람들이었고 그들만의 독자적인 존재가 있었지만, 그럼에도 그와 연결되어 있었다. 모든 게 모험 같고아리송했다. 하지만 사람은 결과야 어찌 되건 자기 존재의 테두리안에서는 활기 넘치게 마련이었다.

그래서, 인물 좋고 얼떨떨한 표정의 톰은 호방하게 웃으며 그가고수할 수 있는 유일한 것인 양 자기 자신을 고수했다. 젊음과 경이감은 그의 속에 거의 변함없이 남아 있었다. 그는 아주 느긋해졌고 갈수록 편하게 지냈다. 농장일은 프레드가 거의 도맡았고 아버지는 중요한 거래만 처리했다. 그는 멋진 암말을 타고 다녔고, 가끔콥종[2]의 말을 타기도 했다. 술집이나 주막에서 상류층 농장주나 자

---

2 다리가 짧고 뼈대가 튼튼한 조랑말 종자.

작농들과 술을 마셨으며 제법 잘사는 지인들도 있었다. 그러나 어느 계층이 특별히 다른 계층보다 더 마음에 들 것도 없었다.

그의 아내는 늘 그랬듯 가까이 지내는 이가 없었다. 머리가 희끗해지고 얼굴이 좀 늙었지만 표정은 변함없었다. 몸이 더 약해진 것 말고는 이십오년 전 마시 농장에 처음 왔을 때와 똑같아 보였다. 언제 봐도 그녀는 마시 농장에 사는 사람이 아니라 들르러 온 것 같았다. 이곳 삶의 일부가 되지 못했다. 그녀가 대표하는 것이 여기서는 이국적이었기에, 어떤 면에서는 휘둘리지 않으면서 확고하게, 또다른 면에서는 특이할 정도로 고상하게 문안에 머무는 손님으로 살았다. 마시 농장의 식구 모두가 따로 놀고 개성이 강하며 집안의 결속력이 약한 것도 그녀의 영향이었다.

아들 톰 브랭귄은 스물세살 때 무슨 까닭인지 주임교수와 사이가 틀어졌고, 이딸리아로 갔다가 그후 미국으로 건너갔다. 잠시 고향에 들른 그는 또 독일로 갔다. 그때마다 늘 똑같이 잘생기고 세심하게 차려입은 매력적인 청년의 모습이었고 건강 상태도 완벽했지만, 왠지 모든 일에 겉도는 느낌이었다. 딱 맞는 옷을 입은 것처럼 편하고 경쾌한 표정을 지었지만 그의 검은 눈에는 깊은 괴로움이 서려 있었다.

어슐라에게 외삼촌 톰은 낭만적이고 매혹적인 인물이었다. 그는 자상하게도 멋진 선물을 가져오곤 했다. 코세테이에서는 구경도 못 하는 값비싼 사탕 상자나 아주 여리게 빛나는 정교한 자개 머리빗과 타원형 거울, 혹은 자수정, 오팔, 다이아몬드와 석류석 원석으로 된 자그마한 목걸이 같은 것들이었다. 그는 몇개 외국어를 수월하고 유창하게 구사했고, 신기할 정도로 상냥하고 남의 환심을 사는 성정을 타고났다. 이 모든 점에도 불구하고, 그는 어쩔 도리 없는 국외자였다. 어디에도, 어떤 집단에도 속하지 않았다.

애나 브랭귄은 결혼 이후로 아버지와의 친밀한 관계를 진전시키지 않았다. 결혼과 동시에 살뜰한 부녀관계는 포기한 셈이었다. 부녀는 좀 서먹서먹했다. 애나는 엄마를 더 자주 찾았다.

그러다 갑자기 아버지가 돌아가셨다.

어슐라가 여덟살이던 어느 봄날이었다. 톰 브랭귄은 토요일 아침 노팅엄의 시장으로 출발하면서, 특별 공연이 있고 그후엔 꼭 참석해야 할 모임에 갔다가 늦게 올 것 같다고 말하고 떠났다. 식구들은 그가 즐겁게 지내고 있을 거라고 여겼다.

추적추적 비 내리는 음울한 철이었다. 저녁이 되자 폭우가 쏟아졌다. 프레드는 마음이 불안하고 어수선해서 평소와 달리 외출하지 않았다. 밖에서 연방 떨어지는 낙숫물 소리를 들으며 초조하게 담배를 피우고 책을 읽었다. 이렇게 캄캄하고 비 오는 밤이면 그는 세상과 단절되고 불안해져서 자신을 의식했고, 자기는 지금과는 다른 삶을 원한다고, 이건 사는 게 아니라고 생각하곤 했다. 그의 삶에는 뿌리가 없고 만족을 찾을 터전이 부재한 것 같았다. 외국에 나갈 꿈도 꾸었다. 그러나 그는 다른 곳에 간다고 자기 문제가 해결되지 않으리라는 것을 본능적으로 직감했다. 그는 변화를, 삶의 깊고도 핵심적인 변화를 원했으나 그것을 어떻게 이룰지는 알지 못했다.

이제 노인이 된 틸리가 와서, 여물 주러 갔던 일꾼들이 마당이며 온 천지가 물바다라고 했다는 말을 전해주었다. 프레드는 무심히 흘려들었다. 하지만 이렇게 황량하고 을씨년스러운 축축한 세상이 싫었다. 마시 농장을 떠나리라.

그의 어머니는 이미 자리에 들었다. 마침내 그는 책을 덮고 멍해졌다. 우울하고 화난 상태로 위층으로 올라가 그 기분 그대로 억지로 잠에 빠졌다.

틸리는 부엌 벽난로 앞에 슬리퍼를 놓아두고 문은 잠그지 않은 채 자러 갔다. 그러자 농장은 온통 칠흑 같은 어둠과 빗속에 잠겼다.

밤 11시가 되었을 때도 비는 계속 내렸다. 아버지 톰 브랭귄은 노팅엄의 '천사' 여관 마당에 서서 코트 단추를 채우고 있었다.

"아, 좋아," 그가 흥겹게 중얼댔다. "여태 비가 오는구먼. 안장을 차, 잭, 이 친구야, 말안장 차라고. 자네 참 보기 힘든 친굴세, 잭, 뱃살은 밥배 아니면 술배겠구먼. 가자, 이랴, 집으로 출발하자. 원, 세상에, 한밤중에 웬 비가 이렇게 오는 거야! 화산이라도 꺼트리겠네. 이봐, 잭, 날씬하고 젊은 내 친구, 우리 둘 중에 누가 노아지? 둑이라도 터졌나봐. 이렇게 쏟아지다간 오리와 물새 세상이 되겠구먼. 비둘기가 올리브 잎을 물고 오겠어.[3] 어서 일어나, 이 친구야, 어서, 밤새 여기 있을래? 자네는 그럴 줄 알았겠지. 비가 이렇게 억수같이 퍼부으면 누구라도 취한 것 같을 거야. 이봐, 잭, 빗물 맞으니까 정신이 드는가, 나가는가?"

그는 혼자 농을 하면서 껄껄 웃었다.

술 마신 후 마차를 몰아야 할 때면 그는 늘 떳떳지 못했고 말한테도 겸연쩍게 대했다. 이런 민망한 상황 때문에 그는 우스꽝스럽게 행동했다. 자기가 똑바로 걷지 못하는 것도 알았다. 그렇지만 이렇게 엉망으로 취했어도 의지력으로 정신을 바싹 차렸다.

그는 마차에 올라 여관 마당의 대문을 지나 출발했다. 암말은 잘 달렸고, 꼿꼿하게 앉은 그의 얼굴 위로 비가 들이쳤다. 거구인 그의

---

3 대홍수 이후 노아는 물이 빠졌는지 확인하려고 비둘기를 날려보내고, 비둘기는 올리브 잎을 물고 온다. 창세기 8:8-11 참조.

몸은 미동도 없이 잠든 듯했다. 한 부분의 집중력이 깜박깜박 깨어 있을 뿐 나머지는 온통 캄캄했다. 그는 마지막 주의력을 기울여 익히 아는 길을 따라 달리고 있다는 사실에 집중했다. 너무 잘 아는 길이었지만, 정신을 집중해서 길을 주시했다.

암말이 길을 따라 달리자 빗물이 들이쳤다. 그는 불안한 마음에 완전히 멀쩡한 듯 우쭐대며 크게 혼잣말을 했다. 마차에 매단 등불 앞에 떨어지는 비와 희미하게 빛나는 말의 어둑한 몸뚱이, 그리고 스쳐 지나가는 컴컴한 산울타리가 보였다.

"이런 밤엔 개도 안 내보내겠네." 그가 크게 혼잣말을 했다. "이제 비가 좀 그칠 때도 됐지, 안 그러면 큰일이구먼. 석탄재를 저렇게 열짐이나 길에 깔아둔 건 참말로 잘했네. 날이 개지 않으면 저건 몽땅 천국까지 쓸려가겠구먼. 그거야 뭐 우리 아들 프레드가 신경 쓸 일이지. 그런 건 걔가 전문가니까. 내가 걱정할 필요는 없어. 나야 그것들이 천국까지 쓸려갔다가 돌아오는 데나 신경 쓰지. 언젠간 꼭 다시 밀려올 테니까. 이치가 그렇잖아. 하늘에서 비가 떨어지면 구름으로 다시 올라가잖나. 왜, 그런 말 있지, 시간이 간다고 땅 위에 물이 더 많아지진 않는다고. 그런 이야기라고, 알아들어? 오늘 물이 천년 전보다 조금도 불어난 게 아니야, 줄어든 것도 아니고. 물은 닳지 않아. 그렇고말고, 이 사람아, 큰코다칠걸. 물을 닳아 없애려고 해봐, 당장 수증기가 돼서 내빼버리잖아, 자넬 놀려대면서 말이지. 수증기는 구름으로 변하고 비가 돼서 의로운 자에게나 불의한 자에게나 내리겠지.[4] 내가 의로운 자인지 불의한 자인지

---

4 마태오의 복음서 5:45 "아버지께서는 악한 사람에게나 선한 사람에게나 똑같이 햇빛을 주시고 옳은 사람에게나 옳지 못한 사람에게나 똑같이 비를 내려주신다" 참조.

모르겠지만."

이륜마차가 깊이 팬 바큇자국을 지나며 휘청하자 그는 흠칫 놀랐다. 귓갓길의 이 지점에서 잠에서 깼다. 정신이 가물거리는 동안 제법 멀리 왔던 것이다.

하지만 겨우 대문간에 당도해 내리다가 그는 휘청하며 크게 비틀거렸고, 마차 손잡이를 꼭 잡았다. 물구덩이에 내렸던 것이다.

"염병!" 그가 화가 나서 외쳤다. "염병할 물구덩이잖아."

그는 말을 끌고 첨벙대며 대문을 지났다. 이제 완전히 취해서 몸에 익은 대로 무감각하게 움직였다. 발밑이 온통 물바다였다.

그러나 집과 농장 건물 뒤 우뚝 솟은 둑길은 말라 있었다. 그런데 한밤중에 뭔가가 이상하게 우르릉거렸는데, 취한 자신이 어둠 속에서 내는 소리 같기도 했다. 그는 머리가 빙빙 돌고 앞이 안 보이는, 거의 의식이 없는 상태로 짐 꾸러미와 담요와 방석 따위를 집 안으로 들고 들어가 내려놓고, 말을 마구간에 부려놓으려고 밖으로 나왔다.

이제 집에 왔으니 그는 몽유병자 같은 상태로 할 일을 마칠 순간만 기다렸다. 아주 신중하고 조심스럽게 말을 끌고 경사진 곳 아래 마차 창고 쪽으로 내려갔다. 말이 움찔하며 물러났다.

"왜, 왜 그러냐?" 톰이 딸꾹질하며 계속 걸음을 옮겼다. 그는 다시 물구덩이 속으로 들어섰고, 말이 물을 튀기며 걸었다. 잘게 일렁이는 수면을 비추는 마차 등불 말고는 온 세상이 칠흑같이 캄캄했다.

"아, 장난 아니구먼." 6인치쯤 되는 물을 헤치고 마차 창고로 들어서며 그가 말했다. 그러나 그에겐 이 모든 게 즐거워 보였다. 마차 창고에 한뼘이나 물이 차다니, 그 생각에 웃음이 났다.

그가 말을 돌려세웠다. 말이 불안해서 가만있질 못했다. 그는 발목까지 철벅거리는 중에 마구를 벗기는 게 재미나서 웃었다. 말이 어쩔 줄 몰라 하는 것도 우스웠다. "왜 그래, 왜 그러냐고, 이까짓 물이 대수야!" 그가 마차와 말을 잇는 봇줄을 풀자마자 말이 쏜살같이 달아났다.

그는 끌채를 걸고 마차 등을 떼어내 들었다. 끌채며 바퀴 등속이 널린 낯익은 마차 창고에서 나왔을 때, 물이 작은 파랑을 이루어 그의 다리로 세차게 밀려들었다. 그는 비틀거리다 넘어질 뻔했다.

"아니, 이런 지독한!" 사방이 젖은 캄캄한 밤에 밀려오는 물을 둘러보며 그가 말했다.

밀려드는 홍수와 맞닥트린 그는 점점 깊이, 더 깊이 빠져들었다. 혼비백산할 만큼 놀랐다. 발아래 땅이 움직이는 것 같았지만, 이 물이 어디서 오는지 꼭 알아야 했다. 비척비척 연못 쪽으로 계속 내려갔다. 이러는 게 약간 즐겁기도 했다. 물은 이제 무릎까지 왔고 물살이 거세게 밀려들었다. 그는 휘청거렸고 머리가 빙빙 돌았다.

그는 공포에 사로잡혔다. 등불을 꽉 잡고 비틀거리면서도 둘러보았다. 물 때문에 발이 자꾸 미끄러져 어지러웠다. 어느 쪽을 향할지 알 수 없었다. 물이 소용돌이처럼 빙빙 돌면서 온통 캄캄한 밤이 둥그렇게 덮쳐오고 있었다. 이 엄청난 공격의 한가운데서 그의 몸이 불안하게 기우뚱하더니 당황해서 휘청거렸다. 속으로 그는 자신이 쓰러질 걸 알았다.

비틀거리는 와중에 물속의 뭔가가 다리를 쳤고, 그는 넘어졌다. 대번에 엄청나게 숨이 막혀왔다. 질식할 것 같은 무서운 공포와 싸우고 또 씨름했지만 그는 번번이 꼼짝없이 당했다. 그래도 말할 수 없는 질식의 공포에서 벗어나려고 버둥거리며 싸웠지만 깊이, 더 깊이 빠져들기만 했다. 뭔가가 그의 머리를 치자 엄청나고 압도적인 고통이 덮쳐왔고, 그러고는 캄캄한 어둠이 그를 완전히 집어삼켰다.

천지간의 암흑 속에서 물에 빠져 의식을 잃은 몸이 떠내려갔고, 쏟아져 밀려드는 물이 그 자리를 채웠다. 소들이 잠에서 깨어 벌떡 일어섰고 개는 컹컹 짖어댔다. 그리고 물에 빠져 의식을 잃은 몸은 소용돌이치는 검은 어둠 속에서 둥둥 떠내려갔다.

브랭귄 부인은 잠에서 깨어 귀를 기울였다. 감각이 엄청나게 예민해져서 밖에서 휘몰아치는 어둠의 움직임이 하나하나 다 들렸다. 잠시 그녀는 가만히 누워 있었다. 그러다가 창가로 갔다. 세찬 빗소리와 콸콸 쏟아지는 물소리가 들렸다. 남편이 밖에 있다는 게 느껴졌다.

"프레드," 그녀가 아들을 불렀다. "프레드!"

깊은 밤 저 먼 데서 엄청난 물이 사납고 거친 포효를 내지르며 돌진해오고 있었다.

브랭귄 부인은 아래층으로 내려갔다. 그녀는 물이 이렇게 어마어마하게 불어난 게 이해가 되지 않았다. 부엌으로 이어지는 계단을 내려서자 발이 물에 잠겼다. 부엌이 침수된 것이다. 이 물이 어디서 왔지? 그녀는 알 수 없었다.

물이 다용도실 밖에서 밀려들고 있었다. 어떤지 보려고 그녀는 맨발로 물을 헤치고 갔다. 바깥문 밑에서 물이 거세게 차오르고 있었다. 겁이 났다. 그때 뭔가가 밀려와 그녀의 발아래 감겼다. 말채찍이었다. 식탁 위에 마차에서 가져온 담요와 방석과 꾸러미들이 놓여 있었다.

남편이 집에 왔다는 뜻이었다.

"톰!" 그녀는 소리치며 자기 목소리에 겁이 났다.

문을 열었다. 무시무시한 소리를 내며 물이 쏟아져 들어왔다. 온 천지가 물이고 물소리였다.

"톰!" 그녀는 문간에서 촛불을 들고 잠옷 차림으로 서서 홍수가 난 캄캄한 어둠을 향해 외쳤다.

"톰! 톰!"

그러고는 귀 기울였다. 프레드가 바지에 셔츠 바람으로 그녀 뒤에 나타났다.

"아버지 어디 계세요?" 그가 물었다.

그는 홍수 난 광경을 보고는 어머니를 보았다. 잠옷 입은 모습이 조그맣고 기이해서 요정 같았다.

"위층에 올라가 계세요." 그가 말했다. "아버진 마구간에 계실 거예요."

"토옴! 토옴!" 나이 든 여인의 비명이었다. 길고 부자연스러운, 가슴을 에는 외침에 아들은 뼛속까지 얼어붙었다. 그는 재빨리 장화와 겉옷을 껴입었다.

"위층에 올라가 계세요, 엄마." 그가 말했다. "제가 어디 계신지 가볼게요."

"토옴! 토오옴!" 자그만 여인의 날카롭고 섬뜩한 목소리가 울려퍼졌다. 물소리와 불안한 소들의 울음, 개가 컹컹 길게 짖어대는 소리만이 어둠을 울리고 있었다.

프레드 브랭귄이 등불을 들고 홍수 난 쪽으로 첨벙거리고 나아갔다. 그의 어머니는 문간에 놓인 의자 위에 서서 그 모습을 지켜보았다. 등불 아래로 비치는 것은 온통 물, 흐르는 물뿐이었다.

"톰! 톰! 토오옴!" 그녀의 길고도 기이한 비명이 밤하늘 멀리 울려퍼졌다. 그 소리에 아들의 영혼은 싸늘해졌다.

그사이, 물에 빠져 의식을 잃은 아버지의 몸은 큰길 쪽으로 쏟아지는 시커먼 물살에 밀려 집 저 아래편으로 떠내려갔다.

틸리가 잠옷 위에 치마를 걸치고 나왔다. 현관문이 열려 있고 의자 등받이를 꼭 잡은 마님이 보였다. 탁자 위에는 촛불이 타고 있었다.

"하느님 맙소사!" 늙은 하녀가 소리쳤다. "운하가 터졌구먼유. 둑이 무너져버렸슈. 이걸 워쩐대!"

브랭귄 부인의 눈길이 위편 둑길을 따라 마구간으로 향하는 아들과 등불을 따라갔다. 잠시 후 말의 거무스름한 형체가 보였고, 아들이 마구간에 등불을 걸자 빛이 희미하게 그를 비추어 마구 푸는 모습이 보였다. 불빛에 부드럽게 일렁이는 말이 마구간 문 안쪽으로 머리를 쑥 집어넣는 것도 보였다. 마구간에는 아직 홍수가 들이치지 않았다. 그러나 물은 점점 세차게 집 안으로 흘러들었다.

"물이 점점 더 높이 차오르네유." 틸리가 말했다. "주인님은 아직 안 들어오셨남유?"

브랭귄 부인의 귀에는 아무것도 들리지 않았다.

"아버지 거기이 안 계시니?" 멀리까지 퍼지는 섬뜩한 목소리로 그녀가 소리쳤다.

"안 계세요." 어둠 속에서 짧은 대답이 들려왔다.

"가서어 찾아봐."

어머니의 목소리에 청년은 미칠 것 같았다.

그는 말고삐를 채우고 마구간 문을 닫았다. 덜렁대는 등불을 들고 물속을 첨벙거리며 걸어서 돌아왔다.

물에 빠져 의식을 잃은 몸뚱이는 깊디깊은 물결에 휩쓸려 집을 지나쳐 떠내려갔다. 프레드가 어머니에게 돌아왔다.

"마차 창고에 가볼게요." 그가 말했다.

"토옴, 토오옴!" 인간의 것이 아닌 억센 울부짖음이 퍼져나갔다. 프레드는 피가 얼어붙고 가슴이 울분으로 가득 찼다. 화가 나서 미칠 것 같았다. 어머니는 왜 이렇게 소리를 지르는 거야? 그는 어머니를 차마 볼 수 없었다. 하얀 잠옷 차림으로 문간에 의자를 놓고 앉은 모습이 섬뜩한 요정 같았다.

"말을 마차에서 푸셨으니까 아버진 괜찮으실 거예요." 그는 걸걸한 목소리로 아무렇지 않은 척 대답했다.

그렇지만 마차 창고로 내려서자 정강이까지 물이 차올랐다. 멀리서 쏟아져 들어오는 물소리를 들으며 그는 운하가 터졌다는 걸 알았다. 물이 점점 더 높이 차올랐다.

마차는 제자리에 있었지만 아버지는 자취도 없었다. 아들은 물을 헤치고 연못 쪽으로 갔다. 물이 무릎 위까지 차서 빙빙 소용돌이치며 청년을 밀어댔다. 그는 뒤로 물러섰다.

"거기이 계시니이?" 어머니가 미친 듯 외쳤다.

"아니요." 그가 짧게 대답했다.

"토옴, 토오옴!" 찢어질 듯 공허한, 지상의 소리가 아닌 비명이었다. 소리는 높고 초자연적이어서 순수할 정도였다. 프레드는 그 소리가 싫었다. 미칠 것 같았다. 소리는 너무도 끔찍하게 퍼져나갔고 노랫가락으로 들릴 지경이었다.

물이 점점 불어 집 안으로 흘러들었다.

"비비네 가서 비비랑 아서 내려오라고 해요, 비비 부인한테 윌킨슨도 데려오라고 하고." 그가 틸리에게 일렀다.

그는 억지로 어머니를 위층으로 올려보냈다.

"너희 아버지 물에 빠졌어." 그녀가 넋이 나가 기이한 목소리로 말했다.

물은 밤새 불어나 부엌 조리대에 얹어둔 주전자가 떠내려갈 정도였다. 브랭귄 부인은 위층 창가에 홀로 앉아 있었다. 이젠 소리 지르지 않았다. 일꾼들이 소와 돼지를 돌보느라 분주했다. 사람들이 그녀를 위해 보트를 가져오는 중이었다.

새벽이 가까워지자 비가 그쳤다. 콸콸 소리를 내며 무섭게 흘러넘치는 물 위로 별들이 모습을 드러냈다. 잠시 후 희뿌옇게 동녘이 밝아오기 시작했다. 불그레한 새벽빛 사이로 물이 퍼져 느릿하게 흘러갔고, 지저분한 물 밖으로 집들이 드러났다. 새벽이라 졸린 듯 새들이 약간 쉰 소리로 울어댔다. 날이 점점 더 밝아왔다. 두번째 밭 위쪽의 운하 둑에 커다란 구멍이 뚫려 있었다.

브랭귄 부인은 창문을 옮겨다니며 홍수가 난 광경을 지켜보았다. 누군가 작은 보트를 가져왔다. 빛이 더 강해지면서 큰물 진 곳을 비추던 붉게 번쩍이는 기운이 걷혔다. 날이 밝은 것이다. 브랭귄 부인은 집 앞쪽을 보다가 뒤편으로 가서 온 신경을 모아 파리한 봄날 아침을 내다보고 있었다.

물속에서 언뜻 남편의 담황색 겉옷이 보였다. 물살에 그의 몸이 마당 울타리 쪽으로 밀려온 것이다. 그녀는 보트에 탄 남자들에게 소리쳤다. 남편을 찾아서 기뻤다. 그들이 톰의 몸을 울타리 밖으로 끌어냈다. 하지만 보트 위로 들어올리지는 못했다. 아들 프레드가 허리까지 잠기는 물속으로 첨벙 들어가 아버지의 시신을 실어 나르다시피 물을 헤쳐 길 쪽으로 옮겼다. 건초와 잔가지와 흙이 아버지의 수염과 머리카락에 엉켜 있었다. 아들은 상처 입은 짐승처럼 눈물도 없이 울부짖으며 물살을 헤쳐나갔다. 창가에 있던 어머니는 그저 울기만 했다.

의사가 왔다. 그러나 아버지는 이미 죽은 상태였다. 사람들이 시신을 코세테이의 애나네로 옮겼다.

이 소식을 들었을 때, 애나 브랭귄은 마치 뭔가가 목덜미를 물려고 달려드는 듯 머리를 젖히고 눈을 이리저리 굴렸다. 고개를 뒤로 젖힌 채 생각을 몰아내 잠재우려는 듯했다. 결혼해서 엄마가 된 후 그녀는 소녀 시절의 자신을 잊고 살았다. 이제 충격이 위협하듯 밀고 들어와 그사이 삶 전부를 휩쓸어버리고, 아버지를 사랑하던 열여덟살 소녀로 되돌리려 했다. 그래서 그녀는 그 충격을 피해 고개를 젖힌 채 현재의 삶에 꼭 매달렸다.

그녀가 정말로 충격을 받고 두려움에 질린 것은 사람들이 젖은 옷을 입은 아버지 시신을 그녀의 집으로 들여왔을 때였다. 장에 갔던 터라 완전히 갖춰 입은 옷이 흠뻑 젖어 축축하게 처져 있었다. 그녀에게 힘과 강건한 삶의 표상이었던 아버지가 흠뻑 젖어 널브러진 커다란 더미가 된 것이었다.

두려움에 떨며 애나는 아버지의 젖은 옷가지를 벗겨내기 시작했다. 부유한 농장주 차림의 어색한 외출용 옷가지를 벗겨냈다. 아이들을 목사관으로 보내고 시신은 거실 바닥에 눕힌 채, 애나는 재빨리 옷을 벗기기 시작했고 아버지의 줄 달린 시계와 도장을 탁자 위 젖은 무더기에 얹었다. 남편과 가정부가 도와주었다. 그들은 시신을 깨끗이 닦고 씻긴 후 침상에 눕혔다.

거기, 침상에 놓인 그의 시신은 고요하고 장엄해 보였다. 죽은 그의 모습은 완벽하게 평온했고, 이제 반듯하게 누운 그는 신성하여 범접할 수 없었다. 애나에게 그는 다가갈 수 없는 남성적 장엄, 죽음의 장엄이었다. 그 모습에 그녀는 고요하고 경외심이 들어 거의 기쁠 정도였다.

어머니 리디아 브랭귄도 와서 죽은 이의 인상 깊고 범할 수 없는 모습을 보았다. 주검을 보고 그녀는 창백해졌다. 무한과 나란히 누운 그는 변화와 지식을 초월해 절대적이었다. 그녀가 그와 무슨 상관이 있었던가? 그는 지금 잠시 눈에 보일 뿐, 범할 수 없는 절대적이고 장엄한 추상이었다. 삶에서 죽음으로 옮겨가는 적나라한 순간에 밝혀진 그에 대해, 본래의 그에 대해 누가 권리를 주장할 수 있으며 누가 말할 수 있으리? 산 자도 죽은 자도 그를 제 것이라 주장할 수 없었으니, 그는 산 자이자 죽은 자요 범접할 수 없는 불가침의 그 자신이었다.

"당신과 함께하는 삶을 살았고, 이제 영원을 향한 나 자신의 길을 갑니다." 그녀 자신의 혼자됨을 깨달아 서늘해진 마음으로 리디아 브랭귄이 말했다.

"전 생전의 아버지를 알지 못했어요. 이제 돌아가신 아버지는 제가 닿을 수 없는 지고의 존재이시군요." 두렵고도 기꺼운 마음으로 애나 브랭귄이 말했다.

정작 두 아들은 이 죽음을 받아들이지 못했다. 프레드 브랭귄은 퀭하니 굳은 얼굴로 주먹을 꽉 쥔 채 다녔다. 그는 아버지에게 일어난 일에 대한 미움과 분노를 떨치지 못하고, 아버지를 되찾아 눈으로 보고 목소리를 다시 듣고픈 마음에 피눈물이 났다. 견딜 수가 없었다.

큰아들 톰 브랭귄은 장례식 당일에야 도착했다. 여느 때처럼 조용하고 침착했다. 그는 어둡고 속 모를 표정으로 여전히 평온하게 어머니에게 입 맞추고, 남동생과는 얼굴도 처다보지 않고 악수한 다음 검은 손잡이 달린 커다란 관을 보았다. 심지어 "마시 농장의 톰 브랭귄, 생 ○○○○, 몰 ○○○○"이라 적힌 위패를 읽기도 했다.

잘생기고 조용한 얼굴의 이 젊은이는 몹시 괴로운 듯 잠시 얼굴을 찡그렸다가 곧 평정을 되찾았다. 관이 교회당으로 운구되고, 장례를 알리는 조종이 일정한 간격을 두고 울렸으며, 조문객들이 흰 꽃다발을 들고 왔다. 어머니인 폴란드 여인은 어둡고 알 수 없는 표정으로 아들의 팔을 잡고 걸어갔다. 아들은 언제나 그렇듯 미남에다 완벽하게 무표정했고 유쾌한 빛마저 감돌았다. 프레드는 애나와 함께 걸어갔다. 애나는 낯설고도 활기찼고, 프레드의 얼굴은 목석처럼 굳어 풀어질 것 같지 않았다.

다만, 나중에 어슐라는 마당 아래편 까치밥나무 덤불 사이를 지나치다가 상복 차림으로 서 있는 외삼촌 톰을 보게 되었다. 꼿꼿하고 멋진 모습이었지만 고통에 시달리는 짐승처럼 주먹을 쳐들고 얼굴을 찡그렸으며, 소름 돋게 웃음기 번진 입술이 이 위로 말려 올라간 채 헐떡이는 개처럼 가쁘게 몸을 들썩이고 있었다. 그는 저 먼 허공을 보며 헐떡이다가 잠잠해지더니 다시 터질 듯 헐떡거렸지만, 이를 다 드러내고 코를 찡그린, 아무것도 보지 않는 고정된 눈동자에 드러난 지독한 고통을 겪는 짐승 같은 표정은 조금도 달라지지 않았다.

어슐라는 겁에 질려 슬며시 빠져나왔다. 그래서, 집으로 돌아온 톰 삼촌은 엄숙하고 아주 평온해서 슬픈 척 엄숙을 가장하는 것처럼 보일 정도였지만, 아이는 그의 고요하고 잘생긴 얼굴에서 좀전의 일그러진 표정을 떠올리게 되었다. 그러자 투명한 피부로 감싸인 외삼촌의 코가 러시아 사람 코처럼 좀 두툼한 게 보였고, 세심하게 다듬은 콧수염 아래로 자잘하고 뾰족하며 듬성한 이가 기억났다. 외삼촌의 완벽하게 우아한 행동거지 속에서 아이는 그가 짐승 같고 거의 타락한 존재임을 간파할 수 있었다. 덜컥 겁이 났다.

이 일이 있은 후, 아이는 외삼촌을 볼 때면 늘 그의 짐승 같고 섬뜩한 면모를 찾아보게 되었다.

그는 자기 어머니에게 작별 인사를 하고 금방 떠났다. 어슐라는 이제 외삼촌이 입 맞추며 인사하면 움츠러들 정도였다. 그럼에도 불구하고 그의 입맞춤과 그것이 풍기는 약간의 역겨움까지 느끼고 싶었다.

장례가 진행되는 동안, 그리고 장례가 끝난 다음, 윌 브랭귄은 아내가 미칠 듯 사랑스러웠다. 이 죽음이 그를 뒤흔들어놓았지만, 죽음까지도 그에게 들어와 아내에 대한 광적이고 저항할 수 없는 정욕으로 변했다. 그녀가 너무나 낯설고 매혹적으로 보였다. 아내를 향한 욕망으로 그는 제정신이 아니었다.

그리고 그녀는 그를 받아들였고, 그럴 태세였으며, 그를 원했다.

할머니 리디아는 마시 농장이 복구될 때까지 한동안 주목나무 집에 머물렀다. 그후 할머니는 부족할 것 없어 보이는 고요한 자기 방으로 돌아갔다. 프레드는 농장 복구에 전력을 다했다. 아버지가 여기서 세상을 떴다는 사실 때문에 이곳이 한층 더 소중해졌고, 전보다 더 필연적으로 자신의 터전으로 여겨졌다.

브랭귄 집안사람들은 험하게 죽는다는 속설이 있었다. 아마도 아들 톰을 제외하면 그들 모두에게 이 말은 거의 당연하게 여겨졌다. 그렇지만 프레드는 마음이 굳은 채 고집스럽게 지냈다. 그는 아버지를 이런 식으로 살해한 미지의 존재를 결코 용서할 수 없었다.

아버지의 죽음 이후, 마시 농장은 아주 조용했다. 브랭귄 부인은 불안정한 상태였다. 전처럼 저녁내 평화로이 앉아 있지 못했고, 낮에도 정처 없이 떠도는 사람처럼 늘 서성거렸다.

그녀가 자그마한 양모 겉옷을 걸친 채 마당을 서성이는 모습이 목격되곤 했다. 종종 마차를 타고 외출하기도 했다. 아들 옆에 앉아 시골 풍경이나 읍내 거리를 바라보기도 했는데, 그 모든 게 낯선 듯 아이처럼 꾸밈없으면서도 기이한 표정을 지었다.

손녀들인 어슐라와 구드런, 테리사는 등굣길에 마시 농장의 사립문을 지났다. 할머니는 아이들이 지날 때마다 불러들이고 싶어 했고, 저녁 먹으러 건너왔으면 했다. 아이들이 곁에 있기를 바랐다.

정작 자기 아들들을 대하는 건 꺼렸다. 그들이 품은 음울한 열정과 욕망과 불만이 보였기 때문인데, 그녀는 더이상 그런 걸 보고 싶지 않았다. 푸른 눈에 턱이 두툼한 프레드까지도 그녀에게 걱정을 끼쳤다. 마음의 평화를 얻지 못했던 것이다. 그는 뭔가를 원했다. 사랑과 열정을 갈구했으나 그것을 찾지 못했다. 그렇다고 왜 어머니를 걱정시켜야 해? 자신의 끓어오르는 번뇌와 고통과 불만을 왜 어머니한테 호소해야 하는 거야? 그녀는 이제 너무 늙었다.

형인 톰은 동생보다 더 자제하고 속을 터놓지 않는 편이었다. 함부로 나대지도 않았다. 그러나 어머니는 그가 훨씬 더 걱정스러웠다. 어머니가 자신을 구해줄 수 있다는 듯이, 자신의 본모습을 드러낼 듯이 갑작스레 그녀를 바라볼 때, 그 눈에 깃든 검고 깊디깊은 붕괴의 빛을 볼 수밖에 없었던 것이다.

그렇지만 노년이 어찌 청춘을 구할 수 있으리? 청춘은 청춘에게 가야 하거늘. 간단없이 들끓는 폭풍이거늘! 이 나이에 이르러 그녀가 삶에서 떨어져 고요히, 평화로이 살 수 없다는 건가? 그럴 수 없어, 너울이 연신 덮쳐와 그녀를 방벽에 부딪치게 했다. 그녀는 늘 끝없이, 끝없이, 한량없이 이어지는 들끓는 분노와 정열에 휘말릴 수밖에 없었다. 물러나고 싶었다. 마침내 그녀 자신만의 무구無垢와 평안을 바랐다. 그녀는 두 아들이 여자에게 불만 쌓인 남자들의 오래고 난폭한 사연을, 그들의 욕망과 구애와 깊디깊게 숨겨진 분노의 사연을 자신에게 퍼붓는 것이 싫었다. 이 모두를 넘어, 노년의 평안과 무구를 알고 싶었다.

그녀는 여태 살면서 일을 많이 하지는 않았다. 이즈음엔 종종 사립문 밖에 서서 드문드문 지나가는 이들을 지켜보곤 했다. 그러다 아이들이 보이면 흐뭇하고 행복했다. 그녀는 보통 사과나 사탕 두어개를 주머니에 넣고 다녔다. 아이들이 자신에게 웃어주는 게 좋았다.

남편 묘소에는 아예 가지 않았다. 그에 대해서는 담담히, 살아 있는 것처럼 말했다. 때로 어쩔 수 없는 슬픔에 눈물이 뺨을 타고 흘러내렸다. 그러다가 괜찮아지면 다시 그녀 자신으로 돌아와 편히 지냈다.

비 오는 날이면 침상에 머물렀다. 침실은 누운 채 깊은 생각에 잠길 수 있는 그녀의 피난처였다. 가끔 프레드가 책을 읽어주기도 했다. 그러나 그것이 그다지 큰 의미는 없었다. 그녀에겐 키질하지 않은 알곡 창고같이 되새김질할 꿈들이 차고 넘쳤다. 시간이 필요했다.

이즈음, 그녀의 가장 가까운 벗은 어슐라였다. 어린 소녀와 생각 많고 여린 예순살 여인은 같은 언어를 알아듣는 것 같았다. 코세테이는 온통 활동과 열정으로 가득했고, 모든 것이 열정의 축을 중심으로 돌아갔다. 당시는 어슐라 밑으로 동생이 네명이어서 늘 한 무리의 아기들이 서로 이리저리 치이며 지냈다.

그래서 맏이인 어슐라에게 할머니의 침실이 주는 평안은 더할 나위 없이 감미로웠다. 어슐라는 숨죽인 낙원에 들어서듯 이 방에 들어왔고, 이 방에서는 마치 한송이 꽃이기라도 한 것처럼 자신의 존재가 소박하고도 수려해지는 것 같았다.

아이는 토요일이면 늘 마시 농장으로 내려왔다. 색종이 가닥을 꼬아 만든 조그만 깔개나 유치원 수업 때 엮어 만든 앙증맞은 바구니, 크레용으로 그린 작은 새 그림 같은 조그만 선물을 손에 꼭 쥐고 왔다.

어슐라가 문간에 나타나면, 노구에도 불구하고 아직 살림을 맡아 하는 틸리가 비적 마른 목을 빼서 누가 왔나 내다보곤 했다.

"아이고, 애기씨구먼유?" 틸리가 말했다. "오실 것 같더면. 시상에나, 알록달록한 꽃다발을 가져왔네!"

틸리가 마시 농장에서 이제는 고인인 톰 브랭귄의 정신을 이렇게 지키고 있다는 게 참 신기했다. 틸리를 보면 어슐라는 늘 할아버지 생각이 났다.

오늘 아이는 분홍 꽃과 하얀 꽃을 단단히 묶고 분홍 꽃으로 가장자리를 두른 조그만 꽃다발을 가져왔다. 아이는 이 꽃다발이 아주 자랑스러웠고 그래서 아주 부끄러웠다.

"할매는 침실에 계시네. 올라갈 땐 신 잘 닦고, 할매한테 벽력같이 달겨들지 마셔. 시상에나, 참말로 이쁜 꽃다발이네! 애기씨 혼자서 그걸 다 맹글었남?"

틸리가 어슐라를 가만히 침실로 인도했다. 아이는 마음이 동요할 땐 늘 그러듯 한참을 주저하다가 안으로 들어섰다. 할머니는 조그만 잿빛 양모 겉옷을 입고 침대에 앉아 있었다.

아이는 망설이면서 침대 곁에 다가가 할머니 앞에서 꽃다발을 꼭 쥔 채 가만히 있었다. 어린 눈동자가 반짝이고 있었다. 할머니의 잿빛 눈동자도 비슷한 빛을 발했다.

"정말 예쁘구나!" 할머니가 말했다. "진짜 예쁘게 만들었어! 정말 예쁘고 앙증맞은 꽃다발이야."

어슐라는 빨갛게 상기된 얼굴로 꽃다발을 할머니의 손에 불쑥 쥐여주며 말했다.

"할머니 드리려고 만들었어요."

"이건 우리 친정 동네 농부들이 꽃다발을 묶던 방식이로구나." 손가락으로 분홍 꽃을 젖혀 향기를 맡으며 할머니가 말했다. "아주 단단하고 예쁜 꽃다발 그대로네! 농부들이 머리에 쓰는 화관도 만든단다, 줄기를 엮어서 말이야. 그러곤 화관을 쓰고 빙빙 돌며 춤을 춰, 멋진 에이프런을 입고서."

어슐라는 금세 이 이야기 나라 속으로 들어간 것 같았다.

"할머니도 머리에 화관을 쓰셨어요?"

"어릴 적 난 금발이었어, 네 동생 케이트 머리랑 비슷했지. 난 그때 예쁜 파랑 화관을 썼어. 아, 정말 파란 꽃이었어, 눈 녹고 나면 피는 꽃. 마부 안드레이가 처음 핀 꽃을 갖다주곤 했단다."

그들이 이야기를 나누고 있으면 틸리가 두 사람분의 찻상을 봐왔다. 어슐라는 마시 농장에서 특별히 마련해준 초록빛과 금빛 도는 찻잔을 썼다. 버터 바른 얇은 빵과 찻잎도 있었다. 이 모두가 특별하고 황홀했다. 어슐라는 조금씩 깔끔하게 베어서 얌전히 먹었다.

"할머니, 결혼반지를 왜 두개 끼셨어요? 그래야 해요?" 아이가 접시 위로 뻗은, 푸른 핏줄이 비치는 할머니의 상아색 손에 눈길을 주며 물었다.

"남편이 둘이면 그렇지, 얘야."

어슐라는 잠시 생각에 잠겼다.

"그러면 두개를 같이 껴야 하나요?"

"그렇지."

"어떤 게 우리 할아버지 반지예요?"

여인이 잠시 망설였다.

"네가 아는 할아버지 말이냐? 이거, 이 빨간 반지가 그 할아버지 반지야. 노란 건 네가 본 적 없는 다른 할아버지 반지고."

어슐라는 할머니가 내민 손가락에 끼워진 두개의 반지를 유심히 들여다보았다.

"할아버지가 어디서 그 반지를 사주셨나요?" 아이가 물었다.

"이거? 바르샤바였을 거야."

"그땐 우리 할아버지는 모르셨나요?"

"여기 할아버진 몰랐지."

어슐라는 이렇게도 흥미진진한 이야기에 깊이 생각에 잠겼다.

"그 할아버지도 하얀 구레나룻을 기르셨나요?"

"아니, 그분 수염은 검었어. 넌 그 할아버지 이마를 닮았단다."

어슐라는 낯이 붉어지며 자기 외모에 신경이 쓰였다. 거울로 가서 이마를 비춰보고 싶었다. 아이는 그 즉시 폴란드 할아버지와 자신을 동일시했다.

"그럼 그분 눈은 갈색이었나요?"

"그랬지, 진한 갈색이었어. 총명한 분이었지, 사자처럼 날쌔고. 한시도 가만있는 법이 없었어."

리디아는 아직도 첫 남편 렌스키가 원망스러웠다. 그를 생각할 때면 언제나 그녀는 그보다 어려서 스무살이나 스물다섯살이었고, 그의 지배하에 있었다. 그는 그녀 자신이 독립적인 개체가 아닌 것처럼, 그저 그의 부관副官이나 짐의 일부, 그가 쓰던 수술 도구 중 하나인 것처럼 그녀를 그의 사상에 통합시켰다. 그게 아직도 분했다. 서른네살에 죽었으니, 언제나 서른 즈음으로 남았다. 그녀는 그가 애석하지도 않았다. 그는 그녀보다 손위였다. 그래도 그 시절을 생각하면 아직 가슴이 에였다.

"할머닌 제 첫 할아버지를 더 좋아하셨나요?" 어슐라가 물었다.

"두분 다 좋아했지." 할머니가 대답했다.

그리고 생각에 잠긴 그녀는 다시 렌스키의 어린 신부로 돌아갔다. 남편은 명문가 출신이었고, 부모 중 한편만 독일계인 신부 쪽보다 지체 높은 집안이었다. 그녀는 가세가 기우는 집안의 어린 딸이었다. 그런데 지식인이자 명석한 외과의 겸 내과의인 그가 그녀를 사랑했던 것이다. 그를 얼마나 우러렀던가! 새카만 수염이 난 젊은 명사인 그가 말을 걸어왔을 때 느꼈던 첫 황홀감이 기억났다. 그는 너무도 멋져서 무슨 권위자처럼 보였다. 규범이 느슨한 친정에서 자란 터라, 그의 진중함과 자신 있고 엄한 권위는 거의 신과 같았다. 그녀가 자란 환경은 매인 데 없이 느슨하고 뒤죽박죽이어서 그런 권위를 알지 못했던 것이다.

"리디아 양, 나와 결혼해주겠소?" 그는 엄숙하면서도 약간 떨리는 목소리의 독일어로 청혼했다. 자신을 바라보는 그의 검은 눈동자가 그녀는 두려웠다. 눈동자는 그녀를 보는 것이 아니라 그녀를 향해 고정되어 있을 뿐이었다. 그리고 그는 엄격하고 자신만만했다. 이런 점에 흥분하고 설레어 그녀는 청혼을 받아들였다. 연애 시절 그의 입맞춤은 황홀했다. 그녀는 늘 그 입맞춤을 생각했고 신기하게 여겼다. 그녀 쪽에서 그에게 키스할 마음이 난 적은 없었다. 그녀 생각에 키스란 남자가 하는 것이고, 여자는 자신이 받은 키스를 마음속으로 곱씹는 법이었다.

그녀는 결혼 후 처음 몇날 몇밤에 겪은 충격에서 결코 완전히 회복하지 못했다. 그는 그녀를 빈으로 데려갔다. 그녀는 남편 말고는 아무도 없었고 다른 세상에서 철저히 혼자였기에 모든 것이, 정말 모든 것이 낯설고 남편까지 낯설었다. 그후 결혼의 진면목이 드러나며 열정이 닥쳐오자, 그녀는 그의 종이 되었고 그는 정말로 그녀의 주인이었다. 그녀는 어린 신부요 종이어서, 그의 발에 입 맞추고 그의 몸을 만지고 구두끈을 푸는 것을 영광으로 여겼다. 이년 동안 그의 발치에 엎드려 무릎을 껴안고서 종으로 지냈다.

아이들이 태어났고, 남편은 자기 이념을 좇았다. 그녀는 그저 그의 현상 유지를 위해서나 존재했다. 그가 민족주의, 자유, 혹은 과학이라는 이념을 수행할 때, 그녀는 그의 건강에 필요한 기본적이고 물질적인 일개 조건이었다.

그러나 시간이 흘러 스물세살을 지나고 스물네살이 되자, 그녀는 자신도 이런 사상들을 진지하게 숙고해볼 수 있겠다는 깨달음이 생겼다. 그녀의 예속을 용인함으로써 그는 그녀 안의 감정을 고갈시켰다. 남편 본인은 그녀와 사상 토론을 원치 않았지만, 그의 동료들은 기꺼이 그러고자 했다. 그녀는 다른 남자들의 정신세계를 탐색해보았다. 그랬더니 남편의 사상이 유일무이한 남성적 정신이 아니었다! 그랬더니 그녀는 남편의 부속물이기만 한 존재가 아니었다! 다른 남자들의 관심도 느낄 수 있었다. 가슴이 설렜다. 바르샤바에서의 신혼 시절에 그녀에게 구애했던 남자들이 지금도 기억났다.

그후 봉기가 일어났고, 그녀도 고무되었다. 남편 곁에서 간호사로 일하기로 했다. 그는 맹렬하게 일하며 자기 생명을 소진시켰다. 그리고 그녀는 어쩔 수 없이 그의 뒤를 따랐다. 하지만 남편을 불신했다. 그는 너무 동떨어져 있었고 다른 존재를 너무 무시했다. 자만심이 지나쳤던 것이다. 오로지 자기 일, 자기 이념뿐이었다. 그밖엔 아무것도 중요하지 않았던가?

그러다 아이들이 죽었고, 그녀는 모든 게 막막해졌다. 남편도 아득하게 느껴졌다. 그녀는 그를 보았다. 소식을 들었을 때, 그가 창백해지더니 "왜 하필 지금, 슬퍼할 시간도 없는 이때 죽은 거야?"라는 듯 얼굴을 찡그리는 것을 보았다.

"저 사람은 슬퍼할 시간이 없구나." 그녀는 막막하고 참담한 마음으로 말했었다. "저이는 시간이 없어. 너무 중요하거든, 자기 일이! 그리고 너무 잘났어, 반미치광이가 된 저 남자는! 그 혁명 사업 말고는 아무것도 중요하지 않아! 슬퍼할 시간도, 자기 자식을 생각할 시간도 없어! 정말이지 애들 가질 시간도 없었어."

그녀는 남편 혼자 계속 일하게 두었다. 그러나 혼란이 이어지자 다시 그의 곁에서 일했다. 그리고 난리를 피해서 그와 함께 런던으로 도피했던 것이다.

좌절한 그는 냉담해졌다. 그녀에게도, 그 누구에게도 애정이 없었다. 자신의 과업에 실패했으니 모든 게 다 실패였다. 그는 원한을 풀지 못했고, 그렇게 죽었다.

그녀는 동의할 수 없었다. 그가 실패했고 다 망하긴 했지만, 그 실패 이면에는 꺾이지 않는 삶의 열정이 있었다. 개별 인간의 노력은 실패할 수 있어도 인류의 기쁨은 부정될 수 없다. 그녀는 인류의 기쁨에 속했다.

그는 죽어 자기 길을 갔지만 그전에 아이를 하나 남겼다. 그리고 이 어린 어슐라가 그의 손녀였다. 그 점이 기뻤다. 그의 생각이 틀리긴 했으나 그녀는 아직 그를 존경했기 때문이다.

리디아 브랭귄이 된 그녀는 지금 그가 참으로 애석했다. 그는 죽었고, 제대로 살았다고 하기도 어려웠다. 그는 그녀를 결코 안 적이 없었다. 그녀와 같이 잠자리에 들었으나 그녀를 알지 못했다. 그녀가 줄 수 있는 것을 그는 결코 받은 적이 없었다. 그녀에게 왔다가 빈손으로 가버렸다. 그러니, 그는 결코 삶을 살았다고 할 수 없었다. 그렇게 죽어 세상을 떴다. 하지만 그에게는 힘과 추진력이 있었다.

제대로 살지 못했다는 것 때문에 그녀는 그가 용서되지 않았다. 애나가 없다면, 그리고 그의 이마를 닮은 이 어린 어슐라가 아니라면, 그는 마치 깨진 그릇처럼 기억에 있을 뿐 버려져 아무것도 남지 않았을 것이다.

톰 브랭귄은 그녀를 위해주었다. 그녀에게 다가왔고, 그녀가 주는 것을 받았다. 그는 죽어서 죽음의 길로 들었다. 그러나 그는 그녀를 알았기에 불멸의 존재가 되었다. 그리하여 그녀는 여기, 삶에서, 그리고 불멸 가운데 자기 자리를 얻었다. 그가 그녀에 대한 앎을 죽음까지 가져갔기에, 그녀 역시 죽음에서 자기 자리를 얻었던 것이다. "내 아버지 집에는 있을 곳이 많다."[5]

그녀는 두 남편 모두 사랑했다. 첫 남편에게는 그를 기꺼이 섬기려 한 연약한 어린 신부였다. 두번째 남편은 충족감에서 우러나서 사랑했다. 그가 선하고 그녀에게 존재를 부여했기 때문이며, 그녀를 고결하게 받들고 그녀의 남자가 되어 그녀와 하나가 되었기 때문에.

그녀는 삶의 이 어름에 정착하여 그녀 자신이 되었다. 첫 결혼에서 그녀는 남편을 통해서가 아니면 존재가 없었다. 남편이 실체요, 그녀는 그 발치를 따라다니는 그림자였다. 그녀는 자기 자신이 되어서 아주 기뻤다. 브랭귄에게 고마웠다. 피안으로 간 그에게 감사

---

5 요한의 복음서 14:2.

의 손을 내밀었다.

그녀는 자신의 주인이었던 첫 남편이 가련하고 애틋했다. 세상을 뜰 무렵, 그는 정말로 옳지 못했다. 그가 제대로 살지 못했다는 게, 진정으로 그 자신이 되지 못했다는 게 그녀는 참을 수 없었다. 그런 그가 그녀의 주인이었다니! 이상도 하지, 그땐 그랬어! 어떻게 그가 그녀의 주인일 수 있었을까? 지금 그는 너무나 멀리 있고 그녀와 아무 연관이 없는 듯했다.

"할머니, 어느 할아버지를요."

"응?"

"더 좋아하셨어요?"

"두분 다 좋아했어. 첫번째 할아버지랑 결혼했을 땐 내가 아주 어렸어. 그후 여인네가 됐을 때 너희 할아버지를 사랑했단다. 그게 다른 점이야."

그들은 잠시 침묵했다.

"제 첫번째 할아버지가 돌아가셨을 때 우셨나요?" 소녀가 물었다.

리디아 브랭귄은 침대 위에서 느릿느릿 몸을 흔들며 골똘히 생각에 잠겼다.

"우리가 영국으로 왔을 당시 그이는 말을 거의 안 했어. 근심이 너무 커서 아무도 눈에 안 들어왔던 거야. 점점 살이 빠져서 두 뺨이 쑥 들어가고 입은 삐죽이 튀어나오게 됐어. 잘생긴 모습이 사라져버렸지. 그인 패배당한 걸 견딜 수 없어한다는 걸 난 알았어, 이 세상 모든 걸 다 잃었다고 생각했지. 내겐 네 엄마인 아기뿐이었어, 죽을 수도 없었어.

병이 들자 그이는 증오 섞인 검은 눈동자로 쏘아보며 말했어.

'이렇게 될 수밖에 없었어. 이 런던 땅에 처자를 굶어 죽게 두고 갈 수밖에 없어.' 우린 굶어 죽지 않을 거라고 그이에게 말했어. 하지만 난 젊고 어리석었고 또 겁먹었어. 그이는 그걸 알았지.

그인 원통해했어, 절대 굽히지 않았고. 누워서도 머리를 쥐어짜며 어떻게 할까 고민했어. '당신이 어떻게 살지 모르겠어.' 그가 말했어. '난 아무짝에도 소용없어, 처음부터 끝까지 실패자야. 처자식도 먹여 살리지 못하다니.'

그렇지만 우릴 먹여 살리는 건 그가 아니잖니. 그의 삶은 멈췄어도 내 삶은 계속되었어. 그래서 네 할아버지와 결혼했단다.

그때 몰랐던 게 참 유감이야, 그이에게 말해줄 수 있었어야 했는데. '그렇게 원통해하지 말아요, 일이 잘못되었다고 죽지 말아요, 당신이 처음이자 마지막은[6] 아니에요'라고. 하지만 난 너무 어렸고, 그인 절대로 내가 나 자신이 되도록 두지 않았어. 난 그이가 진실로 처음이자 마지막이라고 믿었어. 그래서 모든 책임을 그이 혼자 지도록 두었어. 모든 게 다 그 사람한테 달린 게 아닌데 말이야. 삶이란 계속되어야 하고, 난 네 할아버지와 결혼해야만 하고, 네 삼촌인 톰과 프레드를 낳아야 하는 거였어. 우린 자신에게 너무 많은 짐을 지워선 안 돼……"

이런 이야기들을 들으며 아이는 가슴이 뛰었다. 이해할 수는 없었지만 저 먼 곳의 삶이 느껴지는 것 같았다. 자신이 머나먼 폴란드에서 온 검은 수염의 아주 대단한 인물의 자손임을 알게 되자 깊고 즐거운 흥분이 느껴졌다. 조상들이 참 특이하셨구나, 생각하며 아이는 양쪽 어른들의 운명이 엄청나다고 느꼈다.

---

6 요한의 묵시록 22:13 "나는 알파와 오메가, 곧 처음과 마지막이며 시작과 끝이다" 참조.

어슐라는 거의 매일 할머니를 보러 왔고 그때마다 이야기를 나누었다. 그리하여 마침내 숨죽인 듯 고요한 마시 농장 침실에서 들은 할머니의 말과 이야기는 신비로운 의미를 띠고 축적되어 아이에게 일종의 성경이 되었다.

어슐라는 할머니에게 어린애로서는 가장 깊이 있는 질문들을 했다.

"할머니, 누군가 절 사랑해줄까요?"

"아가, 많은 이들이 널 사랑하잖니. 우리 모두 널 사랑한단다."

"그게 아니고요, 제가 어른이 됐을 때 누군가 절 사랑할까요?"

"그럼, 어떤 남자가 널 사랑할 거야, 아가, 넌 그렇게 타고났으니까. 난 그 사람이 너한테 뭘 원해서가 아니라, 있는 그대로 널 사랑해줄 사람이면 좋겠구나. 그렇지만 우린 원하는 걸 가질 권리가 있단다."

이런 이야기들을 들노라면 어슐라는 무서워졌다. 가슴이 철렁 내려앉고 발밑의 땅이 꺼져버리는 것만 같았다. 아이는 할머니에게 매달렸다. 여기 평화와 안전이 있었다. 여기 할머니의 평화로운 방으로부터 과거라는 더 거대한 공간으로 이어지는 문이 열렸다. 과거의 공간은 너무나 커서 거기 포함된 모든 것들이 작아 보였고, 사랑과 태어남과 죽음이 광대한 지평선 속 조그만 조각이나 형체들 같아 보였다. 거대한 과거 속에서 개인이 조그맣고 소중한 존재임을 안다는 건 엄청난 위안이었다.

(2권으로 이어집니다)

고전의 새로운 기준, 창비세계문학

오늘날 우리는 인간의 존엄과 개성이 매몰되어가는 시대를 살고 있다. 물질만능과 승자독식을 강요하는 자본주의가 전지구적으로 확산되면서 현대사회는 더 황폐해지고 삶의 질은 크게 훼손되었다. 경제성장만이 최고의 선으로 인정되고 상업주의에 물든 문화소비가 삶을 지배할수록 문학은 점점 더 변방으로 밀려나고 있다. 삶의 본질을 성찰하는 문학의 자리가 위축되는 세계에서는 가진 자와 못 가진 자 할 것 없이 모두가 불행할 수밖에 없다.

이 시대야말로 인간답게 산다는 것의 의미가 무엇인지 근본적인 화두를 다시 던지고 사유의 모험을 떠나야 할 때다. 우리는 그 여정에 반드시 필요한 벗과 스승이 다름 아닌 세계문학의 고전이라는 점을 강조한다. 고전에는 다양한 전통과 문화를 쌓아올린 공동체의 경험이 녹아들어 있고, 세계와 존재에 대한 탁월한 개인들의 치열한 탐색이 기록되어 있으며, 새로운 세상을 꿈꾸는 아름다운 도전과 눈물이 아로새겨 있기 때문이다. 이 무궁무진한 상상력의 보고이자 살아 있는 문화유산을 되새길 때만 개인의 일상에서 참다운 인간적 가치를 실현하고 근대적 삶의 의미와 한계를 성찰하는 지혜를 얻을 수 있을 것이다.

'창비세계문학'은 이러한 문제의식에서 출발한다. 세계문학의 참의미를 되새겨 '지금 여기'의 관점으로 우리의 정전을 재구성해야 할 필요성이 그 어느 때보다 절실하다. '정전'이란 본디 고정된 목록으로 존재하는 것이 아니라 그때그때 주어진 처소에서 새롭게 재구성됨으로써 생명을 이어가는 것이다. 우리는 먼저 전세계 문학들의 다양성과 차이를 존중하면서 국가와 민족, 언어의 경계를 넘어 보편적 가치에 기여할 수 있는 가능성에 주목하고자 한다. 근대를 깊이 성찰한 서양문학뿐 아니라 아시아와 라틴아메리카, 중동과 아프리카 등 비서구권 문학의 성취를 발굴하고 재평가하는 것 역시 세계문학의 지형도를 다시 그리려는 창비의 필수적인 작업이 될 것이다.

여러 전집들이 나와 있는 세계문학 시장에서 '창비세계문학'은 세계문학 독서의 새로운 기준이 되고자 한다. 참신하고 폭넓으면서도 엄정한 기획, 원작의 의도와 문체를 살려내는 적확하고 충실한 번역, 그리고 완성도 높은 책의 품질이 그 기초이다. 독서시장을 왜곡하는 값싼 유행과 상업주의에 맞서 문학정신을 굳건히 세우며, 안팎의 조언과 비판에 귀 기울이고 독자들과 꾸준히 소통하면서 진정 이 시대가 요구하는 세계문학이 무엇인지 되묻고 갱신해 나갈 것이다.

1966년 계간 『창작과비평』을 창간한 이래 한국문학을 풍성하게 하고 민족문학과 세계문학 담론을 주도해온 창비가 오직 좋은 책으로 독자와 함께해왔듯, '창비세계문학' 역시 그러한 항심을 지켜 나갈 것이다. '창비세계문학'이 다른 시공간에서 우리와 닮은 삶을 만나게 해주고, 가보지 못한 길을 걷게 하며, 그 길 끝에서 새로운 길을 열어주기를 소망한다. 또한 무한경쟁에 내몰린 젊은이와 청소년 들에게 삶의 소중함과 기쁨을 일깨워주기를 바란다. 목록을 쌓아갈수록 '창비세계문학'이 독자들의 사랑으로 무르익고 그 감동이 세대를 넘나들며 이어진다면 더없는 보람이겠다.

2012년 가을
창비세계문학 기획위원회
김현균 서은혜 석영중 이욱연 임홍배 정혜용 한기욱

창비세계문학 102

무지개 1

초판 1쇄 발행 / 2025년 10월 31일

지은이 / D. H. 로런스
옮긴이 / 강미숙
펴낸이 / 염종선
책임편집 / 정편집실 · 김가희
조판 / 한향림
펴낸곳 / (주)창비
등록 / 1986년 8월 5일 제85호
주소 / 10881 경기도 파주시 회동길 184
전화 / 031-955-3333
팩시밀리 / 영업 031-955-3399 편집 031-955-3400
홈페이지 / www.changbi.com
전자우편 / lit@changbi.com